*Katzen
würden leiser
morden*

Blaize Clement

Katzen würden leiser morden

Deutsch von Christian Kennerknecht

Weltbild

Originaltitel: *Even Cat Sitters Get The Blues*
Originalverlag: Thomas Dunne Books/St. Martin's Press, New York
Copyright © 2008 by Blaize Clement
Published by Arrangement with Blaize Clement

Besuchen Sie uns im Internet:
www.weltbild.de

Die Autorin

Blaize Clement war 25 Jahre lang als Psychologin tätig, bevor sie sich dem Schreiben zuwandte. Sie hat zwei Kinder und fünf Enkel und lebt in Sarasota, Florida. Ihr erster Roman *Tod auf leisen Pfoten* erschien ebenfalls als Weltbild Taschenbuch. Das Buch wurde von Kritik und Publikum gefeiert und trug der Autorin lobende Vergleiche mit Katzenkrimi-Altmeisterin Lilian Jackson Braun ein.

Danksagung

Man braucht vielleicht kein ganzes Dorf, um ein Buch zu schreiben, aber sehr viel Hilfe von zahlreichen Leuten. Wie immer bin ich der »Donnerstagsgruppe« – Kate Holmes, Greg Jorgensen, Clark Lauren und Roger Drouin – zu Dank verpflichtet für ihre Unterstützung, Vorschläge, Informationen und Freundschaft,

Annelise Robey und allen anderen der Jane Rotrosen Agency für das in mich gesetzte Vertrauen,

und Marcia Markland sowie ihrer kompetenten Lektoratsassistentin Diana Szu für ihren bedingungslosen Beistand.

Ein großes Dankeschön geht auch wieder an Janet Baker, die jedes Mal zusammenzuckt, wenn Dixie sich nicht ganz so damenhaft ausdrückt, wie man es vielleicht erwartet, es aber doch durchgehen lässt, weil ich darauf bestehe. Mögliche grammatikalische Schnitzer sind allein meiner Sturköpfigkeit geschuldet, nicht einem Versehen Janets.

Dank auch an Spike, das Vorbild für Ziggy, und an Rob Crafts für so vieles wie etwa seine geduldigen Ausführungen über Leguane.

1

Weihnachten stand vor der Tür, und ich hatte einen Menschen auf dem Gewissen.

Jedes für sich genommen war schon Grund genug, lieber im Bett zu bleiben und mir für lange, lange Zeit die Decke über den Kopf zu ziehen.

Ganz zu schweigen von der Tatsache, dass ich Gefühle für zwei Männer hegte, obgleich ich nie erwartet oder gewünscht hatte, jemals wieder auch nur einen Mann zu lieben.

Als ob das nicht reichte, hatte ich mich heute auch noch bereit erklärt, einen fremden, frei laufenden Leguan in meine Obhut zu nehmen.

All das zusammen wäre eigentlich für jeden Menschen zu viel gewesen, und für mich ganz besonders. Nach meinem Dafürhalten hatte ich jedes Recht, die Bremse in meinem Leben zu ziehen und mich zu verweigern. Mich einfach hinzustellen und zu rufen: »Okay, Pause! Das Leben kann mir für die nächste Zeit gestohlen bleiben. Ich melde mich zurück, wenn ich wieder so weit bin.«

Stattdessen kroch ich wie an jedem anderen verdammten Morgen um vier Uhr aus dem Bett in Erwartung dessen, was der Tag so alles bringen könnte. Es kommt einem genetischen Fluch gleich, so wie ich einer langen Reihe von Vorfahren zu entstammen, die einfach immer nur weitermachen, selbst wenn jeder mit auch nur halbwegs klarem Verstand sich eine Auszeit nähme.

Ich heiße Dixie Hemingway und bin weder verwandt noch verschwägert mit Sie-wissen-schon. Ich bin Tiersitterin und lebe auf Siesta Key, einer halb tropischen Küsteninsel vor Sarasota, Florida. Bis vor fast vier Jahren war ich Deputy im Sheriff's Department von Sarasota County. Mein Mann war auch Deputy. Er hieß Todd. Wir hatten ein hübsches kleines Mädchen. Sie hieß Christy. Wir waren glücklich wie so viele junge Familien, die zwar von den Katastrophen auf der Welt und den Gefahren des Lebens wussten, sie aber erfolgreich verdrängten. Das alles änderte sich mit einem Schlag. Mit zwei Herzschlägen, um genau zu sein – den letzten von Todd und Christy.

Irgendwo habe ich gelesen, dass bei Ausgrabungen in Sibirien ein vollständig erhaltenes zotteliges Mammut gefunden wurde, das Jahrtausende im Eis begraben gewesen war. Auf der Zunge des Mammuts saß ein Schmetterling. Ich denke oft an dieses zottelige Mammut und sein beispielhaftes Schicksal In der einen Sekunde stehst du, von Schmetterlingen umflattert, selig im goldenen Licht der Sonne, und schon in der nächsten Sekunde – rumms! – verfinstert sich die Welt, und du bist mutterseelenallein und zu Eis gefroren.

Als mir das passierte, drehte ich schier durch. Um die Wahrheit zu sagen, es war noch viel schlimmer. Meine Wut war so groß, dass das Sheriff's Department zu dem klugen Entschluss kam, mich nicht mehr bewaffnet auf die Straße zu schicken; einen Piranha in ein Goldfischglas zu werfen, wäre dasselbe gewesen. Aber jedes Leid, an dem man zu lange festhält, wird irgendwann zu einer Gedenkstätte für das eigene Selbst, und man muss davon ablassen.

Als ich wieder halbwegs funktionierte, wurde ich Tiersitterin. Ich mag Haustiere, und sie mögen mich, und ich gerate nur selten in Situationen, in denen ein Rückfall in jene Wut droht, die so lange in mir gekocht hatte. Ich kann nicht behaupten, ich sei ganz frei von allem Schmerz und dem dazugehörigen Wahnsinn, aber es geht mir jetzt sehr viel besser.

Jedenfalls war es so, bis ich diesen Mann umgebracht hatte.

Nicht dass er den Tod nicht verdient hätte. Er hatte ihn sehr wohl verdient, und das Große Geschworenengericht war derselben Meinung. Letzten Endes kamen sie überein, dass ich den Mann aus Notwehr umgebracht und der Menschheit damit sogar einen verdammt guten Dienst erwiesen hatte. Vor allem, wenn man berücksichtigte, was für Verbrechen er verübt hatte und wie viele er noch begangen hätte. Nur ändert das alles nichts an der Tatsache, dass ich mit der Vorstellung leben muss, einen anderen Menschen ins Jenseits befördert zu haben.

Einen Menschen zu töten, verändert dich. Jeder Kriegsveteran, der dem Feind Verluste beigebracht hat, wird das bestätigen. Ebenso jeder Polizist, der einmal einen Straftäter umlegen musste. Du kannst die Tat rechtfertigen und dir immer wieder sagen, du hattest keine andere Wahl, es war dein Job, unter denselben Umständen würdest du wieder so handeln; trotzdem verändert es dich, auch wenn sonst niemand davon etwas weiß.

Darum und weil in genau zwölf Tagen Weihnachten war, schränkte ich im Moment die Kontakte zu meinen Mitmenschen fast vollends ein.

In meiner Branche ist es sogar recht einfach, menschliche Kontakte zu vermeiden. Wenn ich ein neues Tier übernehme, treffe ich mich einmal mit Herrchen oder Frauchen, um einen Vertrag zu machen, der die Verantwortlichkeiten klar festlegt. Ich habe nun einmal eine Schwäche für Tiere und bin bereit, alles für sie zu tun, aber ich will nicht, dass ihre Besitzer das von vornherein wissen. Sie überlassen mir ihren Hausschlüssel und die Sicherheitscodenummer, falls sie eine Alarmanlage haben, zeigen mir die Spielsachen und Lieblingsverstecke ihrer Tiere, und sie sagen mir, was zu tun ist, falls sie in ihrer Abwesenheit, sterben sollten. Wenn man in einem Pensionärsmekka lebt, in dem die Mehrzahl der Bewohner älter als fünfundsechzig ist, kommt das öfter vor, als man glaubt. Manchmal verhält es sich auch umgekehrt; sie sagen mir, was mit dem Tier passieren soll, falls es in ihrer Abwesenheit stirbt. Auch das kommt öfter vor, als man denkt. Wenn wir uns dann darauf geeinigt haben, was für das Tier am besten ist, reisen sie ab und es kommt bis zu ihrer Rückkehr zu keinem weiteren Kontakt.

An dieser Vorgehensweise halte ich ausnahmslos fest. Wie ich an dem Tag, an dem ich mich bereit erklärte, einen Leguan zu übernehmen, davon abweichen konnte, ist mir bis heute ein Rätsel. Der Besitzer hatte mich am Abend zuvor angerufen und mich überredet, den Job zu übernehmen, obwohl er nicht zu meinem festen Kundenstamm gehörte und obwohl es meinen professionellen Standards absolut widerspricht, ein Tier zu übernehmen, ohne das Tier und seinen Besitzer vorher kennenzulernen. Wir hatten eine schlechte Verbindung gehabt, und ich musste mich anstrengen, um ihn überhaupt zu verstehen. Bis heute bin ich mir nicht ganz sicher, was mich so für ihn eingenommen hatte – der kehlige irische Akzent vielleicht, kein richtiges, voll ausgeprägtes Irisch, aber doch von einem so deutlichen Singsang unterlegt, dass ich mir ein Lächeln kaum verkneifen konnte. Vielleicht lag es aber auch nur daran, dass ich ein besonderes Faible für Leguane habe, weil mein Großvater einen besessen hatte.

Ich sagte: »Der Leguan lebt in einem Käfig?«

»Nein, nein, er läuft frei herum. Von Käfigen halte ich nichts.«

Ich nickte zustimmend. Mein Großvater war auch dieser Meinung gewesen.

Er sagte: »Es wird jemand da sein, der Sie hereinlässt. Sie müssen nur frisches Gemüse bereitlegen, sonst gibt es nichts zu tun. Besonders gern mag er gelben Kürbis, und etwas Romanasalat und Roter Mango ist auch noch da. Ich bin Ihnen ewig zu Dank verpflichtet, Miss, dass Sie das für mich tun. Hinterlassen Sie eine Rechnung, und ich werde gleich nach meiner Rückkehr einen Scheck für Sie ausstellen.«

»Und ich soll nur dieses eine Mal kommen?«

»Richtig, das genügt. Oh, das ist noch sehr wichtig – sein Name ist Ziggy. Zig-ee.«

Er nannte mir eine Adresse auf der Midnight Pass Road und legte auf, bevor ich eine Telefonnummer erfragen konnte. Die Notizen, die ich mir gemacht hatte, waren kläglich. Da stand zu lesen *Ken Curtis (?) Gemüse gelbe Kürb. Ziggy.*

Das war alles, abgesehen von der Adresse. Nicht einmal den Namen des Anrufers hatte ich richtig verstanden, er hatte ihn so schnell gesagt, dass ich mir nicht sicher war. Ich halte mir ja einiges auf meine Professionalität zugute, aber jeder noch so miese Amateur hätte diesen Anruf besser abgewickelt. Ich tröstete mich damit, dass diese zwanzig Dollar leicht verdientes Geld waren. Leguane müssen weder ausgeführt noch gekämmt werden, also musste ich nur etwas Gemüse herauslegen und wäre im nächsten Moment schon wieder verschwunden.

Das Wetter in den letzten paar Tagen wurde von den Menschen im Südwesten Floridas als kalt und winterlich bezeichnet. Das bedeutet, dass die Nachttemperaturen auf etwa fünfzehn Grad Celsius abfielen, während die Werte tagsüber kaum über zwanzig Grad anstiegen. Für Touristen und Leute, die hier überwintern, war das kalte Wetter eine ziemliche Enttäuschung. Für verfrorene Einheimische wie mich war es eine Katastrophe.

Meine Wohnung liegt über einem vierteiligen Carport und verfügt über eine lang gestreckte, überdachte Terrasse mit Blick auf den Golf von Mexiko. Zeit und eine unberechenbare Brandung haben einen schmalen, gezackten Streifen von Strandgrundstücken geschaffen, der sich alle paar Monate verschiebt und seine Gestalt verändert, sodass Bauträger und Investoren kein Interesse daran finden. Als ich an diesem Morgen die Terrassentür öffnete und ins Freie hinaustrat, war es so kühl, dass ich meinen Atem im blassen Licht des Palmenhimmels sehen konnte. Über dem Golf türmten sich purpurfarbene Regenwolken, die aber mehrere Stunden entfernt schienen. Das redete ich mir zumindest ein, als ich beschloss, statt des Bronco mein Fahrrad zu nehmen. In Wirklichkeit fühle ich mich zu dieser frühen Stunde vor der Dämmerung, in der die Vögel in den Palmen, Eichen, Pinien und Meertraubenbäumen noch schlafen, auf meinem Fahrrad unbesiegbar, während ich durch die leeren Straßen fahre und die salzige Luft einatme – fast, als wäre ich selbst ein Vogel.

Siesta Key ist gut zwölf Kilometer lang, verläuft in Nord-Südrichtung mit der Midnight Pass Road als Hauptverkehrsader. Im Osten liegt die Sarasota Bay, im Westen der Golf von Mexiko. Mit Sarasota verbinden uns zwei Klappbrücken, beide mit einem Brückenhäuschen ausgestattet, in dem ein Wärter Knöpfe drückt und Hebel umlegt, um die Brücke für durchfahrende Schiffe zu öffnen. Der ganze Vorgang dauert für ein Schiff nur rund zehn Minuten, das ist allerdings sehr lange, wenn mehrere Schiffe gleichzeitig kommen. Zu erzählen, wie lange wir warten mussten, bis ein Segelschiff durch war, gehört zu den Lieblingsthemen von uns Inselbewohnern. Gleichzeitig dienen die Brücken gerne als Ausrede, wenn man zu spät zu einer Verabredung kommt. Es genügt zu sagen »Die Brücke war oben«, und die Menschen verdrehen die Augen und murmeln verständnisvoll vor sich hin.

Ungefähr 7000 Menschen nennen die Insel ihr festes Zuhause, in der Saison jedoch, von Oktober bis Mai, schwillt die Einwohnerzahl auf stattliche 24 000 an. Wenn aber nicht gerade sonnentrunkene Winterflüchtlinge, Touristen aller Art, oder, während der Frühjahrsferien, Studenten in Feierlaune unsere Straßen verstopfen, geht es bei uns recht gemütlich zu.

Ich wohne nahe der Südspitze und beginne jeden Tag damit, mich nach Norden vorzuarbeiten, wobei ich die Hunde immer zuerst versorge. Hunde können nicht wie andere Tiere warten. Sobald ich alle Hunde ausgeführt, gefüttert und gestriegelt habe, schlage ich die entgegensetzte Richtung ein und mache den Tieren meine Aufwartung, die nicht zum Pinkeln nach draußen müssen – Katzen, Hamster, Kaninchen, Meerschweinchen und Vögel. Schlangen sind nicht darunter. Um Schlangen kümmere ich mich nicht. Ich leide nicht gerade unter einer Schlangenphobie, aber mir wird schlecht bei der Vorstellung, ein zappelndes kleines Mäuschen vor das aufgerissene Maul einer Schlange zu halten, und überlasse diese Jobs lieber anderen Tiersittern.

Ganz gleich, wer auf meiner täglichen Liste steht, mein erster Besuch gilt immer Billy Elliott. Billy, ein Windhund und ehemaliger Rennhund, lebt mit Tom Hale im Appartementhaus Sea Breeze. Tom ist Wirtschaftsprüfer und erlitt vor einigen Jahren eine Wirbelsäulenquetschung, als in einem Baumarkt eine Wand mit Schnittholz über ihm zusammengebrochen war. Zu allem Übel verließ ihn dann auch noch seine Frau und riss sich die Kinder und fast den gesamten gemeinsamen Besitz unter den Nagel. Allmählich kriegte er sein Leben wieder auf die Reihe, bezog die Wohnung im Sea Breeze und beschäftigte sich damit, was man als Wirtschaftsprüfer an seinem häuslichen Küchentisch halt so macht. Er und ich haben ein Tauschgeschäft vereinbart. Ich komme zweimal täglich vorbei und führe Billy Elliott Gassi, während Tom sich dafür um meine Geldangelegenheiten kümmert.

Seit seinem Schicksalsschlag lebte Tom ungefähr so zurückgezogen wie ich, aber als ich an diesem Morgen zu seiner Wohnung kam, hing ein großer Weihnachtskranz an der Tür. Es war obendrein kein gewöhnlicher Kranz, sondern ein individuell angefertigtes Teil mit einer auffallenden roten Samtschleife und einem kleinen Plastikwindhund, drapiert auf einem Nest vergoldeter Kiefernzapfen. Ich sah das Ding eine Weile verdutzt an, ehe ich die Tür aufsperrte und in den dunklen Flur trat, wo Billy Elliott bereits nervös auf den Fliesen herumtänzelte. Wir begrüßten uns und nachdem ich die

Leine an seinem Halsband eingeklinkt hatte, schlüpften wir lautlos wie Diebe aus der Wohnung. Auf der Fahrt im Lift nach unten wollte ich ihn schon fragen, was Tom dazu veranlasst hatte, sich einen so schicken Kranz für die Tür machen zu lassen, dachte aber, ich könnte Billy Elliott damit kränken. Schließlich bildete sein genaues Abbild den Mittelpunkt des Kranzes.

Wir liefen auf Zehenspitzen durch die Lobby im Erdgeschoss und steuerten den Parkplatz für unseren Lauf an. Billy Elliott kannte die Routine – gemächlich dahintraben mit Pinkelpausen an ausgewählten Büschen, bis wir die von parkenden Autos gesäumte ovale Rennstrecke erreichten, dann durchstrecken und Gas geben wie der Teufel, volle Pulle, in einem irren Galopp, wie früher, als er noch jung war und einer Kaninchenattrappe hinterherjagte, während die Menge jubelte und Geld auf ihn setzte. Nun jedoch bremste ihn eine keuchende, blonde junge Frau, weil ihre Schenkelmuskulatur nicht annähernd so kräftig war wie seine. Als er schließlich all seine nervöse Energie verausgabt hatte und ich, heftig atmend, beinahe umgekippt wäre, trabten wir in gemächlicherem Tempo zum Sea Breeze zurück.

Eine Frau mit einem Corgi an einer kurzen Leine kam gerade heraus, und wir traten zur Seite, um sie vorbeizulassen. Die Frau nickte, aber der Corgi schämte sich, weil er eine Art Mini-Hirschgeweih aus Plastik auf dem Kopf und ein hermelinverbrämtes rotes Samtjäckchen trug, und drehte den Kopf weg. Billy Elliott und ich schauten uns bloß an und dachten: »Was es nicht alles gibt«, ließen es uns aber nicht anmerken, wie bescheuert wir den Aufzug fanden.

Oben duftete es nach frischem Kaffee aus der Küche, und in Toms Wohnzimmer brannte Licht. Vorher war es mir gar nicht aufgefallen, aber in der Ecke stand ein üppig geschmückter Christbaum. Da ich nun wusste, dass er da war, konnte ich ihn auch riechen, einen angenehmen balsamischen Duft. Du meine Güte, nicht nur ein Kranz, sondern obendrein einen echten Christbaum! Tom und ich reden zwar nicht immer miteinander, wenn ich schnell bei ihm vorbeischaue, aber einen Christbaum kauft man doch nicht einfach so auf die Schnelle, würde man meinen. Ich fragte mich, wie er es wohl geschafft hatte, den Baumschmuck an den oberen Zweigen anzubringen. Um ehrlich zu sein, ich fühlte mich ein bisschen übergangen, weil er mich nicht um Hilfe gebeten hatte. Natürlich wollte ich keinen eigenen Baum, um Himmels willen, aber wenn er schon einen haben wollte, hätte ich ihm gerne beim Schmücken geholfen.

Ich rief in Richtung Küche: »Morgen, Tom! Hübscher Baum!«

Er kam ins Wohnzimmer gerollt und grinste neugierig, wobei seine schwarzen Locken aussahen wie nach einem Nickerchen. Anstatt des sonst üblichen Schlabberpullovers trug er einen todschicken Bademantel aus rotem Velours. Ein bisschen sah er so aus wie der Corgi.

Ich sagte: »Wow, du bist ja richtig in Weihnachtsstimmung!« Ich hörte den defensiv klagenden Unterton in meiner Stimme, konnte ihn aber nicht unterdrücken.

Er grinste noch breiter und gab Töne von sich, die so klangen, als würde er sich dagegen verwehren und mir gleichzeitig zustimmen. Aus der Küche klang Geklapper von Tassen, und eine seidige Frauenstimme rief: »Darling, hast du mich was gefragt?«

Oh. Jetzt war alles klar. Tom war nicht im Weihnachtsrausch, sondern im Liebesrausch. Und er hatte mir nichts davon gesagt. Er hatte nicht gesagt: »Hey, Dixie, es gibt jetzt eine Frau in meinem Leben, und du könntest ihr begegnen, wenn du Elliott zu seinem Auslauf abholst.«

Aus irgendeinem Grund machte mich das ein bisschen wütend, was dumm war, denn Toms Privatleben ging mich nicht das Geringste an, und eigentlich freute ich mich sogar, dass er nach so langer Zeit wieder eine Freundin gefunden hatte. Trotzdem war ich sauer über die Veränderung.

Ich sagte: »Oh, Entschuldigung«, und zog schleunigst von dannen. Dabei war mir klar, dass Tom sich über mein Verhalten grämen würde, aber ich konnte nun mal nicht anders. Nicht einmal Billy Elliotts Leine hängte ich in den Garderobenschrank im Flur, sondern ließ sie einfach lose über einer Stuhllehne baumeln.

In Wahrheit war ich schlicht und einfach eifersüchtig. Nicht so wie eine Frau normalerweise auf eine andere Frau eifersüchtig ist, aber eifersüchtig darauf, dass Tom die Kraft gefunden hatte, sich von seiner alten Liebe zu lösen und mit einer neuen Frau glücklich zu sein. Ich war mir nicht sicher, ob ich dazu je in der Lage sein würde, und fürchtete gleichzeitig, mich selbst zu zerstören, wenn ich nicht bald etwas ändern würde.

2

Eine Stunde später, als ich gerade einen Zwergbeagle über die Einfahrt in Richtung Gehsteig führte, begann der Himmel sich zitronengelb zu verfärben. Komisch, dass ich mich an diesen Moment so genau erinnere, als wäre das der wahre Beginn all der schrecklichen Ereignisse, die bevorstanden. Natürlich stimmte das nicht, aber in dem Moment schien es so.

Ein Schwarm Fischkrähen flog über uns hinweg, und der Beagle und ich sahen gleichzeitig nach oben, um ihren Flug zu beobachten. Durch Zufall oder absichtlich, was mir nie so richtig klar war, kam eine Englische Zwergbulldogge um die Hecke neben der Einfahrt geschossen und wäre beinahe mit dem Beagle zusammengestoßen. Die Bulldogge war weiß mit einem braunen handtellergroßen Fleck auf dem Rücken und einem weiteren am rechten Auge; das faltige, gestauchte Gesicht war so hässlich, dass es schon wieder schön war. Die Hunde sprangen umeinander herum wie gute alte Bekannte, die sich lange nicht gesehen hatten, wedelten dabei wie verrückt mit den Schwänzen, beschnüffelten sich am Hintern und verhedderten ihre Leinen.

Am anderen Ende der Leine der Bulldogge stand eine groß gewachsene Frau, die ihren Rücken und die Schultern so gerade hielt, dass ihr offenes Lächeln mich doch etwas überraschte. Als wir die Hunde getrennt hatten und sie japsend und grinsend – und sabbernd, was die Bulldogge betraf – zu unseren Füßen saßen, verstanden die Frau und ich uns ebenso gut wie die Hunde, nur dass wir nicht mit dem Schwanz wedelten und uns beschnüffelten.

Ich schätzte, sie war ungefähr fünf Jahre älter als ich, also um die 37, athletisch und mit diesen langen Beinen, diese typische Katherine-Hepburn-Schönheit, neben der ich mich immer klein und plump fühle. Sie trug Jeans und ein graues Kapuzensweatshirt, das ihr Haar verbarg, aber ich hatte den Eindruck, ihr Haar sei dunkel, wie ihre Augen auch. Mir fiel auf, dass sie dieselbe Art Kegs trug wie ich, die waschbaren, die man bei Sears für zwanzig Dollar das Paar bekommt. Ungewöhnlich war nur ihre Angewohnheit, sich dauernd nervös umzusehen, ihre Blicke gingen ständig hin und her, während sie sprach, als müsste sie überprüfen, ob nicht hinter dem dichten Buschwerk entlang der Straße jemand auf sie lauerte.

Mit einer rauchigen Stimme, die jedes Wort wie eine dunkle Vorahnung klingen lässt, sagte sie: »Ich nehme mal an, es liegt an dem kühlen Wetter, dass Ziggy so lebhaft ist. Normalerweise ist er nicht so wüst.«

»Ihr Hund heißt Ziggy?«

Sie lachte. »Ziggy Stardust, um genau zu sein. Ich bin ein großer Fan von David Bowie.«

»Das ist jetzt schon das zweite Haustier namens Ziggy, von dem ich höre.«

Ihr Lächeln erstrahlte wieder. »Auch ein Hund?«

»Nein, ein Leguan.«

»Tatsächlich? Wie interessant. Aber Sie haben nur von ihm gehört? Sie haben ihn nicht gesehen?«

»Noch nicht. Ich bin gerade unterwegs dahin.«

»Okay, wunderbar. Dann würd ich sagen, bis demnächst.«

Sie zerrte an der Leine der Bulldogge und machte sich auf den Rückweg. Auf halber Höhe der Häuserzeile bückte sie sich, nahm die Bulldogge hoch und begann plötzlich zu rennen. Am Ende der Häuserzeile bog sie um die Ecke und verschwand; nach ein, zwei Minuten sah ich eine dunkle Limousine davonbrausen.

Der Beagle und ich setzten unseren Spaziergang fort, aber

ich fühlte mich etwas unbehaglich, denn es gehört zu den Grundegeln professioneller Tiersitter, keinen Klatsch über Klienten weiterzutragen. Ich erzähle nicht dem einen Katzenbesitzer, dass die Katze eines anderen eine kopflose Eidechse über dem Schuh eines Gasts erbrochen hat. Ebenso wie ich es tunlichst für mich behalte, wenn irgendjemands wertvoller Deckrüde im Kontakt mit einer läufigen Hündin seine Deckpflichten nicht erfüllen konnte. So etwas trage ich nicht weiter, zum einen, weil es sich dabei um vertrauliche Informationen handelt, zum anderen, weil ich generell keinen Hang zum Tratschen habe.

Trotzdem wurde ich das ungute Gefühl von Indiskretion nicht los, weil ich dieser Frau erzählt hatte, dass ich demnächst einen Leguan namens Ziggy aufsuchen würde. Außerdem hatte ich den Eindruck, dass sie mich regelrecht ausgefragt hatte und ich ihr bereitwillig entgegengekommen war. Schlimmer noch, rückblickend drängt sich mir der Verdacht auf, dass sie eigens darauf gewartet hatte, bis ich aus dem Haus kam, und unsere Begegnung somit kein Zufall war. Mir war zumute, als hätte ich ein wichtiges Geheimnis preisgegeben.

Diese Vorstellung war derart abwegig und hirnrissig, dass ich daraus schloss, in meinem Bemühen, meine seelische Stabilität wiederzufinden, doch einigen Boden unter den Füßen verloren zu haben schien.

Trotzdem bedeutet es nicht, nur weil man paranoid ist, dass die Menschen keine bösen Absichten gegen einen hegen und Komplotte schmieden.

Nachdem ich das Haus des Beagles verlassen hatte, machte ich mich auf den Rückweg in Richtung Süden, um die Katzen zu versorgen. Unabhängig davon, um welche Art Haustier es sich handelt, überprüfe ich immer zuerst, ob sie sich nicht verletzt oder etwas angestellt haben, um Aufmerksamkeit zu erregen; dann beschäftige ich mich etwa eine halbe Stunde lang individuell mit jedem einzelnen Tier.

19

Ich füttere sie, bewege und kämme sie und versuche ihnen möglichst das Gefühl zu geben, etwas Besonderes zu sein. Tiere sind wie Menschen; ihr Bedürfnis nach Zuwendung ist ebenso groß wie das nach Essen und Trinken. Ehe ich wieder gehe, stelle ich ihren Lieblingssender im Fernsehen ein. Bei der Verabschiedung wirken sie immer glücklicher als bei meiner Ankunft. In den Augen vieler Menschen ist das keine große Leistung, aber mir gefällt die Vorstellung, jemanden glücklicher gemacht zu haben, auch wenn dieser Jemand vier Beine hat.

Eine Ausnahme bildete Muddy Cramer, der, was ich auch unternahm, niemals glücklich zu sein schien. Muddy war ein Kurzhaarmischling, zwei, vielleicht drei Jahre alt, wobei sein schwanzloser Rumpf eine Manx-Katze in der Linie seiner Vorfahren vermuten ließ. Er hatte ein stumpfes Schildpattfell in Mandarinorange und Schwarz, eines seiner Ohren war teilweise abgeknabbert und auf dem linken Auge schielte er wie ein Karibikpirat.

Eines Tages hatten die Cramers ihn zusammengekauert in ihrem Garten gefunden. Anstatt für seine Rettung dankbar zu sein, schien es Muddy geradezu darauf anzulegen, die Loyalität seiner Besitzer auf die Probe zu stellen. Er spritzte an die Vorhänge, reiherte auf den Teppich und zerkratzte die Möbel. Die Cramers liebten ihn dennoch, womit bewiesen wäre, dass Liebe nicht nur blind macht, sondern auch sämtliche anderen Sinne ausschaltet. Ich hatte immer ein spezielles Spray gegen Katzenurin im Gepäck, um Muddys strenge Duftnote zu neutralisieren, aber es war ein Kampf gegen Windmühlen.

Immer wenn ich dann das Haus verließ, musste ich denken, wie arm doch Muddy und seine Besitzer dran waren – und dass nichts auf der Welt schlimmer stinkt als die Pisse eines Katers. Der Himmel hatte sich verfinstert, und die Wolken, die Stunden entfernt schienen, zogen in Windeseile heran. Mist. Es standen noch einige Termine auf meiner Liste, und just an diesem Tag hatte es mir gerade noch gefehlt, auf dem Fahrrad in einen eiskalten Regenguss zu geraten.

Bis nach Hause waren es nur ein paar Kilometer, und ich beschloss, doch lieber auf den Bronco umzusteigen, aber es war zu spät. Nur Sekunden später peitschte mir der Regen ins Gesicht, und die Autos, die mich überholten, gerieten wegen Aquaplaning auf dem ölglatten Asphalt beinahe ins Schlittern. Na wunderbar. Ich wurde nicht nur nass bis auf die Haut, sondern lief obendrein Gefahr, von einem schleudernden Auto gerammt zu werden.

Besonders nervig im Leben ist die Tatsache, dass viele Probleme aus Entscheidungen resultieren, die man zuvor getroffen hat. Schlimmer noch, meistens weiß man sogar, dass man im Begriff ist, eine Fehlentscheidung zu treffen, und trotzdem hält man daran fest. In so eine Situation geriet ich, als ich an einen mit Backsteinen gepflasterten Fahrweg kam und ein von der Straße nach hinten versetztes Wachhäuschen sah. Auf Siesta Key haben wir nicht viele private Wachhäuschen, und so wusste ich, dass hier jemand abgeschirmt werden wollte, der entweder sehr reich oder sehr berühmt war oder beides. Ich wusste nicht, um wen es sich dabei handelte, noch hatte ich eine Ahnung, wer in dem Wachhäuschen seinen Dienst verrichtete. Jedenfalls waren diese Dinger nicht dazu gedacht, durchnässten Passanten Unterschlupf zu bieten. Trotzdem radelte ich darauf zu. Mit ein bisschen Glück würde mich der Wachmann hereinlassen, sodass ich den Schauer im Trockenen abwarten könnte. Wenn nicht, so dachte ich, könnte ich mich ja zumindest unter dem Dachvorsprung unterstellen, bis es aufhörte zu regnen.

Schlecht war schon die erste Entscheidung. Oder vielleicht war es die zweite oder dritte. Es ist immer schwierig, den Verlauf der Dinge bis zu ihrem Anfang zurückzuverfolgen.

Beim Näherkommen sah ich, dass das Fenster an einer Seite des Wachhäuschens offen war. Gut. Das bedeutete, dass es mit einem Menschen aus Fleisch und Blut besetzt war.

Das Haupthaus befand sich hinter einer hohen Hecke von Arecapalmen, was auch gut war, denn sollte sich der Wachmann auf ein Gespräch mit mir einlassen, würden seine Arbeitgeber nichts davon mitbekommen.

Keuchend und mit halb geöffnetem Mund, um ein bisschen Mitleid zu erregen, fuhr ich unter das ausladende Dach und sah durch das offene Fenster. In der nächsten Sekunde klappte ich meinen Mund schlagartig zu, riss das Fahrrad herum und machte kehrt zurück zur Straße.

Unter keinen Umständen würde ich mich da hineinziehen lassen. Damit wollte nichts zu tun haben. Das letzte Mal, als ich so etwas gesehen hatte, habe ich am Ende aus Notwehr einen Menschen erschossen. Nein, ohne mich. Nicht noch mal.

Möglicherweise habe ich sogar laut vor mich hin gesprochen. Ich könnte gesagt haben: »Egal! Darum soll sich kümmern, wer will, aber nicht ich!«

Der Wachmann saß gestreckt auf seinem Stuhl, über die Wange eine senkrecht verlaufende Schrunde und mit einem Einschussloch auf der linken Schläfe, das auf einen aufgesetzten Schuss schließen ließ. Es hätte ein Selbstmord sein können, aber ich hatte das dumpfe Gefühl, irgendjemand hatte ihm die Mündung einer Waffe gegen den Kopf gehalten und abgedrückt.

Egal, was genau passiert war, der Mann war tot, tot, tot, und es machte keinen Unterschied, wie bald er entdeckt wurde. Er würde auf keinen Fall wieder lebendig werden.

Am vorderen Ende der Zufahrt ließ mich mein schlechtes Gewissen anhalten. Im Inneren des verborgenen Hauses könnte doch jemand in den Lauf einer Waffe blicken, bedroht durch genau die Person, die den Wachmann erschossen hatte. Ich könnte ein Leben retten, indem ich die Notrufnummer 911 rufen und den Vorfall berichten würde.

Ich zögerte noch, da bog ein dunkelblauer Lieferwagen in die Zufahrt ein und raste auf das Wachhäuschen zu. In Windeseile befand ich mich auf der Midnight Pass Road und machte mich, so schnell ich konnte, auf den Heimweg. Der kalte Regen störte mich nun überhaupt nicht mehr; ich war nur noch erleichtert, dass nun jemand anders den ermordeten Wachmann finden und die 911 rufen würde.

Wie um mich wissen zu lassen, dass meine Entscheidung, das Wachhäuschen anzusteuern, nicht nur idiotisch, sondern auch überflüssig war, hörte der Regen genauso plötzlich auf wie er eingesetzt hatte. Als ich Zuhause ankam, schien schon wieder die Sonne und alle Wolken zogen nach Südosten ab. Mein Bruder war auf der Terrasse und wischte den Bohlentisch trocken. Als ich die Treppe zu meiner Wohnung hochgehen wollte, drehte er sich um und rief mir etwas zu.

»Hat dir nie jemand gesagt, dass man nicht im Regen draußen spielt?«

Ich streckte ihm meinen Mittelfinger entgegen und trottete in meinen nassen Keds die Stufen hinauf.

Mein Bruder heißt Michael. Er ist zwei Jahre älter als ich, also vierunddreißig, und er hat mich gefüttert und sich auch sonst um mich gekümmert, nachdem unsere Mutter, ich war gerade zwei Jahre alt, beschlossen hatte, dass die Anforderungen der Mutterschaft – etwa das Essen auf den Tisch zu bringen und überhaupt für die eigenen Kinder da zu sein – nicht dem Leben entsprach, wie sie es sich vorstellte.

Michael ist blond und blauäugig, von Beruf Feuerwehrmann beim Fire Department des Sarasota County und so gut aussehend, dass die Frauen wie läufige Katzen vor ihm herumzuschwänzeln pflegen. Bloß nützt ihnen das nicht viel, denn er lebt seit mehr als zwölf Jahren mit Paco zusammen, und die beiden stehen so fest zueinander wie der Papst zum Zölibat.

Paco ist ebenfalls vierunddreißig und auch so ein Traummann, nach dem sich die Frauen vergeblich die Finger abschlecken. Er ist so schlank und dunkelhaarig, wie Michael blond und stämmig ist. Er arbeitet bei der Special Forces

Unit des Sarasota County, das heißt, sein Aufgabengebiet sind verdeckte Ermittlungen, oft in Verkleidungen, in denen nicht einmal ich ihn erkenne. Michael und Paco leben direkt neben mir im selben Haus, in dem Michael und ich unter der Obhut unserer Großeltern aufgewachsen sind, nachdem unsere Eltern uns im Stich gelassen hatten. Die beiden sind meine besten Freunde auf der ganzen Welt. Ich gebe es ungern zu, aber ich bin mir nicht sicher, ob ich ohne sie überlebt hätte, nachdem Todd und Christy zu Tode gekommen waren.

Nachdem ich die Hurrikanläden per Fernbedienung hochgefahren hatte, öffnete ich die Verandatüren zu meinem Miniwohnzimmer und tapste barfuß über den mexikanischen Fliesenboden, wobei ich im Gehen ein Kleidungsstück nach dem anderen von mir warf. Meine Wohnung ist klein – bestehend aus einer Wohnküche mit Einpersonen-Esstresen, einem Schlafzimmer gerade groß genug für ein Einzelbett und eine Kommode sowie einem kleinen Badezimmer direkt neben einem Raum für die Waschmaschinen-Trockner-Kombination. Dafür habe ich einen großen begehbaren Schrank mit einem Schreibtisch auf der einen Seite und meinen in Regalen gestapelten T-Shirts und Shorts auf der anderen. Mir gefällt es, auf so kleinem Raum spartanisch eingerichtet zu leben, ohne Farben und unnützes Zeug. Für mich ist es gerade richtig.

Bis jetzt wenigstens. In jüngster Zeit fühlte ich mich doch ein wenig beengt.

Ich nahm eine ausgiebige heiße Dusche, bis meine Haut von oben bis unten ganz rot war, trotzdem ging es mir danach keine Spur besser. Ich war von mir enttäuscht. Ich bin vielleicht keine Polizistin mehr, aber doch ein Mensch, und ich hätte nicht einfach von einem Tatort wegrennen dürfen. Vielleicht hatte ja der Fahrer des Lieferwagens dasselbe getan. Vielleicht hatte er auch Fersengeld gezahlt, und der Wachmann saß noch immer auf seinem Stuhl, im Gesicht diese merkwürdige, zornige Strieme und das Einschussloch an der Schläfe.

Ohne meinen Blick im Badezimmerspiegel zu erwidern, band ich meine feuchten Haare zu einem Pferdeschwanz. Dann tapste ich in die Küche, um Teewasser aufzusetzen. Während ich wartete, bis das Wasser kochte, legte ich eine Patsy-Cline-CD in den Player. Manchmal höre ich auch Roy Orbison oder Ella, aber meistens ziehe ich Patsy vor, weil sie mich niemals im Stich lässt. Selbst wenn ein heilloses Durcheinander in meinem Kopf herrscht, vermittelt mir Patsys illusionslose Direktheit das Gefühl, dass man es auf dieser Welt einigermaßen aushalten kann.

Den Tee nahm ich mit in mein Ankleide-Büro-Kabuff; dort zog ich frische Unterwäsche an, eine ausgeblichene Jeans, ein weißes T-Shirt und weiße Keds. Dann setzte ich mich an den Schreibtisch und tat so, als würde ich arbeiten. Ich sah nach dem Anrufbeantworter, aber für geschäftliche Anrufe war es noch zu früh. Ich blätterte ein paar Papiere durch. Dann ging ich ins Bad zurück und putzte mir noch einmal die Zähne, obwohl ich das schon um vier Uhr erledigt hatte. Es überdeckte nicht den unangenehmen Geschmack von Schuld in meinem Mund. Selbst Patsy Cline mit ihren Liedern, die suggerieren, das Leben sei im Grunde gar nicht so kompliziert, konnte mir nicht darüber hinweghelfen, dass ich mit meinem im Moment nicht zurande kam.

Mir spukte ein Bibelzitat durch den Kopf – oder vielleicht war es auch Shakespeare – »Lass die Toten ihre Toten begraben«, das eigentlich überhaupt keinen Sinn ergibt, denkt man genauer darüber nach, aber eigentlich erschien in dem Moment nichts plausibel, am allerwenigsten ich mir selbst.

Ich musste mich nach wie vor noch um ein paar Katzen und um den Leguan kümmern, also nahm ich meinen Rucksack, ging durch die Verandatür nach draußen, und stieg die Treppe hinunter, während der Sturmrollladen automatisch herunterfuhr.

Michael steckte den Kopf zur Küchentür heraus und rief: »Hast du Lust auf ein Frühstück?«

Michael bedeutet das Kochen so viel wie anderen Leuten das Atmen; es verleiht seinem Leben den nötigen Rhythmus. Stünde der Welt ein Kometeneinschlag unmittelbar bevor, würde Michael wahrscheinlich Suppe ausgeben. Und da er einer der besten Köche der Welt ist, würden sicher viele, dem Untergang geweihte Menschen Schlange stehen und ihrem Schicksal getrost ins Auge sehen.

Normalerweise hätte ich mir ein von Michael zubereitetes Frühstück nie und nimmer entgehen lassen, aber an diesem Morgen wollte ich in kein Gespräch mit ihm verwickelt werden. Schon beim letzten Mal, als ich einen Toten gefunden hatte, hatten ihn die darauffolgenden Ereignisse fast ebenso sehr mitgenommen wie mich. Wenn er hörte, dass ich schon wieder einen gefunden hatte, würde er vermutlich darauf bestehen, dass ich mir einen anderen Job suche. Einen, bei dem man nicht ständig über Leichen stolpert.

Ich sagte: »Nein, danke. Ich wollte nur schnell den Bronco holen. Es gibt noch zwei Katzen und einen Leguan zu versorgen.«

Seine Miene erhellte sich. »Im Ernst? Ein Leguan?«

»Genau. Hab ihn aber noch nicht gesehen.«

Wir grinsten uns verschwörerisch an – Geschwister, die sich an dasselbe erinnern. Unser Großvater hatte einen schon fast toten jungen Leguan mit nach Hause gebracht, als Michael ungefähr zwölf war, und wir Kinder hatten geholfen, ihn rund um die Uhr mit Antibiotika zu versorgen, Antibiotika, die normalerweise Hühner bekommen – Hühner und Leguane stammen von denselben reptilienartigen Vorfahren ab und besitzen daher ein vergleichbares Atmungs- und Verdauungssystem. Als die schwärzliche Farbe des Leguanbabys einem gesunden Grün gewichen war, waren Michael und ich regelrecht vernarrt in das Tier. Aus irgendwelchen Gründen, die mir jetzt nicht mehr einfallen, nannten wir es Bobby.

Meine Großmutter konnte Bobby nie so viel abgewinnen wie der Rest der Familie, und als er auf rund einen Meter zwanzig herangewachsen war, verbannte sie ihn aus dem Haus. Fortan lebte er frei in den Bäumen, von denen er nur herunterkam, um am Hibiskus zu knabbern und seine tägliche Ration Gemüse und Obst zu fressen, die wir ihm hinstellten. Bis auf das eine Mal, als ihm ein Raubtier den Schwanz abgebissen hatte, verlief sein Leben friedlich. Der Schwanz wuchs wieder nach, dunkler und kürzer als das Original, aber er schien glücklich darüber. Er wurde gut zehn Jahre alt und kam bei einem plötzlichen Frosteinbruch ums Leben, dem auch die ganze Zitrusfruchternte Floridas zum Opfer fiel. Sein Tod rührte unseren Großvater zu Tränen. Weder Michael noch ich hatten unseren Großvater jemals zuvor weinen gesehen, und sein Schmerz über den Tod eines Leguans war für uns ebenso ernüchternd wie die Tatsache, Bobby für immer verloren zu haben.

Im Carport hatten ein paar Graureiher vor dem Regen Zuflucht gesucht, ausgerechnet auf der Kühlerhaube meines Bronco. Unten am Wasser gaben Mantelmöwen knapp einen Meter über den Wellen eine Flugschau zum Besten, während ein paar Schmuckreiher sie ignorierten und auf der Suche nach frisch angespülten Krabben ihre Spuren im Sand hinterließen. Ich verscheuchte die Graureiher und lenkte den Bronco auf die Zufahrt zur Midnight Pass Road. Ich redete mir ein, den toten Wachmann längst vergessen zu haben, wusste aber, dass ich mir damit etwas vormachte.

In der folgenden Stunde konzentrierte ich mich darauf, die beiden Katzen auf meiner Liste zu füttern und zu bürsten. Ich spielte mit beiden Jag-den-Federwedel und machte ihre Klos sauber. Zum Schluss stellte ich noch ihren Fernseher an – den Kanal mit den Tiersendungen, aber auf stumm geschaltet – und achtete darauf, dass sie genügend frisches Wasser hatten. Beide streiften noch ein paar Mal mit hoch aufgerecktem Schwanz an mir vorbei, gaben mir also zu ver-

27

stehen, dass sie meine Dienste zu schätzen wussten, um dann, als ich ging, so zu tun, als würden sie mich ignorieren. Das mag ich an Katzen. Insgeheim lachen sie sich womöglich ins Fäustchen, dass sie einen Menschen dazu gebracht haben, sie königlich zu bedienen, dabei wahren sie aber immer die Fassung und bringen das auch deutlich zum Ausdruck. Ich wünschte, ich wäre auch mehr wie eine Katze.

Als ich mit der zweiten Katze fertig war, überprüfte ich noch einmal die Adresse des Leguans und fuhr in Richtung Norden. In diesem Abschnitt der Midnight Pass Road gibt es nur wenige Hausnummern. Bei den Anwohnern herrscht allgemein die Ansicht, dass niemand etwas an ihrem Haus verloren hat, der die Adresse nicht sowieso schon kennt. Warum also dann nur für Neugierige Nummern anbringen?

Als ich an der herrschaftlichen Villa mit dem toten Mann im Wachhäuschen vorbeifuhr, gestattete ich mir einen Blick zur Seite in die Zufahrt hinein. Am Bordstein geparkt standen zwei Rettungsambulanzen, drei grün-weiße Streifenwagen und der gerichtsmedizinische Dienst. Wenigstens brauchte ich mir keine Gedanken mehr darüber zu machen, der ermordete Wachmann läge alleine da drin.

Wenig später entdeckte ich eine Hausnummer und stellte fest, dass ich am Heim des Leguans vorbeigefahren war. Ich bog auf den Parkplatz eines Appartementhauses, kehrte um und fuhr langsam in der Gegenrichtung zurück, immer danach Ausschau haltend, ob ich nicht eine weitere Hausnummer sehen würde. An der Zufahrt zum Wachhäuschen bog der Bronco sozusagen von alleine ab, und noch während ich auf die am Schauplatz des Verbrechens versammelten Fahrzeuge starrte, kam mir eine schreckliche Erkenntnis.

Mein neuer Leguan-Klient wohnte in dem Haus, dessen Wachmann mit einem Kopfschuss getötet worden war.

3

Ich parkte hinter den Polizeifahrzeugen und krabbelte aus dem Auto wie ein Opossum, das sich von einem Baum herunterschleicht. Das Letzte, was ich wollte, war, den Ermittlern am Tatort zu erklären, warum ich hier war.

Sergeant Woodrow Owens entdeckte mich zuerst. Er verzog kurz das Gesicht und fasste sich mit der Hand an die Stirn, als hoffte er, ich sei eine Erscheinung, die möglichst bald wieder verschwände. Sergeant Owens ist ein groß gewachsener, schlaksiger Afroamerikaner mit traurigen Augen, der, wäre er ein Hund, sicher ein Basset wäre. In meiner Zeit als Deputy war er mein Vorgesetzter. Nach dem Tod von Todd und Christy, als alle erwarteten, ich würde bald wieder auf die Beine und zur Arbeit zurückkommen, war es Sergeant Owens, der den Mut aufbrachte, mir die Wahrheit zu sagen – dass ich zu kaputt für den bewaffneten Polizeidienst war. Ich habe es ihm immer hoch angerechnet, dass er, anstatt um den heißen Brei herumzureden, klipp und klar gesagt hatte, was Sache war. Es hat etwas ungemein Beruhigendes, die eigene emotionale Instabilität bestätigt zu bekommen. Wenn man diese Pille erst einmal geschluckt hat, kann man weiter versuchen, sein Leben zu meistern, frei von dem zusätzlichen Stress, ständig Normalität vorgaukeln zu müssen.

Er sagte: »Dixie, ich traue mich fast nicht zu fragen, warum du hier bist.«

Ich sagte: »Ich habe einen Klienten in diesem Haus.«

»Du kennst Kurtz?«

»Wen?«

»Ken Kurtz, den Typen, der hier wohnt.«

So hieß er also. Nicht Curtis, wie ich mir am Telefon notiert hatte.

»Nicht so richtig, aber er rief gestern Abend bei mir an, um zu fragen, ob ich nicht heute vorbeischauen und seinen Leguan füttern könnte.«

Ich warf einen Blick auf das gelbe Absperrband vor dem Wachhäuschen und setzte eine unbeteiligte Miene auf. »Was ist denn passiert?«

»Jemand hat den Wachmann erschossen.«

»Wurde sonst noch jemand verletzt?«

»Nur der Wachmann.«

Uff, das war eine Erleichterung.

Sergeant Owens sagte: »Hat Kurtz dir bei seinem Annruf gesagt, wo er sich aufhält?«

»New York. Er sagte, er käme heute zurück.«

»Hast du eine Nummer?«

Ich fühlte, wie ich rot wurde. Verflixt, nicht einmal den Namen hatte ich richtig mitbekommen.

»Er hat aufgelegt, bevor ich ihn danach fragen konnte. Und die Ruferkennung zeigte UNBEKANNT an.«

»Okay, komm mit.«

Er peste mit Riesenschritten auf die Hecke aus Arecapalmen zu, dass ich Mühe hatte, ihm zu folgen. Jenseits der Hecke machte der Zufahrtsweg einen Bogen und führte zu einer Garage für vier Fahrzeuge. Zuerst dachte ich, die Garage bildete den einen Flügel eines L-förmigen einstöckigen Hauses, dann aber erkannte ich, dass das Haus um einen Innenhof mit einer hohen Eiche in der Mitte herum gebaut war. Sergeant Owens bog scharf rechts ab und ging einen gepflasterten Weg zwischen der Sichtschutzhecke und der Seitenwand der Garage entlang. Wir passierten einen Abschnitt aus Fensterglas und standen schließlich vor einer Doppeltür, die in Lippenstiftrot mit Perlglanzeffekt gestrichen war. Ich hatte an diesem Morgen so viel Weihnachtskrempel gesehen, dass ich unwillkürlich dachte, ein geschmackvoller Kranz aus Kieferzapfen hätte sich auf der roten Tür gut gemacht.

Nachdem er sich mit einem Blick über die Schulter versichert hatte, dass ich noch da war, betätigte Sergeant Owens mit knochigem Finger den Klingelknopf. Wir traten beide einen Schritt zurück und glotzten durch die Glasfront, so wie Kaufhausbesucher auf riesige Fernsehwände starren, über die irgendeine niveaulose TV-Show flimmert. Das Wohnzimmer sah aus wie ein Bild aus einer Architekturzeitschrift, Niedrigmöbel in Honigtönen und überall nur Leder, Stahl und polierter Stein; wenn ich so was schon sehe, könnte ich Amok laufen und überall Katzenhaare und Erdnussschalen verstreuen.

Die hintere Wand wurde von einem offenen Kamin beherrscht, der groß genug war, um einen Ochsen darin zu braten. Davor hingen jede Menge Utensilien aus Messing und Gusseisen, mit denen man im Feuer herumstochern und Heizmaterial nachlegen konnte. Im Moment loderten darin beachtliche Flammen, was mir durch und durch abwegig vorkam. Sicher, es war kühl draußen, aber so kühl nun auch wiederum nicht. Ein Kamin in dieser Größe war auf Siesta Key sowieso schon seltsam, sehnt man sich doch hier gerade mal zwei Wochen im Jahr nach Wärme. In der übrigen Zeit bekommt man schon allein beim Anblick eines Kamins Schweißausbrüche. Key-Bewohner, die auf die nostalgische Anmutung eines Kamins nicht verzichten können, ziehen kleine, dezente Modelle vor, bescheidene Höhlungen, in denen man Bromelien oder Farne abstellen kann, aber diese Niedlichkeit war für veritable, prasselnde Feuersbrünste gedacht.

Vom Kamin her schlenderte eine Frau auf die Eingangstür zu, und Sergeant Owens und ich bemühten uns um möglichst neutrale Mienen.

Die Frau war schlichtweg umwerfend, und zwar ohne jede Einschränkung. Wenn ich diesen Typ Frau sehe, muss ich automatisch daran denken, dass meine splissigen Haarspitzen dringend geschnitten und meine Augenbrauen gezupft werden müssten, und überdies eine Maniküre und überhaupt eine Runderneuerung bei der Kosmetikerin längst überfällig war. Dabei wirkte sie nicht so, als würde sie es darauf anlegen, umwerfend auszusehen, sie war es einfach. Alabasterfarbene eurasische Haut, mandelförmige, topasblaue Augen, rote Lockenmähne, oben am Kopf lässig zusammengebunden, sodass sie den anmutigen Hals in sanften Wellen umspielte. Endlos lange, sanft flatternde Wimpern. Von Natur aus rosige volle Lippen mit einem kleinen, dunklen Schönheitsfleck daneben, so als wäre der Engel, der sie geschaffen hatte, von ihrer makellosen Schönheit so hingerissen gewesen, dass er zu einem feinen Pinsel gegriffen und eine verschlüsselte Signatur hinzugefügt hatte. Ihre Hände steckten in dünnen Latexhandschuhen, wie sie Chirurgen verwenden, und anstatt einer Miss-America-Schärpe trug sie zerknautschte blau-grüne OP-Klamotten und weiße Laufschuhe.

Sie lächelte Sergeant Owens mitten ins Gesicht und enthüllte dabei gleichmäßige, strahlend weiße Zähne, wie sie der Zahnarzt auf Bildern zeigt, wenn er sagen möchte, es sei wieder einmal Zeit für eine Bleichkur. Aus dem Augenwinkel konnte ich sehen, wie Sergeant Owens den Bauch einzog und seine Schultern straffte. Welche anderen männlichen Reaktionen er noch hatte, konnte ich nur ahnen.

Sergeant Owens sagte: »Ma'am, die Tiersitterin ist da.«

Er sagte das so beiläufig, dass jeder, der es hörte, gedacht hätte, mein Erscheinen wäre ihm scheißegal. Er führte etwas im Schilde, ich wusste nur nicht, was.

Sie sah mich mit einem strengeren Augenausdruck an, als sie ihn Sergeant Owens hatte zuteil werden lassen.

»Ich verstehe nicht.« Sie sprach mit Akzent – karibisch war es nicht, auch nicht französisch oder südamerikanisch, sondern etwas für mich Undefinierbares –, wobei sie jede einzelne Silbe sorgfältig aussprach, wie jemand, der Englisch nicht als Muttersprache spricht.

Sergeant Owens sagte: »Die von Mr Kurtz engagierte Tiersitterin. Sie ist gekommen, um ihren Job zu erledigen. Wenn Sie ihr also nur zeigen, wo ...«

Er wandte sich mit einem Blick an mich, der sagte: Hilf mir doch mal, worauf ich sagte: »... der Leguan sich befindet.«

Sie trat zurück, als hätte ich sie bedroht, und ihre großen Augen wurden noch größer. Wenn man davon ausging, dass praktisch in ihrer unmittelbaren Umgebung ein Mord passiert war, überraschte mich ihre Nervosität nicht. Eher erstaunte mich, dass sie sich plötzlich vor mir zu fürchten schien.

»Nein, das kann nicht sein. Unmöglich. Nein, er hat nicht angerufen.«

Ich kam zu der Überzeugung, dass ihr Akzent nachgemacht war, und sagte frei heraus, wie ich mich angesichts der Unterstellung fühlte, ich hätte gelogen. Sergeant Owens packte meinen Arm mit seinen knochigen Fingern und drückte ihn. Sein Gesicht war vollkommen ausdruckslos, aber sein Griff sagte: Pass auf, was du sagst, Dixie – Worte, die ich mehr als einmal von ihm gehört hatte, als ich noch Deputy war.

Er sagte: »Ma'am, ich würde mich gerne mit Ms Hemingway unterhalten. Wir sind in einer Minute wieder zurück.«

Er bugsierte mich über den Weg bis zur Vorderseite der Garage. Sein Gesicht wirkte irgendwie erstaunt, soweit bei Sergeant Owens überhaupt von Staunen die Rede sein konnte.

Er sagte: »Okay, Dixie, wunderbar. Wir bleiben dran. In dem Haus gehen merkwürdige Dinge vor sich, aber ich habe keinen stichhaltigen Grund zur Beantragung einer Durchsuchungsgenehmigung. Sieh zu, dass du reinkommst, und schau dich um. Ich stimme mich mit Lieutenant Guidry ab, sobald er hier ist.«

Mein Herz machte einen kleinen Freudensprung, entweder weil Guidry die Ermittlungen in diesem Mordfall in die Hand nehmen würde oder weil Sergeant Owens noch immer an meine Fähigkeiten als Deputy glaubte, obwohl ich seit fast vier Jahren kein Abzeichen mehr trug.

»Handelt es sich bei dieser Frau um Mrs Kurtz?«

»Nein, sie ist Kurtz' Pflegerin. Zumindest behauptet sie das. Sie gibt vor, Kurtz würde im Bett liegen, voll bis über die Ohren mit irgendwelchem Zeug. Sieh mal nach, ob du ihn findest.«

Ohne mein Einverständnis abzuwarten, machte er sich auf den Rückweg, wobei seine große Pranke noch immer meinen Arm umklammert hielt. Die umwerfende Lady stand noch immer in der Eingangstür, aber nun hatte es den Anschein, als wäre sie sich ihrer Wirkung auf Männer plötzlich wieder bewusst geworden und bereit, diese auch einzusetzen.

Sergeant Owen sagte: »Ma'am, ich fürchte, ich habe Ihren Namen vergessen.«

»Ich heiße Gilda.«

Er wartete noch kurz auf den Nachnamen und präsentierte dann sein breitestes Lächeln. »Nun, Gilda, ich muss Sie bitten, Ms Hemingway hereinzulassen, damit sie ihren Auftrag erfüllen kann.«

Sie schüttelte den Kopf so heftig, dass ihre Locken hin und her flogen. »Ich sage noch einmal, Mr Kurtz hat keinen kommen lassen. Er hat niemanden gerufen. Unmöglich.«

Sie sprach seinen Namen Meester Koots aus, und ich dachte mir, dass der Akzent doch zu konsequent durchgehalten und deshalb nicht nachgemacht war.

Sergeant Owens grinste sie sabbernd an und gab den Trottel so überzeugend wie es nur ein ganz gerissener Cop schafft.

»Nun, Gilda, ich vermute mal, dieses Mal hat er etwas von sich aus unternommen, oder sehe ich das falsch? Muss ihm wohl besser gehen, würde ich sagen, umso besser für ihn. Ms Hemingway wird jetzt einfach mal kurz reinkommen und nachsehen, ob mit diesem Viech alles in Ordnung ist. Sie wird Sie garantiert nicht weiter stören, oder, Ms Hemingway, das tun Sie doch nicht?«

Er stupste mich leicht an, während er sprach, und Schwester Beauty musste mir den Weg freigeben. Von Nahem hatte sie einen komischen Medizingeruch an sich, ein bisschen wie das Jodpräparat, das allein, wie meine Großmutter zu schwören pflegte, Bakterien wirklich abtötete. Ich betrat das Wohnzimmer mit schnellen Schritten und befürchtete schon fast, sie würde mich von hinten packen. Stattdessen knallte sie die Tür so kräftig zu, wie sie nur konnte, um, wie ich vermute, ihrer Verärgerung Ausdruck zu verleihen.

Der Raum war sogar noch unpersönlicher, als er von außen durch das Glas gewirkt hatte. Kein Weihnachtskitsch, kein Hanukka-Krempel. Weder Schnittblumen noch Topfpflanzen, keine Bücher oder Zeitschriften, keine Ziergegenstände, keine gerahmten Schnappschüsse. Es sah so aus, als hätte ein Möbelhaus vor geraumer Zeit einen Lastwagen voll schweineteurer moderner Möbel angekarrt und seitdem kein Mensch mehr davon Notiz genommen. Von dem Kaminfeuer abgesehen, hatte der Raum die gefühlte Temperatur einer Leichenhalle.

Über die Schulter hinweg sagte ich: »Wo finde ich denn Ziggy, Ma'am?«

»Wen?«

»Ziggy. So heißt doch der Leguan, oder nicht?«

»Oh, ich … ich weiß nicht.«

Ich blieb stehen und drehte mich um, aber sie schaute zögernd und nervös zur Seite. Sergeant Owen hatte recht gehabt. Irgendetwas stimmte nicht, denn sie wollte mich definitiv nicht im Haus haben.

Ich sagte: »Wurde er vielleicht an einen warmen Ort gebracht?«

Sie machte eine vage Bewegung mit ihrer latexbehandschuhten Hand. »Ich weiß nichts von einem Tier.«

Bei Temperaturen unter 15 Grad Celsius beginnen Leguane in eine Kältestarre zu fallen, und wenn sie es längere Zeit zu kalt haben, sterben sie. Die Temperatur bei uns hatte seit zwei oder drei Nächten im kritischen Bereich gelegen.

Von der Ecke her ertönte ein schleifendes Geräusch, das sich anhörte, als glitte die raue Haut eines Leguans über glatte Fliesen.

Die Krankenschwester erstarrte und reckte den Kopf, wobei ihre Topas-Augen hin und her gingen wie auf der Suche nach einem sicheren Versteck. Jetzt dämmerte mir, warum Kurtz nach einer Vertretung zur Fütterung seines Leguans gesucht hatte. Manche Menschen fürchten sich zu Tode vor Reptilien, selbst solchen mit vier Beinen, und Kurtz' Pflegerin gehörte mit Sicherheit zu dieser Sorte.

Ich behielt den Fußboden im Auge und wartete auf das Auftauchen grüner Leguanhaut. Stattdessen fiel mein Blick auf einen Slipper und eine dicke Socke, in welcher der Fuß eines Mannes steckte. Als der Mann ganz zu sehen war, durchlief mich ein Ekelschauer. Ich glaube, ich habe sogar kurz nach Luft geschnappt. Der abgehärmt wirkende Mann trug einen Bademantel in rotem Schottenkaro, lose geschlossen, sodass nicht nur große Partien von Brust und Beinen zu sehen waren, sondern auch ganze Narbenkontinente, die schimmerten wie das Innere der Seeohrmuschel. Seine pflaumenblau gesprenkelte Haut erinnerte mich an Leichenflecken und sie schien von winzig kleinen Zuckungen gequält, als würde sie von innen her ständig von kleinen Drahtspitzen angestochen. Dadurch wirkte sein Gesicht wie eine zitternde Wasseroberfläche, auf die feiner Sprühregen fällt.

Ein Blick in seine Augen enthüllte ein derartiges Ausmaß von Qualen, dass ich beinahe wieder nach Luft geschnappt hätte.

Unfreiwilligerweise sagte ich: »Es tut mir leid.«

Seine Stimme klang krächzend und keuchend. »Ja, mir auch.«

»Ich wollte sagen …«

»Ich weiß, was Sie sagen wollten. Alle Menschen reagieren so, wenn sie mich zum ersten Mal sehen. Ein reflexartiger Schreck, dass so viel Hässlichkeit eine Seele und ein schlagendes Herz besitzt.«

»Eigentlich meinte ich, dass es mir leid tut, dass Sie so große Schmerzen erleiden.«

»Ihr Mitleid können Sie ja vielleicht ein anderes Mal zum Ausdruck bringen. Zunächst würde ich gerne wissen, wer Sie sind und was Sie in meinem Haus verloren haben.«

Gilda sagte: »Ich habe ihr das schon gesagt, aber der Polizist meinte, ich muss sie hereinlassen.«

Er richtete seinen schmerzgetrübten Blick auf sie. »Polizei?«

»Ramón hatte einen Unfall. Er ist verletzt.«

Ihre nervöse Geziertheit ging mir allmählich auf die Nerven.

Ich sagte: »Wenn Ramón der Wachmann ist, dann wurde er nicht verletzt, sondern ermordet. Ich bin deshalb hier, weil mich gestern Abend ein Mann angerufen hat, der sagte, er sei Ken Kurtz, und ob ich nicht heute kommen könne, um seinen Leguan zu füttern. Mein Name ist Dixie Hemingway, ich bin professionelle Tiersitterin.«

Sowohl er wie auch die Pflegerin waren sehr still geworden, und für die Dauer einer Sekunde schien seine abnormale Haut zu erbleichen.

Kehlig krächzend sagte er: »Halten Sie mich nicht zum Narren! Wer hat Sie geschickt?«

Just in dem Moment hätte ich sechs Wochen meines Lebens für ein Abzeichen, eine Waffe oder wenigstens ein Namensschild gegeben, das mir die Autorität eines Deputy verliehen hätte. Da ich aber über null Autorität verfügte, stemmte ich die Hände in die Hüften und sah ihn finster an.

»Was bildet ihr euch hier überhaupt ein? Ich weiß, dass euch das Schicksal übel mitgespielt hat, aber das ist kein Grund, so verdammt unhöflich zu sein. Mir wurde ein Auftrag erteilt, und ich bin hier, um ihn zu erledigen. Soll ich nun Ziggy füttern oder nicht?«

»Wen?«

Völlig irre geworden, glaubte ich sekundenlang, hinter all dem könnte eine Verwechslung oder ein falscher Leguan stecken, da weder Kurtz noch seine Pflegerin den Namen des im Haus lebenden Leguans kannten.

Ich sagte: »Der Mann am Telefon sagte, sein Leguan heiße Ziggy, das sei sehr wichtig, wie er noch hinzufügte.«

Kurtz schloss für einen langen Moment die Augen, und ich sah, wie seine Brust sich unter tiefem Einatmen hob und senkte. Unter seiner Haut wuselte es, lauter kleine Wirbel, die aussahen wie irgendwelches Getier auf der Flucht vor grellem Licht. Als er die Augen wieder öffnete, schien er zu einem Schluss gekommen zu sein, der ihn unendlich traurig machte.

Er sagte: »Was hat er sonst noch zu Ihnen gesagt?«

»Er sagte, Ziggy würde frei herumlaufen und gerne gelben Kürbis verspeisen.«

Er streckte den Rücken, straffte seine Schultern und hob den Kopf. Seine Hände trafen sich an der Taille, um den Gürtel fester zu schließen. Er war noch immer eine groteske Erscheinung, nur dass nun ein gewisser Stolz dazukam.

Er sagte: »Ich bin Ken Kurtz, und ich habe Sie nicht angerufen.«

Verzweifelt sagte Gilda: »Ich ihr sagen, dass Sie nicht anrufen.«

Er ignorierte sie. Seine Augen schienen durch meine Schädeldecke hindurch direkt in mein Gehirn zu sehen, alle dort gespeicherten Informationen durchzugehen, um dann mit der gewünschten Antwort wieder aufzutauchen.

Ich sagte: »Besitzen Sie einen Leguan?«

»Ja.«

»Lautet sein Name Ziggy?« Er zögerte. »Könnte man sagen.«

»Dann hat mich jemand angerufen, der Sie kennt. Merkwürdig, dass mich jemand bittet, heute hierherzukommen, und dann wird Ihr Leibwächter mit einem Kopfschuss niedergestreckt.«

Seine Brust hob sich wieder unter einem schweren Seufzer, und ich gab mir in Gedanken einen Stoß. Ich hätte ihm nicht sagen sollen, wie der Wachmann ermordet worden war. Ich hätte warten sollen, um zu sehen, ob er schon davon wusste.

Ich sagte: »Es ist kalt draußen. Wenn Ziggy im Hof ist, sollte man ihn ins Haus bringen.«

Er runzelte die Stirn und sah Gilda forschend an. »Ist der Leguan draußen?«

Gilda wurde kreidebleich im Gesicht und wirkte regelrecht verängstigt. Ken Kurtz war wohl nicht die Sorte Arbeitgeber, die man verärgern sollte. Sein Mund klaffte auf und er schnaubte derart wütend, dass sowohl ich wie auch die Krankenschwester ein paar Schritte zurückwichen. Mir kam der Gedanke, er könnte vielleicht noch verrückter sein als ich.

4

Gilda fuchtelte aufgeregt mit den Händen herum und machte sich dann blitzartig davon.

Ich nahm meinen ganzen Mut zusammen und sagte: »Mir fiel auf, dass eine große Eiche in Ihrem Hof steht. Vielleicht ist Ziggy ja dort droben. Wenn Sie mir zeigen, wo die Küche ist, kann ich versuchen, ihn mit etwas Essbarem herunterzulocken.«

Wortlos zeigte er in die Richtung, in der auch Gilda verschwunden war, und ich machte mich auf den Weg. Über einen Flur kam ich in die Küche, in der es aussah wie in einem Krankenhaus. Alles war weiß gekachelt – der Fußboden, die Wandpartien zwischen Schränken und Arbeitsflächen und sogar die Arbeitsflächen. So weit das Auge reichte, sah man große Vierecke aus Hochglanzkeramik zwischen klinikweißen Fugen, klinikweiße Schränke, klinikweiße Wände und klinikweiße Geräte. Kein einziger Farbtupfer trübte das Bild. Selbst die Geschirrtücher, die gefaltet neben dem weißen Spülbecken lagen, waren strahlend weiß. Eine Magnolie hätte in dieser weißen Ödnis schmuddelig gewirkt.

Wie eine Riesenbazille bewegte ich mich mit klackenden Schritten auf den großen weißen Kühlschrank zu und öffnete die Tür. Diese Leute hatten wirklich jegliche Farbe aus ihrem Leben verbannt. Es gab keine Marmeladengläser, keine Ketchupflaschen, keine Gurkentöpfe, sondern nur fein säuberlich gestapelte Packungen in weißem Einschlagpapier wie vom Metzger, das an den Enden so gefaltet war wie die Verpackung von Weihnachtsgeschenken. Es roch auch irgendwie merkwürdig, wie nach Jod. Ich bekam eine Gänsehaut, entweder von der Kälte des Kühlschranks oder seines bizarren Inhalts wegen, zog aber trotzdem noch eine der unteren Gemüseschalen heraus. Keine Zucchini. Kein Romanasalat. Überhaupt kein Gemüse. Auch hier überall nur diese weißen Packungen, die alle diesen merkwürdigen Jodgeruch verströmten.

Mir fiel plötzlich ein, dass Leguane in manchen Gegenden dieser Welt geschlachtet und verspeist werden. Darauf schloss ich, leicht angewidert, die Kühlschranktür und machte mich auf die Suche nach der Krankenschwester.

Im Flur hörte ich Geräusche, die wie ein theatralisches Schluchzen klangen. Ich ging ihnen nach und kam in einen Raum, der genauso laborähnlich weiß wie die Küche war. Weiße Wände, weiße Vorhänge, weiße Möbel, ein weißer Teppich. An den Händen noch immer die Chirurgenhandschuhe, lag Gilda mit dem Gesicht nach unten auf einem Doppelbett mit einer schneeweißen Jacquard-Decke.

Na, das war ja wieder mal wunderbar. Ein Strohmann hatte mich dazu angeheuert, einen Leguan zu versorgen, der ihm gar nicht gehörte. Dafür war ein Wachmann, dessen Aufgabe es war, den wirklichen Besitzer des Leguans zu beschützen, ermordet worden, und der Leguan befand sich womöglich auf kleine weiße Päckchen verteilt im Kühlschrank. Und um mein Glück für diesen Tag komplett zu machen, war die Pflegerin des Besitzers eine leicht durchgeknallte Modelschönheit und unter Umständen auch eine Mörderin, die beide, den Wachmann und den Leguan, auf dem Gewissen hatte. Durch den Innenhof wirkte der Grundriss des Hauses etwas verwirrend. Die vier Garagen lagen an der Südseite, und das lang gestreckte Wohnzimmer mit dem enormen Kamin nahm den größten Teil des Westflügels ein. Das Esszimmer, die Küche und Gildas Zimmer bildeten den Nordflügel. Von Gildas Zimmer aus verlief ein langer Gang in Richtung Osten. Ken Kurtz' Schlafzimmer musste sich entweder dort befinden oder aber in einem Südflügel zwischen den Garagen und dem Innenhof. Ich fragte mich, ob die Beziehung zwischen ihm und Gilda mehr war als ein Verhältnis zwischen Patient und Pflegerin. Nicht dass ich es verurteilt hätte. Wenn die beiden ein Paar waren, wäre Gilda nicht die erste gut aussehende Frau gewesen, die sich einem abstoßenden, aber steinreichen Arbeitgeber an den Hals wirft, so wie er nicht der erste abstoßende Mann gewesen wäre, der vor lauter Dankbarkeit darüber, eine hübsche Frau in seinem Bett zu haben, ihr jeden Wunsch von den Lippen ablas.

Ich sagte: »Gilda, sind in diesen Päckchen im Kühlschrank Leguansteaks?«

Sie hob ihr tränennasses Gesicht und sah mich an. »Wer hat Ramón umgebracht? Wie? Wann? Warum sagt die Polizei mir nicht, dass Ramón tot ist?«

Obwohl sie zu dick auftrug, um überzeugend zu sein, kam mir zum ersten Mal der Gedanke, dass sie vielleicht wirklich nicht gewusst hatte, dass der Wachmann tot war. Sergeant Evans hatte ihr möglicherweise nicht gesagt, dass auf der anderen Seite der Hecke aus Arecapalmen, die das Wohnhaus vom Wachhäuschen trennte, ein Mord geschehen war. Vielleicht hatte er auf Guidry gewartet. Vielleicht hätte ich es auch nicht sagen sollen. Vielleicht würde Guidry mir deswegen an die Gurgel gehen.

Nun, es wäre nicht das erste Mal gewesen.

Ich sagte: »Ich bin nur eine Tiersitterin, Gilda. Ich kümmere mich um Haustiere. Ich kenne die Antwort auf diese Fragen nicht.«

»Und ich bin Krankenschwester. Ich kümmere mich um Mr Kurtz. Ich weiß nichts über Tiere.«

»Okay, es gehört also nicht zu Ihren Aufgaben, den Leguan zu versorgen. Aber sagen Sie mir doch, was mit ihm los ist? Hat ihn jemand getötet?«

Sie vergrub ihr Gesicht in der Bettdecke und gab sich wieder quälendem Schluchzen hin, aber dieses Mal wirkte es noch gekünstelter. Ich hatte das Gefühl, sie wollte nur Zeit schinden, bis ihr eine Antwort einfallen würde.

Das schleifende Geräusch von Ken Kurtz' nahenden Schritten ließ Gilda den Kopf heben. Als wollte sie es loswerden, ehe Kurtz ihr Zimmer erreicht hatte, platzte sie heraus: »Er ist nicht tot, sondern im Weinlager.«

Ich wundere mich schon lange nicht mehr darüber, was reiche Leute so alles in ihren Häusern haben. Die ganz Armen schätzen sich schon glücklich über fließendes Wasser und eine funktionierende Klospülung. In der Mittelklasse hat man Wohn- und Esszimmer, Küchen und Schlafzimmer, Bäder und Abstellkammern. Reiche Leute leisten sich Ballsäle und Privatkinos in ihren Häusern. Sie haben riesige Fitnessräume, Spielzimmer und Kegelbahnen. Ken Kurtz besaß anscheinend einen Weinkeller, vermutlich einen ebenerdigen Raum zum Aufbewahren von Wein, denn auf Siesta Key trifft man auf Wasser, sobald man in den sandigen Böden auch nur einen Meter tief gräbt.

Das Einzige, was ich, angesiedelt irgendwo zwischen arm und Mittelklasse, von Weinkellern wusste, war, dass sie möglichst dunkel und gleichmäßig temperiert gehalten wurden. Wie kalt oder warm, das wusste ich nicht so genau, war mir aber sicher, dass es für einen Leguan dort entschieden zu kalt war.

Ich beachtete Gilda nicht weiter und wandte mich Kurtz zu. Jeder Schritt schien seine Kräfte aufs Äußerste zu strapazieren, aber er wirkte absolut entschlossen, wie ein Mann, der es gewohnt war, seine Pläne durchzusetzen.

Ich fragte: »Wo ist das Weinlager?«

Seine bläuliche Stirn kräuselte sich argwöhnisch. »Warum?«

»Gilda sagt, Ziggy ist da drin.«

Er drehte sich mühsam um und ging zurück in Richtung Küche. Ich sah noch einmal zu Gilda, die tief in Gedanken versunken schien, und folgte ihm. Von hinten gesehen war Kurtz ein ganz anderer Mensch – zum einen, weil er für eine derart ausgemergelte Person erstaunlich breite Schultern hatte, zum anderen, weil ich unter seinem Bademantel knapp über dem Hintern die Umrisse einer in einem Halfter getragenen Schusswaffe ausmachen konnte. Das Ding sah dem kleinen Nothelfer verdammt ähnlich, den jeder Bundespolizeibeamte irgendwo bei sich trägt.

Während ich seinem qualvollen Schlurfen durch die Küche und das Esszimmer folgte, ging ich alle möglichen Gründe durch, warum jemand, der eine Leibwache draußen vor seinem Haus postierte, auch drinnen noch eine Waffe trug. Vielleicht weil dieser Jemand ein geisteskranker Irrer war – eine eindeutige Möglichkeit –, oder aber, weil der Mörder des Wachmanns, wer auch immer es war, Ken Kurtz aus dem Weg räumen wollte und Kurtz von den Mordplänen wusste. Auf jeden Fall passierten in diesem Haus seltsame Dinge, und was es auch war, es hatte damit zu tun, warum mich jemand wegen des Leguans angerufen hatte.

Wir bogen um die Ecke ins Wohnzimmer, den Westflügel des Hauses, in dessen monströsem Kamin noch immer Feuer brannte. Dieser Teil des Hauses schien der einzige zu sein, in dem es keine Glaswand zum Innenhof gab. Stattdessen gaben beiderseits der doppelten Eingangstür Glaswände den Blick auf die Sichtschutzhecke aus Palmen frei. Kurtz humpelte am Kamin vorbei, und ich folgte ihm beharrlich in seinem eigenen Tempo, so langsam, dass ich das Gefühl hatte, das Gleichgewicht zu verlieren. Als ich an dem Kamin vorbeischlich, spürte ich einen willkommenen Warmluftstrom an den Beinen, woraus ich schloss, dass dieser wohl über einen eingebauten Heizventilator verfügen musste. Selbst Kurtz schien sich angesichts der Wärme ein bisschen zu entspannen, soweit von Entspannung die Rede sein konnte, wenn jemand gerade mal einen Arm locker an der Seite hängen ließ. Davor hatte er die Arme auf dem Bauch verschränkt gehalten, als müsste er seine Haut daran hindern aufzubrechen.

Am gegenüberliegenden Ende des Wohnzimmers kamen

wir an eine verschlossene Tür. Kurtz holte einen Schlüssel aus der Manteltasche und sperrte auf, während ich überlegte, dass sie zu einem fensterlosen Raum hinter den Garagen führen müsste. Er öffnete die Tür, hinter der sich ein dunkler, höhlenartiger Raum ausbreitete. Er tastete nach dem Lichtschalter, aber auch nachdem er ihn gefunden hatte, war der Raum nicht viel heller als vorher. Eine Rotlichtbirne spendete schwaches Licht und erinnerte an die Dunkelkammer eines Fotografen. In ihrem unheimlichen Schein sprangen hohe Regale ins Blickfeld, aufgereiht wie die Bücherwände einer Bibliothek und jedes einzelne voll mit dunklen Flaschen, die seltsamerweise hier und da rötlich funkelten. Auch die Wände waren mit Weinregalen zugestellt. Ungefähr, so schätzte ich, musste der Raum drei Meter breit und sechs Meter lang sein – annähernd ein Drittel der Größe meiner Wohnung.

In meinem Supermarkt stehen die Weinflaschen aufrecht im Regal, mit Preisschildern an der Vorderkante, damit ich weiß, welche weniger als zehn Dollar kosten – meine Lieblingsjahrgänge. Kurtz' Weine waren so gelagert, dass der Flaschenhals etwas nach unten zeigte, und ich war mir ziemlich sicher, dass der Preis für eine Flasche fünfzig Mal so hoch war wie der, den ich normalerweise bezahlte.

Ich fragte: »Wie hoch ist die Temperatur da drinnen?«

»Zwei Grad Celsius.«

Hm. Nur ein Wissenschaftler oder ein intellektueller Angeber hätte dieses »Celsius« drangehängt, und Kurtz schien mir kein Angeber zu sein.

»Können Sie kein helleres Licht machen?«

»Helles Licht schadet dem Wein.«

Okay, vielleicht war er doch ein intellektueller Angeber.

Ich sagte: »Sie brauchen nicht hineinzugehen. Ich finde ihn auch so.«

Kurtz wirkte fast ein bisschen erleichtert. Er konnte wohl gut darauf verzichten, zwischen all diesen Weinregalen herumzuschlurfen. Ich ging hinein und versuchte erst einmal mich zu orientieren. Es war nicht direkt kalt in dem Raum, aber ich hätte mich nicht gerne längere Zeit darin aufgehalten. Einem Leguan wäre es noch kälter vorgekommen. Ich ging nach rechts und bewegte mich an der Außenwand entlang, wobei ich einen Blick in die Gänge zwischen den Regalreihen warf, darauf bedacht, die Umrisse einer großen Echse zu erblicken. Am hinteren Ende drehte ich mich um und ging den langen Korridor zügig entlang zu den Regalen auf der anderen Seite der Tür. Dort fand ich Ziggy ganz hinten. Er war mit dem Kopf gegen die Wand gestoßen, und sein langer Schwanz lag den hinteren Korridor entlang ausgestreckt. Die Körperfunktionen heruntergefahren, lag er starr und reglos da. Der arme Bursche wusste nicht einmal, wo er sich befand, denn Leguane orientieren sich im Raum nicht mittels der regulären Augen, sondern durch Lichteinfall in das Parietalauge, ein nach oben gerichtetes, zentrales drittes Auge auf dem Scheitelbein. Bei der Häutung wird dieses dritte Auge wie eine Kontaktlinse abgestoßen. Im schummrigen Rotlicht des Weinlagers war Ziggys Scheitelauge nutzlos und zur Navigation untauglich.

Ich sagte: »Hey, alter Junge. Alles okay?«

Dumme Frage. Ziggy wusste gar nicht, dass ich da war, und es war ihm auch egal. Höchstwahrscheinlich wusste er in dem Moment überhaupt nichts. Er war komplett abgeschaltet und nahm nichts wahr, weder was draußen passierte noch in seinem Inneren. Hätten sich die Flanken nicht mit seinen Atemzügen bewegt, hätte ich geglaubt, er sei tot. Trotzdem war er immer noch in der Lage, instinktiv zu reagieren, und ich wusste aus eigener schmerzlicher Erfahrung, dass Leguane, wenn man sie hochnimmt und sie sich nicht sicher getragen fühlen, leicht in Panik geraten und mit ihrem kräftigen Schwanz um sich schlagen. Das bringt einen zwar nicht um, tut aber verdammt weh. Ich kniete mich seitlich neben ihn und glitt mit einer Hand unter seinem Hals hindurch, um ihn am Vorderbein sicher zu fassen zu kriegen; die andere Hand schob ich unter seinem Bauch hindurch, um sein Hinterbein zu packen. Als ich ihn vom Boden aufhob, zog ich ihn eng an mich, sodass er nicht nur auf meinen Armen, sondern auch dicht an meinem Körper zu liegen kam. Dann bewegte ich mich seitlich den äußeren Korridor entlang, bis ich den Gang erreichte, der zur Tür führte.

Kurtz stand noch immer dort, eine Hand gegen den Pfosten gestützt, als könnte er jede Minute zusammenbrechen. Der Ärmel seines Bademantels war verrutscht und enthüllte ein Gazepflaster in der Armbeuge; darunter hätte sich gut ein Infusionskatheter zur Verabreichung von Medikamenten oder für Bluttransfusionen befinden können. Gilda war vielleicht etwas durchgeknallt, dafür aber als Krankenschwester scheinbar sehr kompetent.

Als er mich sah, richtete er sich in einer Weise auf, die mich ans Strammstehen beim Militär erinnerte. Garantiert hatte Kurtz früher einmal bei der Polizei oder der Armee gedient. Aber welcher Polizist oder Soldat geht schon so gut versorgt in den Ruhestand, dass er sich einen Lebensstil à la Kurtz leisten kann?

Als ich mich durch die Tür schob, blickte Kurtz auf Ziggys von der Kälte dunklen Körper, und über sein Gesicht huschte eine Spur von Angst. Dabei musste ich unwillkürlich daran denken, wie mein Großvater beim Tod unseres Leguans geweint hatte. Ich hatte immer geglaubt, der Grund wäre sein Schmerz über Bobbys Verlust gewesen, aber in dem Moment wurde mir klar, dass er aus Enttäuschung darüber geweint hatte, Bobby nicht vor der Kälte geschützt zu haben. Wenn wir Menschen die Verantwortung für ein Tier übernehmen, stellen wir uns in Wahrheit auf die Probe, inwieweit wir dieser Verantwortung gerecht werden können. Lassen wir das Tier im Stich, haben wir die Prüfung nicht bestanden.

Ich sagte: »Er ist so dunkel, weil er friert. Wenn er sich erwärmt, bekommt er auch wieder seine normale grüne Farbe.«

Kurtz gab ein krächzendes Geräusch von sich, das als Lachen durchgehen sollte. »Ich wollte, ich könnte dasselbe von mir behaupten.«

Ziggy fest an meine Taille gedrückt, machte ich mich auf den Weg in Richtung Wohnzimmer und die Wärme des Kamins. Ein Korb mit großen Scheiten und Kleinholz zum Feueranmachen stand auf einer Seite der Feuerstelle, ein exakter Stapel mit großen Bodenkissen auf der anderen. Sie luden also Gäste ein, die bei einem Glas Wein auf dem Boden vor dem Feuer saßen, ob aber die Hausbewohner selbst je auf einem dieser Kissen gesessen hatten, bezweifelte ich. Mit dem Fuß kickte ich gegen den Stapel, bis ich genügend Kissen als weiches Bett für Ziggy davor liegen hatte. Dann legte ich ihn vorsichtig ab und streckte seinen Schwanz hinter ihm aus. Seine Augenlider waren geschlossen. Er bewegte sich nicht. Wenn ihn ein Unbeteiligter gesehen hätte, hätte er glatt gedacht, Ziggy wäre eine Skulptur aus Stein.

Mittlerweile hatte auch Kurtz es geschafft, an den Kamin zu kommen. Ich hörte, wie er heranschlurfte und stehen blieb, drehte mich aber nicht um. Ich war damit beschäftigt, Ziggy zu beobachten.

Kurtz sagte: »Die Kissen sind, glaube ich, aus antiken Orientteppichen.«

»Gut, dann sind sie wenigstens nicht aus Synthetik. Ich mag keine synthetischen Materialien bei meinen Tieren.«

»Wie war doch gleich wieder Ihr Name?«

Nun sah ich ihn doch an. »Dixie Hemingway.«

»Irgendwie verwandt mit …?«

»Nein, und ich habe auch keine Katzen mit sechs Krallen an den Pfoten.«

»Vermutlich werden Sie das oft gefragt.«

Draußen vor dem Glasfenster ging eine Gestalt vorbei, und ich holte tief Luft. Ich kannte diese Gestalt. Lieutenant

48

Guidry war eingetroffen und würde jeden Moment an der Tür klingeln. Wie ein Hund, der dem Klingeln sabbernd entgegenfieberte, wurden verschiedene Teile meiner Anatomie auf alle möglichen Arten aktiv, von denen einige in republikanisch regierten Staaten verboten sind.

Unlängst war mir klar geworden, dass ich auf Guidry stand, und ich war darüber zu Tode erschrocken. Ich wollte keinen Mann begehren, und schon gar nicht wieder einen Deputy. Todd war die Liebe meines Lebens gewesen, und als er starb, hatte ich beschlossen, alles, womit sich andere 32-jährige Frauen sonst überwiegend beschäftigen, romantische Schwärmereien, Liebe oder Sex, abzuhaken. Mein Körper aber hatte anderes im Sinn. Mein Kopf konnte planen, was immer er sich an Idealen vorstellen mochte, nur mein Körper sprach eine andere Sprache.

Ich sagte: »Vielleicht wollen Sie sich dieser Knarre entledigen, ehe Sie mit dem Detective von der Mordkommission sprechen.«

Ich weiß nicht, welcher Teufel mich ritt, als ich das sagte. Vielleicht sah ich darin eine Möglichkeit, mich davon abzulenken, dass es mich nervös machte, Guidry zu sehen. Vielleicht war es Kurtz' traurige Miene angesichts Ziggys dunkler Farbe. Vielleicht lag es auch daran, dass dieser Mann so abgrundtief hässlich war, dass kleine Kinder vor ihm davonlaufen würden, und er womöglich obendrein komplett verrückt war. Ich hatte schon immer ein Herz für Außenseiter, und Ken Kurtz hatte viel zu viel einstecken müssen in seinem Leben, um auch nur annähernd damit fertig zu werden. Was auch immer es war, ich empfand plötzlich dasselbe Schutzbedürfnis für ihn wie für Ziggy.

5

Es klingelte, und ich ging zur Tür.

Wie immer sah Guidry aus wie der Titelseite von *GQ* entsprungen und nicht wie der typische, mit der Mode auf Kriegsfuß stehende Cop. Er trug eine Hose aus dunkelgrauem Tuch, höchstwahrscheinlich aus feinster Wolle von einem bisher noch unentdeckten Andentier gefertigt, einen schwarzen Rollkragenpullover und eine braune Bomberjacke aus butterweichem Leder.

Guidry ist um die vierzig und einen Kopf größer als ich. Er hat dunkle, kurz geschnittene Haare, leicht angegraute Schläfen, eine markante Nase und ruhige graue Augen. Jede einzelne Zelle meines Körpers vibrierte wie bei einem Shimmy, kaum hatte ich in diese Augen geblickt. Es war verdammt peinlich, und ich sah ihm und der Situation gefasst ins Auge.

»Guten Morgen, Lieutenant.«

»Gibt es einen Grund, warum Sie hier die Tür aufmachen?«

Ich fand seine Reaktion schnippisch und überflüssig, da ich mir sicher war, dass Sergeant Owens ihn über die Gründe meiner Anwesenheit informiert hatte. Bevor ich ihm das aber sagen konnte, meldete sich Kurtz hinter mir zu Wort.

»Eine Gefälligkeit, die mir Miss Hemingway zuteil werden lässt, Lieutenant. Ich kann mich nur schwer bewegen, und sie hat mir ein paar Schritte erspart.« Er sah in Richtung Küchenflügel und fügte hinzu: »Besonders, da meine Pflegerin ihre Tätigkeit scheinbar eingestellt hat.«

Sollte Guidry schockiert gewesen sein, wirkten seine Augen doch sehr gefasst, als er Kurtz' blaue Farbe registrierte,

50

die zuckenden Strudel unter seiner Haut, sein schmerzverzerrtes Gesicht und den ausgemergelten Körper in dem rotkarierten Bademantel.

Er sagte: »Mr Kurtz, würde es Ihnen was ausmachen, wenn ich kurz reinkomme, um mit Ihnen zu sprechen?«

»Sehr viel sogar. Ich habe starke Schmerzen und sollte normalerweise im Bett sein. Aber auf meinem Grund und Boden wurde ein Verbrechen begangen und ich sehe ein, dass Sie Fragen dazu haben, also treten Sie ein, Lieutenant. Bringen wir es so schnell wie möglich hinter uns.«

Guidry nickte und durchquerte den Raum bis zum Kamin, wo Kurtz noch immer stand. Seine Augen registrierten alles, den gigantischen Kamin mit den lodernden Flammen, die geschlossene Tür zum Weinlager, und fielen schließlich auf Ziggy. Ziggy lag noch immer ausgestreckt auf den Bodenkissen vor dem Kamin, träge und unbeweglich wie ein Stein.

Für manche Menschen sind Leguane Wesen wie aus Albträumen, aber ich finde sie schön. Eigentlich große Eidechsen, handelt es sich bei Leguanen um Kaltblüter mit einem langen, gebänderten Schwanz und vier krallenbewehrten Beinen. Sie können so schnell laufen wie eine Katze, und da die äußeren Zehen zum Greifen ausgebildet sind, erklimmen sie in Windeseile jeden Baumstamm. Männchen haben schmale, wie ein Klettverschluss gebildete Streifen an der Innenseite ihrer Schenkel, die bei der Paarung das Weibchen festhalten; möglicherweise ist das der Grund für dieses merkwürdig verkniffene Dauerlächeln, das beide Geschlechter mit ihren hochgezogenen lippenlosen Mundwinkeln ständig zur Schau tragen. Ihren Mund halten sie in der Regel geschlossen, es sei denn, sie wollen an etwas riechen. Zum Erkennen von Geruchs- und Geschmackseindrücken haben sie oben am Gaumen ein spezielles Organ; wenn sie also wissen wollen, wie etwas schmeckt oder ob Gefahr droht, strecken sie einfach die Zunge heraus und machen den Lecktest. Sie besitzen keine gespaltene Zunge wie etwa Schlangen, dafür aber zwei sensorische Kanäle an der Zungenunterseite, die demselben Zweck dienen – sie zeigen ihnen Gefahr an, wo es warm ist und wo es Nahrung gibt.

Besonders gefallen mir der Rückenkamm und die Kehlwamme von Leguanen. Die Kehlwamme befindet sich, wie der Name schon sagt, vorne an der Kehle; in Schrecksituationen, oder wenn die Tiere sonst irgendwie aufgeregt sind, können sie die Wamme aufstellen, sodass sie doppelt so groß wird und ziemlich bedrohlich, eine Vorrichtung der Natur, die, wie ich finde, auch für Menschen äußerst praktisch wäre. Der Rückenkamm ist einfach nur cool – sie sehen damit aus wie kleine Drachen. Wer hätte nicht auch gerne solche Stacheln?

Vom Kopf bis zur Schwanzspitze war Ziggy ungefähr eins fünfzig lang. An einem guten Tag wäre seine Farbe leuchtend grün gewesen, wie ein Granny Smith, mit cremefarbenen Stacheln und Unterbauch. Aber dies war definitiv kein guter Tag. Stattdessen war er träge und dunkel, fast schwarz, und seine Augen lagen hinter geschlossenen Lidern verborgen. Er sah so unvorteilhaft aus, dass ich mich schon im Voraus über die Unverschämtheiten aufregte, die Guidry ablassen könnte.

Guidry beugte sich nach vorne, um genauer zu sehen. »Ist er okay?«

Ich sagte: »Nicht wirklich. Er wurde in ein eiskaltes Weinlager gesperrt und ist stark unterkühlt.«

Er wandte sich an Kurtz. »Warum befand sich Ihr Leguan in einem so kalten Raum?«

Kurtz wirkte überrascht. »Weiß ich nicht, Lieutenant. Ich habe ihn nicht dahin gebracht. Vielleicht kann Ihnen ja meine Pflegerin mehr sagen, denn sie wusste offenbar Bescheid.«

»Wer lebt außer Ihnen sonst noch hier?«

»Meine Pflegerin hat noch ein Zimmer. Sonst niemand.«

»Ist Ihre Pflegerin im Moment da?«

»Sie ist auf ihrem Zimmer. Ich vermute mal, der Mord an dem Wachmann ist ihr nahegegangen. Sie waren gute Freunde.«

Guidry sah mich an, und mir wurde heiß und kalt. Sicher, ich hatte die Sache vermasselt, weil ich Kurtz über den Mord informiert hatte. Das war Guidrys Job; nun konnte er nicht sehen, wie sie darauf reagiert hätten. Ich war schuld daran, dass sie sich eine Geschichte zusammenreimen und sie im Stillen auch noch proben konnten, ehe sie sie präsentierten.

Guidry sagte: »Kann es sein, dass die Pflegerin den Leguan in den kalten Raum gebracht hat?«

Kurtz sagte: »Lieutenant, ich freue mich ja über Ihre Sorge um das Wohlergehen meines Leguans, aber ich kann nicht erkennen, was das mit der Ermittlung in einem Mordfall zu tun haben soll.«

Guidry sah ihn gelassen an. »Und ich würde mich freuen, wenn ich einen Blick in das Weinlager werfen dürfte.«

Kurtz schnaubte verächtlich, wandte sich um und schlurfte durch das Wohnzimmer zur Tür des Weinlagers. Unter seinem Bademantel war keine Spur mehr von einer Waffe zu sehen, und ich errötete wieder. Es war dumm und auch falsch gewesen, ihm zu raten, die Waffe abzulegen, und ich wusste nicht, warum ich es überhaupt getan hatte. Ich wusste auch nicht, wo er sie verstaut hatte.

Wieder holte er einen Schlüssel heraus und öffnete die Tür. Guidry folgte ihm mit federnden Schritten und warf einen Blick in den Raum.

Rückwärts an mich gewandt fragte er: »Sind Sie da reingegangen?«

Ich nickte, wohl wissend, worauf er hinauswollte.

»Und sind Sie viel herumgelaufen?«

»Ich bin, rechts beginnend, einmal ganz herumgegangen. Von den Gängen habe ich keinen betreten, bis auf den einen direkt vor der Tür.«

»Mm-hmm. Und Sie haben den Leguan rausgetragen?«

»Ja, und sein Schwanz schleifte über den Boden.«

Kurtz schien erst jetzt zu verstehen, worum es ging. »Sie

sprechen von Fußspuren, richtig? Ms Hemingway könnte welche zerstört haben.«

»Auch der Schwanz des Leguans«, sagte Guidry. »Vergessen Sie nicht den schleppenden Schwanz.«

Ich sagte: »Oh, bitte!« Und dann sah ich Guidrys schnellen warnenden Blick, der sagte: *Nur dieses eine Mal, Dixie, halten Sie bitte den Mund.*

Er hatte es bewusst darauf angelegt, Kurtz glauben zu machen, ich hätte im Weinlager Fußspuren zerstört. Das wäre zwar durchaus möglich gewesen, aber auf Keramikfliesen hinterlässt man kaum verwertbare Spuren, es sei denn, man hat Blut oder Schmutz an den Füßen. Außerdem war es weitaus wahrscheinlicher, dass derjenige, der Ziggy in den Raum gebracht hatte, ihn einfach vor die Tür gelegt und ihn dort zurückgelassen hatte. Aber da ich ohnehin schon den Mord ausgeplappert und damit alles vermasselt hatte, ganz zu schweigen von meiner Warnung an Kurtz, sich seiner Waffe zu entledigen, nahm ich an, ich schuldete Guidry eine Schweigeminute. Also ging ich zurück zum Kamin und stellte mich neben Ziggy.

»Woher kam Ihr Wachmann?«

»Ich glaube, er stammte aus Mexiko.«

»Ich meinte, welche Agentur hat ihn vermittelt?«

»Er war selbstständig.«

»Sie haben ihn persönlich eingestellt?«

»Nein, meine Pflegerin hat das gemacht.«

»Ging dem ein Einstellungsgespräch voraus? «

»Ich nehme es mal an. Um solche Details konnte ich mich eine Zeit lang nicht kümmern.«

Guidry sagte: »Ist der Wachmann auch ab und an ins Haus gekommen?«

Kurtz zögerte zu lange, nur für den Bruchteil einer Sekunde. »Nicht dass ich wüsste, Lieutenant.«

»Aber es ist möglich, dass er ohne Ihr Wissen ins Haus kam?«

»Wissen Sie, manchmal komme ich für mehrere Tage am Stück nicht aus meinem Zimmer. Dann habe ich keinen Überblick, was sonst so alles im Haus passiert.«

»Sie sagten, Ihre Pflegerin war mit dem Wachmann gut befreundet?«

»Ich glaube es, ja.«

»Irgendein bestimmter Grund, warum Sie das denken?«

Kurtz hob eine Hand ans Gesicht, als wollte er so die zuckenden Flecken unter seiner Haut beruhigen. »War nur so ein Gefühl von mir.«

»Glauben Sie, die beiden waren schon befreundet, bevor Ihre Pflegerin ihn eingestellt hat?«

»Nein.«

»Ist der Wein eigentlich als Geldanlage oder zum Trinken gedacht?«

»Sowohl als auch.«

Typisch für Guidry, Wein als Investitionsgut zu betrachten. Er war so verschwiegen, dass ich seine ganze Geschichte noch nicht kannte, aber welcher Mann ohne einen ellenlangen Stammbaum kleidet sich schon so und tritt so auf wie Guidry. So ungefähr das Einzige, was ich von ihm wusste, war, dass er aus New Orleans kam und kein Italiener war. Auch hatte er mich einmal auf Französisch als Lügnerin bezeichnet. Viel war damit nicht anzufangen, und es war mir sowieso egal, weil es mich nichts anging, aber er musste in einem Herrenhaus mit einem Weinkeller und vertrauenswürdigen Dienern groß geworden sein, die das Zeug die Treppe hochschleppten und fachgerecht servierten. Mit dem Supermarktfusel, den ich so trank, würde er wahrscheinlich nicht einmal nachts auf der Straße erwischt werden wollen.

Er sagte: »Gibt es Tropfen, die kostbar genug sind, dass jemand dafür einen Mord begehen würde?«

»Die Gründe, Lieutenant, aus denen jemand einen Mord begehen würde, sind höchst subjektiv, aber ich habe einige Kisten 1998er Pétrus, der heute an die tausendvierhundertfünfzig Dollar wert ist, die Flasche wohlgemerkt. Dafür würde so mancher Sammler über Leichen gehen. Dann gibt es noch eine Kiste Romanée-Conti, Jahrgang 1997, für gut fünfzehnhundert die Flasche, und jede Menge Château Latour, verschiedene Jahrgänge, 1990er, 1993er und 1994er. Der Latour ist billiger, sieben- oder achthundert die Flasche, würd' ich mal sagen.«

Guidry wirkte ganz und gar nicht schockiert, aber ich war es. Mir war es ein Rätsel, warum eine eintausendfünfhundert Dollar teure Flasche einhundertfünfzig Mal besser schmecken sollte als meine Zehn-Dollar-Gewächse.

Guidry sagte: »Kennen Sie jemanden, der es auf Ihren Wein abgesehen haben könnte?«

»Bis vor einer halben Stunde, Lieutenant, wusste noch gar keiner, dass es diese Weine überhaupt gibt.«

»Aber irgendjemand muss sie Ihnen verkauft und in die Regale gelegt haben.«

»Ich bestelle via Direktversand vom Weingut. Die Weine werden neutral verpackt angeliefert und von mir höchstpersönlich eingelagert.«

Ich dachte: *Und Gilda wusste Bescheid, dass es sie gab, genauso wie sie wusste, dass Ziggy im Weinlager war.*

Der Mann war nicht nur blau am ganzen Körper und abgrundtief hässlich, sondern obendrein ein Lügner.

Guidry sagte: »Sie wissen, dass die Einführung ausländischer Weine in Florida gesetzlich strafbar ist.«

»Sammlerweine bilden eine Ausnahme, Lieutenant.«

Guidry sah ihn mit hochgezogenen Augenbrauen an, widersprach aber nicht. Ich hatte keine Ahnung, wie der Staat Florida die Einfuhr von Wein gesetzlich geregelt hatte, hätte aber wetten können, dass Kurtz bluffte.

Guidry sagte: »Wann hatte der Wachmann zum letzten Mal Hand an den Leguan gelegt?«

Kurtz' Gesicht zuckte, entweder unter Krämpfen oder aus Verärgerung. »Niemand legt Hand an meinen Leguan, Lieutenant. Und soweit ich weiß, hatte der Wachmann den Leguan nie auch nur zu Gesicht bekommen.«

»Er hat ihn nie hochgehoben? Hatte nie Kontakt mit ihm?«

»Wie ich schon sagte, Lieutenant, wenn ich große Schmerzen habe, kann in meinem Haus ohne mein Wissen sehr viel passieren. Meine Pflegerin kann Ihnen vielleicht mehr über die Kontakte meines Wachmanns zu dem Leguan sagen.«

Ich dachte: *Oh ja, klar, schieb ruhig alle Schuld auf Gilda.*

Ehrlich gesagt, manche Männer sind es nicht einmal wert, einen Strick zu kaufen, um sie zu erhängen. Mit jeder von Kurtz' Antworten bedauerte ich meinen vorschnellen Rat, die Waffe wegzuwerfen, immer mehr.

Guidry sagte: »Wie lange arbeitet Ihre Pflegerin schon für Sie?«

Kurtz' Augen schnellten nach rechts oben, ein sicheres Zeichen dafür, dass jemand im Begriff war zu lügen.

»Ich habe sie engagiert, kurz bevor ich vor vier Monaten aus New York hierher gezogen war.«

»Von einer Agentur?«

»Nein, sie war ebenfalls selbstständig.«

»Hätten Sie etwas dagegen, wenn Ihre Pflegerin kurz zu uns kommt?«

Eine Sekunde lang stand Kurtz die Anstrengung deutlich ins Gesicht geschrieben, die es ihn kostete, einfach nur dazustehen und zu reden. Der weite Weg zurück zu Gildas Zimmer wäre eine Zumutung gewesen, als würde man jemanden nach einer Bauchoperation ohne Narkose auch noch bitten, den Schnitt selbst zu vernähen.

Ich sagte: »Ich hol sie.«

Ohne groß zu fragen, rannte ich quer durchs Wohnzimmer und über das Esszimmer und die Küche in Gildas Zimmer. Bis dahin hatte ich Gilda nicht sehr gemocht, nicht weil sie so gut aussah, sondern weil ihr Ziggy so egal gewesen war. Nun tat sie mir leid. Fast wollte ich sie schon warnen,

von Frau zu Frau, dass Kurtz trickste, verwarf aber den Gedanken. So dumm war ich nun auch wieder nicht. Ich hatte
mich schon genug geärgert über die hirnrissige Idee, mich für
Kurtz einzusetzen. Dieser Einfall würde mich noch teuer zu
stehen kommen, und ich wollte die Sache nicht noch schlimmer machen.

Vor Gildas offener Tür stockte mir beinahe der Atem. In
ihrem Zimmer herrschte Totenstille, und die weiße Bettdecke war makellos glatt wie beim Militär. Die geöffnete Tür
am Ende des Zimmers gab den Blick frei in ein weiß geflies-
tes Badezimmer, ebenfalls leer und totenstill.

»Gilda?«

Ich weiß nicht, warum ich überhaupt rief. Der Raum
wirkte wie dauerhaft leer und strahlte eine Totenstimmung
aus, wie das Zimmer meiner Mutter, nachdem sie mich und
meinen Bruder verlassen hatte.

Ich rief noch ein paar Mal, nur zur Bestätigung dessen,
was ich ohnehin schon wusste. »Gilda? Bist du da?«

Ich schritt sogar den breiten Ostkorridor entlang, dessen
Glaswand einen Blick in den Innenhof ermöglichte. Ich
klebte förmlich an der Wand und schaute hinaus auf die Eiche und die Gartenanlage ringsum. Von Gilda weit und breit
keine Spur, es sei denn, sie war auf den Baum geklettert und
versteckte sich in seinem Geäst. Der Ostflügel hatte nur eine
Tür, und die stand offen – Kurtz' Schlafzimmer. Ich schlich
hinein und warf einen schnellen Blick auf ein großes, mit
schwarzem Satin bezogenes Bett. Ich rief Gildas Namen, obwohl ich wusste, dass sie nicht da war. Gilda hatte das Haus
verlassen, und ich ahnte instinktiv, dass sie nicht nur schnell
weggegangen war, um eine Besorgung zu machen. Nein,
Gilda war auf Nimmerwiedersehen verschwunden.

In einem Flur an der Südseite des Hauses entdeckte ich
eine Tür, die beidseitig nur mit einem Schlüssel zu öffnen
war. Einer von zwei an einem Ring befestigten Schlüsseln
steckte im Schloss, wahrscheinlich ständig, weil es einfach

nervt, eine Tür von innen immer nur mit dem Schlüssel zu öffnen. Ich drehte den Schlüssel und öffnete die Tür zu einem schmalen, hinter den Garagen gelegenen Raum. Ein seitlicher Gang führte zu einem Abstellbereich für Restmüll- und Recyclingbehälter. Dahinter trennte ein Holzzaun das Kurtz'sche Anwesen von einer auf der Buchtseite gelegenen Wohnstraße. Hatte Gilda tatsächlich die Absicht zu fliehen gehabt, dann war sie mittlerweile schon halb in Tampa oder zumindest auf halbem Wege zum Sarasota Airport.

Ich schloss die Tür und steckte den Ring mit den Schlüsseln in meine Tasche, um ihn Kurtz zu geben. Bei all den Leuten, die im Haus sein würden, wenn Kurtz von Gildas Flucht erfahren würde, war es wenig empfehlenswert, einen Schlüssel einfach stecken zu lassen, noch dazu weil der zweite Schlüssel, wie ich vermutete, für das Weinlager war. Ich ging den südlichen Korridor entlang, kam am Weinlager vorbei und bog um die Ecke in den Westflügel, in dem Kurtz und Guidry vor dem Kamin warteten. Vom roten Schein des Feuers eingerahmt, glich der Anblick der beiden Männer einem italienischen Fresko über das Thema Gut und Böse, während der zwischen ihnen ausgestreckt daliegende Leguan einen Dämon symbolisierte.

Ich sagte: »Lieutenant Guidry, könnte ich Sie kurz sprechen?«

Beide Männer gaben mit ihren Blicken zu verstehen, dass ich frei sprechen könnte.

Guidry sagte: »Was gibt's denn, Dixie?«

»Die Pflegerin ist nicht auf ihrem Zimmer. Sie ist nirgendwo im ganzen Haus. Sie ist verschwunden.«

Wie eine in sich zusammenfallende Marionette fasste sich Kurtz plötzlich an die Schenkel und stöhnte auf. Sein Schrei klang nicht so sehr wie der eines Mannes, der die Geliebte verloren hatte, sondern so, als fürchtete er sich vor den Folgen dessen, was er gehört hatte.

Guidry und ich stürzten auf ihn zu, um ihn zu stützen.

Guidry sagte: »Wissen Sie, wo sein Zimmer ist?« Ich zeigte in Richtung südlicher Korridor. »Hier.«

In Sekundenschnelle hatten wir die Arme hinter Kurtz' ausgemergeltem Rücken und unter seinen Schenkeln zum Feuerwehrsitz verschränkt. Es gehörte nicht zu den üblichen Aufgaben eines Mordermittlers, einen kranken Mann zu Bett zu bringen, und auch ich war in der Regel mit anderen Dingen beschäftigt. Aber Guidry und ich waren beide Profis, und Profis gehen jede Situation professionell an und zeigen sich ihr gewachsen.

Wir gingen in den Ostflügel bis vor Kurtz' Schlafzimmer, wo wir uns seitlich positionierten, um ihn durch die Tür zu manövrieren. Als wir ihn auf die zerwühlten schwarzen Laken seines Kingsize-Wasserbetts herunterließen, wirkte er fast bewusstlos. Schwer seufzend legte er sich flach auf den Rücken, die Arme dicht am Körper, als fürchtete er um seine körperliche Ganzheit.

Guidry und ich tauschten besorgte Blicke. Wie verabredet sahen wir beide zum Nachttisch, auf dem neben einem Stapel Zeitschriften und einer gerahmten Fotografie diverse Medikamentenfläschchen standen. Guidry nahm eine Flasche in die Hand und las das Etikett.

Automatisch griff ich nach dem Foto. Wie ich schon geahnt hatte, zeigte es Ken Kurtz als jungen Mann – als er noch nicht blau und hässlich geworden war –, sein Arm lag um die Schultern einer Frau, die ich eben erst gesehen hatte – die Frau mit der Bulldogge namens Ziggy. Beide lachten sie in die Kamera mit dem unverwechselbaren Blick eines unsterblich ineinander verliebten Paares.

6

Beim Anblick des Fotos der Frau, die mir an jenem Morgen erst begegnet war, hatte ich das Gefühl, als würde jemand in meinem Kopf Raketen abschießen. Guidry schien nichts davon zu bemerken. Er sah sich noch einige weitere Fläschchen an und schob sie dann alle zu einem Haufen zusammen.

»Mr Kurtz, wie ist die Nummer Ihres Arztes?«

Kurtz öffnete die Augen und sah Guidry an. Unterbrochen von rasselnden Atemzügen, sagte er: »Nein! Basta ... keine Ärzte! Ist das klar?«

»Aber –«

»Ich habe gesagt ... nein! Ich verbiete ... Ihnen ... irgendjemanden zu rufen.«

»Okay, also kein Arzt. Würde Ihnen denn im Moment eines dieser Medikamente helfen?«

»Nein ... ich brauche nur ... einen Moment Ruhe.«

Guidry sah ihn an, dann nickte er. Ich ahnte, was er wohl dachte. Kurtz durchlebte jede Minute seines Lebens Todesqualen und wusste wahrscheinlich selbst am besten, wann es genug war. Außerdem konnte die Erkrankung, unter der Kurtz litt, sowieso von keinem Arzt geheilt werden. Dazu bräuchte es Engel. Oder wenigstens einen Schamanen von den australischen Ureinwohnern.

Behutsam stellte ich das Foto der Frau zurück auf den Nachttisch neben die Medizinfläschchen und Zeitschriften. Mittlerweile war ich davon überzeugt, dass sie mich angequatscht hatte, um herauszufinden, ob ich in dieses Haus kommen würde.

Hatte diese Frau möglicherweise noch alte Rechnungen zu begleichen? War sie seine Ex-Frau oder ehemalige Geliebte, die sich rächte und im Hintergrund die Strippen zog, indem sie diesen Iren dazu gebracht hatte, mich anzurufen? Wenn das so war, warum wollte sie mich dann hierhaben? Und warum hieß ihr Hund ausgerechnet Ziggy? Das alles ergab keinen Sinn, was mir aber auch egal war. Sobald ich sicher sein konnte, dass der Leguan okay war, würde ich von hier verschwinden und nicht wiederkommen.

Guidry sagte: »Kommen Sie, Dixie.«

Er stand in der Tür und in seiner Stimme schwang Ungeduld, als hätte er schon ein paar Sekunden länger dort gestanden, als er es in seiner herrschaftlichen Art für nötig gehalten hatte und als würde er mich dafür verantwortlich machen.

Ich sah ihn fragend an. Ich war hier in meiner Funktion als Tiersitterin, nicht als Deputy unter der Befehlsgewalt eines Mordermittlers; es stand ihm einfach nicht zu, mich so herumzukommandieren.

Andererseits saß ich schon genug in der Klemme, weil ich den Mord an dem Wachmann nicht gemeldet hatte und Kurtz geraten hatte, seine Waffe abzulegen. Ich gehörte nicht zu den Menschen, die so etwas tun. Ich gehörte doch eigentlich zu den Guten. Ich stand doch auf der Seite des Gesetzes. Oder etwa nicht?

Als ich Guidry folgte, kam mir der Gedanke, bei mir könnten sich die Grenzen zwischen Gut und Böse verschoben haben, weil ich diesen Menschen umgebracht habe. Vielleicht war ich gar nicht mehr so eindeutig auf der Seite der Guten. Vielleicht befand ich mich genau an der Grenze.

Guidry sagte: »Zeigen Sie mir das Zimmer der Pflegerin.«

Ich führte ihn zu Gildas Zimmer und schaute dabei durch die Glaswand in den Hof. Die Pflanzen glänzten noch feucht vom Regen, aber abgesehen von der feuchten Stelle im Schatten der Eiche, hatten die kärglichen Sonnenstrahlen alles getrocknet.

Vor Gildas Tür blieb ich stehen und holte tief Atem.

Guidry sagte: »Sind Sie okay, Dixie?« Erstaunt sah ich zu ihm auf und straffte die Schultern. »Sicher. Warum sollte ich nicht okay sein?«

»Dafür gibt es eine ganze Reihe von Gründen. Es ist Ihnen durchaus gestattet, wissen Sie.«

»Was ist mir gestattet?«

»Gefühle, zu zeigen, normale Gefühle.«

Aus irgendeinem dummen Grund begannen mir darauf die Augen zu brennen wie von winzig kleinen Nadelstichen an der Unterseite der Lider.

Ich zeigte auf Gildas Tür. »Das ist ihr Zimmer.«

Als er an mir vorbeiging, legte Guidry seinen Arm um mich und drückte mir, beinahe wie unbewusst, die Schulter. Guidry war nicht der Typ Mann, der Schultern drückte, und ich bin nicht die Frau, die sich gerne die Schulter drücken lässt, aber seine Hand war warm gewesen und die Berührung hatte sich gut angefühlt. Ich sah, wie sich seine Lederjacke entfernte, und versuchte nicht daran zu denken, was das für mich bedeutete – dass ich mir, inmitten all der bizarren Vorgänge in diesem Haus nichts sehnlicher wünschte, als dass Guidry mich noch einmal berühren würde.

Ich sagte so cool wie möglich: »Wenn Sie mich nicht brauchen, sehe ich nach dem Leguan.«

Durch die Küche und das Esszimmer eilte ich ins Wohnzimmer. Ziggy lag noch immer vor dem Kamin, hielt aber den Kopf und den Körper, gestützt auf die kräftigen Vorderbeine, leicht angehoben. Seine Granny-Smith-Farbe kehrte zurück, besonders an der dem Feuer zugewandten Seite, und als er mich sah, stellte er die Kehlwamme auf, sodass er doppelt so mächtig wirkte. Ein Leguan mit aufgestellter Kehlwamme sieht furchterregend aus, wie ein Minidrachen, der gleich Feuer und Schwefel spucken wird. Ohne meine Erfahrung mit Leguanen, hätte ich garantiert Angst bekommen. Aber so blieb ich stehen, damit ich ihn nicht aufschreckte und aus der Wärme vertrieb.

63

Bei einem gesunden Leguan, der wegen zu niedriger Temperaturen in eine Kältestarre gefallen ist, dauert es ungefähr eine halbe Stunde, bis er wieder auftaut und den Normalzustand erreicht. Ziggy war bereits wieder halbwegs normal, was man von seinem Zuhause nicht behaupten konnte. Wenn Gilda nicht plötzlich mit einer plausiblen Erklärung für ihr Weggehen auftauchen würde, wären Ziggy und Kurtz auf sich alleine gestellt. Und angesichts des Zustands von Kurtz war es völlig offen, wer von den beiden weniger in der Lage war, sich um den anderen zu kümmern. Sollte Gildas Verschwinden anderen ebenso suspekt erscheinen wie mir, würden sicher Ermittler ins Haus kommen, um nach möglichen Indizien zu suchen, die sie mit dem Mord an dem Wachmann in Zusammenhang brachten.

Ich hatte nicht die Absicht, in die Sache verwickelt zu werden, aber ich war nun mal professionelle Tiersitterin, also musste ich für Ziggy einen Platz finden, an dem er es warm und trotzdem einigermaßen ruhig hatte.

Ich musste ihn auch füttern, was mich unweigerlich an die merkwürdigen Päckchen im Kühlschrank denken ließ. Ich ging zu Gildas Zimmer zurück, wo ich Guidry in Hockstellung vor einem geöffneten Schränkchen im Bad vorfand.

Ohne mich anzusehen, sagte er: »Was ist das für eine Frau, die Pflegerin? Erzählen Sie.«

»Eine rothaarige Schönheit, Ende zwanzig, Anfang dreißig. Sie hat einen Akzent, den ich nicht einordnen kann, karibischer Rhythmus, aber die Aussprache eher französisch. Ihr Englisch ist nicht besonders gut, und sie roch nach Jod.«

Er machte die Schranktür zu und stand auf. »Jod?«

»Derselbe Geruch wie im Kühlschrank. Das wollte ich Ihnen noch sagen. Im Kühlschrank gibt es überhaupt keine Lebensmittel. Er ist bis obenhin voll mit Päckchen wie vom Fleischmarkt, und es riecht stark nach Jod.«

Schon ging er an mir vorbei und in Richtung Küche. Ich folgte ihm und wünschte, ich könnte frühstücken gehen, aber vor allem wünschte ich, ich hätte diesen Auftrag überhaupt nicht erst angenommen.

Ich sagte: »Ich muss zum Markt gehen, um Gemüse für Ziggy zu kaufen.«

Er blieb stehen und sah mich fragend an. »Sie nennen ihn Ziggy? So gut kennen Sie ihn also?«

»Ich kenne ihn überhaupt nicht, aber er heißt nun mal so.«

»Kurtz heißt Ziggy?«

»Nein, der Leguan heißt Ziggy.«

»Oh.«

Er zuckte die Achseln und steuerte den Kühlschrank an.

Eigentlich sollte ich ihm allmählich von dem merkwürdigen Zufall erzählen, dass mir diese Frau mit dem Hund begegnet war, der auch Ziggy hieß. Und von dem noch merkwürdigeren Zufall, dass Kurtz ein Foto dieser Frau auf dem Nachttisch stehen hatte. Aber wenn ich ihm das alles erzählte, würde ich ihm auch den Rest erzählen müssen. Ich müsste ihm sagen, dass Kurtz gelogen hatte, als er behauptete, niemand wüsste von dem Wein; denn immerhin wusste Gilda, dass Ziggy sich im Weinlager aufhielt. Vor allem müsste ich ihm sagen, dass Kurtz eine Waffe getragen hatte, als ich bei ihm ankam. Und dann müsste ich ihm sagen, dass ich Kurtz geraten hatte, sie abzulegen, ehe er mit Guidry redete.

Dazu war ich nicht bereit. Ich sagte mir, dass in Florida jeder Zweite heimlich eine Waffe am Leib trug, weshalb es in Kurtz' Fall auch nicht weiter ungewöhnlich war. Es war nicht einmal ungewöhnlich, wenn ein Waffennarr so paranoid war, das Ding im eigenen Haus zu tragen. Außerdem hatte ich gegen kein Gesetz verstoßen, als ich Kurtz geraten hatte, seine Waffe verschwinden zu lassen; ich hatte ihm doch nur nahegelegt, dass es vielleicht nicht so ganz passend wäre, sie bei einem Gespräch mit einem Detective von der Mordkommission zu tragen. Es war ein gut gemeinter Hinweis, nichts weiter. Und was die Frau auf dem Foto betraf, vielleicht täuschte ich mich ja. Vielleicht sah sie ja der Frau mit der Bulldogge nur sehr ähnlich.

Und was, bitte schön, sollte daran ungewöhnlich sein, wenn es zwei Haustiere namens Ziggy in einem Ort gab?

Möglicherweise gibt es Millionen von Haustieren, die Ziggy heißen, und vielleicht leben einige davon just hier auf Siesta Key.

Vor allem, sagte ich mir, wollte ich nicht in diesen Fall verwickelt werden, weshalb es schon allein deshalb vernünftig war, den Mund zu halten.

Guidry öffnete die Kühlschranktür und drehte sich mit hochgezogenen Brauen zu mir um.

Der Kühlschrank war komplett leer.

Alle die fein säuberlich eingewickelten weißen Päckchen waren verschwunden.

Ich sagte: »Seltsam. Gilda muss sie mitgenommen haben.«

»Sie glauben, da war Fleisch drin?«

»Ich weiß nicht, was es war. Es waren Päckchen, wie man sie im Fleischmarkt bekommt, Sie wissen schon, in diesem weißen Schlachterpapier.«

»Und es roch nach Jod?«

»Mir kam es jedenfalls so vor.«

»Dixie, sagen Sie mir doch bitte noch einmal, warum Sie hier sind.«

»Gestern Abend hat mich ein Mann angerufen. Er hat sich als Ken Kurtz ausgegeben und bat mich, vorbeizuschauen und seinen Leguan zu füttern. Er sagte, er würde in New York aufgehalten werden, aber es sei jemand da, um mich hereinzulassen. Er hat mir keine Telefonnummer hinterlassen, und meine Ruferkennung zeigte die Nummer auch nicht an. Deshalb weiß ich nicht, von wo aus er angerufen hat.«

»Und sonst hat er nichts gesagt?«

»Er hat noch gesagt, der Leguan würde Ziggy heißen und gerne gelben Kürbis essen.«

Guidry schloss die Augen und murmelte etwas wie: *Warum ausgerechnet ich?*

Ich sagte: »Ich muss noch einen Platz für den Leguan finden. Für die Zeit, in der Ihre Leute im Haus sind. Ich gehe schnell zu Mr Kurtz und werde ihn fragen.«

Guidry brummelte etwas vor sich hin, und ich bog um die Ecke und lief zu Kurtz' Zimmer. Kurtz saß aufrecht im Bett, die Augen geschlossen und gegen eine Rückwand mit einem Regalbrett voller Wälzer gelehnt, die garantiert keine leichte Lektüre darstellten. Die Medizinfläschchen standen nach wie vor auf dem Nachttisch, aber das Foto der Frau war verschwunden. Wahrscheinlich war es in die Schublade gewandert.

Ich sagte: »Mr Kurtz? Gibt es einen sicheren und warmen Ort, an den ich Ziggy bringen könnte?«

Er schlug die Augen auf und sah mich eindringlich an. »Auf der ganzen Welt gibt es keinen sicheren Ort, Ms Hemingway.«

»Gut möglich, aber manche Orte sind weniger gefährlich als andere, besonders für einen Leguan.«

Er wies mit dem Kopf auf eine verschlossene Tür. »Sie können ihn in den Fitnessraum bringen. Hinter dem Bad. Dort ist es warm genug.«

Ich wandte mich von der Seite seines Bettes ab und öffnete die Tür zum Badezimmer.

Wieder stieß ich auf weiße Fliesen, weiße Wände, weiße Ausstattungsgegenstände. Wer auch immer dieses Haus entworfen hatte, musste eine Fixierung auf Krankenhäuser gehabt haben.

Am hinteren Ende gab es noch eine Tür.

Sie stand offen, und ich betrat ein komplett ausgestattetes privates Fitnessstudio, einschließlich einer Trockensauna aus Glas in der einen Ecke und einem Gegenstrompool in der anderen.

Ich überschlug die Größe der Sauna und kam zu dem

Schluss, sie müsste passen. Ziggy wäre darin zwar einge-
zwängt, hätte es aber dafür schön warm.

Wieder an Kurtz' Bett, wollte ich ihm sagen, ich beabsichtigte, Ziggy in die Sauna zu bringen. Aus meinem Mund
kamen aber ganz andere Worte.

Ich sagte: »Wer ist diese Frau, Mr Kurtz?«

Er öffnete die Augen und sah zu mir hoch. »Gilda? Sie ist
meine Pflegerin.«

»Ich meinte die Frau auf dem Foto.«

»Ich hätte gedacht, Sie wären hier, um sich um meinen Leguan zu kümmern, Ms Hemingway. Stattdessen stecken Sie
die Nase in mein Privatleben.«

Jede einzelne Zelle meines Körpers revoltierte und schien
zu rufen: Lass es! Sag nichts weiter!

Ich sagte: »Sie hat mich heute Morgen aufgehalten. Ich
glaube, sie wollte sich vergewissern, ob ich auch wirklich
hierher komme.«

Er reagierte so schmerzlich schockiert, dass sein Gesichtsausdruck fast wehtat. »Sie müssen sich getäuscht haben. Das
kann sie nicht gewesen sein, niemals.«

»Sie hatte eine Zwergbulldogge bei sich und sie sagte, der
Hund heiße Ziggy.«

Für einen kurzen Moment flackerte ein freudig erregter
Blick in seinen Augen auf, der aber ebenso schnell wieder
verschwand.

»Reiner Zufall. Sie sind einer Person begegnet, die meiner
alten Freundin auf dem Foto ähnlich sieht und die auch ein
Haustier namens Ziggy hat. Das ist alles.«

»Hat Ihre alte Freundin denn einen Namen? Falls sie mir
noch einmal über den Weg läuft?«

Er warf mir einen Blick zu, der wie mit Giftpfeilen gespickt
war. »Ich warne Sie, Ms Hemingway. Schluss damit, und
zwar sofort.«

Ich verließ sein Zimmer, um ins Wohnzimmer zu gehen,
wobei ich den Weg über den südlichen Korridor nahm, um

nicht wieder in der Küche mit Guidry sprechen zu müssen. In meinem Kopf drehte sich alles, und mir war fast schlecht. Wie konnte ich nur so idiotisch gewesen sein, Kurtz auf diese Frau anzusprechen. Ich musste verrückt geworden sein. Idiotisch und verrückt. Beides. Gut möglich, dass ich völlig neben die Spur geraten war. Es war nicht nur gut möglich, vielmehr schien es mir eine erwiesene Tatsache. Ich musste Ziggy in die Sauna bringen und dann dieses Haus schleunigst verlassen, ehe ich noch mehr Dummheiten anstellte.

7

Ziggy war noch zu träge, um mit dem Schwanz zu schlagen, und leistete keinen Widerstand, als ich ihn wieder an mich nahm und in den Fitnessraum brachte. Kurtz öffnete nicht einmal die Augen, als ich durch sein Schlafzimmer ging. Ich legte Ziggy auf den Boden der Wärmekabine, stellte den Regler so ein, dass die Temperatur angenehm warm, aber nicht zu heiß war, und ließ Ziggy alleine zurück. Er sah deutlich besser aus als Kurtz. Wie er da auf seinen schwarzen Satinkissen lag, wirkte er nicht, als schliefe er, sondern eher wie ein Komapatient.

Ich ging zurück ins Wohnzimmer und stahl mich aus dem Haus, ohne mich von jemandem zu verabschieden. Ich wollte dieses Haus verlassen und nie mehr wiederkommen, aber mir fiel plötzlich ein, dass Ziggy womöglich schon seit Tagen nichts mehr gefressen hatte. Ich hatte nichts gesehen, das auch nur im Entferntesten an Gemüse oder Obst erinnerte. Obwohl ich diesen Job nur im Zuge eines fiesen Tricks übernommen hatte, fühlte ich mich für Ziggy verantwortlich, also musste ich Futter für ihn besorgen.

Verdrossen trottete ich die Zufahrt entlang, vorbei an den Leuten von der Spurensicherung. Auch ohne dabei gewesen zu sein, wusste ich über ihre Tätigkeit genauestens Bescheid. Sie hatten den Tatort minutiös vermessen und fotografiert. Zentimeter für Zentimeter hatten sie das Wachhäuschen und seine Umgebung abgesucht nach Geweberesten, einzelnen Haaren sowie Fingerabdrücken, nach jedem noch so kleinen Detail, das sie auf die Spur des Killers bringen könnte. Das Opfer hatten sie in einen Leichensack gepackt und zur Obduktion in die Gerichtsmedizin gebracht. Nun weiteten die

Kriminaltechniker ihre Suche aus, indem sie das Areal in langsamen Kreisen abschritten und Ausschau hielten nach einer Waffe, Patronenhülsen, Kugeln, Fußabdrücken – nach allem, was zur Aufklärung des Verbrechens beitragen könnte.

Wie sie hielt auch ich den Blick zum Boden gerichtet. Ich dachte in erster Linie an mich und mit den Ermittlungen in diesem Mordfall hatte ich nichts zu tun. Sobald ich Ziggy mit Futter versorgt hätte, wäre ich über alle Berge.

Auf dem Weg zum Crescent Beach Market sah ich mehrere Autos mit großen roten Samtschleifen auf der Kühlerhaube. Alle Straßen waren plötzlich voll mit Weihnachtsdekorationen, wohin man nur sah. Kränze an den Eingangstüren, rote Samtbänder an den Außenlaternen, Körbe voller Weihnachtssterne vor allen Türen. Es war, als wären die Menschen nach einem Blick auf den Kalender in Panik geraten, als sie feststellten, dass es bis Weihnachten nur noch dreizehn Tage dauerte. Entweder waren alle Juden, Buddhisten, Agnostiker und Atheisten konvertiert, oder aber eine kosmische Verschwörung zwang mich dazu, dem Fest der Feste unverrückt ins Auge zu sehen.

Weihnachten auf Siesta Key hat selbst unter den günstigsten Bedingungen einen surrealen Charakter, aber wir wissen ja aus dem Fernsehen, wie Weihnachten richtig auszusehen hat. Demzufolge versammelt sich die ganze Familie in dem großen Haus, in dem man aufgewachsen ist und in dem hinfällig gewordene oder geschiedene Eltern, die sich aber prächtig verstehen, von oben bis unten alles mit Tannenzweigen geschmückt haben. Und plötzlich finden sich alle draußen im Schnee wieder, jubeln vergnügt wie kleine Kinder, weil sie die wahre Bedeutung von Weihnachten neu entdeckt haben. Bei uns wird es derlei niemals geben. Auf Siesta Key sind die Tannenzweige nachgemacht und die Schneemänner aus Styropor, und wenn man andernorts eine Schneeballschlacht macht, bewerfen wir uns bestenfalls mit Sand.

Für Kinder dagegen bleibt natürlich Weihnachten immer Weihnachten, egal, wo es stattfindet, und das war es, was mir eigentlich wehtat. Wir steuerten auf das vierte Weihnachten zu, seit Christy ums Leben gekommen war. Sie war drei gewesen, als sie starb, alt genug, um voller Begeisterung Briefe an Santa Claus zu schreiben, all die Heimlichkeiten zu verstehen und Geschenke für ihre Lieben auszusuchen. Jedes Weihnachten seit ihrem Tod war eine einzige Qual für mich gewesen. Nicht besser übrigens waren der Valentinstag, der Muttertag und der Vatertag, das Erntedankfest und Ostern. All diese Feiertage wecken Erinnerungen an Todd und Christy, und es hat Zeiten gegeben, da dachte ich, mein Herz würde daran zerbersten.

Am angenehmsten ist noch der Neujahrsabend, weil dieser Feiertag im Gegensatz zu allen anderen kein ausgesprochenes Familienfest ist. An diesem Tag ist es jedermann gestattet zu feiern. Alte Menschen, die ihre undankbaren Sprösslinge schon seit Jahren nicht mehr gesehen haben, können dennoch das Glas erheben und auf einen Neuanfang anstoßen. Singles, die schon seit Jahrzehnten keine Verabredung mehr gehabt haben, dürfen sich trotzdem auf ein Jahr voller neuer Chancen freuen, Chancen, die sich auftun wie ein Tor zu einem Werbeclip für Deodorants, in dem sie über Blumenwiesen und in Zeitlupe ihrem neuen Lebensglück in die Arme laufen.

Alle anderen Feiertage verbringe ich alleine im stillen Kämmerchen, immer bemüht, die Erinnerungen an Todd und Christy unter Kontrolle zu halten, indem ich mir beispielsweise neue Möglichkeiten ausdenke, Flohbäder anzuwenden oder widerspenstige Katzen zu striegeln. Aber zu Neujahr lasse ich es richtig krachen. Ich trinke Champagner und esse Schwarzaugenbohnen und sehe mir im Fernsehen an, wie große starke Männer einem Fußball hinterherjagen und sich dabei so richtig kloppen. Und am Ende des Tages schaue ich in den Spiegel und flüstere mir selbst zu: »Gut gemacht, Dixie! Wieder ein Jahr geschafft. Auf ein Neues!«

Aber zuerst musste ich Weihnachten hinter mich bringen.

Vor dem Einkaufsmarkt stand ein Santa Claus von der Heilsarmee, der munter entschlossen mit seiner Glocke vor sich hin bimmelte und jedem, der eine Münze in seine Sammelbüchse warf, ein Vergelt's Gott zurief. Ich sagte ihm nicht gerade »Bah, Humbug« ins Gesicht, als ich vorbeiging, aber genau das dachte ich.

Drinnen spielte man »Jingle Bells«. Ich bemühte mich nach Kräften, die Musik zu ignorieren, während ich einen Korb mit Grünkohl, Rübstiel, Pok Choi, Endivien, Blattkohl, Romanasalat, Petersilie und gelbem Kürbis füllte. Als ich mit den Sachen zur Schnellkasse düste, wechselte die Musik zu »Here Comes Santa Claus«. Ich würde verrückt, wenn ich mir dieses Gedudel den ganzen Tag lang anhören müsste.

Vor mir in der Schlange berichtete eine weißhaarige Frau der Kassiererin, dass sie und ihr Mann die Reise von Oregon nach Sarasota in diesem Jahr mit einer Zugfahrt quer durch Kanada begonnen hatten.

Sie sagte: »Es war meine erste Zugreise«, und schon im nächsten Moment war ich sechs Jahre alt und hielt die Hand meiner Mutter, während wir uns durch den Gang eines Personenzugs quetschten. Michael folgte mir mit finsteren, missbilligenden Blicken. Unsere Mutter hatte uns früh geweckt, gut gelaunt, geradezu übermütig, was bedeutete, dass sie schon getrunken hatte, und sagte uns, wir würden eine Reise machen. Sie sprach von einem Abenteuer, aber wir wussten, dass sie uns von unserem Vater entführte. Das Abenteuer begann, als sie nüchtern wurde und feststellte, dass sie mit zwei hungrigen Kindern in einem kleinen Kaff in Georgia gestrandet war, mit nicht einmal genügend Kleingeld in der Tasche, um nach Hause zu telefonieren. Am Ende war es Michael, der das Heft in die Hand nahm. Er ging auf einen Santa Claus von der Heilsarmee zu und sagte: »Meine kleine Schwester und ich brauchen Hilfe. Unsere Mutter ist krank, und wir müssen sie nach Hause bringen.«

Ich glaube, das war der Moment, in dem unsere Mutter sich vor Michaels Tüchtigkeit und Stärke zu fürchten begann. Es war auch der Moment, in dem ich wusste, dass ich mich immer auf ihn verlassen könnte.

Ich hatte schon ewig nicht mehr an diese Zugfahrt oder an meine Mutter gedacht. Allein die Möglichkeit, dass ich mich vielleicht auch vor einer Verantwortung drücken könnte, wie sie es immer gemacht hatte, genügte schon, mich auf den Plan zu rufen. An der Kasse packte ich Ziggys Gemüse auf das Band und beschloss, nicht zu jammern, sondern meinen Job zu erledigen.

Auf dem Weg nach draußen faltete ich einen Fünf-Dollar-Schein zusammen und spendete ihn der Heilsarmee. Nicht dass ich mich plötzlich am Weihnachtsfieber angesteckt hätte, es war nur die Erinnerung an diesen ersten Santa Claus von der Heilsarmee und an seine Freundlichkeit. Vielleicht würden ja meine fünf Dollar anderen gestrandeten Kids helfen, nach Hause zu kommen.

Es ging auf Mittag zu, und ich war schon seit vier Uhr morgens ohne einen Kaffee oder etwas zu essen auf den Beinen. Da ich nicht wie Ziggy in der Lage war, für magere Zeiten Fett in der Kehlwamme zu speichern, machte ich einen Umweg zu Annas Deli. Die Frau, die mich dort bediente, hatte Haare, die fast so rot und so wild und üppig waren wie Gildas.

Ich sagte: »Ein Surfer Sandwich bitte. Ich bin am Verhungern.«

Noch während ich sprach, musste ich daran denken, was für ein Zufall es war, an einem Vormittag zwei Frauen mit üppigen roten Haaren zu begegnen. Ich überlegte sogar, ob nicht vielleicht der ganze Vormittag ein Traum war, in dem rothaarige Frauen etwas symbolisierten, woran ich mich erinnern sollte.

Die Frau musste mitbekommen haben, dass ich gedanklich wegdriftete, da sie meine Bestellung im bellenden Tonfall eines Drillsergeants weiterleitete.

Ich sagte: »Ich hätte gerne auch dringend einen Kaffee.«

»Schon gut. Kommt sofort«, sagte sie in einem Ton, den man vielleicht gegenüber Zweijährigen gebraucht, die kurz vor einem Tobsuchtsanfall stehen, oder Psychiatriepatienten auf Medikamentenentzug.

Ich fragte mich, ob ich wirklich so große weiße Augen und diesen stechenden Blick hatte, wie ich dachte.

Während die Sandwichdame dicke Scheiben Marmorbrot mit Schinken, Truthahn, Emmentaler und Gurke belegte, dachte ich an Ken Kurtz auf seiner schwarzen Satinwäsche. Er hatte auch noch nicht gefrühstückt. Soweit ich wusste, hatte er seit Wochen nichts mehr gegessen.

Die Sandwichdame packte Zwiebelringe, Kopfsalat und Tomate auf meinen Surfer und fügte als krönenden Abschluss einen guten Schuss von Annas Spezialsauce hinzu. Als sie das Teil in der Mitte durchschnitt, reichte ich meinen leeren Kaffeebecher über die Theke.

»Einmal nachschenken bitte, und noch einen Surfer. Und noch einen weiteren Kaffee, bitte, einen großen. Und bitte Dillgurken und Chips, jeweils zweimal. Oh, und bitte geben Sie mir auch noch vier Tassen Hühnersuppe. Und ein paar Brownies.«

Ohne eine Miene zu verziehen, sagte die Thekendame: »Keinen Salat?«

»Oh, natürlich, ja. Einmal Thunfisch und einmal Garten. Ranch Dressing.«

Den Rücksitz mit Taschen voller Gemüse für Ziggy bepackt und die Sachen von Annas Deli auf dem Beifahrersitz, brauste ich los zu Kurtz' Haus. Dort hatte man während meiner Abwesenheit den Tatortbereich auf das Wohnhaus ausgedehnt, wie aus einem entsprechenden Hinweisschild an der Eingangstür hervorging. Somit befand sich also, ausgelöst durch das mysteriöse Verschwinden der Pflegerin nicht mehr nur das Wachhäuschen, sondern das gesamte Anwesen im Visier der Ermittler.

Durch das Fenster sah ich Guidry im Wohnzimmer im Gespräch mit Kriminaltechnikern. Sein Anblick brachte mein Blut in Wallung, als hätte es sich in 7-up verwandelt. Ich trug meinen Namen und die Uhrzeit in die Liste derjenigen ein, die den Tatort frequentieren, und öffnete die Haustür, ohne zu klingeln. Als ich hineinkam, blickte Guidry auf und ich sah ihn fragend an.

Ich sagte: »Ich bin zurück, um den Leguan zu füttern.«

Er nickte, längst gelangweilt von allem, was mit meinen Pflichten als Tiersitterin zu tun hatte, und ich eilte über den Südkorridor in den Ostflügel und in Kurtz' Zimmer.

Vor dem Hintergrund jener schwarzen Satinkissen verlieh ihm seine blaue Haut das Aussehen einer seit zwei Tagen in Auflösung befindlichen Leiche. Nur sein schmerzzerfurchtes Gesicht und das neuronale Chaos unter seiner Haut zeigten, dass er am Leben war. Seinem Aussehen nach war er der einsamste Mensch, den ich je in meinem Leben gesehen hatte.

Ich sagte: »Ich bringe Futter für Ziggy«, und eilte durch das Badezimmer in den Fitnessraum.

Mittlerweile hellwach und leuchtend grün, sah Ziggy aus wie ein gar nicht so kleiner Miniaturdrache. Sogar die einzelnen Stacheln seines Rückenkamms schienen nun, da er warm war, gerader zu stehen. Als er mich sah, stellte er die Kehlwamme auf und nickte mit dem Kopf. Leguane reagieren in unvertrauten Situationen generell mit Kopfnicken, aber wenn ich das nicht gewusst hätte, hätte er ganz schön bedrohlich ausgesehen.

Ich sagte: »Wow, ich wette, damit erschreckst du so manchen zu Tode.«

Ich kniete mich schnell hin und legte Zucchini und Salatblätter vor ihm aus; dann huschte ich hinaus, damit er in

Ruhe und ohne den Zwang, gefährlich aussehen zu müssen, fressen konnte.

Eigentlich war Ken Kurtz derjenige, vor dem man Angst haben könnte, obwohl er noch wie ein Mensch, wenn auch halb tot, auf seinem schwarzen Satinbett lag.

Ohne Vorrede stellte ich die Tüten mit dem Essen auf sein Bett und setzte mich daneben.

»Ich hab Ihnen was zum Essen mitgebracht.«

Er öffnete die Augen und sah mir dabei zu, wie ich die Behälter hervorholte.

»Ich esse kein normales Essen. Die Pflegerin ...«

»Die Pflegerin hat sich klammheimlich davongemacht, und es kräht kein Hahn danach, ob Sie etwas essen oder nicht. Da Sie sich dagegen verwehren, dass Lieutenant Guidry jemanden kommen lässt, bin ich Ihre letzte Hoffnung.«

Er stöhnte, was ich ihm nicht übel nahm. Mir selbst würde auch grauen bei der Vorstellung, ich wäre meine letzte Hoffnung.

Ich nahm den Deckel von dem Behälter mit der Suppe und schwenkte ihn durch die Luft, damit er den Duft wahrnahm.

»Nicht dass Sie keine Auswahl hätten. So ist es nicht. Es gibt noch ein Sandwich, dazu Chips und Dillgurken. Es gibt Tuna Salad und Garden Salad. Und falls Ihnen das alles zu kompakt erscheint, gibt es noch Hühnersuppe.«

Ich funktionierte eine der Zeitschriften zu einem Knietablett um und packte ein halbes Sandwich und eine Tasse mit Suppe darauf. Mir kam es so vor, als hätte sich sein Blick etwas aufgehellt, aber vielleicht täuschte ich mich auch.

Ich sagte: »Kaffee ist auch da, und Brownies.«

»Ich trinke keinen Kaffee. Das Koffein mischt sich mit den Giften in meinem Körper.«

»Und macht was?«

Er überlegte einen Moment. »Ich weiß nicht, was zum Teufel es macht. Die Pflegerin sagt das halt dauernd.«

»Mm-hmm. Also kein Kaffee mit Milch und Zucker?«

Er lächelte müde. »Ich nehm ihn schwarz.« Er nahm einen zögerlichen Bissen von seinem Sandwich und legte dann den Kopf auf das Kissen zurück, als hätte ihn das bereits überanstrengt.

Ich sagte: »Wer könnte mich denn Ihrer Meinung nach angerufen und gebeten haben, hierher zu kommen?«

Er richtete sich auf, und nahm einen Schluck Hühnerbrühe direkt aus der Tasse. »Ich weiß es nicht, wer Sie angerufen hat, Ms Hemingway.«

»Dixie. Nennen Sie mich Dixie.«

Er nahm noch einen Schluck Suppe und sah mir in die Augen. Ich hatte das merkwürdige Gefühl, er wartete darauf, dass ich eine andere Frage stellen würde, und wenn es die richtige wäre, würde er darauf antworten. Aber eigentlich war ich an gar keiner Antwort interessiert, denn jedes Fitzelchen Information würde mich tiefer in eine Situation hineinziehen, mit der ich gar nichts zu tun haben wollte.

Ich habe den Eindruck, es gibt zwei Arten von Menschen auf der Welt, diejenigen, die den unvermeidlichen Schmerzen im Leben kaum etwas entgegenzusetzen haben, und diejenigen, die sich mit den Zehen festkrallen und durchhalten, was auch passiert. In meinen dunkelsten Momenten, selbst wenn ich glaube, alles ist sinnlos und es gibt nichts, wofür es sich zu leben lohnt, gehöre ich doch zu den Kämpfernaturen. Dieselbe Entschlossenheit erkannte ich in Kurtz' von Agonie umschatteten Augen. Dabei hatte ich keinerlei Vorstellung von der Hölle, durch die er gegangen und an deren Ende er zu jener erbärmlichen Gestalt geworden war, vor der jeder noch so abgebrühte Schlägertyp davonlaufen würde. Was auch immer er durchgemacht hatte, es hatte ihn nicht dazu gebracht, den Kampf aufzugeben.

Ich sagte: »Ich habe gehört, wie Sie zu Lieutenant Guidry gesagt haben, Gilda würde aus New York kommen, aber auf mich wirkte sie so unamerikanisch.«

Er verzog den Mund zu einem ironischen Lächeln. »Sie behauptet, eigentlich von den Gewürzinseln – den Banda-Inseln – zu kommen, was vielleicht auch stimmt. Ihrem Hauttyp nach könnte sie niederländische oder spanische Vorfahren haben, die von dort aus ihren Handel mit Gewürznelken und Muskatnüssen betrieben haben. Trotz allem ist sie amerikanische Staatsbürgerin und sie hat in New York gelebt, als sie für mich zu arbeiten begann.«

Er tat so verächtlich, als wäre es weit hergeholt, wenn jemand von sich sagt, er komme von den Gewürzinseln. Dabei konnte ich mir Gilda unter Muskatnussbäumen oder den Büschen oder Klettergewächsen, an denen diese Nüsse halt wachsen, gut vorstellen. In einem Sarong würde sie sehr viel natürlicher aussehen als in OP-Klamotten, und außerdem fand ich es ein bisschen verdächtig, dass Kurtz ihre exotische Schönheit herunterspielte, als hätte er sie nicht bemerkt. Sicher, der Mann war krank, aber nur ein Toter könnte darüber hinwegsehen.

Ich sagte: »Die Frau, die mir heute Morgen begegnet ist, hat mit der ganzen Geschichte was zu tun, oder nicht?«

Gütiger Gott, anscheinend konnte ich von dieser Fragerei einfach nicht lassen.

Das Lächeln wich aus seinen Augen.

»Ms Hemingway, Sie sind mir für meinen Geschmack schlicht zu neugierig.«

Fast piepsig sagte ich: »Sie können mich Dixie nennen, ganz unkompliziert. Und ich bin überzeugt davon, sie ist die Frau auf diesem Foto.«

»Die Frau auf dem Foto ist vor zwei Jahren gestorben.«

»Dann ist mir heute Morgen ihre Zwillingsschwester über den Weg gelaufen.«

»Man sagt, jeder von uns hat irgendwo auf der Welt einen identischen Zwilling. Wenn dem tatsächlich so ist, bedaure ich den armen Kerl, der mein Doppelgänger ist.«

Schnell mal die Humorkarte ausgespielt, dachte ich, um mich vom Thema dieser Frau abzubringen.

»Sie haben gelogen, als Sie zu Lieutenant Guidry sagten, Sie glaubten nicht, der Wachmann würde ins Haus kommen. Und Sie haben auch gelogen, als Sie sagten, niemand außer Ihnen wisse über die Existenz des Weinlagers Bescheid.«

»Und haben Sie es dem Lieutenant gesagt, dass ich gelogen habe?«

Ich spürte, wie ich krebsrot wurde, und nahm schnell einen Schluck Kaffee. »Noch nicht.«

»Sie werden es ihm nicht sagen.«

»Natürlich werde ich das.«

»Sie werden ihm nicht sagen, dass ich gelogen habe, und Sie werden ihm nicht sagen, dass Sie mir geraten haben, die Waffe abzulegen. Und wissen Sie warum?«

Ich saß in der Falle. Mein Herz hämmerte gegen meine Rippen, während ich ihn anstarrte. Dieser Mann hatte eine Wirkung auf mich, die ich mir nicht erklären konnte.

Kurtz sagte: »Sie werden nichts sagen, weil Sie wie ich sind, nicht wie er.«

Ich schluckte den letzten Bissen von meinem Sandwich hinunter und knüllte das Einwickelpapier zusammen.

»Was soll das denn bedeuten?«

»Das bedeutet, Sie sind kein Vernunftmensch, sondern ein Instinktmensch. Ihr Instinkt sagt Ihnen, Stillschweigen über meine Lügen zu bewahren.«

»Mein Instinkt sagt mir aber auch, dass Sie in vielerlei anderer Hinsicht lügen könnten. Jemand hat mich dazu auserwählt, hierher zu kommen, und darum habe ich ein Recht, Fragen zu stellen.«

»Je weniger Sie wissen, Dixie, umso sicherer sind Sie.«

Mir gefiel die Entwicklung nicht, die dieses Gespräch nahm, vor allem deshalb nicht, weil sein Verlauf viel zu vernünftig war. Ich stand auf und packte die übrige Hälfte von seinem Sandwich und die ungeöffneten Schachteln zusammen. »Ich stelle das Zeug in den Kühlschrank. Dann können Sie es ja später noch essen.«

»Ich weiß es sehr zu schätzen, wie Sie an mich denken, Dixie.«

»Hören Sie, Sie kommen hier nicht alleine zurecht. Ziggy muss versorgt werden, Sie müssen versorgt werden. Sie müssen jemanden ins Haus lassen, der Ihnen hilft.«

»Ich habe gehofft, Sie würden diejenige sein.«

»Ich bin Tiersitterin und keine Pflegerin.«

»Ich bin mehr Tier als Mensch, von daher sind Sie hier genau richtig. Alles, was der Leguan und ich brauchen, ist einmal täglich etwas zu essen. Das könnten Sie doch übernehmen, oder nicht? Nur für ein paar Tage? Bis Gilda wieder zurückkommt?«

»Wie kommen Sie zu der Vermutung, Gilda würde zurückkommen?«

»Oh, sie wird zurückkommen, und zwar bald. Da bin ich mir sicher.«

Nun hat man ja manchmal das Gefühl, ein bisschen neben der Spur zu sein – man ist sich einfach nicht sicher, ob man wirklich spinnt oder ob man Zusammenhänge sieht, die andere so nicht sehen. Man braucht, um sicher durchs Leben zu navigieren, eine Art Psycho-Gyroskop, damit man keine zu große Schlagseite nach der einen oder anderen Richtung bekommt, und man fühlt eine seltsame Verwandtschaft zu anderen Menschen, die ebenfalls ein bisschen neben der Spur sind. Ken Kurtz hatte recht. Im Kern waren wir uns irgendwie ähnlich.

Ich sagte: »Ich gebe Ihnen ein paar Tage, aber sollte Gilda am Ende dieser Woche nicht zurück sein, werden Sie andere Vorkehrungen treffen müssen.«

Er gab Töne von sich, die irgendwie zwischen einem bitteren Lachen und einem Knurren einzuordnen waren. »Ich wünsche, es wäre so einfach, Dixie.«

Ich fragte nicht, was er damit meinte. Das Haus und der Mann verursachten klaustrophobische Gefühle in mir. Praktisch im Eiltempo lief ich in die Küche, um Ziggys Gemüse und Ken Kurtz' restliches Essen in dem nun leeren Kühlschrank zu verstauen. Ich hatte schon alles in die Regale gestopft, als mir einfiel, dass es Guidry vielleicht lieber wäre, wenn der Kühlschrank so bliebe, wie Gilda ihn zurückgelassen hatte.

Ich hörte, wie er sich in Gildas Zimmer mit einigen Tatortermittlern unterhielt. Für ihn bestand also kein Zweifel daran, dass Gildas Verschwinden eine wichtige Rolle für die Ermittlungen in diesem Mordfall spielte. Ich schloss die Kühlschranktür und rannte ins Wohnzimmer und zur Haustür hinaus ins Freie. Nur die Uhrzeit meines Weggangs trug ich noch schnell in die Liste an der Tür ein. Innerhalb von Sekunden saß ich in meinem Bronco und war auf dem Weg nach Hause.

Ich wusste nicht, ob ich wegen der kühlen Luft zitterte, oder weil ich ahnte, dass ich schon viel zu tief in diese bizarre und gefährliche Geschichte verwickelt war.

8

Michael und ich erfuhren, dass unsere Mutter uns verlassen hatte, als wir gerade von der Schule nach Hause kamen und unsere Großeltern nebeneinander auf dem Wohnzimmersofa vorfanden. Schon an der Art, wie sie dasaßen, steif und gerade, erkannten wir, dass etwas geschehen war in der geheimnisvollen Welt der Erwachsenen. Meine Großmutter war diejenige, die es uns sagte. Sie platzte ohne Umschweife mit der Neuigkeit heraus, als müsste sie sie möglichst schnell loswerden.

»Eure Mutter ist mit einem Mann durchgebrannt, den sie seit einiger Zeit kennt. Er mag keine Kinder, aber sie mag ihn.«

Mein Großvater runzelte die Stirn und sagte: »Ich glaube nicht, dass das wichtig ist, Christina.«

»Doch, ist es schon«, sagte sie. »Sie müssen die Wahrheit wissen.« Sie wandte sich uns zu und sagte: »Wir haben eure Sachen schon gepackt. Ihr werdet jetzt bei uns leben, und ich freue mich darüber.«

Dazu war zu sagen, dass meine Mutter, wenn sie bei uns gewesen war, wirklich bei uns war, weshalb wir sie umso schmerzlicher vermissten. Im Nachhinein kam ich zu der Überzeugung, dass sie wahrscheinlich schon immer wegwollte, aber so lange gewartet hatte, bis unser Vater tot war. Er war bei einer Brandbekämpfung ums Leben gekommen, als er andere Kinder retten wollte. Meine Mutter hatte ihm nie verziehen, dass er starb. Vielleicht hatte sie ihm nie verziehen, ein Feuerwehrmann gewesen zu sein.

Jedenfalls nahmen unsere Großeltern Michael und mich zu sich und widmeten sich einer Aufgabe, die ihre Tochter nicht zu Ende führen wollte oder konnte. Zuverlässig wie der Rhythmus des Meeres waren sie immer für uns da, und in ihrem Holzhaus mit Blick über den Golf hatte ich das Gefühl an einem Hort der Ruhe und Sicherheit angekommen zu sein. Als sie gegangen waren, wohin auch immer wir nach unserem Tod gehen, hinterließen sie das Strandgrundstück Michael und mir. Michael und Paco zogen gemeinsam in das Haus, und nachdem Todd und Christy zu Tode gekommen waren, bezog ich die Wohnung über dem Carport, wo mich das Geräusch der Brandung erdete.

Während der Nachhausefahrt beschloss ich, Michael und Paco von den merkwürdigen Ereignissen dieses Vormittags nichts zu erzählen. Die beiden machten sich ohnehin zu viel Sorgen um mich, und Michael war noch bekümmert, weil ich diesen Mann getötet hatte. Ich vermute mal, Michael wird es immer als seine Aufgabe betrachten, mich zu beschützen, egal wie alt wir auch werden. Wenn er es nicht kann, fühlt er sich schuldig, und wenn er sich schuldig fühlt, bekommt er schlechte Laune.

Ich bog von der Midnight Pass Road ab und fuhr vorsichtig über unsere gewundene Zufahrtsstraße. Wie immer flatterten ganze Schwärme wilder Sittiche von den bemoosten Eichen, Pinien und Meertraubenbäumen auf, kreisten in einer Art gespieltem Aufruhr über mir am Himmel und flogen dann zu ihren Stammplätzen zurück, als hätten sie gerade die schlimmste Panik ihres Lebens durchgemacht. Sittiche lieben dramatische Auftritte.

Ich manövrierte den Bronco in den Carport und stöhnte unmerklich auf, als ich Michael vor den Regalen eines Materialschranks stehen sah. Geradezu andächtig sortierte er seine Werkzeuge und all die kleinen Dosen mit Nägeln und Tupflacken, was halt Männer so sammeln. Bestimmte Sachen exakt anzuordnen und gerade auszurichten oder alphabetisch anzuordnen, verschafft super organisierten Menschen ein rundum gutes Gefühl. Da ich selbst kein besonders organisierter Mensch bin, habe ich nie etwas dementsprechend angeordnet oder sortiert, aber wenn ich etwas brauche, finde ich es trotzdem. Jedenfalls meistens.

Ich stieg aus dem Bronco und sagte: »Was machst du da?«

Er hielt ein Glas mit Angelhaken hoch. »Nur ein bisschen Ordnung schaffen.«

»Mm-hmm. Michael, wann hast du denn einen von Großvaters alten Angelhaken zum letzten Mal benutzt?«

»Man weiß nie, wann man so was wieder mal brauchen könnte. Hast du Hunger?«

»Ich hab eben erst ein Sandwich gegessen.«

»Du siehst irgendwie komisch aus. Ist mir vorhin schon aufgefallen, als du kurz hier warst. Stimmt was nicht?«

»Es ist kalt. Ich hasse kaltes Wetter. Ich nehme eine heiße Dusche.«

Ich ließ ihn stehen und rannte unter seinen verdutzten Blicken die Treppe hinauf, wobei ich im Gehen die Sicherheitsrollos per Fernbedienung hochfuhr.

Michael rief: »Ich hab ein Chili auf dem Herd, falls du Hunger kriegst.«

Ich winkte ihm lächelnd zu und öffnete die Verandatür. Das Lächeln behielt ich über den Flur bei bis ins Bad, als könnte Michael durch Wände sehen. Im Bad ließ ich, während ich aus meinen Kleidern stieg, das Wasser laufen, bis es dampfte. Dann stellte ich mich unter den Strahl, von dem ich sicher annahm, er sei heiß genug, um Bakterien abzutöten. Sogar keimtötende Seife verwendete ich. Was Ken Kurtz genau fehlte, wusste ich zwar nicht, verstand aber doch so viel von Biologie, um zu wissen, dass diese whirlpoolartig aufgewühlte Haut auf was Systemisches hindeutete, was Neurologisches. Was auch immer es war, ich wollte es nicht haben.

Als ich das Gefühl hatte, dekontaminiert zu sein, stieg ich krebsrot und erhitzt aus der Dusche und hüllte mich in einen dicken Bademantel, legte mich ins Bett und fiel sofort in einen tiefen Schlaf. Beim Aufwachen fühlte ich mich erstaunlich klar im Kopf, als hätte der Schock dieses Vormittags alles in eine neue Perspektive gerückt.

Ich ging sämtliche Ereignisse seit dem Anruf des Mannes, der vorgab, Ken Kurtz zu sein, noch einmal der Reihe nach durch. Ich versuchte, mir den Klang seiner Stimme ins Gedächtnis zu rufen, den Rhythmus seiner Worte, den einlullenden irischen Akzent, der mich glauben ließ, was er sagte. Bei unserem Gespräch hatte ich angenommen, wir hätten eine schlechte Verbindung, aber nun fragte ich mich, ob der Ton deshalb so abgerissen war, weil der Mann durch ein paar Lagen Stoff hindurch ins Telefon gesprochen hatte, was seine Stimme unscharf klingen ließ.

Zum ersten Mal fragte ich mich, woher er überhaupt meine Nummer bekommen hatte. Abgesehen von einer kleinen Anzeige in der Monatszeitschrift *West Coast Woman* verzichte ich auf jegliche Werbung. Oft genug vergesse ich sogar, Visitenkarten einzustecken. Die meisten Klienten bekomme ich über Empfehlungen.

Und doch hatte jemand alle in den Gelben Seiten geführten Tiersitter übergangen und stattdessen mich angerufen. Warum?

Die Antwort lag auf der Hand. Vor ein paar Monaten erst, als ich diesen Mann getötet hatte, war mein Name durch die Presse gegangen, in Verbindung mit der Information, ich sei professionelle Tiersitterin. Jemand könnte sich den Namen notiert und im Telefonbuch nachgeschlagen haben. Vielleicht hat der- oder diejenige geglaubt, ich sei ein harter Brocken, ein ehemaliger Deputy und eine Meisterschützin, eine abgebrühte Tussi, die weder beim Anblick eines Ermordeten noch bei dem von Ken Kurtz' gleich in Ohnmacht fällt.

Wenn das so stimmte, hatte der Anrufer vielleicht gehofft, ich würde genau das tun, was ich getan hatte – nämlich beiden, dem Leguan und dem Mann zu essen geben. Das würde bedeuten, er ging davon aus, dass Gilda nicht da sein würde.

Was alles wiederum zu dem ermordeten Wachmann zurückführte und zu der Frage, warum Gilda regelrecht durchdrehte, als sie von seinem Tod erfahren hatte, und warum sie mitsamt den nach Jod riechenden Päckchen aus dem Kühlschrank die Flucht ergriffen hatte.

Ich stand auf und sammelte meine auf dem Badezimmerboden verstreuten Klamotten ein und durchsuchte noch schnell die Taschen meiner Cargohose, ehe ich alles in den Wäschepuff warf. Der Schlüsselring von Kurtz' Hintertür gab ein hartes kurzes Plink von sich, als ich ihn in der Hand wog. Verdammt, ich hatte vergessen, ihn zurückzugeben. Falls er keinen Ersatzschlüssel hatte, hieß das, es kam niemand über den Hinterausgang nach draußen. Dann ging ich ins Wohnzimmer, wo ich meine Schultertasche abgelegt hatte, und deponierte die Schlüssel in der Tasche. Sobald ich wieder in Kurtz' Haus kommen würde, würde ich sie zurückgeben.

Dann ging ich in mein Bürokabuff, wo mir das kleine rote Auge des Anrufbeantworters entgegenblinkte. Laut Anzeige hatte ich vier Anrufe. Nachdem ich die Wiedergabetaste gedrückt hatte, zog ich meinen Bademantel aus und griff nach einer frisch gewaschenen Jeans. Sie baumelte noch in meiner Hand, als mich eine unscharfe irische Stimme erschaudern ließ.

»Guten Tag, Dixie. Es tut mir furchtbar leid, dass ich Sie angelogen habe, aber ich hatte keine andere Wahl. Und nun muss ich Sie um etwas anderes, sehr Wichtiges bitten. Notieren Sie sich bitte das Folgende und geben Sie es exakt so, wie ich es sage, an Ken Kurtz weiter: Ziggy stellt keine Option mehr dar. Du musst jetzt handeln.«

Ich war wie versteinert und starrte auf den Apparat. Ein merkwürdiger Schwindel ergriff mich, der es mir unmöglich machte, die Stimme abzuschalten, weder die vom Band, noch die in meinem Kopf. Es war derselbe Mann, der ursprünglich behauptet hatte, er sei Ken Kurtz.

Ich drückte die Wiederholtaste. Die Stimme leierte das Gesagte zum zweiten Mal herunter, zum dritten und zum vierten Mal. Ich spielte es mir mindestens ein Dutzend Mal vor. Ich schrieb alles sogar Wort für Wort nieder. Dann hörte ich mir die anderen drei Nachrichten an, während ich in meine Jeans schlüpfte, ein schwarzes T-Shirt und saubere weiße Keds anzog. Ich steckte mir den Zettel mit der Notiz in die Tasche, als ich sah, dass ich meine Unterwäsche auf dem Schreibtischstuhl vergessen hatte. Ohne BH auszugehen, ist ganz nett, und ich mache es relativ oft. Aber Jeans ohne was drunter zu tragen, ist wie nackt am Strand zu sitzen. Beides erfordert einen gewissen Masochismus, den ich so noch nicht entwickelt habe, also nahm ich mir noch zwei Minuten Zeit, um eine Lage Satin zwischen meinem Steiß und den dicken Jeansnähten einzuziehen.

Die Nachricht würde ich noch überbringen, aber dann würde ich darauf bestehen, dass Kurtz sich einen anderen Tiersitter für Ziggy suchen solle. Von beiden, diesem kleinen Monster und seinem Herrchen, hatte ich gründlich die Nase voll.

Als ich meine Schultertasche vom Schreibtisch nahm, hielt ich inne. Es war ein Uhr mittags, also noch zwei, drei Stunden Zeit bis zum Beginn meiner Nachmittagsrunde. Warum hatte ich es so eilig? Warum drängte es mich geradezu, Ken Kurtz aufzusuchen und ihm die Nachricht zu überbringen? Warum ließ ich es abermals zu, dass mich ein unbekannter Ire für seine Zwecke benutzte. Oh je, hat hier eben jemand von Masochismus gesprochen? Eine wulstige Innennaht im Schritt ist gar nichts im Vergleich dazu, sich innerhalb von vierundzwanzig Stunden gleich zweimal von einer gesichtslosen Stimme manipulieren zu lassen.

Ich zog den Zettel mit der Nachricht heraus und las ihn noch einmal. Dann machte ich, was ich schon längst hätte tun sollen – ich wählte Guidrys Handynummer. Beim letzten Mal, als ich in einen Mordfall verwickelt war, hatte ich diese

Nummer so oft gewählt, dass ich sie mittlerweile auswendig wusste. Er antwortete nicht, und so hinterließ ich eine kurze Nachricht.

»Ich muss Ihnen etwas wegen des Mordes an dem Wachmann mitteilen. Bitte um schnellstmöglichen Rückruf.«

Ich steckte die Notiz wieder ein und ging durch die Verandatür hinaus und die Treppe hinunter zum Carport. Der Himmel war mittlerweile strahlend blau; eine stete, vom Golf herüberwehende westliche Brise hatte alle Wolken weggeblasen. Am Strand stand ein Pelikan und beglückwünschte sich zu seinem Fang. Ein ganzes Geschwader von Seemöwen flog wie Kamikazeflieger direkt in den Wind, um dann scharf abzudrehen und wieder zur Küste zurückzusegeln. Dabei stritten sie sich, wer am schnellsten geflogen war, ehe sie sich aufs Neue in den Wind stürzten.

Ich holte den Bronco aus der Garage, fuhr langsam die Zufahrt entlang, um nur ja die Sittiche nicht aufzuscheuchen. Dann bog ich an der Midnight Pass Road nördlich ab. Ich musste mit jemand Klügerem sprechen, als ich es war. Das war zwar so gut wie jeder Mensch auf der Welt, aber dennoch waren meine tatsächlichen Möglichkeiten begrenzt. Mit Michael konnte ich nicht sprechen, denn der würde ausrasten. Mit Paco konnte ich nicht sprechen, weil ihn das in die Situation bringen würde, Michael etwas zu verheimlichen, und das würde er niemals tun. Mit Tom Hale konnte ich auch nicht sprechen, weil der mit seiner neuen Freundin so beschäftigt war, dass für mich oder meine Probleme keine Energie mehr übrig blieb. Bliebe nur noch Cora Mathers als einzige Person in meinem Bekanntenkreis, die klug genug war, mir einen Rat zu geben. Emotional standen wir uns nicht nahe genug, als dass es für sie ein Problem wäre, mit mir darüber zu reden.

Cora war die Großmutter einer Katzenbesitzerin, die in meinen Augen nicht ohne eigene Schuld ermordet worden war, und Cora war zu einer Art Ersatzoma für mich geworden. Sie lebte im Bayfront Village, einer exklusiven Seniorenwohnanlage am Golf. Ihre Enkelin hatte Unsummen auf dubiose Weise erworbener Gelder hingeblättert, sodass sich Cora eine geräumige Wohnung im sechsten Stock mit Blick auf den Golf und die abendlichen Sonnenuntergänge leisten konnte. Aber ich vermute mal, Cora wäre in ihrem alten Doppelwohnwagen genauso glücklich gewesen.

Im Bayfront Village glitten die gläsernen Schiebetüren knirschend beiseite, und die Empfangsdame winkte mir von ihrer Theke aus entgegen. Munter wie ein Rotkehlchen im Frühling zwitscherte sie mir zu: »Ich hab Sie schon gesehen und Ms Mathers gleich angerufen. Sie will Ihnen entgegenkommen.«

Ich sagte »Danke« und bahnte mir meinen Weg durch ein Gewusel grauhaariger Männer und Frauen. Einige waren bepackt mit Tennisschlägern und Einkaufstaschen flott unterwegs, andere blieben stehen, um die Dekorationen für Weihnachten und Hanukka zu bewundern.

Ein Herr in Hausschuhen und mit einem ungefähr teetassengroßen weißen Pudel auf dem Arm betrat mit mir den Fahrstuhl. Bis zu seinem Stockwerk sprach er die ganze Zeit mit dem Pudel.

»Elmer hatte auch so ein Ding, erinnerst du dich? Er schien es ja sehr zu mögen, aber mir war es nie ganz koscher. Bei einem Stromausfall wäre Elmer festgesessen in dieser Bude, gefangen zwischen zwei Stockwerken. Was bin ich froh, dass wir hier so etwas nicht haben, du nicht?«

Der Pudel hörte aufmerksam zu, während seine runden schwarzen Augen das Gesicht des Mannes fixierten und ehrfürchtig glänzten. Im fünften Stock ging die Tür auf, und der Mann schlurfte, in einem fort plaudernd, auf den Gang hinaus.

»Elmer war schon immer ein Sturkopf, als Kind schon und auch als Erwachsener. Er hat sich auch für nichts interessiert. Nicht so wie du und ich.«

Die Tür ging zu, und ich war alleine und froh, Elmer nie gekannt zu haben.

Als ich im sechsten Stock ausstieg, erwartet mich Cora bereits vor ihrer Tür am Ende des Flurs. Allein bei ihrem Anblick fühlte ich mich schon besser, vielleicht, weil Cora mich ein bisschen an meine Großmutter erinnert. Von ihren gekräuselten weißen Haaren bis zu ihren kleinen Füßchen bringt es Cora auf eine Körpergröße von nicht einmal eins fünfzig und sie wiegt sicher weniger als fünfzig Kilo. Sie bewegt sich ruckartig vorwärts, weil ihre Gelenke nicht mehr das sind, was sie mal waren, aber dafür ist sie geistig umso aktiver.

Sie rief: »Sie müssen mein Schokoladenbrot gerochen haben. Ich hab es gerade erst aus dem Ofen genommen.«

Gleich noch ein Grund, um mich besser zu fühlen, gibt doch das Webster-Wörterbuch Coras Schokoladenbrot als zweite Definition für dekadent an. Sie bäckt es in einer alten Brotbackmaschine, die sie von ihrer Enkelin geschenkt bekommen hat. Das Rezept behält sie streng für sich, aber das Resultat ist dunkel und saftig und strotzt nur so von vielen leckeren Stückchen geschmolzener Schokolade.

Da ich Schokolade über alles liebe, abgesehen natürlich von knusprig gebratenem Speck, könnte der Teufel eine Spur damit auslegen, und ich würde ihm prompt in jede Hölle folgen.

Ich nahm Cora in die Arme, drückte sie fest, aber vorsichtig genug, um sie nicht zu zerbrechen, und folgte ihren Minischrittchen in die Wohnung. An der Tür hing ein schicker Kranz mit roten Beeren, in der Diele baumelte ein Mistelzweig von der Decke, und in der Wohnzimmerecke stand ein kleiner künstlicher Christbaum mit stumpfsinnig blinkenden Lichtern.

Überall duftete es verführerisch nach geschmolzener Schokolade, und aus der Küche hörte ich das Pfeifen von Coras Teekessel.

Ich sagte: »Ich hol die Teesachen«, und düste in die schmale Küche.

Cora räumte einen Stapel Post und ein paar Zeitschriften von einem Tisch mit bis zum Boden reichender Decke, der zwischen dem Wohnbereich und der Küche stand, während ich Teebeutel einlegte und die Kanne mit kochendem Wasser füllte.

Dann zog sie einen der Eiscaféstühle heraus und nahm Platz, die Ellbogen auf den Tisch und das Kinn in die Hände gestützt.

Ich spürte, wie ihre wachen Augen unter den Schlupflidern hervorsahen und mich beobachteten.

Sie sagte: »Das Brot bitte nicht schneiden, nur abreißen, ein paar Brocken. So schmeckt es besser. Und vergessen Sie die Butter nicht.«

»Ich weiß, langsam kapier ich's.«

Ich stellte Teller für das Brot, Tassen und Untertassen auf ein Tablett.

Darauf folgten die Butter, ein Teller mit faustgroßen Brocken Schokoladenbrot und die Teekanne.

Am Tisch angekommen, verrückte ich noch schnell meinen Stuhl, damit ich den blinkenden Christbaum nicht direkt im Blickfeld hatte.

Cora verteilte mit flinker Hand die Gedecke und goss Tee ein, während ich mich über ein Stück Brot hermachte.

Ich schloss die Augen und seufzte.

»Gott, ist das gut.«

»In der Tat, nicht wahr? Es gibt nicht allzu viele Dinge, in denen ich gut bin. Aber Schokoladenbrot backen, das kann ich. Was sind denn deine Stärken, Dixie?«

Ich hörte auf zu kauen und überlegte. »Meine ganz große Stärke sind Haustiere. Hunde. Katzen. Im Moment kümmere ich mich gerade um einen Leguan.«

»Einen Legu-was?«

»Einen Leguan. Sieht aus wie eine Eidechse, ist aber ziemlich groß. Dieser ist knallgrün und ungefähr eins fünfzig lang. Aber ein Großteil der Länge ist Schwanz.«

»Beißen solche Ungeheuer?«

»Unter Umständen ja, aber nur, wenn sie sich angegriffen fühlen. Sie haben ganz kleine Fischzähne, und wenn sie beißen, ist es nicht gefährlich, aber die Haut können sie schon anritzen.«

»Hm. Kann ich mir vorstellen.«

Ich stellte meine Teetasse ab und holte tief Luft. Es wurde Zeit, ihr zu sagen, warum ich hier war.

9

Ich sagte: »Cora, mir geht's nicht so gut.«

Sie zuckte die Achseln. »Kann ich mir schon denken, dass so ein Mord einen aus der Bahn wirft.«

»Das allein ist es nicht. Es ist etwas anderes, so, als wäre ich nicht mehr ich selbst.«

Sie nippte an ihrem Tee und sah mir fragend ins Gesicht. »Wer sind Sie denn sonst, wenn nicht Sie selbst?«

Ich trennte mit dem Buttermesser ein großes Stück von der weichen Butter ab, platzierte es auf einem frischen Brocken heißen Schokoladenbrots und sah zu, wie es schmolz und vom Brot aufgesaugt wurde. Als es ganz verschwunden war, nahm ich einen großen Bissen und fing an zu kauen.

Cora wartete ab, bis ich aufgegessen hatte und nippte zwischenzeitlich an ihrem Tee. Dann sagte sie: »Dixie?«

»Ich denke nach. Ich vermute, ich bin noch ich selbst, aber ich mache Sachen, die ich sonst nicht mache.«

»Nun, meine Liebe, nur die Allerdümmsten machen ihr ganzes Leben lang immer nur ein und dasselbe. Irgendwann kommt die Zeit, da fängt man an, sich umzuorientieren.«

»Ich habe einen Detective von der Mordkommission angelogen, Cora.«

Sie runzelte die Stirn. »Sie sind in was reingeschlittert?«

»Nein, kann man nicht sagen. Es ist der Leguan. Nicht der Leguan selbst, aber der Mann, dem der Leguan gehört. Nun, mich hat jemand angerufen und gesagt, er wäre dieser Mann, war er aber nicht, und als ich dort ankam, war der Wachmann erschossen worden, Kopfschuss. Ich wollte nicht wieder in was reingezogen werden und bin abgehauen. Ich habe nicht die Polizei alarmiert. Stattdessen bin ich einfach nach

Hause gefahren, habe geduscht, und als ich losfuhr, um den Leguan zu versorgen, stellte sich heraus, dass er genau dort zu Hause ist. Da, wo der Wachmann ermordet worden war.«

Cora zwinkerte einige Male sehr heftig. »Sie hätten die Sache wohl schon besser melden sollen, aber niemand kann behaupten, Sie hätten gelogen, weil Sie es nicht getan haben. Sie haben einfach nicht gesagt, was Sie wussten.«

Ich trank meinen Tee aus und setzte die Tasse ab. »Es geht noch weiter. Ehe Lieutenant Guidry dort eintraf, riet ich dem Besitzer des Leguans, die Waffe, die er trug, abzulegen. Dann hörte ich, wie er Guidry ein paar Mal angelogen hat, und ich habe Guidry nicht darüber informiert, dass er Lügen erzählte. Auch von der Frau habe ich Guidry nichts gesagt.«

»Von welcher Frau?«

»Heute früh wurde ich von einer merkwürdigen Person angehalten. Sie hatte eine Bulldogge, die genauso hieß wie der Leguan, und ich glaube, sie hatte mich beobachtet. Der Mann hatte ihr Foto auf seinem Nachttisch. Und er ist übrigens blau. Ich vermute, er ist wirklich sehr krank.«

Cora zwinkerte abermals. »Dixie, nehmen Sie ausreichend Vitamine? Sie müssen wissen, Sie hatten in letzter Zeit eine Menge Stress, mit dem Mord an diesem Mann und überhaupt. Sie müssen gut auf sich aufpassen. Gönnen Sie sich mehr Ruhe und nehmen Sie Vitamine. Und auf Kaffee sollten Sie ganz verzichten. Ich trinke überhaupt keinen mehr, nur noch Tee. Wäre auch für Sie gesünder. Grüner Tee soll am besten sein, aber ich trinke nur Schwarztee, und mir geht es ziemlich gut.«

»Ich klinge verrückt, nicht wahr?«

»Ein bisschen, aber Frauen verlieren nun mal den Verstand, wenn sie verliebt sind.«

»Ich bin nicht verliebt, Cora.«

»Aber natürlich sind Sie's, meine Liebe. Sie sind in diesen Detektivtypen verliebt. Das Problem ist nur, Sie haben vergessen, wie es geht.«

»Glauben Sie mir, ich weiß noch genau, wie es geht.« – »Oh, ich meine keine Sexangelegenheiten. Wie das geht, vergisst man doch nie.«

Sie hielt eine Weile inne und lächelte versonnen angesichts welchen Bildes auch immer, das ihr just in dem Moment durch den Kopf gegangen sein mochte. Ich nahm einen großen Bissen Schokoladenbrot und wartete auf ihre Rückkehr in dieses Jahrhundert.

»Ich spreche davon, wie die Liebe geht«, sagte sie. »Sie müssen streng sein mit der Liebe, oder aber sie zieht bei Ihnen ein und übernimmt das Regiment in Ihrem Leben. Sie müssen ihr ein spezielles Zimmer zuweisen und sicherstellen, dass sie dort bleibt, bis Sie wollen, dass sie herauskommt. Das, meine ich, haben Sie vergessen. Ihr Problem ist, dass Sie diesen Liebesklotz immer und überallhin mit sich herumschleppen.«

Ich verschluckte mich, und Cora sah zu, wie ich einen Hustenanfall bekam.

Sie sagte: »Männer machen das nicht. Man sieht keine Männer, die die Liebe dauernd mit sich herumschleppen und sich darüber sorgen, ob sie vielleicht einen Schluck Wasser braucht, ob sie hungrig ist oder ob sie einen Pullover braucht. Männer überlassen die Liebe schon mal sich selbst, während sie weggehen, um zu arbeiten, zu spielen, zu kämpfen oder nur Spaß zu haben. Sie lassen es nicht wie wir Frauen zu, dass die Liebe ihr Leben beherrscht. Ich rate Ihnen, weisen Sie der Liebe den ihr gebührenden Platz zu, dann werden Sie auch niemanden mehr anlügen.«

Mein Handy summte, und ich sprang auf, um es aus meiner Handtasche zu holen. Es war Guidry.

Er sagte: »Dixie, wir müssen miteinander reden.«

»Ich weiß, darum habe ich Sie angerufen.«

Cora verdrehte angesichts meines schnippischen Tons die Augen.

Guidry sagte: »Ich bin in zehn Minuten bei Ihnen zu Hause.«

Er beendete das Gespräch, ohne dass ich ihm sagen konnte, dass ich gar nicht zu Hause war. Okay, auch gut, soll er warten und sich dabei die Hacken abkühlen.

Ich brachte noch schnell das Tablett mit dem Geschirr in die Küche, damit Cora sich nicht damit abmühen musste; dann beugte ich mich zu ihr hinunter, umarmte ihre mageren Schultern und küsste sie auf ihren wuscheligen Kopf. »Ich muss gehen, Cora. Danke für das Brot.«

Sie sagte: »Grübeln Sie nicht so viel drüber, dass der Mann traurig ist, Dixie. Immerhin wurde sein Wachmann erschossen. Da kriegt jeder den Blues.«

»Sie haben recht. Ich hör auf, mir Gedanken zu machen.«

Ich ließ sie alleine am Tisch sitzen, wo sie versonnen in ihre Teetasse starrte. Ich wusste, sie hatte nicht das Geringste verstanden von dem, was ich gesagt hatte, aber trotzdem fühlte ich mich ein gutes Stück besser.

In den Sommermonaten brauchte ich von Cora's Altenwohnanlage bis zu mir nach Hause gerade mal zehn Minuten. Aber um Weihnachten herum, wenn sich die Einwohnerzahl Sarasotas verdreifacht, sind unsere Straßen so verstopft wie die jeder x-beliebigen Großstadt. Dazu kommt, dass sich die Hälfte der Urlauber für privilegiert hält und die Einhaltung von Verkehrsregeln als Zumutung betrachtet, nein, die gelten bestenfalls für Normalsterbliche. Man muss sich in dieser Zeit völlig auf die Luxusschlitten konzentrieren, die aus irgendwelchen Einfahrten herausschießen oder rote Ampeln konsequent überfahren; und wenn man im Auto zufällig hinter eine blaugetönte Oma gerät, die mit 25 Sachen den Tamiani Trail entlangzockelt, fällt es schwer, an sich zu halten und sie nicht kurz an der hinteren Stoßstange zu touchieren, um ihr Beine zu machen.

Die Fahrt dauerte eine gute halbe Stunde, und als ich zu Hause ankam, war von Guidry weit und breit keine Spur zu sehen. Michaels Auto stand im Carport, aber die Küchentür war zu und alle Rollläden unten. Als ich die Verandatür aufsperrte, rollte Guidrys schwarzer Blazer am Carport vorbei und hielt auf der freien Fläche neben Michaels Zypressenveranda. Ich hielt inne und hoffte, Guidry würde nicht gleich denken, ich sei nach Hause gerast wie eine Verrückte, um ihn nur möglichst bald zu sehen. Beim Aussteigen sah er mich, worauf ich prompt anfing, mir Sorgen zu machen, er könnte annehmen, ich wäre die ganze Zeit über schon zu Hause gewesen und würde so sehr darauf brennen, ihn zu sehen, dass ich extra herausgekommen war.

Offensichtlich war er nicht weiter irritiert darüber, dass ich nicht lächelte, winkte oder ihm etwas zurief, sondern sah mir nur ernsthaft entgegen, während er auf den Treppenaufgang zusteuerte. Die kühle Luft hatte zusätzlich Farbe auf seine Wangen gezaubert, und ich musste feststellen, dass sein normalerweise bronzefarbener Teint nun eher pfirsichfarben glänzte. Ich liebe diese Farbe, sie macht mich regelrecht gierig. Sie hat etwas Warmes und Saftiges und lässt mich an heiße Sommerabende und selbst gemachtes Eis denken. Guidrys graue Augen jedoch zeigten keine Spur von Wärme. Tatsächlich waren sie so kalt wie dieser gefrorene Brei, der selbst gemachtem Eis die Festigkeit gibt.

Oben an der Treppe sagte er: »Wir müssen uns unterhalten.«

Mit spürbarem Druck nahm er meinen Arm, nicht grob, aber doch klar und unmissverständlich. Mein Herz tanzte wie verrückt Tango, und meine Brustwarzen verwandelten sich in glühende Rubine. Gleichzeitig hatte ich aber Angst, ich könnte mich auf der Stelle übergeben oder einen Nesselausschlag bekommen. Cora hatte recht gehabt. So hirnrissig verhalten sich Männer nicht.

Guidry stieß die Verandatür auf und warf mir beim Hineingehen einen Blick zu, der mich erstarren ließ. Ich war mir sicher, so sicher wie die Brandung Tag für Tag an den Strand rollt, dass er für mich auch etwas empfand.

Er sagte: »Hätten Sie vielleicht einen Kaffee?«

Oh, das war gut. Beim Kaffeekochen wären meine Hände wenigstens beschäftigt. Danach könnten Guidry und ich gemütlich zusammensitzen und Kaffce schlürfen und ganz allmählich ins Plaudern darüber kommen, was heute Morgen alles so passiert war.

Ich eilte in die Küche, füllte Wasser in die Kaffeemaschine, legte den Filter ein, gab Kaffee dazu und schaltete das Gerät ein. Während es zischte und röchelte, nahm ich Tassen heraus, aber keine Milch und keinen Zucker, denn ich erinnerte mich, dass Guidry seinen Kaffee wie ich schwarz trank. Als ich mich umdrehte, einen Finger durch die Tassenhenkel gehakt, fiel mein Blick in seine ruhigen Augen.

Er sagte: »Dixie, der Mann, der den Mord an dem Wachmann bei der Polizei meldete, trug gerade die *Herald Tribune* aus. Er sagte, als er in die Einfahrt einbog, kam ihm eine Frau auf einem Fahrrad entgegen. Seiner Beschreibung zufolge ist sie in etwa dreißig Jahre alt, hübsch und mit blondem Pferdeschwanz. Angeblich hatte sie ein schwarzes Fahrrad mit einem geräumigen Korb, um allerlei Zeug zu transportieren.«

Behutsam setzte ich die Tassen auf der Theke ab und drehte sie so, dass beide Henkel in eine Richtung zeigten. Dann öffnete ich die Schublade unter dem Tresen und holte einen Stapel Papierservietten heraus. Plötzlich dachte ich an Plätzchen. Wir sollten Plätzchen zum Kaffee essen, das wäre netter.

»Dixie? Gibt es was, das Sie mir vielleicht sagen möchten?«

Ich ging zur Kaffeemaschine zurück und sah zu, wie die dunkelbraune Flüssigkeit langsam in der Glaskanne anstieg und der Pegel auf der Tassenskala in Richtung vier strebte. Als die Markierung erreicht war, schnaubte, prustete und zischte die Maschine ein paar Mal, und einige letzte Tropfen fielen in den schwarzen See. Ich wartete noch ein paar Sekunden, bis auch wirklich alles draußen war, nahm dann die

Kanne heraus und trug sie zum Tresen. Bedachtsam, wie in ein Gebet versunken, schenkte ich zwei Tassen Kaffee ein und brachte die Kanne zurück auf die Heizplatte.

Dann drehte ich mich um, verschränkte die Arme auf der Brust und stellte mich Guidrys bohrendem Blick.

»Guidry, der Wachmann war bereits tot, als ich ihn sah. Daran hätte sich nichts geändert, wenn ich angerufen hätte. Zwei oder drei Minuten früher oder später, darauf kommt es doch nicht an.«

»Die Zeit ist es nicht, Dixie, die mir Kopfzerbrechen macht.«

»Okay, eigentlich hätte ich anrufen sollen, schon klar. Aber ich wollte nicht wieder in einen Mordfall hineingezogen werden. Das verstehen Sie doch auch, oder nicht? Als ich den Lieferwagen reinfahren sah, war mir klar, dass der Fahrer die Sache melden würde. Da bin ich weitergefahren.«

»Der Wachmann hieß Ramón Gutierrez. Neunundzwanzig Jahre alt, keine Vorstrafen. Verheiratet, zwei Kinder. Getötet durch einen gezielten Schuss in die linke Schläfe, wahrscheinlich Kaliber .38.«

Ich schlang die Arme um meinen Körper und zitterte. »Warum sagen Sie mir das?«

»Sie wurden beim Verlassen des Mordschauplatzes gesehen.«

Als mein Herz dieses Mal außer Takt geriet, war der Grund nicht die körperliche Nähe zu Guidry. Es war, weil mir plötzlich die volle Bedeutung von Guidrys Besuch dämmerte.

»Um Himmels willen, Guidry, ich habe ihn doch nicht umgebracht!«

Seine Hand hielt die Kaffeetasse fest umschlossen, als er mich ansah. »Der Anruf von diesem *Herald-Tribune*-Typen ging um 6.15 Uhr ein. Die Gerichtsmedizin schätzt, dass der Mann nicht mehr als drei bis vier Stunden vor diesem Zeitpunkt erschossen wurde.«

»Das können Sie unmöglich ernst meinen! Sie wissen genau, dass ich diesen Mann nicht umgebracht habe.«

Zum ersten Mal sah ich Wut in Guidrys Augen aufblitzen. »Was, zum Teufel, haben Sie sich gedacht? Sie mussten doch davon ausgehen, dass der Zeitungsmann uns sagt, dass Sie da waren. Warum haben Sie mir denn nichts gesagt? Warum muss ich das auf diese Weise erfahren?«

Er war enttäuscht, aber in seiner Reaktion schwang noch etwas anderes mit, ein unterschwelliges Gefühl, das ich nicht genau benennen konnte, irgendeine frühere Verletzung oder ein Ressentiment, das nichts mit mir oder der gegenwärtigen Situation zu tun hatte. Wir alle schleppen ein ganzes Bündel alter Erfahrungen mit uns mit, und es grenzt an ein Wunder, dass wir überhaupt je so richtig präsent sind.

Aus der Art, wie er die Lippen aufeinanderpresste und leise den Kopf schüttelte, ging hervor, dass er sich scheinbar selbst bei einer Gefühlsreaktion ertappt hatte, die er nun bereute.

Er sagte: »Wir haben eine neue Bezirkstaatsanwältin, Dixie – eine Frau mit ungeheuer viel Ehrgeiz und vielen Verbindungen in die Politik. Ich kann Ihnen sagen, wie sie die Dinge sehen wird. Sie waren früher mal Deputy, eine mit Preisen ausgezeichnete Scharfschützin. Ihr Beruf bringt es mit sich, dass Sie in leeren Häusern aus und ein gehen, weshalb Sie vermutlich immer eine Waffe bei sich führen. Sie hatten den Auftrag, Ken Kurtz' Leguan zu versorgen, kamen an das Haus, aber der Wachmann wollte Sie nicht reinlassen. Unter Umständen kam es zu einem Streit, möglicherweise hat er Sie beleidigt. Sie sind emotional gestresst aufgrund des Zwischenfalls, als Sie diesen Mann umgebracht haben, weshalb Sie außer Kontrolle gerieten und den Mann per Kopfschuss töteten. Sie kamen nach Hause, entledigten sich der Waffe und gingen zurück zu Kurtz' Haus und gaben vor, es sei das erste Mal, dass Sie dort auftauchten.«

»Ich führe nie eine Waffe bei mir, und ich habe den Wach-

101

mann nicht erschossen. Ich wusste nicht einmal, dass das Haus Kurtz gehört, als ich zu diesem Wachhäuschen ging. Es regnete stark, und ich wollte mich dort nur unterstellen.«

Mir fiel ein, wie Ken Kurtz gesagt hatte, ich würde Guidry niemals sagen, dass er, Kurtz, Guidry angelogen habe, oder dass ich Kurtz geraten hatte, seine Waffe abzulegen, ehe er mit Guidry sprach. Instinkt, so hatte Kurtz es genannt. Ich würde mich bei meinen Handlungen vom Instinkt und nicht vom Verstand leiten lassen. Nun sagte mir mein Instinkt, dass ich einen Mann enttäuscht hatte, den ich über die Maßen bewunderte und schätzte. Möglicherweise hatte ich mir alle Chancen ein für allemal verbaut, ihn näher kennenzulernen.

Merkwürdig war, dass ich von Guidry genauso enttäuscht war wie er von mir. So gut hätte er mich kennen müssen, um zu wissen, dass ich unschuldig war. Nicht nur unschuldig am Tod des Wachmanns, sondern überhaupt unschuldig, auf der ganzen Linie. Sicher, ich verschwieg vielleicht das eine oder andere Fitzelchen an Information, das mir zu Ohren gekommen war, und ich mochte ihm auch noch immer nicht gesagt haben, dass Kurtz eine Waffe unter dem Bademantel trug, aber trotzdem gehörte ich zu den guten Menschen und ich erwartete von ihm, dass er das wusste. Wenn dem nicht so war, dann war er vielleicht nicht der Mann, als den ich ihn mir vorgestellt hatte.

Ich sagte: »Wollen Sie meine .38er für eine ballistische Untersuchung sicherstellen?«

Er seufzte: »Dixie, ich glaube nicht, dass Sie den Wachmann ermordet haben. Mir wäre es nur lieber gewesen, Sie hätten von vornherein alles gesagt, darum geht's doch.«

»Aber Sie wollen trotzdem meine Knarre.«

»Ach, Dixie.«

Außer mir vor Wut ließ ich ihn an dem Tresen sitzen und ging in mein Schlafzimmer, wo mein Bett gegen die Wand geschoben stand. Nachdem ich es am Fußende gepackt und weggerückt hatte, um an die gegenüberliegende Längsseite heranzukommen, zog ich die im Rahmen integrierte Schublade heraus. Das Sarasota Sheriff's Department rüstet seine Leute generell mit einer SIG Sauer Neun-Millimeter aus, aber daneben hat jeder Deputy noch ein Anrecht auf private Ersatzwaffen. Wenn ein Deputy pensioniert wird oder stirbt, wird die von der Behörde ausgegebene Waffe automatisch eingezogen, weshalb ich meine eigene oder Todds Dienstwaffe nicht mehr hatte, aber ich hatte noch alle unsere Ersatzwaffen. Was Todd betraf, waren das eine Neun-Millimeter Glock, sein Colt Kaliber .357 und die von ihm besonders bevorzugte Smith & Wesson Kaliber .40. In meinem Fall waren es eine Smith & Wesson Kaliber .32, sowie eine Achtunddreißiger, mein persönlicher Favorit. Ich verwahre sie alle in einem besonderen Fach in der Schublade unter meinem Bett.

Ich nahm die Achtunddreißiger aus ihrem Gehäuse und legte sie aufs Bett. Dann schloss ich das Fach und die Schublade. Ich schob das Bett zurück an seinen Platz an der Wand und düste in die Küche und legte die Waffe vor Guidry auf die Theke.

Ich sagte: »Sie sehen, das Ding ist sauber und geölt. Daraus wurde kein Schuss abgefeuert.«

»Ich will das nicht extra betonen, Dixie, aber es wäre genug Zeit seit heute Morgen gewesen, um die Waffe frisch zu reinigen und zu ölen.«

Ich schlug mit der flachen Hand auf die Theke und sah ihn finster an. »Guidry, das ist Schwachsinn!«

»Schwachsinnig war es, einen Verbrechensschauplatz klammheimlich zu verlassen und so zu tun, als wüssten Sie nichts.«

Dem hatte ich nichts entgegenzusetzen. Also sagte ich: »Meine Oma hat immer gesagt, dass Weisheit mit dem Wissen zusammenhängt, dass jede Entscheidung, die wir treffen, Konsequenzen hat. Ich habe schlecht entschieden.«

»Das könnte die Untertreibung des Jahrhunderts sein.« –
»Guidry, sagen Sie mir die Wahrheit. Trauen Sie mir wirklich zu, ich könnte den Wachmann umgelegt haben?«

»Die Wahrheit? Die Wahrheit ist, dass ich mehr Chancen habe, im Lotto zu gewinnen, als diesen Todesschützen dingfest zu machen.«

Der Raum schien sich einen Moment lang zu verdunkeln, denn mir dämmerte langsam, dass ich in Ermangelung des wahren Täters ein gefundenes Fressen für eine Bezirkstaatsanwältin darstellte, die nur darauf gierte, die Öffentlichkeit davon zu überzeugen, dass alle Killer auf dem schnellsten Wege verhaftet und hingerichtet würden.

Als ich groß geworden bin, war Sarasota durch und durch blütenweiß und durch und durch US-amerikanisch. Schon kanadische Winterflüchtlinge wurden als Ausländer betrachtet. Als aber die Flüge aus Europa immer billiger und europäische Ferienziele immer teurer wurden, fielen Touristen aus aller Welt wie Zugvögel in Florida ein. Deshalb müssen sie bei den Strafverfolgungsbehörden heute international denken. Ein Serienvergewaltiger handelt möglicherweise nach einem Muster, das der Polizei in den Niederlanden bekannt ist, aber nicht hierzulande. Ein Einbrecher lässt unter Umständen eine Telefonkarte zurück, mit der französische Gendarmen etwas anfangen könnten, aber nicht die Beamten in Sarasota. Ein Tourist könnte sich in Sarasota etwas zuschulden kommen lassen und wäre längst wieder zurück in Europa, ehe die kriminaltechnische Abteilung Zeit gehabt hatte, ihre Funde zu sichten. Wenn heute jemand einen Mord begeht, fürchtet sich jeder Ermittler insgeheim, dass der Täter längst über die halbe Welt geflohen ist und sich eins ins Fäustchen lacht. Der Mörder des Wachmanns könnte sich längst jenseits des Atlantiks in Sicherheit gebracht haben, während die Bezirksstaatsanwältin mich auf dem Kieker hatte.

Ich sagte: »Kurtz trug eine Waffe am Körper, als ich heute Morgen dort ankam. Sie steckte in einem Rückenhalfter unter seinem Bademantel. Sah aus wie eine Ersatzwaffe, die manche Kriminaler mit sich führen.«

»Wäre Kurtz der Mörder des Wachmanns, dann hätte ihn jemand zum Wachhäuschen raustragen müssen.«

»Er hat gelogen, als er sagte, niemand würde von dem Weinlager wissen. Die Pflegerin wusste sehr wohl Bescheid, denn sie war es, die mir sagte, dass Ziggy dort war.«

Guidry wedelte mit der Hand hin und her, als wollte er mir damit zeigen, wie irrelevant mein Gequassel war.

»Dixie, können Sie über den Verlauf des heutigen Morgens Rechenschaft ablegen? Hat Sie in den Stunden, bevor der Wachmann tot aufgefunden wurde, jemand gesehen?«

Ich spürte einen Kloß im Hals und schluckte. »Da war eine Frau, Guidry. Sie führte eine Zwergbulldogge aus und hielt mich heute Morgen auf. Irgendwie kam sie mir seltsam vor. Sie sagte, ihr Hund heiße Ziggy, und sie schien erleichtert, als sie hörte, meine nächste Station sei ein Leguan namens Ziggy. Dann rannte sie weg, stieg in ein Auto und raste schnell davon. Mir erschien das alles irgendwie faul.«

»Dixie, das ist nicht –«

»Ein Foto von ihr stand auf Kurtz' Nachttisch. Er hat es zwar abgestritten, aber ich bin mir sicher, es war diese Frau.«

»Was meinen Sie damit, er hat es abgestritten?«

Ich leckte mir über meine plötzlich knochentrockenen Lippen. »Ich habe ihn nach ihr gefragt. Ich weiß, das hätte ich nicht tun sollen, aber ich hab's trotzdem getan.«

10

Guidrys Pupillen zogen sich auf Stecknadelkopfgröße zusammen, als würde er im nächsten Moment aufspringen, um den Teufel abzuwehren. Im Südwesten Floridas glaubt die halbe Bevölkerung an die Existenz eines Satans, und von daher hätte er sich doch auch mit diesem Teufelsbazillus anstecken können, so wie man sich Windpocken holt.

Er sagte: »Was soll das? Sie ermitteln auf eigene Faust?«

»In ihren Augen sieht das vielleicht wie eine Ermittlung aus, aber für mich geht es um mein Leben! Ich wurde doch mit einem hinterhältigen Trick in dieses Haus gelockt. Ich wurde doch von dieser Frau angesprochen. Ich werde doch von einem Unbekannten benutzt. Da ist es doch mein gutes Recht, zu wissen, wer so etwas macht und warum.«

»Natürlich stimme ich Ihnen zu, dass Sie jemand in dieses Haus gelockt hat, aber alles andere bilden Sie sich doch nur ein – diese Hundebesitzerin hat Sie nicht bewusst angesprochen und es heißt rein gar nichts, dass ihr Hund denselben Namen hat wie der Leguan, und die Chancen, dass sie dieselbe Person ist wie die Frau auf Kurtz' Foto, stehen ungefähr eins zu einer Quadrillion.«

»Das Foto stand auf dem Nachttisch, als wir ihn in sein Schlafzimmer gebracht haben, und später war es plötzlich verschwunden. Er hat es versteckt. Warum sollte er das tun, es sei denn, er wollte nicht, dass es jemand sieht?«

»Ich kann mir eine Million Gründe vorstellen, warum ein Mann vielleicht nicht will, dass ein Außenstehender sieht, wessen Foto er an seinem Bett stehen hat. Aber der Punkt ist folgender. Sie sind da in diesem Haus als Tiersitterin, nicht als Ermittlerin. Wenn Ihnen etwas auffällt, von dem Sie glauben, dass es relevant sein könnte, lassen Sie es mich wissen, aber hören Sie auf, durch die Gegend zu laufen und mit Ihrer Fragerei alles zu vermasseln. Und hören Sie auch auf, Informationen zurückzuhalten, Informationen welcher Art auch immer. Außerdem sollten Sie keine Lebensmittel in einen Kühlschrank stellen, der für die Aufklärung eines Mordes wichtig sein könnte.«

Mist. Ich hatte vergessen, dass ich Ziggys Gemüse im Kühlschrank verstaut hatte.

Guidrys Stimme war mit jedem Wort lauter geworden, und am Ende seiner Standpauke war dieser leckere Pfirsichton in seinem Gesicht einem ziemlich ungesunden Rot gewichen.

Kleinlaut sagte ich: »Okay.« Unter den Umständen schien das das Beste, was ich tun konnte.

Zusehends fasste er sich wieder. »Ich weiß nicht, was das mit Ihnen ist, aber Sie scheinen immer genau dann zur Stelle zu sein, wenn die ungeheuerlichsten Dinge passieren.«

»Sie sind also auch der Meinung, dass es nicht ganz geheuer ist, was da bei diesem Kurtz abläuft.«

Er ließ meinen Revolver in seiner Jackentasche verschwinden und ging zur Verandatür. »Schlimmer kann's nicht mehr kommen.«

Er sagte nicht einmal Auf Wiedersehen, sondern ließ mich einfach stehen, während ich mir wünschte, er hätte nicht gesagt, dass es kaum noch schlimmer kommen könnte. Man mag mich abergläubisch nennen, aber ich glaube, es ist ein großer Fehler, das Universum herauszufordern, alle seine ungeheuerlichen Möglichkeiten auf einmal hervorzuzaubern. Das ist so, als würdest du lauthals verkünden, was du nie tun würdest, nie akzeptieren würdest und nie glauben würdest, niemals, solange du lebst, Amen. So wie Eltern, die von ihrem Söhnchen sagen »Mein Junge wird nie ein Motorrad fahren«, ihren Sprössling garantiert eines Tages mit einem Rockergrinsen im Gesicht und einer Bikerbraut an seinem

107

wundgescheuerten Hintern klebend um die Ecke brausen sehen. Man muss aufpassen, was man mit seinen Äußerungen so alles ins Rollen bringen kann.

Dann ging ich in mein Bürokabuff, um den Anrufbeantworter abzuhören. Alle Anrufer bis auf einen wollten Preisinformationen haben. Ich notierte mir ihre Nummern, um sie später zurückzurufen. Der andere Anruf kam von Ethan Crane. Ethan ist Rechtsanwalt, aber er strebt mehr nach Gerechtigkeit statt nach Reichtümern, weshalb ich ihm seine Profession nicht übel nehme. Ursprünglich hatte ich ihn kennengelernt, als er das Erbe einer Katze, für die ich verantwortlich war, zu verwalten hatte. Später dann übernahm er die Leitung einer Stiftung, die von einem Mann ins Leben gerufen wurde, dessen Ermordung der indirekte Auslöser dafür war, dass ich einen Menschen umgebracht habe. Auch das nehme ich ihm nicht übel.

Ethan ist außerdem einer der am besten aussehenden Männer, die ich je getroffen habe, und der, wie mir unlängst klar geworden war, zweite Mann, für den ich mich interessierte. Sexuell, meine ich. Auf eine »Gott, was für'n heißer Typ«-Art.

Was natürlich alles sehr verwirrend war, da ich seit kurzem sofort zu glühen begann, sobald ich in Guidrys Nähe kam; wie, verdammt noch mal, kam ich also dazu, Ethan Crane gegenüber sexuelle Gefühle zu entwickeln? Fast so, als hätte mein Körper so lange ohne Sex und romantische Abende auskommen müssen, dass er gar nicht mehr in der Lage war, eine Wahl zu treffen.

Ethans Nachricht war knapp und punktgenau formuliert. »Hi, Dixie, hier Ethan Crane. Stell dir vor, heute Morgen fuhr ich die Midnight Pass Road entlang und sah deinen Bronco in einer Einfahrt stehen, nebst einigen Streifenwagen und Absperrband der Kripo. Ich hoffe, alles ist okay mit dir. Ich denke viel an dich. Könnten wir mal gemeinsam zu Abend essen? Melde dich bitte, okay?«

Es spricht so manches für ein gemeinsames Abendessen mit einem Mann, der einen nicht vor Wut gegen die Wand klatschen könnte, weshalb ich sofort Ethans private Nummer wählte. Er ging gleich nach dem ersten Läuten ran.

»Hi, Dixie, wie geht's dir?«

Verdammt, ich vergaß dauernd diese blöde Ruferkennung. Dass er wusste, dass ich es war, bevor er überhaupt ranging, brachte mich ein bisschen ins Stottern.

»Mir geht's gut. Schön, dich zu hören.«

»Ich weiß, ist 'ne Menge los zu dieser Jahreszeit, Weihnachten und so, aber wenn du heute Abend frei bist, würde ich dich gerne zum Essen einladen.«

Er ahnte ja nicht, wie frei alle meine Abende waren. Er ahnte auch nicht, wie sehr ich diese ganze Ausgeherei hasste. Fast wollte ich schon sagen, ich sei ausgebucht bis Ostern.

Tatsächlich sagte ich: »Gerne. Wo wollen wir uns treffen?«

Es dauerte ein Weilchen, bis ihm klar wurde, dass ich mich nicht abholen lassen würde. »Wie wär's mit dem Crab House, um sieben Uhr?«

»So in Richtung halb neun wäre mir lieber. Ich hab heute ein volles Programm.«

Er lachte kurz auf. »Okay, dann sehen wir uns heute Abend um halb neun. Ich freu mich.«

Ich nickte am Telefon und fand dann meine Stimme wieder. »Bis dann.«

Dann stand ich auf und ging der Reihe nach meine Klamotten durch. Sollte ich wirklich demnächst anfangen, mit Männern auszugehen, und es sah ganz danach aus, würde ich mir eine komplett neue Garderobe anschaffen müssen. Kleider. Röcke. Schuhe und Handtaschen. Bei dem Gedanken hätte ich fast einen Lachkrampf bekommen, aber ich musste einfach langsam anfangen zu denken wie eine Erwachsene, mich zu verhalten wie eine Erwachsene und mich anzuziehen wie eine Erwachsene. Ich konnte nicht mein ganzes Leben lang in Shorts und Jeans und T-Shirts und Keds rumlaufen.

109

Es war Zeit für die Nachmittagsbesuche bei meinen Klienten – außer bei Ken Kurtz. Ich würde ihm mitnichten eine Nachricht überbringen und auch sein Haus würde ich nur mehr zu dem Zweck aufsuchen, Ziggy zu füttern. Und vor morgen würde ich mich dort sowieso nicht blicken lassen. Sollten Ziggy oder Kurtz bis dahin Hunger kriegen, könnten sie sich, verdammt noch mal, auch eine Pizza kommen lassen. Aber zuerst musste ich noch Michael über die jüngsten Vorgänge informieren.

Ich fand ihn in der Küche, wo er gerade frisch geröstete Chili-Cayenne-Pekannusshälften auf ein Stück Küchenkrepp breitete. Als Michael und Paco das Haus unserer Großeltern bezogen, ließen sie es weitgehend unverändert, außer der Küche. Heute ist die Küche mit den schicksten Kühlgeräten ausgestattet, einem riesigen Grill und allem möglichen je für Profiköche erfundenem Schnickschnack. Ein großzügiger Küchenblock ist an einem Ende mit einem Salatbecken ausgestattet, am anderen kann an allen Seiten gegessen werden. Da Michael nicht nur für mich und Paco, sondern auch im Feuerwehrhaus die Mahlzeiten übernommen hat, ist sein Gefrierschrank immer voll bis oben, denn er verbringt einen großen Teil seiner Freizeit damit, für seine Feuerwehrkollegen zu kochen.

Feuerwehrmänner müssen scharfe Typen sein, denn die Chili-Cayenne-Pekannüsse waren Michaels diesjährige Weihnachtsüberraschung für das Feuerwehrhaus. Ich zerknackte eine in meinem Mund und vollführte prompt einen indianischen Kriegstanz, während ich mir die Lippen befächelte und jaulte wie ein Hund.

Er wedelte mir mit seinem Kochlöffel zu. »Da ist frischer Kaffee. Gieß mir bitte auch einen ein.«

Ich nahm zwei Becher herunter und schüttete heißen Kaffee hinein. Als ich einen an Michael weiterreichte, drückte er mir den Kochlöffel gegen die Brust.

»Okay, es ist doch was faul, und ich will wissen, was.«

Ich steuerte mit meinem Kaffee den Küchenblock an und glitt auf einen Barhocker.

»Heute am frühen Morgen wurde ein von Ken Kurtz engagierter Wachmann ermordet. Er wurde in seinem Wachhäuschen mit einem Kopfschuss niedergestreckt.«

Michael rührte weiter in seinem Kaffee, was so viel bedeutete wie: Erzähl weiter. »Ich hab davon in den Nachrichten gehört. Was hat das mit dir zu tun?«

Ich nahm einen Schluck Kaffee und suchte nach einer Möglichkeit, die Geschichte auf eine Art und Weise zu präsentieren, die mich nicht verrückt erscheinen ließ.

»Ken Kurtz besitzt einen Leguan, für den ich einen Versorgungsauftrag hatte, und ich musste somit zu seinem Haus.«

Michaels blaue Augen hellten sich auf, ein sicheres Zeichen dafür, dass seine Geduld schon sehr strapaziert war. »Aha?«

»Ich bin zweimal dort aufgekreuzt, einmal, um mich unterzustellen, das andere Mal, um den Leguan zu füttern. Beim ersten Mal sah ich den toten Wachmann, ohne dass ich die Polizei alarmiert hätte. Beim zweiten Mal kam ich wegen des Leguans, hatte aber leider beim ersten Mal nicht erkannt, dass es sich um die Leguanadresse handelte, weil ich zuvor noch nie dort gewesen war, weil der Mann, der mich engagiert hatte in Wahrheit gar nicht Ken Kurtz war, er gab nur vor, es zu sein. Und dann spielt noch eine Frau irgendwie eine Rolle. Zwei Frauen eigentlich, die Pflegerin und die Frau mit der Bulldogge, aber die Pflegerin ist getürmt, und Kurtz behauptet, die andere Frau sei tot. Ich glaube aber, dass er lügt, denn er hat ihr Foto, und ich bin mir sicher, dass es sich um dieselbe Frau handelt.«

Ich schaffte es nicht, höher als bis zu Michaels Gürtel zu blicken, aber aus seiner steifen Körperhaltung schloss ich, dass mein Versuch, die Geschichte wie ein halbwegs vernünftiger Mensch zu präsentieren, kläglich gescheitert war.

Er sagte: »War's das?«

Meine Stimme klang piepsig wie die eines neugeborenen Kätzchens. »Jemand, der die *Herald Tribune* austrug, rief die 911 und meldete den toten Wachmann. Beim Einbiegen in die Einfahrt sah er mich wegfahren und hat das gleich mitgemeldet. Somit bin ich für Guidry die einzige Person, die beim Verlassen des Tatorts gesehen wurde. Der Tod ist dem gerichtsmedizinischen Befund zufolge innerhalb weniger Stunden vor der Meldung eingetreten. Guidry hat meine Achtunddreißiger zu einer ballistischen Untersuchung mitgenommen.«

Michael ging auf den Barhocker gegenüber zu. Er war so bleich geworden, dass ich winzige Flecken auf seinen Wangen wahrnahm, die mir nie zuvor aufgefallen waren.

»Willst du damit sagen, du giltst als Tatverdächtige in einem Mordfall?«

»Nur weil der *Herald-Tribune*-Mann mich gesehen hat. Die ballistische Untersuchung wird klar ergeben, dass es nicht meine Waffe war.«

Ich versuchte zuversichtlich zu klingen, aber Tatsache war, dass Guidry mir nicht gesagt hatte, ob sie ein intaktes Projektil oder eine Patronenhülse gefunden hatten. Wenn nicht, würde eine ballistische Untersuchung meiner Waffe nichts, aber auch gar nichts zu meiner Entlastung beitragen.

Auf einem abgeschossenen Projektil hinterlässt der Lauf der Waffe ein individuelles Muster. Somit weist jedes von einer bestimmten Waffe abgefeuerte Geschoss den gleichen charakteristischen »Fingerabdruck« auf, es sei denn, in der Zwischenzeit wurde an der Waffe absichtlich herummanipuliert. Oder das Projektil selbst ist deformiert, sei es durch den Aufprall auf Knochen oder weil es den Körper ganz durchdrungen hat und gegen einen anderen harten Widerstand geprallt ist. Auch Patronenhülsen hinterlassen charakteristische Spuren, weshalb die Waffenspezialisten der Kriminaltechnik in der Lage sind, eine Patronenhülse der Waffe zuzuordnen, von der die Patrone abgefeuert wurde – vorausgesetzt, es wurde eine Patronenhülse gefunden.

»Aber bis dahin giltst du als verdächtig, richtig?« Ich war erstaunt darüber, wie ruhig er klang. Dann sah ich den Henkel seiner Tasse auf der Theke liegen. Er hatte ihn komplett abgebrochen.

Voller Verzweiflung sagte ich: »Michael, ich versuche ja, mich aus diesen Geschichten rauszuhalten. Ich weiß auch nicht, woran es liegt, dass ich immer wieder reingezogen werde.«

»Die entscheidende Frage ist die«, sagte er, »wie man dich da wieder rausbekommt.«

Dazu war es Lichtjahre zu spät, was wir genau wussten, aber für ein paar Momente taten wir so, als gäbe es einen Ausweg und als würde ich ihn auch finden.

Ich sagte: »Übrigens, ich werde heute nicht zum Abendessen hier sein. Ich habe ein Date.«

Ich versuchte locker und natürlich zu klingen, aber meine Stimme kam gepresst hervor.

Michaels Augenbrauen schossen beinahe bis zum Haaransatz hoch. Schließlich hatten er und Paco mich schon seit mehr als zwei Jahren immer wieder gedrängt, mir endlich einen Mann zu suchen.

Darauf erwiderte Michael, ebenso sehr bemüht wie ich, den Anschein zu erwecken, ich würde mich jeden Tag verabreden: »Ich bin heute Abend auch nicht hier. Einer meiner Kollegen von der Feuerwache muss sich für die Hochzeit seiner Tochter freinehmen, und ich springe für ihn ein. Mit wem bist du denn verabredet?«

»Mit Ethan Crane, dem Anwalt.«

»Ahhh.«

Als ich zur Tür hinausging, sagte ich: »Es wird sich alles klären, Michael.«

Er sagte: »Ja, bestimmt« und ging wieder zu seinen Pekannüssen zurück. Ich sah zwar sein Gesicht nicht, aber seine Stimme klang wirklich ein wenig hoffnungsvoll. Leider wusste ich, dass das nur an meiner Verabredung lag.

In Toms Wohnung im Sea Breeze war von ihm keine Spur zu sehen, während ich Billy Elliotts Leine am Halsband einklinkte. Unten drehten wir wie Derwische ein paar rasante Runden um den Parkplatz. Als wir wieder zurück in der Wohnung waren, keuchte ich immer noch, wohingegen Billy Elliott gelassen vor sich hin grinste. Als ich Billys Leine in den Flurschrank hing, kam Tom ins Wohnzimmer gerollt und trug ein gleichzeitig eitles wie verlegenes Lächeln zur Schau, eine jener für das männliche Sexualverhalten typischen Reaktionen.

Er sagte: »Tut mir leid wegen heute Morgen, Dixie. Ich hätte dir Frannie schon noch vorgestellt, aber du warst so schnell verschwunden.«

»Ich wusste nicht, dass du jemanden kennengelernt hast, und es hat mich sozusagen kalt erwischt.«

»Mich auch. Ich meine, ich habe sie erst kürzlich kennengelernt. Ich fand, ich hätte zu lange ohne Liebe gelebt.«

Ich schenkte ihm mein zynischstes Lächeln. »Du hast also beschlossen, dich zu verlieben?«

»Na klar. Natürlich hatte ich eine bestimmte Vorstellung von einer Frau, aber ich habe mich zur Liebe entschlossen, bevor ich die in Frage kommende Frau kennengelernt habe.«

Anscheinend machte ich keinen besonders überzeugten Eindruck, denn er schenkte mir ein recht mitleidiges Lächeln.

»Liebe ist immer eine reine Entscheidungssache, Dixie. Die kommt nicht einfach wie Manna vom Himmel heruntergeschwebt.«

Ich dachte für den Rest des Nachmittags über diese Bemerkung nach, während ich die Hunde auf meiner Liste ausführte und mit den Katzen spielte. Als ich in Muddy Cramers nach Urin stinkendes Heim kam, fand ich ihn ganz oben in den Vorhängen aus Seidensamt hängend, wo er mit seinen Krallen alles ruinierte und dabei verzweifelte, zu Herzen gehende Schreie ausstieß. Bei meinen Versuchen, ihn herunterzulocken, ging mir der Gedanke durch den Kopf, dass Menschen wohl die einzige Spezies sind, die ein Haus als schützendes Refugium betrachtet. Muddy hatte sein ganzes bisheriges Leben im Freien verbracht und Wind und Regen, Raubtieren und dem Verkehr gleichermaßen getrotzt. Einer ans Haus gewöhnten Katze würde das nie jemand zumuten, aber für Muddy war es das Leben, und allem Anschein nach betrachtete er es nicht als Segen, dass die Cramers ihn davor gerettet hatten.

Im Dezember geht die Sonne schon früh unter, so gegen halb sechs, und es war schon fast sieben, als ich nach Hause fuhr. Da war es nicht drin, mich ein halbes Dutzend Mal neu anzuziehen und meine Meinung in Sachen Frisur und Make-up weiß Gott wie oft zu ändern; ich schaffte es gerade noch, schnell zu duschen und mich anzuziehen und um viertel nach acht in Richtung Crab House aufzubrechen. Letztlich hatte ich mich für eine knallenge schwarze Lederhose entschieden, dazu hochhackige Stiefeletten und einen rosafarbenen Mohairpullover. Die Haare trug ich offen. Kein Make-up, nur etwas Lipgloss und Mascara. So ein bisschen der Typ unschuldige Hure.

Tief am regenfrischen Horizont funkelte der Vollmond wie eine nagelneue Goldmünze und tauchte die Insel in ein kristallines Licht, sodass sich jegliche Sicherheitsbeleuchtung erübrigte. Als ich an Kurtz' Anwesen vorbeifuhr, warf ich einen Blick auf das Wachhäuschen und die Palmenhecke dahinter. Im klaren Licht des Mondes machte der Ort einen verlassenen und verlorenen Eindruck, was mir einen unangenehmen Stich versetzte. Mein Samariter-Ich sagte mir, es würde mich nicht umbringen, kurz auf einen Sprung hineinzuschauen, um schnell nach Kurtz und Ziggy zu sehen und den Schlüssel zu seiner Hintertür zurückzugeben. Mein vernünftiges Ich dagegen riet mir, mich zurückzuhalten, ich hatte keine Zeit und überhaupt hatte ich sowieso keine Lust. Dieses Mal siegte die Vernunft.

Das Crab House befindet sich an der Südspitze der Insel direkt an der Bay. Pluspunkt für Ethan, dass er diese Bar vorgeschlagen hatte, denn sie zählte eindeutig zu meinen Favoriten. Das Publikum ist eine gute Mischung aus schwul und hetero, jung und alt, reich und weniger reich; einige kommen mit Booten, die unten am hauseigenen Anleger festmachen, andere auf Vespas oder schweren Maschinen. Das Essen ist gut, die Musik ebenfalls und wer Lust hat, was bei mir nie vorkam, kann sich auf der winzig kleinen Tanzfläche einen abzappeln.

Ich parkte den Bronco am Rand des Parkplatzes neben einem Auto, in dem zwei Teenager auf dem Rücksitz heftig fummelten. Den Geräuschen nach zu urteilen, die durch die offenen Fenster drangen, würde es gleich zu einem Orgasmus kommen, oder vielleicht auch zweien. Um beider willen hoffte ich, es wären zwei. Um meinetwillen hoffte ich, wegzukommen, ehe es so weit war. Seit vier Jahren kannte ich dieses irre Lustgefühl nicht mehr, und nun, da ich ansatzweise im Begriff war, mich eventuell auf einen neuen Mann einzulassen, stand ich dumm und hilflos da, als benötigte ich eine Anleitung zum Sex. Als ich auf den Eingang zustrebte, hörte ich die Kleine im Auto aufheulen wie eine heiße Katze. Ethan Crane wartete bereits auf mich und als er mich in der Tür entdeckte, bekam er diesen speziellen Augenausdruck, den Männer haben, wenn sie es darauf angelegt haben, dich genau so zum Jaulen zu bringen.

Gott, es war fast eine Sünde, so gut sah er aus!

11

Ganz Kavalier, hatte Ethan schon einen Tisch für uns organisiert und lotste mich nun mit sanftem Druck auf meine rosafarbene Mohairschulter dorthin. Wie schon gesagt, Ethan ist einer der attraktivsten Männer der Welt, auffallend attraktiv sogar. Er hat indianische Vorfahren, denen er sein glänzendes schulterlanges schwarzes Haar, tief liegende dunkle Augen, ein einnehmendes, von strahlend weißen Zähnen gesäumtes Lächeln und einen wunderbar muskulösen Körper verdankt. Die Frau, die bei seinem Anblick nicht hingerissen wäre, musste entweder tot sein oder überzeugte Lesbe. Mir war er sogar aufgefallen, als ich innerlich fast erstarrt war, und es hatte mich beinahe zu Tode erschreckt.

Nun, da ich langsam auftaute und mich mit dem Gedanken vertraut machte, vielleicht doch wieder wie eine Frau leben zu wollen, machte mich seine Gegenwart nervös. Verwirrt war ich zudem noch. Wie konnte ich mich so sehr von Guidry angezogen fühlen, und doch auch so herrlich unanständige Gedanken um Ethan Crane haben?

Ich spürte allzu mächtig die Hitze seiner Finger durch meinen Pullover und war erleichtert, dass sich unser Tisch an der hinteren Glaswand befand. Sollte uns der Gesprächsstoff ausgehen oder es mir glatterdings die Sprache verschlagen, könnten wir immer noch auf die Bay hinaussehen.

Lautlos, kaum dass wir saßen, erschien ein Kellner an unserem Tisch, und ich hatte das Gefühl, Ethan hätte auch das arrangiert, möglicherweise mit Geld und dem Versprechen auf mehr bei exzellentem Service. Das passte zu ihm.

Ich bestellte eine Margarita – auf Eis und mit Salz –, Ethan ein Bier. Irgendwie überraschte mich das.

»Ich hätte erwartet, du nimmst was Raffinierteres, einen ganz besonderen Scotch zum Beispiel, der mit Hafermehl oder so was gefiltert wurde.«

Er zuckte die Schultern. »Du weißt ja, wie das mit uns Rothäuten so ist. Wir vertragen kein Feuerwasser.«

Seine Stimme klang ironisch, als könnte er keine Klischees ausstehen, obwohl er gerade eines verwendete, und außerdem nur zu einem Viertel vom Stamm der Seminolen abstammte.

Ich sagte: »Du musst dann weitertrinken?«

»Nein, ich muss kotzen. Das ruiniert jedes Date.«

Damit war klargestellt, dass wir ein Date hatten, worauf ich mich prompt verkrampfte.

Er sagte: »Du siehst umwerfend aus. Ich liebe dieses fusslige Zeug. Was ist es?«

»Mohair. Es ist Mohair. Kommt von Ziegen. Ich glaube jedenfalls, es sind Ziegen. Können aber auch Schafe sein. Ich bin mir nicht sicher, Ziegen oder Schafe.«

Gott steh mir bei, warum konnte ich meinen Mund nicht halten?

Sein Lächeln war ein einziges weißes Strahlen in seinem bronzefarbenen Gesicht. Mannomann, was für ein Prachtkerl von Indianer.

Der Kellner kam eilends mit unseren Drinks und erkundigte sich, ob wir schon bestellen wollten. Da ich plötzlich einen Mordshunger verspürte, nickte ich heftig. Ethan schlug einen Blick in die Speisekarte vor, sodass wir die nächsten Minuten mit der Auswahl unseres Essens beschäftigt waren. Kaum hatten wir uns für Zackenbarsch vom Grill entschieden, stand auch schon der Kellner diensteifrig parat, und spätestens jetzt war mir klar, dass er eigens dafür bezahlt worden war, uns mit Aufmerksamkeit zu überschütten.

Als er weg war, sagte Ethan: »Ich freue mich sehr, dich wiederzusehen. Als ich dein Auto vor diesem Haus sah, hab ich mir Sorgen gemacht.«

Seine Stimme klang jetzt tief und belegt. Ich dachte an die Teenager in dem Auto. Ich stellte mir vor, wie es mit Ethan Crane im Bett war. Mir war angenehm warm in meinem rosafarbenen fusseligen Pullover.

Um ihn tunlichst von meinen fleischlichen Fantasien abzulenken, sagte ich: »Weißt du vielleicht zufällig was über diesen Ken Kurtz?«

»Wen?«

»Der Typ aus diesem Haus, wo der Wachmann ermordet wurde.«

»Ich wusste nicht, wie er heißt. Das Haus wurde von einer Gesellschaft mit Sitz auf der Isle of Man gebaut.«

»Die Isle of was?«

»Die Isle of Man. Liegt in der Irischen See nordwestlich von England. Sie gilt als Steueroase und wird gerne zum Parken geheimer Gelder benutzt.«

»Du meinst, Ken Kurtz gehört das Haus gar nicht?«

»Ich weiß nicht, wer der Besitzer ist. Kurtz könnte ähnliche Geschäfte tätigen wie die Gesellschaft, obwohl die Gesellschaft selbst eine Strohfirma eines anderen Unternehmens war.«

Plötzlich wirkte Ethan Crane gar nicht mehr so sexy in meinen Augen. Vielleicht war er in diese merkwürdige Geschichte um Kurtz verwickelt. Und sein Interesse galt gar nicht mir als Person. Vielleicht hatte er ja meinen Namen und meine Nummer an den Iren weitergegeben, der mich angerufen hatte.

Ich sagte: »Woher weißt du denn so viel über den Eigentümer des Kurtz-Anwesens?

Mein kühler Ton ließ ihn irritiert aufblicken. »Ich habe als Treuhänder für die Strohfirma gearbeitet.«

Das machte die Sache noch verdächtiger, denn Ethan war kein Immobilienanwalt.

Er musste meinen Rückzieher gespürt haben, denn er platzte förmlich mit einer Erklärung heraus.

»Vor einigen Jahren lernte ich in London einen Anwalt kennen, und wir tauschten Visitenkarten aus. Du weißt schon, für den Fall, dass ich irgendwann einmal einen Kontakt in London brauchen könnte oder er einen in Sarasota, Netzwerkdenken nennt man das. Ich dachte nie, dass sich daraus etwas ergeben könnte, aber vor einem Jahr um die Zeit herum rief er mich an und fragte, ob ich diese Transaktion hier auf Siesta Key abwickeln könnte. Ein Klient von ihm wollte ein bestehendes Haus kaufen, um es abreißen und auf dem Grundstück ein neues bauen zu lassen, nur sollte die Öffentlichkeit von dem Kauf nichts erfahren. Ich informierte ihn über das in Florida gültige Immobilienrecht, wonach die bestehende Bebauung zu dreißig Prozent erhalten bleiben muss. Um den Namen des neuen Besitzers in der Bauphase geheim zu halten, wurde der Verkauf via Grundstücksüberlassungsvertrag abgewickelt. Demzufolge würde die Zahlung des Kaufpreises in Raten erfolgen und der Verkäufer blieb bis zur Zahlung der letzten Rate der rechtmäßige Eigentümer des Grundstücks.«

»Also hast du den Deal abgewickelt?«

»Ja klar, schon allein, um dem Typen einen Gefallen zu erweisen. Vielleicht bin ich ja eines Tages auf seine Hilfe in London angewiesen.«

»Wann erfolgte die Zahlung der letzte Rate?«

»Sie steht noch aus. Die Sache kommt erst am ersten Januar zum Abschluss.«

»Also in zwei Wochen?«

»Richtig.«

In mir läuteten sämtliche Alarmglocken, aber ich war nicht sicher, ob es daran lag, dass ich Ethan immer noch ein bisschen misstraute, oder ob er mir soeben einen wichtigen Hinweis geliefert hatte.

Ich sagte: »Woher weißt du denn, dass das 'ne Strohfirma war?«

»Weil der Scheck, den sie mir geschickt haben, von BiZogen Research ausgestellt war, aber die Firma, die das Anwesen gekauft hat, nannte sich Zogenetic Industries.«

Mir lief ein kalter Schauer den Rücken hinunter. »Weißt du irgendwas über BiZogen Research?«

»Nicht die Bohne. Du?«

Ich schüttelte den Kopf. Gar nichts wusste ich, aber ich würde der Sache garantiert nachgehen.

Dann brachte der Kellner unsere Salate, fragte, ob wir frisch gemahlenen Pfeffer wünschten, und wir konnten ein paar Minuten damit überbrücken, ihm mit gespannter Aufmerksamkeit beim Drehen der Pfeffermühle zuzusehen. Man hätte uns für australische Ureinwohner halten können, die eben erst in Amerika angekommen waren und nie zuvor etwas derart Faszinierendes gesehen hatten. Jetzt fiel mir auf, dass Ethan genauso nervös war wie ich, eine Erkenntnis, die mich wie ein Blitzschlag traf. Dass er an mir interessiert war, hatte ich ja die ganze Zeit schon gewusst, aber nicht, dass sein Interesse so groß war. Angetan von dieser Überraschung, lächelte ich ihn süß an, etwa so, wie man ein Baby anlächelt, das gerade besonders nette Faxen macht. Nichts vermittelt einer Frau ein stärkeres Machtgefühl, als wenn ein Mann in ihrer Gegenwart nervös wird.

Seine Schultern entspannten sich, und wir wandten uns harmloseren Themen zu – dem kühlen Wetter etwa und ob es nicht eine Schande wäre, dass all diese Touristen den Strand nicht genossen, dass das Hausdressing doch nun wirklich das beste sei und die Musik im Moment gerade doch einfach der Wahnsinn. Der Kellner nahm unsere leeren Salatteller vom Tisch und servierte den gegrillten Zackenbarsch, exakt so, wie ich ihn mag, ohne alles, nur mit einem Spritzer Limone und ohne widerliche Saucen, die das frische Meeresaroma verdecken. Dazu aßen wir ein »Medley« von gegrilltem Gemüse, wie es auf der Speisekarte hieß – Zucchini, Kaiserschoten und Brokkoliröschen. Nichts davon schmeckte so gut wie das, was Michael auf seinem Premiumgrill zubereitet,

121

aber es kochen ja überhaupt nur wenige Köche so gut wie Michael.

Meiner Margarita hatte ich längst den Garaus gemacht und trank nun Wasser, wie übrigens auch Ethan. Das schätzte ich an ihm. Viele Männer schütten Unmengen an Alkohohl in sich hinein, um in Stimmung zu kommen oder um ihren Mut oder ihr Ego zu stärken. Dass Ethan auch ohne Schnaps ein cooler Typ sein konnte, ließ ihn in meiner Wertschätzung noch weiter steigen.

Die Musiker waren von leichter Unterhaltungsmusik zu schmusiger Tanzmusik übergewechselt, was einige Paare auf die Tanzfläche gelockt hatte.

Ethan sagte: »Lust auf ein Tänzchen?«

Meine frisch gewonnenen Gefühle weiblicher Macht verflüchtigten sich im Nu.

»Tanzen?«

»Na du weißt schon, wenn zwei Menschen sich in den Armen halten und sich im Takt der Musik bewegen.«

Seit einer Silvesterparty, kurz bevor Todd und Christy ums Leben kamen, hatte ich nicht mehr getanzt. Ich hatte nie geglaubt, ich würde jemals wieder tanzen, hatte nie geglaubt, ich würde mich jemals wieder der Umarmung eines Mannes überlassen.

Ich spürte dieses altvertraute Ziehen in mir, den Kummer, den Verlustschmerz und die Hoffnungslosigkeit – und ließ es gehen. Ich tue meinem Mann und meiner Tochter keinen Gefallen, wenn ich lebe, als wäre ich mit ihnen gestorben.

Ethan sah mich mit dunkel umschatteten Augen an. »Stimmt was nicht?«

»Alles in Ordnung. War nur für kurz weggedriftet. Ich wusste nicht mehr, ob ich meiner heutigen letzten Katze Wasser hingestellt habe.«

Er nickte, die Augen halb geschlossen, glaubte mir aber kein Wort; seine Zweifel verwies er an denselben Ort, an den ich meine Trauer verbannt hatte. Manche Dinge bleiben besser ungesagt, und manche Wunden reißt man lieber nicht wieder auf. Ich war froh, dass wir das beide so sahen.

Ich sagte: »Um ehrlich zu sein, ich habe schon lange nicht mehr getanzt. Ich bin ziemlich eingerostet.«

»Dann wird's ja wieder mal Zeit.«

Ich rieb meine schwitzigen Handflächen über das schwarze Leder auf meinen Schenkeln und versuchte möglichst ruhig zu bleiben. Ich wollte Ethan um Bedenkzeit bitten, wollte ihm sagen, dass ich ihm noch nicht so nahe kommen konnte. Ich wollte zur Toilette laufen, mich in eine Kabine setzen und heulen wie ein Schlosshund.

Mit schwacher Stimme, die ich selbst kaum hörte, sagte ich: »Okay.«

Er stand auf und nahm meine Hand und ich ließ mich hochziehen und zur Tanzfläche führen, wo Ethan mich in seine Arme nahm und sich so elegant bewegte, dass sich meine anfänglichen Bedenken in Luft auflösten, und ich ihm nur zu gern folgte. Es heißt, aus seiner Art zu tanzen könne man viel über einen Mann erfahren. Ethan tanzte wie ein Mann, der seine Führungsrolle genießt, wie ein Mann, der immer darauf achtete, wo sich seine Partnerin gerade befand, mental und real. Wie ein Mann, der seinen Körper mochte. Nach wenigen Minuten hatte mein Körper den seinen vollkommen erfahren. Ich erspürte seine Bewegungen und wusste, wie er sich im nächsten Moment verhalten würde; ich erkannte an der Art wie Ethan die Muskeln anspannte, wann er die Richtung wechseln würde und ich gab mich der Sicherheit hin, mich von ihm führen zu lassen.

Ich war eine Astronautin, die ohne Sicherungsleine durchs Weltall trieb, bewegte mich durch unermessliche Räume, ohne den nächsten Schritt zu kennen. Bei aller Musik, dem Gelächter und Geschirrgeklapper fühlte ich mich vollkommen ruhig, das einzige Geräusch war der Herzschlag des Kosmos. Oder war es etwa mein Herzschlag? Oder seiner? Wenn ich meine Wange an seine Brust legte, konnte ich nicht unterscheiden, wessen Blut ich in meinen Ohren rauschen hörte. Ich wusste nur, dass es nie aufhören sollte. Zweifellos hatte ich ernsthafte Probleme.

Er fasste mich eng um die Taille und zog mich zu sich heran. Dann beugte er sich vor und stupste mich sanft an: »Könnte ich dich jetzt zu mir nach Hause locken?«

Gott allein weiß, wie gerne ich Ja gesagt hätte.

Ich zog mich zurück und blickte zu ihm hoch. »Nicht heute Abend, Ethan.«

Er grinste. »Heißt das, ich kann es wieder mal versuchen?«

Ich legte einen Finger auf seine Lippen, damit er still war, und er nahm meine Hand und küsste sie.

Ach, herrje, wenn dir ein so hübscher Mann wie Ethan Crane die Hand küsst, fühlst du dich wie eine Märchenprinzessin, die soeben den Ausweg aus dem Turm gefunden hat.

Wir gingen an unseren Tisch zurück und ich nahm meine Handtasche, Ethan bezahlte die Rechnung, die gekommen war, während wir tanzten.

Ich sagte: »Ich geh dann mal besser nach Hause.« Ich fügte nicht hinzu: *Ehe ich dich zu Boden werfe und mich hier vor allen Leuten an dir vergehe,* aber ich dachte es.

Als hätte er meine Gedanken lesen können, grinste mich Ethan bedächtig an. »Ich bring dich zum Auto.«

Ich schüttelte den Kopf. »Nicht nötig, danke. Es war ein wunderschöner Abend, Ethan.«

Noch ehe er antworten konnte, machte ich auf meinen Stilettos kehrt und verließ fluchtartig das Lokal. Am Parkplatz fing ich an zu laufen, als fürchtete ich, er könnte mir folgen. Dabei fürchtete ich mich nur davor, auf der Stelle umzudrehen, zurückzulaufen und mich in seine Arme zu werfen. Es war zu lange her, seit ich mit einem Mann zusammen war. Ich wusste nicht mehr, wie man sich Männern gegenüber verhält.

Auf dem Nachhauseweg fühlte ich mich wie benommen

und ließ das Auto wie von alleine einfach fahren. Immer, wenn ich daran dachte, was soeben geschehen war, errötete ich am ganzen Körper. Mein Rücken erinnerte sich noch an Ethans Hände, was nichts war im Vergleich dazu, woran sich mein Bauch erinnerte – an Ethans Härte, das Wissen um seine Erregung, der meine in nichts nachstand.

Als ich an Kurtz' Haus vorbeifuhr, warf ich einen Blick in die Einfahrt und sah eine vom Vollmond hell erleuchtete dunkle Limousine davorstehen. Die Limousine kannte ich. Es war das Auto, das die Frau mit der Bulldogge gefahren hatte. Ich riss das Steuer scharf herum, sodass der Wagen hinter mir mit quietschenden Reifen ins Schlingern geriet und mich laut anhupte.

Mit pochendem Herzen hielt ich fest das Lenkrad umklammert und kam neben der Limousine zum Stehen. Keine Spur von der Frau oder dem Hund, aber ich war mir sicher, dass es dasselbe Auto war. Okay, verflixt noch mal, damit wäre bewiesen, dass Kurtz gelogen hatte, als er sagte, er würde sie nicht kennen. Er und diese Frau hatten mich wie eine durchgeknallte Irre erscheinen lassen – vor Guidry, vor Michael, vor Cora und sogar vor mir selbst. Wahrscheinlich war sie gerade bei Kurtz drinnen im Haus und erzählte ihm, wie sie dafür gesorgt hatte, dass ich auch sicher dort auftauchen würde. Wahrscheinlich planten sie gerade den nächsten cleveren Schachzug.

Am liebsten wäre ich schnurstracks zur Haustür gelaufen, um diesen Kurtz und seine mysteriöse Freundin zu stellen und sie zu zwingen, damit herauszurücken, was auch immer sie im Schilde führten. Aber so dumm bin ich nun auch wieder nicht. Ich würde Guidry anrufen, damit er sich um die Sache kümmerte. Ich zog mein Handy aus der Tasche, stieg aus dem Bronco und stellte mich zwischen die Limousine und das Wachhäuschen.

Im nächsten Moment traf mich ein Schlag gegen den Hinterkopf, und mir wurde schwarz vor Augen.

12

Ich erwachte mit üblen Kopfschmerzen. Vergeblich versuchte ich, meinen Kopf anzuheben. Sofort bekam ich es mit der Angst zu tun, und mir liefen kalte Schauer über den Rücken.

War ich tot? Oder vielleicht gelähmt? Nein, ich konnte die Zehen bewegen und die Hände schließen.

Langsam kehrte mein Erinnerungsvermögen zurück – für die Dauer einer Nanosekunde hatte ich ein dumpf schlurfendes Geräusch hinter mir gehört, als würde von der Rückseite des Wachhäuschens etwas auf mich zukommen. Ehe ich mich umschauen konnte, bekam ich einen Schlag versetzt. Einen ziemlich harten.

Mit einer gewaltigen Anstrengung streckte ich meine Hände nach oben und beäugte sie. Kein Blut, keine verstümmelten Finger. Dann zog ich die Beine an und streckte meine Füße in die Luft. Es war alles in Ordnung. Nichts war gebrochen. Jetzt war der Hinterkopf dran. Ich zuckte zusammen. Ich fühlte eine tennisballgroße Beule, aber es nässte nichts, und ich fand keine trockenen Blutkrusten. Okay, ich hatte lediglich eine Gehirnerschütterung. Kein berauschender Tagesabschluss, aber auch nichts Lebensbedrohliches.

Es gelang mir, mich aufzusetzen, und einige Minuten schwankte ich hin und her wie betrunken, während sich um mich herum alles wie verrückt drehte. Die Luft roch sonderbar scharf und schien seltsam dick, als wäre sie greifbar. Einen Moment staunte ich darüber, wie sie in blassgrauen Bändern dahinströmte, sich um Baumstämme wand und über den Boden waberte.

Dann riss sich der entwickeltere Teil meines Gehirns zusammen und ermahnte den älteren, primitiven Teil: Du Idiot, das ist Rauch!

Hörbar stöhnend schaffte ich es, mein Handy aufzuklappen. Als die Zentrale der 911 sich meldete, sagte ich: »Es brennt in einem Haus an der Midnight Pass Road. Vermutlich Brandstiftung. Möglicherweise befinden sich Menschen darin.«

Ich staunte beinahe, dass meine Stimme dort noch nicht bekannt war und dass man nicht sagte: »Oh, hi, Dixie! Menschenskind, von dir haben wir ja schon ewig nichts mehr gehört.«

Stattdessen nahm der Mann die Adresse auf, ermahnte mich, ich solle mich nicht von der Stelle bewegen, und versprach, umgehend Hilfe zu schicken. Als ich auf den Bronco zustolperte, hörte ich die Sirene eines herannahenden Feuerwehrautos. Es kam von der Wache an der Midnight Pass Road Ecke Beach Drive. Zu seiner Besatzung würde auch mein Bruder gehören, und das Wissen, dass er in Kürze bei der Bekämpfung eines von einem Brandstifter gelegten Feuers sein Leben riskieren würde, trug nicht unbedingt zur Linderung meiner Kopfschmerzen bei.

Vor dem Eintreffen der Feuerwehr fuhr ich den Bronco aus dem Weg hinter die Limousine der Frau. Dann legte ich meinen Kopf auf das Lenkrad und verharrte ganz still, weil jede Bewegung sofort Übelkeitswellen und Schüttelfrost hervorrief. Ich hob den Kopf, als der Löschwagen in die Einfahrt raste, aber er fuhr so schnell, dass ich meinen Bruder unter den Männern in den gelben Anzügen nicht ausmachen konnte. Der Wagen machte einen Bogen um die Arecapalmenhecke herum und hielt vor der Garagenreihe.

Sekunden später bogen das Auto des Einsatzleiters und ein neutrales Zivilfahrzeug in die Einfahrt und hielten direkt hinter mir. Beamte stürmten aus den Autos und liefen auf das unsichtbare Haus zu.

Jenseits der Hecke stieg mittlerweile eine dicke schwarze

127

Rauchsäule in die Luft, sodass meine Augen und die Kehle brannten. Ich befühlte noch einmal meinen Hinterkopf. Da war eindeutig eine Riesenbeule, aber es sickerte kein Blut und auch keine Gehirnflüssigkeit daraus hervor. Dann drehte ich den Kopf vorsichtig, damit die Dinge ihre Form behielten, zunächst in die eine, dann in die andere Richtung und inspizierte meine unmittelbare Umgebung. Die Limousine stand noch da, doch wo war die Frau? Vielleicht hatte sie auch einen Schlag abbekommen, von derselben Person, die mir eins übergezogen hatte, und lag nun tot oder bewusstlos irgendwo herum. Die Beamten von der Feuerwache wussten nichts von der Frau. Mannometer, sie würden nicht schlecht staunen, wenn ich ihnen von ihr erzählte.

Das Gefühl, wichtig zu sein, verschaffte mir einen kleinen Energieschub, der mir half, aus dem Wagen zu klettern. Ich wollte den Einsatzleiter suchen und ihm von der Frau berichten, was meinen Schnitzer, dass ich den toten Wachmann nicht gemeldet hatte, irgendwie ausbügeln würde. Im Gespräch mit ihm würde ich tunlichst nicht nach den Feuerwehrmännern sehen, die ihr Leben beim Löschen riskierten, denn schon der Gedanke daran, was meinem Bruder in Erfüllung seiner Pflicht alles zustoßen könnte, war mir unerträglich. Ich würde den Beamten einfach von der Frau berichten, damit sie die Suche nach ihr einleiten konnten. Dann würde ich nach Hause fahren und mich unter die Dusche stellen. Vielleicht könnte mich ja auch einer nach Hause fahren. Vielleicht gelänge es mir ja sogar, nach der Dusche ein kleines Nickerchen zu machen, um meine Kopfschmerzen zu vertreiben. Meine Beine wollten mich nicht tragen, und meine spitzen Pfennigabsätze brachten meine Fußgelenke ins Schlackern, aber ich zwang mich einfach dazu, die Einfahrt entlang auf die Sichtschutzhecke hin zuzustaksen. Am Ende der Hecke lehnte ich mich gegen eine Palme, denn auf einmal war ich sehr, sehr müde. Dann spürte ich nur mehr, wie ich hilflos zu Boden fiel.

Das Nächste, was ich mitbekam, war, dass ich wieder auf dem Rücken lag und Guidry neben mir kniete.

»Dixie? Dixie? Wach auf, Dixie. Komm schon, Baby, wach auf.«

Eine schwache Stimme in meinem Kopf sagte Baby?

Vermutlich war das der Grund, warum ich mich übergeben musste. Wenn ich hörte, dass mich ein Mann, auf den ich scharf war, Baby nannte, musste ich mich wohl automatisch von meiner abstoßendsten Seite zeigen.

Er reagierte wie immer, was mich irgendwie noch dümmer dastehen ließ. Mit einem frischen weißen Stofftaschentuch, wie wohl nur Guidry sie besaß, machte er mein Gesicht sauber und führte mich zu seinem Auto. Ich sträubte mich und zeigte auf meinen Bronco, aber er schüttelte den Kopf.

»Ihr Auto lasse ich nach Hause bringen und Sie bringe ich ins Sarasota Memorial.«

Ohne Rücksicht auf meinen Protest packte er mich auf den Beifahrersitz und knallte die Tür zu. Ich hatte noch immer den Qualmgestank in der Nase, sah aber, wie die Feuerwehr ihre Sachen einpackte; also musste der Brand gelöscht sein. Guidry setzte sich ans Steuer und stieß im Rückwärtsgang vorsichtig aus der Einfahrt. Michael hatte ich zwar nicht gesehen, musste aber dennoch während der ganzen Fahrt ins Krankenhaus gegen meine Tränen ankämpfen, als ich mir vorstellte, Michael würde sich da drinnen in seiner Feuerwehrkluft einem Flammenmeer entgegenstellen. Ich brauchte keinen Seelenklempner, um zu wissen, dass damit der ganze Schmerz von damals zurückgekehrt war, als unser Vater bei einem Löscheinsatz ums Leben gekommen war.

In der Notaufnahme beobachtete ein ganzer Raum voller Menschen, die ihre Schnittwunden, Verstauchungen und Prellungen hätschelten, wie Guidry seine Autorität spielen ließ und mich sofort in ein Sprechzimmer brachte. Ein Assistenzarzt, der ungefähr aussah wie zwölf, untersuchte mich und attestierte mir eine Gehirnerschütterung, eine Diagnose, die ich auch ohne Untersuchung schon gekannt hatte.

Er sagte: »Wissen Sie ungefähr, wie lange Sie bewusstlos waren?«

»Nur ein, zwei Minuten.« Ich hatte nicht die geringste Ahnung.

»Haben Sie Gedächtnisverluste?«

»Nein.«

Dann empfahl er mir, die Nacht über im Krankenhaus zu bleiben, schien jedoch, als ich mich weigerte, nicht weiter überrascht.

Er sagte: »Sie müssen wissen, mit einer Gehirnschütterung ist nicht zu spaßen. Besonders wichtig ist es, in der nächsten Zeit nicht gleich wieder eine zu haben. Das ist mein voller Ernst. Ein zweites Schädelhirntrauma in Folge kann den Druck im Gehirn derart erhöhen, dass Sie daran sterben.«

»Ich habe nicht vor, mir ein zweites zuzuziehen.«

»Das hat niemand vor, aber wenn Sie bereits eines gehabt haben, steigt die Wahrscheinlichkeit eines Folgetraumas um das Vierfache. Deshalb müssen Sie extra vorsichtig sein, solange dieses noch nicht verheilt ist. Sie sollten mindestens einen Monat warten, ehe Sie zum Skilaufen oder Bungeejumping oder sonst was in der Richtung gehen.«

Das Bürschchen hielt es tatsächlich für möglich, ich würde mich an einem Gummiseil von der nächstbesten Brücke stürzen. Darauf kam ich mir gleich vor wie zweihundert. Ich unterschrieb einige Dokumente, worin ich erklärte, dass ich die Klinik gegen ärztliches Anraten verließ und die alleinige Verantwortung dafür übernahm, sollte ich in der kommenden Nacht das Zeitliche segnen, und wankte hinaus zu Guidry.

Der Knabe von Assistenzarzt folgte mir und sagte: »Jemand sollte in dieser Nacht bei ihr bleiben. Geben Sie ihr keine entzündungshemmenden Medikamente gegen die Kopfschmerzen. Die wirken zwar kurzfristig schmerzlindernd, langfristig jedoch verhindern sie die Heilung von

Weichgewebe und führen zu chronischen Schmerzen. Sollten die Schmerzen anhalten, bringen Sie sie zu einer Kernspintomographie zurück. Manchmal führt eine Gehirnerschütterung auch zu einer verminderten Ausschüttung von Adiuretin; wenn sie also in den kommenden Wochen eine gesteigerten Harndrang verspürt, sollte sie ihren Arzt aufsuchen. Am besten wäre es, wenn sie in der kommenden Nacht nicht durchgehend über mehrere Stunden hinweg schläft. Sollte sie dennoch einschlafen, wecken Sie sie jede halbe Stunde und überprüfen Sie ihre Pupillen. Wenn sie sich noch weiter zusammenziehen, als es jetzt schon der Fall ist, bringen Sie sie hierher zurück.«

Guidry nickte und schüttelte dem Knaben die Hand, in der Männern eigenen Art, wenn sie, im Einverständnis ihrer geistigen Überlegenheit, nur das Beste für die Frau wollen. Ausnahmsweise schritt ich nicht ein. Ich wollte nur noch möglichst schnell nach Hause und mich aufs Ohr hauen.

Mit einer Hand auf meinem Arm geleitete mich Guidry zu seinem Auto auf dem für die Polizei reservierten Parkplatz vor der Notaufnahme. Ich ließ mich in den Sitz sinken, lehnte meinen schmerzenden Kopf an die Kopfstütze und sah nicht auf, bis das Auto neben meinem Carport zum Stehen kam. Wortlos schwang sich Guidry aus dem Wagen und kam zu meiner Tür herüber. Zärtlich wie eine Mutter half er mir beim Aussteigen und blieb so dicht hinter mir, als wir auf die Treppe zu meiner Wohnung zugingen, dass ich seinen Atem im Nacken spüren konnte. Als wir zu meiner Verandatür mit den heruntergelassenen Rollläden kamen, blieb ich stehen und seufzte auf.

»Die Fernbedienung ist in meiner Handtasche. Im Bronco.«

Der metallene Hurrikan-Rollladen setzte sich trotzdem in Bewegung, schob sich wie eine Ziehharmonika zu feinsäuberlichen Falten zusammen und verschwand in dem dafür vorgesehenen Kasten über der Tür.

Guidry sagte: »Ich hab die Handtasche.« Im Vollbesitz meiner geistigen Kräfte hätte ich ihm prompt einen Vortrag nach Art meiner Großmutter darüber gehalten, dass man seine Finger niemals und unter gar keinen Umständen in die Handtasche einer Frau steckt, ohne sie zuvor um Erlaubnis zu fragen. Aber da meine geistigen Kräfte sich eine Auszeit genommen hatten, war ich nur froh darüber, dass wir dank ihm trotzdem in meine Wohnung kamen.

Guidry sperrte die Verandatür auf, natürlich mit den Schlüsseln aus meiner Handtasche – jener Handtasche, die zu öffnen ich ihm gar nicht erlaubt hatte. Dann führte er mich, einen Arm um meine rosafarbenen Mohairschultern gelegt, ins Wohnzimmer und manövrierte mich zu dem Sofa meiner Großmutter mit den grünen blumengemusterten Schonbezügen.

Ich sagte: »Mir ist so nach duschen.«

»Nur wenn ich mit reinkomme.«

Ich versuchte einen auf empört zu machen, brachte aber lediglich ein mickriges Schmollmündchen zustande.

»Mundgeruch hab ich auch.«

»Okay, dann gehen wir Zähne putzen.«

Wir?

»Guidry, Sie kommen mir nicht in mein Bad.«

»Meine Liebe, Sie können ohne mich pinkeln, aber nur bei unverschlossener Tür. Ich kenne Sie. Sie reizen die Grenzen aus und verletzen sich am Ende noch.«

Ich dachte darüber nach, während ich ins Schlafzimmer trottete und dort meine hochhackigen Stiefeletten von mir kickte.

Ich sagte: »Ich bin schon verletzt.«

»Weil Sie immer an Ihre verdammten Grenzen gehen müssen. Was hatten Sie überhaupt schon wieder bei Kurtz' Haus zu suchen?«

Ach du liebe Güte, ich hatte niemandem gesagt, was passiert war. Tatsächlich hatte ich es völlig vergessen. Das

Dumme an einem Gedächtnisverlust ist, dass man sich an das, was man vergessen hat, nicht erinnert.

Vorsichtig drehte ich mich zu Guidry um. »Guidry, diese Frau war da. Die Frau mit dem Hund.«

Seine Augen wurden schmal. »Die Frau mit dem Hund.«

»Ja! Ihr Auto war da, aber sie selbst war verschwunden. Das vor meinem Bronco geparkte Auto gehört ihr. Ich ging gerade um ihr Auto herum, als mir jemand einen Schlag versetzte.«

»Nachdem Sie wegen des Feuers die 911 gerufen haben?«

»Nein, davor. Jemand hat mir eins übergezogen, und ich bin ohnmächtig geworden. Als ich wieder zu mir kam, habe ich den Rauch wahrgenommen und dann die 911 gerufen.«

»Dixie, Sie sind verwirrt. Sie wurden nach der Ankunft der Feuerwehr attackiert, nicht davor. Der Einsatzleiter meint, der Brandstifter muss sich auf dem Areal herumgetrieben und Sie angegriffen haben, weil er sich ertappt glaubte. Haben Sie ihn denn ertappt?«

Ich schüttelte den Kopf und stöhnte vor Schmerz darüber auf.

»Nein, nein, der Schlag hat mich getroffen, bevor die Feuerwehr kam. Als ich wieder zu mir kam, lag Rauch in der Luft. Ich habe die 911 gerufen und dann den Bronco weggefahren, damit die Feuerwehr durchkam. Ich war gerade unterwegs zum Einsatzleiter, um ihm von der Frau zu berichten, als ich in Ohnmacht fiel. Möglicherweise liegt sie bewusstlos in den Büschen.«

»Sie sagen, ihr Auto ist immer noch da?«

Ich nickte und stöhnte gleich wieder. Lieber Gott, ich sollte meinen Kopf besser stillhalten. »Ja, eine Fordlimousine. Dieselbe, die sie auch schon bei unserer ersten Begegnung gefahren hat.«

Guidry hatte sein Handy herausgezogen und tippte eine Nummer ein. Ich ließ ihn alleine und machte mich auf den Weg durch den Flur ins Bad.

Als ich das Bad betrat, hörte ich ihn hinter mir mit einem Deputy sprechen.

»Notieren Sie sich die Nummernschilder der Fordlimousine vor dem Bronco. Und lassen Sie die Umgebung des Hauses absuchen. Ihr Augenmerk gilt einer Frau. Sie ist möglicherweise verletzt.«

Ich drückte gegen die Tür, aber Guidrys Fuß glitt in den Türspalt, sodass sie nicht zuging.

»Noch näher zu kommen, verbietet mir der Anstand. Ich warte hier draußen, aber wenn ich verdächtige Geräusche höre, komme ich rein.«

»Ach, seien Sie doch vernünftig, Guidry. Ich habe Tierhaare, Gras, Erbrochenes und weiß Gott, was noch alles an mir! Nur eine schnelle Dusche, okay?«

Auf der anderen Seite der Tür folgte eine Pause. »Wie wär's mit einem Deal. Sie ziehen sich aus und hüllen sich in ein Handtuch. Ich stelle das Wasser an und helfe Ihnen in die Dusche. Dann gebe ich Ihnen zwei Minuten. Danach stellen Sie das Wasser ab, und ich reiche Ihnen einen Bademantel und helfe Ihnen beim Aussteigen.«

Ich öffnete den Mund, um Nein zu rufen. Da erinnerte ich mich daran, wie wabbelig sich diese Arecapalme angefühlt hatte, kurz bevor ich in Ohnmacht fiel, und an die düsteren Warnungen des jugendlichen Arztes von der Notaufnahme.

»Es wird eine Weile dauern, bis ich ausgezogen bin. Bei mir geht alles sehr langsam.«

»Hab ich bemerkt.«

Sich eine enge Lederhose vom Leib zu schälen, ist immer schwierig, aber wenn einem schwummrig wird, sobald man sich nach vorne beugt, lässt sich so ein verfluchtes Ding verdammt schwer bis zu den Knöcheln herunterstreifen. Als ich endlich im Slip dastand, hatte ich keine Kraft mehr, auch noch den Pullover auszuziehen.

Behutsam beugte ich mich über das Waschbecken und putzte mir die Zähne und spritzte mir ein bisschen Wasser ins Gesicht. In dieser Haltung hatte ich das Gefühl, mein Kopf könnte jede Minute explodieren. Als ich mich wieder aufrichtete, begann sich der Raum zu drehen, und ich musste mich am Waschbeckenrand festhalten, bis sich wieder alles beruhigt hatte. Zu duschen glich plötzlich einer Besteigung des Mount Everest.

Als ich die Tür nur im Slip und meinem rosafarbenen Mohairpullover aufmachte, sah mich Guidry nur einmal kurz an, um mich dann schwungvoll in seinen Armen hochzuheben wie ein Vater seine zweijährige Tochter.

Ich sagte: »Ich bleibe einfach eine Weile schmutzig.«

»Zumindest haben Sie jetzt saubere Zähne.«

»Jetzt würde ich gerne schlafen.«

»Zuerst unterhalten wir uns noch ein paar Takte.«

»Ich brauche Excedrin extra stark, gegen meine Kopfschmerzen.«

»Ich habe Tylenol extra stark, und ich werde Ihnen einen Kaffee machen.«

Sein Handy klingelte, als er mich auf den grünen Sessel bettete und meine Beine in die Häkeldecke meiner Großmutter packte. Auf dem Weg in meine Miniküche nahm er das Gespräch an. Am Tresen blieb er stehen und griff nach einem Notizblock.

»Buchstabieren Sie den Namen. Und die Adresse? Okay, versuchen Sie, Fingerabdrücke von dem Auto abzunehmen und machen Sie einen IAFIS-Abgleich. Die Sache hat höchste Priorität. Ich gebe Ihnen eine Stunde.«

Er sprach IAFIS aus wie ein zusammenhängendes Wort, aber wer je in der Strafverfolgung gearbeitet hat, ist nun mal vertraut mit dem Integrated Automated Fingerprint Identification System. IAFIS bezeichnet eine Datenbank des FBI, die über fünfzig Millionen Fingerabdrücke in digitalisierter Form enthält. Ihre Computer summen vierundzwanzig Stunden am Tag, sieben Tage in der Woche. Nur so ist gewährleistet, dass die von den Strafverfolgungsbehörden auf elektronischem Weg übertragenen Fingerabdrücke, in der Regel von allen zehn Fingern, möglichst schnell eingegeben und verglichen werden können. Vor nicht allzu langer Zeit konnte es noch Wochen dauern, bis der Abgleich eines Fingerabdrucks ein positives Ergebnis lieferte. Heutzutage dauert die Identifikation eines Zehnfingerabdrucks – wie man in der Fachsprache sagt – nur mehr zwei Stunden im Fall eines Rückgriffs auf die Verbrecherdatei, vierundzwanzig Stunden im Fall der Zivildatei.

Latente Fingerabdrücke – solche, die am Tatort gefunden werden – sind nicht so einfach zu identifizieren. Sie werden analysiert und klassifiziert und in die Datenbank eingespeist, die daraufhin sämtliche möglichen Treffer ausspuckt. Dann liegt es am Ermittler, zu entscheiden, welcher davon, wenn überhaupt einer, dem bekannten Zehnfingerabdruck am nächsten kommt. Sind die latenten Abdrücke klar und vollständig, ist eine Identifikation relativ sicher. Sind sie hingegen verschwommen oder unvollständig, verkommt eine Entscheidung schnell zur Kaffeesatzleserei.

Vom anderen Ende der Leitung her hörte ich eine laute Stimme. Guidry wirkte davon wenig beeindruckt.

»Dann sollten Sie sich besser beeilen«, sagte er. »Die Zeit geht dahin.«

Er beendete das Gespräch, zog seine Lederjacke aus und hängte sie über die Lehne meines Küchenthekenstuhls. Dann machte er sich auf die Suche nach Kaffee und Tassen; in dem schwarzen Rollkragenpullover wirkte seine Brust breit und kräftig.

Ich lehnte meinen Kopf zurück und fragte mich, ob ich je gehört hatte, dass ein normaler Mensch sagt: Die Zeit geht dahin. Wohl eher nicht. Wie Guidrys ganzes Verhalten hatte die Formulierung etwas Ausländisches. Wenigstens hatte er keine Fremdsprache verwendet, wovon er möglicherweise mehrere sprach, einschließlich des Französischen, mit dem er mich einmal angesprochen hatte, als er mich eine Lügnerin nannte. Aber er hatte es in einem ruhigen Ton gesagt und wollte mich nicht verletzen.

Mein Kopf dröhnte wie verrückt und ich saß mucksmäuschenstill da und wünschte, er würde wieder Französisch mit mir reden. Nicht dass ich verstehen würde, was er sagte, ich wollte es nur hören.

Ich war eingenickt, als er vorsichtig an meine Schulter tippte und eine Tasse Kaffee auf dem Tischchen neben mir abstellte.

»Da, trinken Sie. Das Koffein ist vielleicht gut gegen Ihre Kopfschmerzen.«

Ich fuhr hoch und sagte: »Ich muss Joe und Maria anrufen!«

»Wen?«

Indem ich mühsam aufzustehen versuchte, sagte ich: »Joe und Maria. Ich muss anrufen und sie bitten, morgen meine Tiere zu übernehmen.«

Joe und Maria Molina betreiben einen Putzservice auf Sarasota, und viele ihrer Kunden sind auch meine. Unsere Wege kreuzen sich oft und wir helfen uns bei Bedarf gegenseitig aus.

Guidry drückte mich in den Stuhl zurück. »Sie bleiben schön sitzen. Das Telefon kann ich Ihnen bringen.«

Vor meinen Augen griff er zu meiner Schultertasche – die er auf das Sofa geworfen hatte – und fuhr mit seiner Hand hinein, als wüsste er gar nicht, was für ein Verbrechen er soeben beging. Ohne auch nur die Spur von Verlegenheit reichte er mir mein Handy, setzte sich aufs Sofa und nahm seinen Kaffee. Ich hätte ihn ja erbost angefunkelt, aber wenn ich die Stirn runzelte, wurden meine Kopfschmerzen noch schlimmer.

Mit dem Gefühl, ich müsste wegen der späten Stunde extra vorsichtig wählen, drückte ich die Direktwahltaste für Joe und Maria und wartete träge, bis sich Joes schlaftrunkene Stimme meldete.

Ohne ins Detail zu gehen, fragte ich ihn, ob vielleicht er und Maria Lust hätten, für mich einzuspringen, da ich meine Vormittagstermine am nächsten Tag nicht wahrnehmen könnte.

Joe zögerte keinen Moment. »Klar doch, Dixie. Welche Adressen?«

Billy Elliott ausgenommen, gab ich sie ihm nacheinander durch, während John im Stillen die Liste der Wohnungen durchging, für die er die Schlüssel oder den Türcode hatte.

»Okay, okay, okay, kein Problem. Wenn du willst, können wir auch am Nachmittag vorbeischauen?«

Ich sagte ihm, dass ich mich bis dahin wieder erholt haben würde, und beendete das Gespräch, ehe er mich fragen konnte, was mir denn nun fehlte. Dann rief ich Tom Hale an und stellte mir vor, wie er gerade mit seiner neuen Flamme im Bett lag.

Als er abnahm, sagte ich: »Tom, ich kann es dir jetzt nicht erklären, aber ich werde morgen früh nicht kommen. Kann deine Freundin vielleicht Billy Elliott ausführen?«

Groggy und leicht angepisst grummelte er: »Glaub schon, Dixie.«

»Danke, Tom. Alles Weitere dann morgen Nachmittag.«

Ich sagte nicht einmal Tschüss, klappte nur schnell das Telefon ein und legte es zurück auf den Tisch, wobei mir auffiel, dass meine Hand dabei zitterte. Von der gegenüberliegenden Seite her musterten mich Guidrys graue Augen, als wäre ich ein Fingerabdruck.

»Guidry, was war nun mit dem Feuer? Wurde Kurtz dabei verletzt?«

»Es hat nicht im Haus gebrannt, sondern draußen. Eine Art chemisches Feuer, vermute ich mal.«

»Im Innenhof?«

»Nein, hinter dem Haus, auf der Ostseite.«

Das wäre dann also hinter Kurtz' Schlafzimmer gewesen, hinter dem Fitnessraum, in dem sich Ziggy befand.

Ich sagte: »Chemikalien, die explodiert sein könnten?« –
»Genaues weiß ich nicht. Ich konnte den Einsatzleiter der
Feuerwehr noch nicht sprechen.«

»Guidry, Sie haben einmal gesagt, Sie wären verheiratet
gewesen. Haben Sie Ihre Frau geliebt?«

Es ist doch immer wieder erstaunlich, was man so alles
von sich geben kann, wenn man es am wenigsten erwartet.

Erstaunt setzte Guidry seine Tasse ab und ließ sie auf dem
Kaffeetisch rotieren, wobei er auf die nassen Kreise sah, die
sie hinterließ, als enthielten diese die Antwort auf meine
Frage.

»Ich habe sie geliebt, als wir geheiratet haben, und ich
habe sie nicht mehr geliebt, als wir uns scheiden ließen.«

»Warum nicht?«

Über sein Gesicht huschte ein Schatten. »Wir hatten uns
beide sehr verändert, andere Ideen entwickelt. Ich mochte
ihre nicht, und ihr missfielen meine.«

Für einen Moment blitzte ein Schmerz in seinen Augen
auf, wie der eines verletzten Tieres – unverhüllt und roh.

Er holte tief Luft. »Zum Bruch kam es, als ich dahinterkam,
dass sie eine Affäre mit meinem besten Freund hatte. Eine Zeit
lang habe ich sie beide dafür gehasst, aber ich bin drüber weg-
gekommen.«

»Sie haben ihnen verziehen?«

»Um Verzeihen ging es gar nicht so sehr, ich habe lediglich beschlossen, es nicht an jedem Tag erneut zu durch-
leben. Sobald ich mich daran erinnerte, spürte ich denselben Schmerz und die Wut wieder aufs Neue. Also ließ ich
davon ab. Die Sache ist für mich gegessen. Wenn ich mich
ständig darüber gräme, halte ich sie nur weiter am Köcheln.«

Ich verstand genau, was er meinte. Aus dem Grund habe
ich auch dem alten Mann verziehen, der sein Auto nicht
unter Kontrolle hatte und Todd und Christy auf diesem
Supermarktplatz überfuhr. Zu verzeihen ist vielleicht die ei-

139

gennützigste aller Emotionen, weil du es für dich tust, nicht für denjenigen, dem du verzeihst.

Dann sagte ich: »Tut mir leid, dass ich gefragt habe. Es geht mich ja gar nichts an.«

Er sah mich eindringlich an. »Vielleicht doch. Sind Sie bereit, sich auf eine neue Liebe einzulassen?«

Ich lehnte meinen Brummschädel gegen den Sessel und schloss meine brennenden Augen. »Sie klingen wie Tom Hale.«

»Wer?«

»Irgendein Typ. Seiner Meinung nach ist die Liebe eine Entscheidung, die die Menschen treffen.«

»Nun, man wird garantiert nicht lieben können, wenn man sich dagegen entscheidet.«

Ich schlug die Lider ein ganz klein wenig auf und beäugte ihn durch den Schlitz. Ich war versucht zu sagen: Was kann ich dagegen tun, wenn ich meine frühere Ehe in guter Erinnerung habe?, aber ich wusste, dass das nicht der Punkt war. Niemand erwartete von mir, Todd zu vergessen.

Der Punkt war schlicht und einfach der, dass Guidry ein Cop war. Ich wusste nicht, ob ich es noch einmal ertragen würde, einen Mann zu lieben, der das Haus jeden Tag mit der Möglichkeit im Hintergrund verließ, von irgendeinem Verrückten abgeknallt zu werden, dessen Sinne durch Angst, Habgier oder Drogen vernebelt waren. Andererseits gehört eine ganz besondere Art von Mut dazu, jeden Tag einen Job zu verrichten, der dich das Leben kosten kann, noch dazu, wenn die halbe Bevölkerung dich hasst oder fürchtet, und ich fühlte mich von dieser Art Tapferkeit angezogen.

Aber würde ich mich dazu entschließen können, einen Cop zu lieben, wenn es vielleicht noch einen anderen Mann gäbe, den ich auch lieben könnte?

13

Guidrys Handy klingelte, worauf ich erschrak und Kaffee über meinen ohnehin schon fleckigen Mohairpullover schüttete.

Während er telefonierte, holte er gleichzeitig eine Küchenrolle. Als er sie mir reichte, hatte er anstelle des offenen Gesichts von vorhin wieder sein Cop-Gesicht aufgesetzt – harter Blick, kühl, objektiv. Dann ging er zum Küchentresen zurück und machte sich Notizen, während die Person am anderen Ende der Leitung weiterredete. Leise erwiderte er etwas und legte auf. Als er zum Sofa zurückkam, war er ganz Cop.

»Der Kennzeichenabgleich im Fall Ihrer geheimnisumwitterten Lady liegt vor. Das Auto wurde vor drei Monaten in Langley, Virginia, als gestohlen gemeldet.«

»Gibt es Fingerabdrücke am Auto?«

»Wenige, erstaunlicherweise, und obendrein von schlechter Qualität.«

Guidry setzte sich auf das Sofa, nahm die Kaffeetasse zwischen beide Hände und beugte sich, die Ellbogen auf die Knie gestützt, nach vorne und schaute in die dunklen Tiefen, als versuchte er, die Identität der Frau darin zu finden.

Er sagte: »Machte sie denn auf Sie den Eindruck einer Autodiebin?«

Wäre mein Kopf nicht voller nasser Wolle gewesen, hätte ich gesagt: Aha! Jetzt nehmen Sie mir die Existenz dieser Frau also doch ab! Stattdessen dachte ich mir den Satz nur, aber langsam.

Ich sagte: »Auf mich wirkte sie wie eine Soldatin.«

Er hob den Kopf mit einem Funkeln in den Augen, woraus ich schloss, was ich soeben gesagt hatte, passte zu seiner Idee.

»Erzählen Sie mehr, Dixie. Warum sah sie wie eine Soldatin aus?«

Ich rutschte auf dem Sessel weiter nach vorne, um eine angenehmere Position für meinen Kopf zu finden. »Ihre Haltung, vermute ich, ihre Schultern waren gestrafft, wie bei jemandem, der viel strammstehen musste.«

»Noch was?«

»Ein allgemeines Gefühl von Autorität, als wäre sie gut im Befehlen. Auch eine tiefe, raue Stimme. Dabei roch sie nicht wie eine Kettenraucherin, weshalb die Stimme meiner Vermutung nach mehr mit der Erwartung zu tun hat, dass die Leute ihr zuhören.«

»Sie könnte also auch in der Strafverfolgung arbeiten.«

»Mein Kopf tut mir wirklich sehr weh, Guidry. Der Kaffee hilft nichts, und ich muss mich hinlegen.«

Er stand auf und streckte die Hand aus. »Lassen Sie uns auf die Veranda gehen. Die frische Luft wird Ihnen guttun.«

Im Stehen wurde mir sofort wieder schwindlig und ich musste eine Minute warten, bis sich das Gehirn in meinem Kopf gesetzt hatte. Ich hatte die Häkeldecke wie einen Sarong um mich geschlungen und nahm Guidrys Arm, während wir uns langsam zur Verandatür vorarbeiteten. Draußen lehnten wir gegen die Brüstung der Veranda und über uns funkelte ein kobaltblauer Sternenhimmel. Unten am Strand flüsterten die im Mondlicht schimmernden Wellen dem bleichen Sand Geheimnisse zu, und irgendwo in den Baumwipfeln über uns pfiff ein Fischadler in seinem Nest ungeduldig nach seiner besseren Hälfte.

Guidry sagte: »Jemand muss den Wagen innen gereinigt haben. So wie jemand das Schlafzimmer und das Bad der Pflegerin, die Waschmaschine und den Trockner und die Küchenmöbel gereinigt hat. Beide Frauen haben sich darum bemüht, ihre Fingerabdrücke zu beseitigen.«

Ich legte mir eine Hand flach über die Augen, um sie gegen das Flimmern der Sterne abzuschirmen. »Haben Sie auch den Kühlschrankgriff überprüft? Ihn musste Gilda doch angefasst haben, als sie die Päckchen herausnahm?«

Er sah mich ernsthaft an. »Auch nichts, keine Spur, von Fingerabdrücken, und selbst wenn es welche gegeben hätte, hätten Sie doch alles zerstört.«

Ich sagte: »Vielleicht die Handschuhe.«

»Was?«

»Gilda trug Gummihandschuhe, als sie die Tür öffnete. Nicht die bunten Dinger, die die Leute zum Hausputz anziehen, sondern hauchdünne, wie sie Krankenschwestern verwenden. Sie hat sie dauernd anbehalten. Vielleicht trug die geheimnisumwitterte Lady auch welche.«

Guidry richtete sich etwas auf und starrte sekundenlang an den unsichtbaren Horizont, riss dann sein Handy heraus, tippte eine Nummer und bellte sein Gegenüber an.

»Haben Sie Latexhandschuhe in der Limousine gefunden? Es dauerte.

»Haben Sie Fingerabdrücke von der Innenseite abgenommen?«

Aus seinem Gesicht schloss ich, dass die Antwort Nein lautete.

»Dann tun Sie's gefälligst!«

Er legte auf und starrte wieder zum Horizont.

Ich sagte: »Ich hatte genug frische Luft. Können wir jetzt reingehen?«

Er wirkte erstaunt, als hätte er vergessen, warum wir auf der Terrasse waren. »Wie wär's mit 'ner Pizza? Ich bin am Verhungern.»

Ich zeigte vage zu Michaels Haus. »Michael kann Ihnen was machen. Ich will hier keine Leute vom Lieferservice haben.«

»Michael ist im Dienst, Dixie. Wissen Sie das nicht? Er war bei Kurtz im Einsatz.«

Es war kaum ein Lidschlag vergangen, und ich hing auch schon über dem Verandageländer und schluchzte. »Er ist so tapfer! Mein Bruder ist so tapfer!«

Guidry sagte: »Okay, das ist der Schock nach der Gehirnerschütterung. Tut mir leid. Kommen Sie mit rein, ich mach uns ein paar Rühreier. Haben Sie Eier?«

Schniefend hob ich fünf Finger in die Luft, um zu zeigen, wie viele Eier ich hatte. Darauf führte er mich grinsend ins Wohnzimmer und packte mich sanft auf den Sessel zurück, wo ich weiter Rotz und Wasser heulte, während er in die Küche ging. Ich hörte die Kühlschranktür, bekam mit, wie er verschiedene Gegenstände auf der Arbeitsfläche abstellte, registrierte das Summen meiner Mikrowelle und wie eine Pfanne scheppernd auf den Herd gestellt wurde. Dann hörte ich auf zu weinen und trocknete mir die Tränen mit den Küchentüchern, die Guidry mir gebracht hatte, um mir den Kaffee von meinem Pullover zu tupfen. Ich versuchte damit auch ein paar Flecken zu entfernen, die aussahen wie getrocknete Reste von Erbrochenem.

Guidry kam mit der Kaffeekanne zurück und schenkte mir nach, sah mich eindringlich an und ging dann wieder in die Küche, von wo er zwei Teller holte und einen davon auf dem Tischchen neben mir abstellte. Mir war klar, ich konnte nichts essen, sah aber trotzdem hin, weil ich neugierig war und sehen wollte, was er aus meinen kärglichen Zutaten zusammengezaubert hatte. Zu gebutterten Toastscheiben gab es eine mysteriöse Masse aus irgendeinem gelben und grünen Zeug mit kleinen Stückchen von etwas, das ich nicht identifizieren konnte. Ich probierte einen Bissen davon und stöhnte genüsslich auf, aber nur für mich. Ich hätte wissen sollen, dass Guidry ein guter Koch war. Er kam ja aus New Orleans, und womöglich hatte er ein Kochpraktikum bei Antoine's, einem der besten Restaurants der Stadt, absolviert. Wahrscheinlich wusste er sogar, wie man Beignets macht und Flusskrebs-Étouffée und Jambalaya, was auch immer das ist. Ich nahm gleich noch einen Bissen und schaute ihn an. Dieser arrogante Hurensohn beobachtete mich doch tatsächlich mit einem leichten Ausdruck von Herablassung.

Ich sagte: »Nicht schlecht.«

»Danke.«

»Was ist denn das grüne Zeug?«

»Ich habe im Kühlschrank ein Päckchen Spinat gefunden.«

»Hm. Und wo haben Sie die Pilze her? Ich hatte doch gar keine.«

»Klar doch, getrocknete, ewig weit hinter den Jahre alten Packungen mit Reiswaffeln, die nie geöffnet wurden. Aber wenigstens richtigen Parmesan hatten Sie, nicht das Zeug in der Dose. Muss schon seit Monaten in Ihrem Kühlschrank gelegen haben, so hart war er, aber immerhin, richtiger Parmesan.«

»Die Reiswaffeln habe ich besorgt, als ich eine ganz strenge Diät vorhatte.«

»Sie haben es sich anders überlegt?«

»Mm-hmm.«

»Dixie, sagen Sie noch mal genau, was diese Frau heute Morgen zu Ihnen gesagt hat.«

Du meine Güte, war das erst heute Morgen gewesen? Es schien Lichtjahre her zu sein, seit ich diese Frau mit ihrer Bulldogge getroffen hatte.

Ich schlürfte meinen Kaffee und versuchte mich an die genauen Worte der Frau zu erinnern.

»Sie sagte, ihr Hund würde Ziggy Stardust heißen, weil sie ein David-Bowie-Fan war. Darauf sagte ich, dies sei das zweite Mal, dass ich von einem Haustier namens Ziggy hörte, das andere jedoch sei ein Leguan. Dann sagte sie: ›Sie haben nur von ihm gehört? Gesehen haben Sie ihn nicht?‹«

Guidry beugte sich nach vorne, als wollte er jedes Wort aufsaugen wie ein Schwamm? »Und dann?«

»Ich sagte, ich sei gerade jetzt unterwegs zu ihm, und sie

sagte ›gut‹ und rannte weg. Ein, zwei Minuten später sah ich sie in einer Limousine davonbrausen.«

»Der Brandeinsatzleiter hat mit Kurtz gesprochen, aber ich weiß nicht, ob er sich speziell nach dem Leguan erkundigt hat.«

Ich drückte mich aus dem Sessel und stand schwankend da. »Ich muss hin und nach dem Tier sehen.«

Guidry stand auf, nahm mich am Arm. »Sie gehen nirgendwohin, höchstens in Ihr Schlafzimmer.«

Mein Herz schluckte, und ich überlegte, wie ich ihm höflich zu verstehen geben könnte: »Tut mir leid, aber im Moment habe ich gerade eine Gehirnerschütterung.«

Aus der Art, wie er mich an mein Bett führte, wurde mir klar, dass er ja gar keine amourösen Absichten damit verband, was mich beinahe wieder zum Weinen gebracht hätte.

Guidry sagte: »Ich glaube, Sie können jetzt gefahrlos schlafen, aber ich bleibe in der Nähe. Ich strecke mich auf Ihrem Sofa aus.«

Er schlug die Decke auf, wartete, bis ich ins Bett gekrochen war, und deckte mich dann überraschend zärtlich zu. Ich war zu erschöpft, konnte mir nur mehr ein Kissen unter den Kopf klemmen und fiel dann in einen seeligen Tiefschlaf.

14

Ich wachte bei Vogelgezwitscher und strahlend hellem Licht und mit den schlimmsten Kopfschmerzen meines Lebens auf. Mein erster Gedanke galt Billy Elliott, der sicher längst, alle vier Beine überkreuz, hinter Tom Hales Tür wartete. Wie mit Sicherheit auch die anderen Hunde auf meiner Liste. Damit hatte ich die Regel Nummer eins aller professionellen Tiersitter gebrochen, nämlich niemals und unter keinen Umständen einen Termin platzen zu lassen.

Ächzend schwang ich die Beine aus dem Bett und stand auf, nur um mich sofort wieder zu setzen. Eines war sicher, an diesem Tag würde ich garantiert nicht mit Billy Elliott rennen. Ein Geräusch von der Schlafzimmertür her ließ mich den Kopf heben – Paco, mit besorgtem Blick und einem hoffnungsvollen Lächeln auf den Lippen.

»Na, schlafendes Dornröschen. Wie geht's dem Kopf?«

»Schrecklich. Was machst du hier?«

»Beim Nachhausekommen bin ich Guidry begegnet. Er hat mir erzählt, was passiert ist.«

»Ich muss nach meinen Tieren sehen ...«

»Guidry sagt, du hast dafür jemanden angerufen.«

Langsam kroch ich in meiner Erinnerung bis zu der Stelle zurück, an der ich mit Tom Hale und Joe Molina gesprochen hatte.

»Ach, ja. Stimmt. Hatte ich ganz vergessen. Weiß Michael schon, was passiert ist?«

»Ich musste es ihm sagen. Es geht ihm gut.«

Ich zuckte zusammen und hatte plötzlich das Bild vor Augen, wie Michael am Brandschauplatz den Feuerwehrschlauch wie ein Lasso schwingt, als würde er schon mal üben, die Person einzufangen, die mir den Schlag versetzt hatte.

Paco sagte: »Michael kommt heute Abend nach Hause. Da er gestern Abend für jemanden eingesprungen ist, hat er vierundzwanzig Stunden zusätzlich frei.«

Erleichtert atmete ich auf. Ohne es zu merken, hatte ich die Luft angehalten. Solange dieser Verrückte, der Ramón ermordet und mich bewusstlos geschlagen hatte, nicht hinter Schloss und Riegel war, würde ich mich mit dem Wissen, dass mein Bruder in meiner Nähe war, sehr viel sicherer fühlen.

Paco sah mich genau an. »Guidry will, dass du ihn anrufst, wenn du dazu in der Lage bist.«

Ich fürchtete, ich würde drauflosheulen, wenn ich versuchte weiterzureden, also sagte ich: »Ich brauche dringend eine Dusche.«

»Junge, Junge, das würd' ich auch sagen. Was ist das denn auf deinem Pullover?«

Ich wuchtete mich auf die Beine und schlurfte in Richtung Flur wie eine alte Frau. »Frag lieber nicht.«

Es geht doch nichts, was die Errungenschaften der Zivilisation betrifft, über heißes Wasser. Ich stand lange unter dem dampfenden Strahl und gab mich seinen heilenden Wunderkräften hin. Als ich schließlich herauskam, war zwar mein Kopf immer noch schwer, aber ich hatte nicht mehr das Gefühl, anstatt des Gehirns Federn im Kopf zu haben. Ich raffte mein nasses Haar zu einem Pferdeschwanz und band es knapp unterhalb der wehen Stelle zusammen, an der ich eins übergebügelt bekommen hatte, und legte noch schnell einen Hauch rosiges Lipgloss auf. Wenigstens mit einem Handtuch bekleidet tappte ich über den Flur in mein Ankleide-Büro-Kabuff und schloss mich darin ein. Als ich mir einen Spitzen-BH und ein Tangahöschen schnappte, war mir klar, ich wollte definitiv weiterleben. Andernfalls hätte ich mich ganz klar für Großmutters Liebestöter in ungebleichter Naturbaumwolle

148

entschieden. Während ich eine saubere Jeans und ein frisches T-Shirt anzog, hörte ich meinen Anrufbeantworter ab, wobei mir bei jeder neuen Nachricht für einen Moment der Atem stockte, aus Angst, es könnte wieder der Mann sein, der mir die Nachricht Ziggy betreffend hinterlassen hatte.

Eine Nachricht stammte vom letzten Abend. Ethan Cranes warme und vertraute Stimme. »Dixie, hier ist Ethan. Ich blieb noch eine Weile im Crab House wegen der Musik, und als ich nach Hause fuhr, sah ich die Feuerwehr vor dem Haus von Kurtz und einen Bronco, der wie deiner aussah. Ist alles okay mit dir? Ich hoffe, du liegst gesund und wohlbehalten in deinem Bett, aber vielleicht könntest du dich trotzdem kurz melden, damit ich sicher sein kann, dass ich mir keine Sorgen machen muss.«

Ach du Scheiße, den Abend mit Ethan Crane hatte ich komplett vergessen. Als ich seine Nummer wählte, war ich mir immer noch nicht sicher, ob dieser Lapsus auf meine Gehirnerschütterung zurückzuführen war oder darauf, dass mein Unbewusstes sich nicht erinnern wollte. Da ich wusste, dass er meine Nummer erkannte, redete ich gleich los.

»Ethan, hier ist Dixie. Es tut mir leid, dass du dir gestern Abend Sorgen wegen mir gemacht hast. Ich muss dir sagen, ich war nicht im Bett, sondern im Sarasota Memorial. Jemand hat mir eins übergebraten, und ich habe eine Gehirnerschütterung.«

»Eine Gehirnerschütterung?«

»Du weißt schon, ein Schädelhirntrauma.«

»Ich hab dich schon verstanden, Dixie. Ich bin nur ... wie kann es sein, dass du immer in solche Sachen verwickelt wirst?«

Seine Stimme klang leicht gereizt, was mir schon reichte, um in die Luft zu gehen. »Ich tue, verdammt noch mal, mein Allerbestes, nicht darin verwickelt zu werden, Ethan. Tut mir leid, dass du dir Sorgen gemacht hast und dass ich nicht früher angerufen habe, aber es ging halt nicht anders.«

Ich knallte den Hörer auf die Gabel und schnürte meine sauberen Keds zu, wobei ich das Klingeln des Telefons ignorierte und den Anrufbeantworter bewusst überhörte, weil ich für diesen Morgen die Schnauze erst einmal gestrichen voll hatte von Ethan Crane.

Ich fand Paco vor dem offenen Kühlschrank, wie er verdrossen ins Leere starrte.

»Gibt es bei dir nichts zu essen?«

»Guidry hat alles weggeputzt.«

»Ah, deshalb wohl das Geschirr in deinem Spülbecken.«

»Er hat abgespült?«

»Komm schon, Kleine, wir brauchen was zwischen die Kiemen.«

Da Michael noch im Dienst war, würden wir also wohl oder übel den Village Diner am Beach Drive ansteuern, wo ich beinahe ganzjährig und täglich mein Frühstück einzunehmen pflege.

Als wir auf die Veranda hinaustraten, flatterte ein Schwarm Rotkehlchen auf, der sich auf meiner Brüstung zu einer Ausschusssitzung versammelt hatte, und flog davon. Seltsame Vögel, diese Rotkehlchen. Wenn sie im Winter bei uns zu Besuch sind, rotten sie sich zu geselligen Schwärmen zusammen und tun sich an Beeren, Saaten und reifen Früchten gütlich. Kaum sind sie aber wieder in ihrer nördlichen Heimat zurück, fallen sie in alte Gewohnheiten zurück und zanken sich über Regenwürmer und vertreiben jeden Artgenossen, der in ihr Revier eindringt. Nicht anders verhalten sich die menschlichen Winterflüchtlinge. Hier in Sarasota stehen jede Menge Orangen, Mangos, Papayas, Erdbeeren, Avocados und Guaven auf ihrem Speiseplan, und sie sind scheißfreundlich zueinander wie eine Schar überwinternder Rotkehlchen. Im Frühling jedoch zieht es sie nach Hause zurück, sie schließen sich erneut in ihre eigenen vier Wände ein und ernähren sich wieder von Fleisch und Kartoffeln.

Als ich unten ankam, sah ich, dass Guidry sein Wort gehalten und den Bronco nach Hause hatte fahren lassen. Er stand mit den Schlüsseln im Zündschloss im Carport.

Während ich darauf zuging, sagte ich: »Wir sehen uns im Diner. Ich muss nach dem Essen meine Katzen versorgen.«

Paco zögerte zuerst, nickte aber dann. Das ist überhaupt das Tolle an Paco. Er ist für dich da, rückt dir aber nicht auf die Pelle.

Als ich an Kurtz' Haus vorbeikam, verlangsamte ich das Tempo und starrte auf einen pummeligen Mann in einem langen braunen Kaftan, der wie aus Sackleinen gemacht aussah. Er trug ein riesiges Kreuz an einer groben Kette um den Hals und schwenkte ein Schild in Richtung der vorbeifahrenden Autos. In roten Buchstaben stand darauf der Verweis auf eine Bibelstelle – Offenbarung 13:15–18. Da ich nicht so bibelfest bin, kannte ich die Stelle nicht, war aber nicht weiter erstaunt, den Typen dort zu sehen, denn ein Mordschauplatz zieht immer Verrückte jeglicher Couleur an, und Leute, die in der Strafverfolgung arbeiten, nehmen das einfach hin.

Als ich vor dem Diner aus dem Bronco stieg und meine Autoschlüssel in der Schultertasche versenkte, hörte ich ein metallisches Klicken. Eine zögerliche zarte Stimme in meinem dröhnenden Kopf sagte Dixie, du hast noch immer die Türschlüssel von diesem Mann. Das Letzte, worauf ich Lust hatte, war ein Vortrag von meinem Gewissen, und so antwortete ich der zögerlichen zarten Stimme mit dem F-Wort und trottete in den Diner.

Drinnen waren die Wände mit Kunstschnee besprüht, und um einen Minibaum an der Kasse hatte jemand eine Lichterkette drapiert. Außerdem hatten sie nun auf jedem Tisch zusätzlich kleine Töpfe mit künstlichen Weihnachtssternen stehen, was mich daran erinnerte, dass das Fest der Feste um einen weiteren Tag näher gerückt war.

Gähn!

Ich komme so regelmäßig in den Diner, dass Tanisha, die Köchin, schon wenn sie mich hereinkommen sieht, zwei

Spiegeleier vorbereitet, beidseitig gebraten, zusammen mit einer Portion extraknuspriger hausgemachter Bratkartoffeln und einem Brötchen. An diesem Tag musste sie direkt zweimal hingucken und rollte mit den Augen, als sie mich zusammen mit Paco kommen sah. Er hat nun mal diese Wirkung auf Frauen. Sie brauchen ihn nur zu sehen, und schon sind sie hin und weg.

Judy, die Kellnerin, die hier bedient, schon seit ich in den Diner komme, nahm zwei Becher und zockelte mit der Kaffeekanne in der Hand zu meiner Stammnische. Als Paco sich umdrehte, um auf den Platz mir gegenüber zu rutschen, warf sie einen verstohlenen Blick auf seinen Hintern, was nur verständlich ist, hat doch Paco den wohl besten Hintern der westlichen Hemisphäre. Paco bestellte ein Denver-Omelett, Bratkartoffeln, Speck und Brötchen. Judy schrieb eifrig mit, als würde sie die Zehn Gebote von Moses höchstpersönlich entgegennehmen, und rauschte dann, während sie ihrem Busen mit ihrem Bestellblock Luft zufächelte, davon.

Aus der Nische hinter uns drang die nasale Stimme einer Frau über die Trennwand. »Ed versteht mich nicht die Bohne«, sagte sie. »Wir brauchen nur ins Kino zu gehen, und ich schwör dir, zu Hause könntest du glatt glauben, wir wären in zwei verschiedenen Filmen gewesen. Wir sehen die Dinge einfach komplett anders. Sind nicht seelenverwandt.«

Die Stimme einer zweiten Frau sagte: »Schätzchen, ein Seelenverwandter ist lediglich ein Mann, den du noch nicht furzen gehört hast.«

Gelächter ertönte, und drei Frauen standen auf, um zu gehen. Eine von ihnen sagte: »Schaff dir einen Hund an, wenn du einen Seelenverwandten willst.«

Sie gingen hinaus, auf ihren Gesichtern ein überlegenes Grinsen angesichts der eigenen Klugheit, während Paco und ich ein gequältes Lächeln austauschten. Die Welt dreht sich vielleicht nicht um die Liebe, aber Liebe beschäftigt doch die

Gedanken der Menschen ungemein – sowohl gute wie auch schlechte.

Er sagte: »Was ist das für eine Geschichte mit dem Leguan?«

Ich seufzte, des Erzählens müde. »Ich bekam einen Anruf, und der Typ bat mich, einen Leguan namens Ziggy zu füttern. Dort stellte sich dann heraus, dass der Besitzer des Leguans, ein gewisser Kurtz, mich gar nicht angerufen hatte und auch nicht wusste, wer derjenige war. Er wusste auch nicht, dass jemand Ziggy in einen eiskalten Weinlagerraum gebracht hatte, was Leguanen schlecht bekommt. Ich hab ihn da rausgeholt, gewärmt und gefüttert. Aber davor hatte jemand Kurtz' Wachmann erschossen. Und davor wiederum wurde ich von einer Frau mit einer Zwergbulldogge aufgehalten, deren Foto ich später auf Kurtz' Nachttisch gesehen habe. Dann verschwand seine Pflegerin. Keiner weiß, wohin sie gegangen ist, und davor hatte sie noch alle ihre Fingerabdrücke beseitigt. Während meiner Anwesenheit trug sie Latexhandschuhe. Letzten Abend auf dem Nachhauseweg sah ich das Auto der Frau in der Einfahrt stehen – jener Frau mit der Bulldogge –, und ich ging hin, um nachzuschauen. Jemand verpasste mir einen Schlag auf den Hinterkopf, was eine Gehirnerschütterung zur Folge hatte, und während ich bewusstlos dalag, wurde ein Brand gelegt. Hinter dem Haus, nicht drinnen. Guidry glaubt, es war irgendein chemisches Feuer. Die Frau war verschwunden. Guidry ließ ihr Kennzeichen überprüfen, und es stellte sich heraus, dass das Auto in Virginia gestohlen war. Das war alles, glaube ich, außer dass ich noch eine Nachricht für Kurtz bekam. Ich soll ihm ausrichten, dass Ziggy keine Option mehr sei und man müsse jetzt handeln.«

Paco sagte: »Der Leguan und der Hund heißen beide Ziggy?«

»Genau das mein ich, ja! Das ist doch merkwürdig, oder? Oh, noch was. Kurtz' Haut ist blau, es sieht aus wie ein

Ganzkörperbluterguss. Muss eine ernsthafte Krankheit sein, und jetzt hat er keine Pflegerin, die sich um ihn kümmert.«

Judy schleppte, schwer beladen, unsere Bestellung heran, und bewies damit eine Begabung, die in meinen Augen allenfalls von der Entdeckung der DNA getoppt wurde. Dann stellte sie auch noch alles auf den Tisch, ohne etwas fallen zu lassen, was ich nicht minder beeindruckend fand. Ich mag es, Menschen zuzusehen, die ihre Arbeit gut machen. Während sie davonsauste, um frischen Kaffee zum Nachschenken zu holen, salzte ich alles in Reichweite Befindliche und sog den wunderbar fettigen Bratgeruch von Pacos Speck ein. Die Scheiben waren genau richtig gebraten, knusprig-kross, aber ohne diese ekligen weißen Bläschen.

Paco sagte: »Willst du was von dem Speck?«

»Ich esse nie Speck.«

»Ja, genau, so wie ich niemals Bier trinke.«

Er schob die Hälfte seines Specks auf meinen Teller, gerade als Judy mit dem Kaffee zurückkam.

Sie sagte: »Den Speck hat sie Ihnen abgeluchst, nicht wahr? Macht sie mit jedem so. Das Mädchen ergattert mehr Speck von fremden Tellern als ein bettelnder Hund.«

Dann tänzelte sie mit ihrer Kanne davon, während ich schamlos auf Pacos Speck herumknabberte.

Paco sagte: »Warum ist dieser Typ blau?«

»Keine Ahnung. Aber er ist echt schwer krank, mit schlimmen Schmerzen.«

»Bei einer Silbernitratvergiftung färbt sich die Haut blau, aber ich glaube nicht, dass man davon ernsthaft krank wird oder Schmerzen hat.«

»Seine Haut ist übersät mit kleinen Dellen, die dauernd zittern und zucken.«

»Jesus, der Arme. Woher kommt er eigentlich? Was hat er gearbeitet, ehe er hierher kam?«

»Ich war nur bei ihm, um seinen Leguan zu füttern. Ich weiß sonst nichts.«

154

»Dieser merkwürdige Anrufer, wie klang der eigentlich?« –
»Gedämpft, als würde er durch ein Tuch sprechen. Und er
hatte einen irischen Akzent.«

Paco verzog das Gesicht. »Ein uralter Trick, Dixie. Nimm
einen fremden Akzent an, und das ist garantiert alles, woran
man sich erinnert. Bist du dir überhaupt sicher, dass es ein
Mann war?«

Ich wäre nie auf die Idee gekommen, darüber nachzudenken, ob der Anrufer tatsächlich ein Mann war oder ein richtiger Ire, aber für einen Geheimermittler wie Paco ist das die
allererste Erwägung.

Unsicher sagte ich: »Für mich klang er wie ein Mann.«

Paco kaute einen Moment lang, während seine dunklen
Augen nachdenklich funkelten.

Er sagte: »Irgendeine Idee, warum sie ausgerechnet dich
angerufen haben?«

»Ich vermute mal, sie haben mich in den Nachrichten gesehen, als ... du weißt schon.«

»Hängt dir wohl immer noch nach?«

Ich zuckte mit den Schultern. »Manchmal habe ich das
Gefühl, weil ich jemanden umgebracht habe, bin ich über die
Grenze zwischen Gut und Böse geraten. Hast du das nie?«

»Ich kann nicht sagen, was gut ist, und was böse, Dixie.
Das sind subjektive Begriffe. Aber wenn du damit meinst, ob
ich eine gewisse Nähe zu den Verbrechern empfinde, die ich
schnappe, klar, sicher. Kriminelle und Polizisten sind dieselbe Art Menschen, wir befinden uns nur auf verschiedenen
Seiten.«

»Aber du weißt immer, dass du dich auf der guten Seite
befindest?«

»Kommt drauf an, wie du es siehst. Wenn ich einen Typen
wegen Dealens festnehme, für den der Drogenhandel die einzige Art ist, seine Familie zu ernähren, wer von uns beiden
ist dann der Gute und wer der Böse?«

»Er könnte sich doch einen anderen Job suchen?«

»Nein, du könntest dir einen anderen Job suchen, und ich könnte mir einen anderen Job suchen, aber er kann es vielleicht nicht, oder vielleicht weiß er nicht, dass er es kann. Ich urteile nicht auf diese Art. Kriminelle wählen sich ihren Lebensstil, ich meinen. Wenn ich einen Kriminellen erschießen muss, während ich meinen Job verrichte, dann kann ich das nicht ändern. Du hast getan, was du tun musstest. Es war nicht gut und es war nicht böse. In Anbetracht der Entscheidung, die der Typ getroffen hat, war es unvermeidlich. Es muss nicht das Wichtigste in deinem Leben werden, es sei denn, du macht es dazu.«

Ich sagte: »Fazit, töten ist Unrecht, einschränkungslos.«

Pacos dunkle Augen blieben ruhig. »Im Mahabharata gibt es die Geschichte von einem Bürgerkrieg zwischen zwei verwandten Fürstenfamilien. Einer der beteiligten Krieger suchte einen Avatar namens Krishna auf, der übrigens indigoblau war, und sagte, er könne nicht seine eigenen Verwandten töten. Krishna erwiderte ihm darauf, wenn er tatsächlich glaubte, er würde jemanden töten oder es würde jemand wirklich sterben, dann habe er das Leben nicht begriffen. Im Wesentlichen sagte er, dass das Leben ewig ist und dass es der Job eines Kriegers sei, in den Krieg zu ziehen und andere Krieger zu töten, und dass er einfach darin fortfahren solle.«

Ich tupfte Marmelade auf mein Brötchen und wunderte mich, welches Glück unter allen Frauen der Welt ich hatte, in einem Diner Speck zu verspeisen in Gesellschaft eines umwerfend gut aussehenden Geheimermittlers, der obendrein das Mahabharata kannte, etwas, das ich nicht einmal in der Lage war auszusprechen.

Ich sagte: »Warum war denn Krishna blau?«

Er grinste. »Keine Ahnung, aber ich bezweifle doch stark, ob aus demselben Grund wie dein Typ.«

»Meinst du, ich soll es ihn wissen lassen? Die Nachricht, dass Ziggy keine Option mehr ist?«

»Wie würdest du dich fühlen, wenn du es nicht tun würdest, und der Leguan an einer Erkrankung sterben würde, die Kurtz hätte behandeln können?«

Ziggy wirkte auf mich wie vielleicht zehn oder zwölf Jahre alt, nicht schrecklich alt für einen gesunden Leguan, aber vielleicht war er ja auch nicht gesund. Vielleicht wusste der Anrufer etwas über Ziggys gesundheitlichen Zustand, das es zwingend notwendig machte, dass Kurtz etwas unternähme, ehe es zu spät war.

Ich sagte: »Glaubst du, das ist die Bedeutung der Nachricht?«

»Zum Teufel, Dixie, ich weiß nicht, was sie bedeutet. Ich kapier es auch nicht, warum sie nicht direkt bei Kurtz anrufen und es ihm sagen. Sie haben irgendein Ding laufen, und die Übersendung kryptischer Nachrichten gehört wohl dazu.«

Ich sagte: »Leguane und Hühnchen haben dasselbe Verdauungs- und Atmungssystem, wusstest du das? Wäre Ziggy krank, dann könnte er Medizin nehmen, die für kranke Hühnchen bestimmt ist.«

»Boah. Das wusste ich nicht.«

Ich lehnte mich mit einem kleinen Seufzer der Zufriedenheit zurück. Wir haben halt alle unsere Spezialgebiete. Paco kannte sich in der Strafverfolgung und mit hinduistischen Schriften aus, während ich wusste, dass Leguane und Hühnchen körperlich ähnlich funktionieren. Zwar begegneten wir uns dadurch nicht unbedingt auf gleicher Augenhöhe, aber etwas zumindest wusste ich, was er nicht wusste.

15

Beim Verlassen des Diners schnappte ich mir ich eine liegen gebliebene *Herald Tribune* von einem Tisch an der Tür. Paco gab mir einen Klaps auf den Hintern, setzte sich ins Auto und brauste in geheimer Mission davon. Michael und ich fragten ihn nicht nach beruflichen Details. Er würde uns sowieso keine Auskunft geben, und wenn er es täte, würden wir ob der Details mit Sicherheit schnell zu gewohnheitsmäßigen Nägelkauern.

Ich setzte mich in den Bronco und überflog noch schnell den Aufmacher in der *Tribune,* die jüngste Schreckensmeldung dieser Welt. Jeder schob die Schuld der anderen Seite zu, jeder log, jeder setzte sich in Pose, Kinder starben. Unsere Realität besteht aus dramatischen, sich überschneidenden Geschichten, von denen jede ihren eigenen Schöpfer hat, ihren Höhepunkt und ihre Grundmelodie. Ich glaube, der Kampf ist die eigentliche Energie, die die Welt zusammenhält, aber warum kann es nicht der Kampf der Menschheit gegen den Hunger sein, gegen Krankheiten, gegen Ignoranz, gegen die Hoffnungslosigkeit anstatt des Kampfes der Menschen untereinander?

Auch über den Mord an dem Wachmann und dem Brand wurde auf der ersten Seite groß berichtet, einschließlich eines Artikels, in dem Guidry und der Brandeinsatzleiter mit ihrem stereotypen »kein Kommentar« mehrmals zitiert wurden. Auch ein Foto der trauernden Witwe gab es, aufgenommen auf ihrer Eingangsveranda. Der Fotograf hatte zwei Straßenschilder über ihrer Schulter erwischt, sodass jeder, der sich auf Siesta Key auch nur halbwegs auskannte, sofort wusste, wo es war, obschon die Adresse explizit nicht genannt wurde.

Die Frau des Wachmanns, eine sanfte, dunkelhaarige Schönheit, hatte wütende Attacken in, wie es hieß, gebrochenem Englisch, gegen die Interviewerin vorgebracht. Ohne sie genau zu verstehen, hatte die Reporterin ziemlich hochnäsig geschlossen, die Witwe würde die amerikanische Gesellschaft für den Tod ihres Mannes verantwortlich machen.

Ich hatte meine Zweifel, ob eine Frau, die gerade erst ihren Mann und den Vater ihrer Kinder verloren hatte, zu einer so abstrakten Sichtweise fähig war. Vielleicht später, aber nicht, solange der Schmerz noch frisch war und wie eine offene Wunde blutete. Frischer Schmerz ist immer persönlich, und die Wut, die er erzeugt, richtet sich nicht gegen etwas Namenloses wie die Gesellschaft, sondern gegen konkrete Personen. Im ersten Jahr nach Todds und Christys Tod lenkte ich meine gesamte Wut gegen den halbblinden Mann, der die beiden auf dem Parkplatz überfahren hatte; erst später richtete sie sich gegen einen Staat, der seinen Bürgern die Fahrerlaubnis routinemäßig und ohne Sehtest für einen Zeitraum von achtzehn Jahren verlängert.

Ich sah mir das Foto genau an und fühlte eine gewisse Verwandtschaft zu dieser Frau, deren Mann durch einen Akt sinnloser Gewalt zu Tode gekommen war. Soweit ich wusste, war ich die einzige Tatverdächtige in dem Fall, und ich wollte mit ihr sprechen. Ich wollte wissen, was ihr Mann über Ziggy erzählt hatte. Ich wollte wissen, ob sie irgendeine Ahnung davon hatte, wer mich angerufen und gebeten hatte, Kurtz' Haus aufzusuchen.

Ich fand das Haus ohne größere Schwierigkeiten, und als ich in die Einfahrt einbog, fragte ich mich, wie viele andere Menschen wohl seine Lage aus dem Zeitungsfoto erschlossen hatten. Wie ich erwartet hatte, war es ein für Florida typisches sogenanntes Cracker-Haus, sehr verwittert und mit einer ausladenden Veranda, auf der eine Schaukel und Gästestühle Platz fanden. Ein neues rotes Dreirad mit Plastikbändern außen an den Lenkergriffen stand auf dem schäbigen Gehweg, und ein ähnlich neues Mädchenfahrrad lehnte an der Verandabrüstung.

Als ich die Stufen zur Veranda hinaufging, sah ich ein kleines Mädchen im Alter von etwa sechs Jahren. Auf ihrem Schoß saß eine Glückskatze. Das Kind kitzelte die Nase des Kätzchens mit einem Wollfaden. Bei der Katze handelte es sich von der Fellzeichnung her ganz klar um eine echte Glückskatze. Das sind Katzen mit schwarz-weiß-rot-gemustertem Fell. Weil sie nicht allzu häufig vorkommen, hängt ihnen der Aberglaube an, Glücksbringer zu sein. Aus der munteren Art, mit der sie den Faden verfolgte, schloss ich sofort, dass sie gesund und sehr intelligent war.

Das kleine Mädchen war so hingegeben an das Spiel mit der Katze, dass sie mich kaum eines Blickes würdigte. Da ich einen Narren an jungen Katzen gefressen habe, besonders an Glückskatzen, ging ich hin und kniete mich neben das Mädchen und machte jene Aaahi-Geräusche, die wohl ein Kätzchennarr ursprünglich erfunden hatte.

Ich sagte: »Wie heißt sie denn?«

Die Kleine sah mich fest mit ihren dunklen Augen an. »Woher wissen Sie, dass es ein Mädchen ist?«

»Alle Glückskatzen sind Mädchen. Nun gut, ab und an gibt's auch Jungs, aber die meisten sind Mädchen.«

Sie nickte langsam, und ich erkannte den Blick, mit dem ich, als ich in ihrem Alter war, die Menschen immer angesehen habe, wenn ich kein Wort verstand.

»Wollen Sie sie mal nehmen?«

Das ist das Tolle an Kindern. Ihnen ist es so ziemlich egal, was für eine Art Haustier sie nun genau haben, und sie finden auch nichts weiter daran, dass eine erwachsene Frau einen Wahnsinnsspaß daran haben könnte, so ein kleines Wollknäuel von Kätzchen einfach nur im Arm zu halten.

Huldvoll wie die Gastgeberin eines Teenachmittags hob sie das Kätzchen vorsichtig mit beiden Händen hoch und reichte es mir. Darauf reagierte das kleine Kätzchen so überrascht und verärgert, vor allem weil das Wollfadenspiel so plötzlich vorbei war, dass es seine kleinen nadelspitzen Krallen in meine Handflächen bohrte.

Ich zuckte zusammen, worauf das Mädchen sagte: »Tut weh, nicht? Wir wollen ihr die Krallen ziehen lassen, damit sie das nicht mehr tun kann.«

Ich sagte: »Oh, nein –«

Die Eingangstür flog auf, und ein Mann hispanischer Herkunft sprang heraus und starrte wütend um sich, den einen Arm hielt er wie ein Verkehrspolizist mit erhobener Handfläche steif nach vorne gestreckt.

»Sehen Sie zu, dass Sie verschwinden! Lassen Sie uns in Ruhe! Dies ist ein Trauerhaus, und Leute wie Sie sind einfach … einfach … schamlos!«

Damit war die Frage, ob durch das Foto noch andere Leute angelockt wurden, so gut wie beantwortet.

Ich löste die Krallen der Katze aus meiner Hand, setzte sie in den Schoß des Mädchens zurück und stand auf.

»Ich bin keine Reporterin, Sir. Ich bin Dixie Hemingway.«

Das kleine Mädchen beobachtete uns, weshalb ich näher an den Mann herantrat und meine Stimme fast bis zu einem Flüstern senkte.

»Dieselbe Person, die Ramón Gutierrez ermordet hat, lockte mich mit einem Trick und dem Auftrag in das Haus, den dort lebenden Leguan zu versorgen.«

Er ließ seine Hand fallen und sah mich misstrauisch an. »Sie kümmern sich um den Leguan?«

»Erst seit gestern. Ich bin Tiersitterin. Ich weiß nicht, wer mich dorthin bestellt hat, aber ich weiß, es hängt mit dem zusammen … was passiert ist.« Da ich annahm, das Kind war die Tochter des Ermordeten, wies ich mit dem Kopf in ihre Richtung, um zu zeigen, dass ich in ihrer Gegenwart nicht über den Mord sprechen wollte. »Ich kam an das Haus, kurz nachdem … Sie wissen schon. Ich dachte, ich könnte vielleicht mit Mrs Gutierrez sprechen. Vielleicht hat ihr Mann ihr irgendwas erzählt.«

»Meine Schwester weiß von gar nichts.«

Er klang so verbittert, dass ich nicht glaubte, er würde sich nur auf den Mord beziehen.

Das kleine Mädchen spielte wieder mit dem Kätzchen, aber ich wusste, dass sie zuhörte.

Ich sagte: »Vor ein paar Jahren habe ich meinen Mann und meine Tochter verloren. Nachdem es geschehen war, versuchte man mir bestimmte Details darüber vorzuenthalten, wie … über das Ende, aber ich musste einfach alles wissen. Vielleicht gibt es ja Dinge, die ich Ihrer Schwester sagen könnte und die ihr vielleicht helfen würden.«

Sein Gesicht entspannte sich, und er blickte über die Schulter, als würde er sich an jemanden im Inneren des Hauses wenden.

Leise und eindringlich, sagte ich: »Verstehen Sie doch, ich bin kein Cop. Ich habe keinerlei Autorität und mit den Ermittlungen der Polizei nichts zu tun, aber ich wurde in die Sache hineingezogen, und der Killer ist noch immer auf freiem Fuß. Ich brauche ein paar Fakten, damit ich mich schützen kann.«

Eine schmale junge Frau erschien neben ihm und sah zuerst das Mädchen, dann mich ängstlich an. Ihre dunklen Augen waren vom Schmerz rot gerändert, sodass sie aussah, als wäre sie in eine Schlägerei geraten.

Dann sagte sie: »Sie sind sicher nicht von der Zeitung? Oder vom Fernsehen?«

»Ganz sicher nicht. Mein Ehrenwort.«

Die beiden tauschten Blicke aus, worauf er zur Seite trat und mir mit einer Handbewegung bedeutete einzutreten. Er schloss die Tür mit leisem Nachdruck hinter mir, wollte also unter gar keinen Umständen, dass das Mädchen von unserem Gespräch etwas mitbekam. Viele Erwachsene versuchen, ihre Kinder vor der Realität des Todes zu schützen, obwohl die meisten Kinder nicht anders darauf reagieren, als auf die anderen Mysterien des Lebens, die sie nach und nach erfahren.

Von einer auffälligen Ausnahme abgesehen, sah das Wohnzimmer nicht anders aus als das jeder anderen jungen Familie hierzulande – ein beigefarbenes Anbausofa, bogenförmig gruppiert, damit eine ganze Familie den Fernseher im Blick hatte, über den Sofalehnen drapierte Häkeldecken, cremefarben und dunkelbraun, Sofakissen mit Marmeladeflecken und verschütteter Limonade und eine große, als Couchtisch fungierende Zedernholztruhe. Sie quoll über von der TV-Fernbedienung, Kaffeetassen, einem unförmigen Keramik-Weihnachtsmann, einem Handy, einem Teller mit einem halben Sandwich und ein paar Kartoffelchips, einem Mini-Weihnachtsstern in einem Silberfolientöpfchen, einer unbekleideten Barbiepuppe sowie mehreren Notizblöcken und Stiften. Einzig der Plasmafernseher mit großen, frei stehenden Lautsprechern und einem Bildschirm, der so mancher Multiplexkino-Leinwand in nichts nachstand, fiel aus dem Rahmen. Ziemlich luxuriös für einen Mietbullen.

Als ich mich auf dem Rand des Sofas niederließ, murmelte die Frau ihrem Bruder etwas zu.

Er sagte: »Ich bin Jochim. Das ist meine Schwester, Paloma. Möchten Sie einen Kaffee?«

»Nur wenn Sie gerade welchen fertig haben. Machen Sie sich bitte bloß keine Mühe.«

Er sagte: »Kein Problem«, und verließ eilends den Raum.

Paloma nahm am anderen Ende der geschwungenen Sofalandschaft Platz, sodass wir uns direkt gegenüber saßen. Sie war viel jünger als ihr Bruder und ihr Mann und hatte etwas Unreifes an sich, eine Mischung aus Schüchternheit und Aufmüpfigkeit.

Sekundenlang blickten wir uns schweigend an und schätzten uns ab.

Ich sagte: »Es tut mir sehr leid, was passiert ist.«

»Er wusste Bescheid«, flüsterte sie. »Warum hat er nichts gesagt? Er hätte nicht sterben müssen.«

Bis jetzt war mir nichts von dem »gebrochenen Englisch« aufgefallen, das die Reporterin erwähnt hatte. Von meiner eigenen Erfahrung mit Zeitungsreportern her hielt ich es für wahrscheinlicher, dass Paloma, rasend vor Zorn, zusammenhanglos gesprochen hatte.

Vorsichtig, um sie nicht zu erschrecken, sagte ich: »Können Sie mir sagen, was er wusste?«

Von der Tür her sagte ihr Bruder: »Paloma!«

Mit einem Becher Kaffee in der Hand kam Jochim schnell heran, und Paloma lehnte sich müde zurück.

Jochim, der nun zwischen uns Platz genommen hatte, wirkte gespannt. Er sagte: »Was genau wollten Sie uns nun über Ramóns Tod sagen?«

Ich nahm einen Schluck Kaffee und rätselte, warum Jochim nicht wollte, dass Paloma mir etwas erzählte.

Ich sagte: »Ich weiß ein bisschen, wie es in Kurtz' Haus so zugeht, und könnte von daher ein paar Fragen beantworten, die sie vielleicht hat.«

Paloma unterhielt sich mit ihrem Bruder auf Spanisch, und zwar so schnell, dass ich nur ein paar Worte mitbekam. Sie endete mit »¡Pregúntele! ¡Pregúntele!«

Er schluckte so schwer, dass sein Adamsapfel auf- und abhüpfte. Daraufhin sagte er nervös lächelnd: »Meine Schwester will unbedingt, dass ich Sie auf die im Haus arbeitende Pflegerin anspreche. Sie hat sich immer gefragt, ob ihr Mann und die Pflegerin ein … Sie wissen schon.«

Es muss eine besondere weibliche Eigenart sein, dass Frauen, selbst wenn ihre Männer schon in der Leichenhalle liegen, immer noch wissen wollen, ob sie sie zu Lebzeiten betrogen haben. Selbstverständlich hätte sie mir die Frage auch selbst stellen können, aber ich vermutete, sie brachte die Worte nicht über die Lippen.

Ich drehte meinen Kaffeebecher im Kreis und versuchte

tunlichst, Paloma nicht in die Augen zu schauen. Um ehrlich zu sein, hatte ich mich auch schon gefragt, ob da was war zwischen der Pflegerin und Ramón.

Ich sagte: »Ich habe mich mit der Pflegerin nur kurz unterhalten, bevor sie verschwand.«

Paloma setzte sich nach vorne, das Gesicht kreidebleich. »Sie ist verschwunden? Die Pflegerin ist verschwunden?«

»Bald nach meiner Ankunft, und niemand weiß, wohin sie gegangen ist.«

Okay, das war wahrscheinlich ein Detail, das Guidry nicht überall herumposaunt haben wollte, aber Palomas Mann war eben erst ermordet worden, und meiner Meinung nach hatte sie ein Recht, es zu wissen.

Sie vergrub das Gesicht in den Händen, und ihr Klagen ließ mir das Blut in den Adern gefrieren. In einem entfernten Winkel meines Kopfes erinnerte ich mich daran, nach dem Tod von Todd und Christy so getönt zu haben.

Ich sagte: »Die Tatsache, dass sie weggelaufen ist, bedeutet nicht, dass sie und Ramon was miteinander hatten.«

Paloma riss den Kopf hoch und schrie: »Es bedeutet, dass sie ihn getötet hat! Das steckt dahinter! Und er wusste es! Er wusste es!«

»Wusste was?«

Jochim riss ruckartig den Kopf herum und starrte mich vorwurfsvoll an.

Er sagte: »Meine Schwester hat genug gelitten. Sie hat Kinder, für die sie die Verantwortung trägt, und ich selbst habe auch eine Frau und Kinder zu Hause. Wir wollen in nichts hineingezogen werden. Ist das klar?«

Mir war vor allem klar, dass Paloma und Jochim von etwas wussten, dass sie Guidry verschwiegen hatten.

Ich sagte: »Sollten Ramóns Mörder glauben, Sie wissen, wer die Täter sind, dann sind Sie in höchster Gefahr. Helfen Sie, die Bande hinter Schloss und Riegel zu bringen! Das ist Ihre einzige Chance!«

»Sie war es«, sagte Paloma. »Sie hat ihn auf dem Gewissen!«

»Ich war dabei, als die Pflegerin von seinem Tod erfahren hat, und ich hatte den Eindruck, sie war in dem Moment echt schockiert. Ich glaube eher, dass sie aus Angst davor weggelaufen ist, auch umgebracht zu werden.«

»Dann waren sie zusammen«, sagte Paloma. »Sie hat ihn hereingelegt, aber er hätte kündigen können, als er wusste, mit wem er es zu tun hatte. Er blieb dort, selbst nachdem er es wusste.«

»Ich bitte Sie, was meinen Sie? Was wusste er?«

Jochim sagte: »Genug jetzt! Sie haben meiner Schwester gesagt, was sie wissen musste. Dafür sind wir Ihnen dankbar, aber nun müssen Sie gehen.«

Intuitiv öffnete sich meine Hand zu einem Appell in Richtung Paloma, und ich sah die roten Stiche von den Krallen des Kätzchens.

Ich sagte: »Ist die Kleine auf der Terrasse Ihre Tochter? Das Mädchen mit dem Kätzchen?«

»*Sí.*«

»Sie sagte, Sie hätten vor, dem Kätzchen die Krallen entfernen zu lassen. Stimmt das?«

»Oh, *sí,* es zerkratzt alles.«

»Bitte tun Sie das nicht. Das Kratzen ist eine Gewohnheit, die sich wieder verliert, und durch eine Krallenamputation wäre die Katze verstümmelt. Sie würde die Balance verlieren und könnte sich nicht mehr verteidigen.«

Paloma und Jochim sahen mich beide ungläubig an.

Ich sagte: »Ich weiß, es scheint verrückt, ausgerechnet jetzt über Katzen zu reden, aber ich ertrage es nicht, wenn ich höre, dass man ihnen die Krallen entfernt. Es ist zu grausam.«

Paloma erhob sich, steif und gekrümmt wie eine alte Frau. »Bitte, gehen Sie jetzt.«

Wenn mich jemand dazu auffordert, sein Haus zu verlassen, gehorche ich auch. Zuerst zog ich aber noch eine eselsohrige Visitenkarte aus der Tasche und legte sie zu all dem anderen Kram auf den Couchtisch.

Ich sagte: »Ich wollte, ich hätte nichts zu tun mit diesem Schlamassel, aber ich wurde mit einem Trick da hineingezogen, und nun besteht möglicherweise Gefahr für mein eigenes Leben. Es geschehen merkwürdige Dinge in diesem Haus. Ich weiß nicht, was es ist, aber ich glaube, dass es was mit dem Leguan zu tun hat. Ich bitte Sie, sollten Sie später zu dem Entschluss kommen, Sie könnten mir etwas sagen, ohne sich selbst dadurch in Gefahr zu bringen, rufen Sie mich an.«

An der Tür blieb ich stehen, drehte mich um und fasste Paloma unmittelbar ins Auge.

»Auch ich habe meinen Mann verloren und ich weiß, was Sie durchmachen. Es ist aber ein Fehler, sich selbst zu quälen mit diesem Verdacht über ihn und die Pflegerin. Sie hatten doch ein gemeinsames Leben, gemeinsame Kinder. Da ist es schlimm genug, dass Sie ihn verloren haben. Machen Sie alles nicht noch schlimmer, und reden Sie sich nicht ein, er hätte Sie nicht mehr geliebt.«

Ich zog die Tür auf und fast hätte ich es geschafft, ohne meinen Mund noch einmal aufzumachen. Aber ich musste noch einmal darauf zurückkommen.

Ich wandte mich um und sagte: »Bitte, bitte, verstümmeln Sie dieses Kätzchen nicht.«

Dann verließ ich sie, warf aber noch einen Blick auf das kleine Mädchen und die Katze, als ich die Treppe hinunterging. Beide waren sie auf einem sonnigen Fleckchen auf dem Verandaboden eingeschlafen, die Katze eng an den zusammengerollten Körper des Mädchens geschmiegt, beide in unschuldiger Ahnungslosigkeit darüber, welche Änderungen ihrem Leben bevorstanden.

Nach unserem plötzlichen Wintereinbruch waren die Temperaturen ebenso schnell wieder auf sommerliche Werte geklettert. Es war fast 27 Grad warm, als ich Palomas Haus verließ und prompt bedauerte ich es, dass ich eine lange Hose anstatt meiner sonst üblichen Shorts trug. Ich machte einen schnellen Abstecher zu den Tieren auf meiner Liste, um sicher zu sein, dass Joe und Maria sie auch wirklich versorgt hatten. Vor dem Heim des Beagles suchte ich mit schweifenden Blicken nach der Zwergbulldogge und der geheimnisumwitterten Lady, rechnete aber nicht wirklich damit, sie wiederzusehen. Ich bürstete den Beagle, gab ihr ein Hundeleckerli, weil sie in der Abwesenheit ihrer Besitzer das Haus so brav hütete, und versprach ihr, am Abend wieder zurückzukommen. Als ich rückwärts aus der Einfahrt stieß, sah ich ihr Gesicht im Wohnzimmerfenster, von wo aus sie mir traurig nachschaute. Manche Menschen sagen: »Ich würde gern mit meinem Hund tauschen«, und meinen damit ein erfülltes und glückliches Leben, dabei leiden viele Hunde unter Einsamkeit und Langeweile.

Billy Elliott wirkte nicht gelangweilt, als ich zu ihm nach Hause kam, sondern viel mehr nervös und aufgekratzt, was bedeutete, er hatte nicht genügend Auslauf an diesem Morgen gehabt. Er schien schwer enttäuscht, als er merkte, dass ich nur zu einem Anstandsbesuch gekommen war und nicht, um mit ihm zu rennen. Insgeheim lachte ich mir so richtig ins Fäustchen, dass Toms neue Freundin ihm nicht genügend bieten konnte – dem Hund natürlich, meine ich, nicht Tom. Der wirkte auf mich sehr zufrieden.

Tom wollte alle Einzelheiten erfahren, wie es zu dem Schlag auf meinen Kopf gekommen war, und was die Cops in dem Zusammenhang zu tun gedächten.

Nachdem ich ihn informiert hatte, sagte er: »Über den Mord wurde in den Nachrichten berichtet, nicht jedoch über den Brand und den Überfall auf dich.«

»Gut. Ich will nicht schon wieder von der Pressemeute belagert werden.«

»Dixie, du musst dich in den nächsten Tagen schonen, gib deinem Kopf die Chance zu heilen. Und mach dir bloß keine Sorgen wegen Billy Elliott. Frannie kann ihn ausführen.«

Das kleine Klümpchen Eifersucht in meiner Brust drückte. »Sag ihr, sie muss so richtig rennen mit ihm, zwei-, dreimal um den Parkplatz herum.«

Zwischen Toms Augenbrauen bildeten sich zwei Sorgenfältchen, aber Billy Elliott kam angewackelt und grinste und schlug mir mit seinem wedelnden Schwanz gegen die Beine, seine Art zu bestätigen, was ich soeben gesagt hatte. Ich streichelte seinen Kopf und versuchte nachdrücklich zu glauben, dass er mich mehr liebte als diese Frannie, die ich nicht kannte. Im Innersten meines Herzens aber wusste ich, dass er es vor allem liebte, zu rennen. Dann folgten Tom und jede beliebige Person, die ihn fütterte. In dieser Reihenfolge.

Ich sagte: »Tom, könntest du für mich was im Internet nachschauen? Ich bräuchte Informationen über die Firma BiZogen Research.«

Mit einer einzigen geschmeidigen Bewegung wendete Tom den Rollstuhl und holte einen flachen grauen Kasten von der Küchenanrichte. Dann schob er die Steuererklärungen beiseite, die er gerade bearbeitete, und legte den Kasten auf den Tisch und öffnete ihn. Er drückte ein paar Tasten, während ich versuchte, so zu tun, als hätte ich die ganze Zeit schon gewusst, dass es sich um einen Computer handelte.

Er sah einen Moment lang aufmerksam auf den Bildschirm und sagte dann: »Es gibt einen Haufen Zeug über Bi-Zogen Research. Was willst du denn genau wissen?«

Ich drehte mich, damit ich ihm über die Schulter blicken und eine Liste von Überschriften und Textzeilen überfliegen konnte, in denen die beiden Wörter *BiZogen Research* vorkamen.

»Donnerwetter, das ist ja unglaublich viel.«

»Das ist nur die erste Seite. Es gibt noch drei weitere. Sieht etwas so aus wie das, wonach du suchst?«

Auf mein Zögern hin klickte er den ersten Eintrag an, und in Sekundenschnelle flimmerte ein Artikel aus der *New York Times* auf den Bildschirm. Der Artikel begann:

*BiZogen Research Labs ist es gelungen, einen Impf-
stoff gegen die vier Virusarten zu entwickeln, die für
die Entstehung des Denguefiebers verantwortlich
sind, einer durch Mücken übertragenen Infektions-
krankheit, die den Gesundheitsbehörden weltweit
Sorgen bereitet. Hauptsächlich in tropischen und sub-
tropischen Regionen verbreitet, sind vom Denguefieber und seiner potenziell tödlich verlaufenden Form,
dem hämorrhagischen Denguefieber, fast alle asiati-
schen Länder betroffen. Die Erkrankung gehört zudem zu den führenden Gründen für die Hospitalisie-
rung und die Sterblichkeit von Kindern.*

Ich schüttelte den Kopf. »Das sagt mir gar nichts. Probier
was anderes aus.«

Er ließ den Artikel verschwinden und klickte den nächsten
Punkt auf der Liste an. Dabei handelte es sich um einen ähn-
lichen Artikel aus dem *Wall Street Journal*. Mit den nächsten
dreien verhielt es sich ähnlich. Ich entspannte mich. BiZogen
Research war genau das, was man bei dem Namen vermuten konnte, nämlich ein Forschungsunternehmen. Das obendrein dem Wohl der Menschheit nützte, indem es lebensret-
tende Impfstoffe herstellte. Ich konnte mir nicht vorstellen,
warum zu so einem Unternehmen eine Strohfirma gehören
sollte, die Ken Kurtz ein Wohnhäuschen hingestellt hatte,
aber meines Wissens war Ken Kurtz doch der Vorstandsvor-
sitzende und erste Boss von BiZogen.

Ich wollte Tom schon sagen, er könne die Sache vergessen,
als er einen weiteren Artikel, ebenfalls aus der *New York
Times,* öffnete.

*Wegen Verletzung geistigen Eigentums wurde heute
durch das schweizerische Unternehmen Genomics
Unlimited vor einem US-amerikanischen Bundesge-
richt Klage gegen BiZogen Research Labs eingereicht.*

Die Klage beinhaltet den Vorwurf, Spione von Bi-
Zogen hätten sich in die Forschungsabteilung von Ge-
nomics geschlichen und dabei Unterlagen über die
Entwicklung eines Impfstoffes gegen Denguefieber
entwendet. BiZogen gab vor drei Monaten die Paten-
tierung eines Impfstoffs gegen Denguefieber bekannt,
wohingegen Genomics behauptet, das Patent sei mit
betrügerischen Mitteln erschlichen worden. Das Pa-
tent ist in einem Gültigkeitszeitraum von zehn Jahren
mehrere Milliarden Dollar wert.

Tom sagte: »Kannst du damit was anfangen?«

Ich antwortete nicht. Ich war zu sehr damit beschäftigt zu lesen, dass 85 Prozent aller Spionageverbrechen von Betriebsangehörigen begangen würden.

Plötzlich wurden meine Knie schwach und ich ging um den Tisch herum und setzte mich Tom gegenüber.

Ich sagte: »Ken Kurtz muss ein wegen Spionage gesuchter Wissenschaftler sein. Aus dem Grund versteckt er sich. Vielleicht ist das ja seine Krankheit. Denguefieber meine ich.« Ich stand auf. »Ich muss Guidry davon berichten.«

Tom blickte besorgt drein. »Dixie, sei bloß vorsichtig. Pass auf, dass du nicht wieder in so eine gefährliche Sache hineinschlitterst.«

Ich schenkte ihm ein dankbares Lächeln. Tom war wirklich ein guter Freund, auch wenn er mir seine neue Freundin zunächst verschwiegen hatte.

Ich sagte: »Ich komme in ein paar Tagen wieder. Übrigens, wenn deine Freundin nur flott spazieren geht mit Billy Elliott, genügt das auch.«

Tom wirkte immens erleichtert, und ich schlich mich klammheimlich davon, ehe Billy Elliott Lunte roch, dass ich ihn verraten hatte.

16

Als ich in den Bronco einstieg, fiel mir ein, dass ich Guidry an diesem Morgen nicht mehr angerufen hatte. Eine Gehirnerschütterung vermittelt dir nicht nur das Gefühl, der ganze Kopf wäre mit Watte ausgestopft, nein, sie macht dich auch vergesslich. Er ging nicht an sein Handy, weshalb ich ihm die Nachricht hinterließ, ich sei okay, falls es ihn interessierte, und dass ich noch mehr Informationen für ihn hätte.

Mit ihren Katzenklos sind Katzen eine Million Mal einfacher zu haben als Hunde, denn sie sind dadurch unabhängiger. Und da Joe und Maria sie gefüttert hatten, wusste ich, dass sie nicht hungrig waren. Trotzdem stattete ich allen einen kurzen Besuch ab und entschuldigte mich dafür, dass ich nicht schon früher gekommen war, um sie zu kämmen und zu unterhalten.

Die meisten sahen mich nur hochmütig an, als würden sie sagen: Oh, du bist das! Ich hatte ganz vergessen, dass du kommen wolltest.

Katzen lassen dich nie vergessen, dass sie bei den alten Ägyptern als heilig verehrt wurden. Aus ihrer Sicht lagen die Ägypter damit durchaus richtig. Aber selbst hochheilige Ägypter können einer Bürstenmassage nicht widerstehen, sodass sie, kaum hatte ich meine Pflegeutensilien ausgepackt, angeschlichen kamen und ihre Duftdrüsen an meinen Fußknöcheln rieben und schworen, für immer mein bester Freund zu sein.

Da es wieder warm geworden war, brachte ich sie für ihr Pflegeprogramm auf die Veranda hinaus, denn Katzen brauchen ebenso sehr wie Menschen frische Luft. Außerdem lieben sie es, Vögel und Eichhörnchen in den Bäumen zu beobachten. Muddy Cramer fand ich in der Küche, wo er vor seinem Futternapf saß. Über die Schulter blickte er mich wie ein Generaldirektor entrüstet an. Joe und Maria hatten es aus Unwissen versäumt, sein Biotrockenfutter mit frischer Hühnerleber aufzupeppen, und er war eingeschnappt.

Ich sagte: »Tut mir leid, Muddy, ich hatte gestern Abend einen kleinen Unfall.«

Er senkte die Augenbrauen und schaute mich mit seinen schwarzen Augen vorwurfsvoll an, während ich eine Packung mit separat eingefrorenen Hühnerlebern aus dem Frostfach nahm. Als ich eine davon zum Auftauen in die Mikrowelle legte, wirbelte er herum, sprang auf den Kühlschrank und spähte von dort, auf seine Vorderpfoten gestützt, lauernd zu mir herunter, als wäre ich ein Beutetier, auf das er sich im nächsten Moment stürzen würde.

Ich gab die aufgetaute Leber in seinen Napf und ließ ihn alleine, während ich meinen Kontrollgang durch das Haus machte, und bis es Zeit war, ihm auf Wiedersehen zu sagen, hatte er sich wieder beruhigt. Trotzdem irritierte mich sein Verhalten. Muddy war zwar hochneurotisch, aber auch eine Katze mit ausgeprägter Intuition. Er wusste, dass etwas nicht stimmte, und er war sich nicht sicher, ob er mir noch vertrauen sollte. Wenn ein Tier dir nicht vertraut, bedeutet das, du hast dein emotionales Gleichgewicht verloren und musst zu deiner ureigenen Mitte zurückfinden. Die Frage war nur: Wo war meine ureigene Mitte abgeblieben?

Ich stieß aus Muddys Einfahrt heraus, als Guidry anrief.

»Wir haben eine Treffermeldung von IAFIS. Da ich Ihnen mit dieser Frau das Leben schwer genug gemacht habe, dachte ich, ich bin Ihnen das Ergebnis schuldig. Ihr Name ist Jessica Ballantyne. Geboren wurde sie im Norden des Staates New York, hat einen Doktor von der Universität Maryland sowohl in Zoologie als auch in Biogenetik. Sie hat fünfzehn Jahre auf dem Gebiet der biologischen Kriegsführung geforscht, das meiste davon für die Armee.« Er hielt eine Nanosekunde inne und fügte dann hinzu: »Letzte bekannte Adresse war London, vor fünf Jahren.«

Etwas an dieser kleinen Pause machte mich hellhörig. Ich sagte: »Sie verschweigen mir doch was?«

Fast konnte ich ihm bei diesen Kaubewegungen mit geschlossenem Mund zusehen, die Menschen machen, wenn sie nicht sicher sind, ob sie etwas aussprechen wollen, das ihnen ohnehin auf der Zunge liegt.

»Eine Frau namens Jessica Ballantyne ist vor zwei Jahren verstorben. Ihre Asche wurde in New York im Grab ihrer Familie bestattet. Ihre Mutter sagt, sie starb auf einer obskuren Insel im Indischen Ozean, wo sie irgendwelche geheimen Forschungen für die Regierung durchführte.«

»Unsere Regierung?«

»Ja, genau die. Die Brüder, die ihre Leute in Zeugenschutzprogramme stecken, wenn irgendwo eine Sicherheitslücke klafft. Die Mutter klang verbittert. Angeblich wurde die Familie nie über die genauen Umstände von Jessicas Tod aufgeklärt. Ihnen wurde lediglich gesagt, sie sei schwer krank geworden und schnell gestorben. Sie wurde auf der Insel eingeäschert und ihre Asche an die Familie zurückgeschickt. Oder irgendjemandes Asche.«

»Sie glauben …«

»Ich weiß nicht, was ich glaube, Dixie. Dieser ganze Fall kommt mir vor wie ein böser Scherz. Ich bin mir nur nicht sicher, wer sich hier mit wem einen Scherz erlaubt.«

Ich sagte: »Hat sie irgendwann mal für BiZogen Research gearbeitet?«

»Wieso?«

»Weil das Haus, in dem Kurtz wohnt, einer von BiZogen Research gegründeten Strohfirma gehört.«

Darauf folgte eine lange Pause. »Woher wissen Sie das?«

»Ethan Crane hat mir letzten Abend erzählt, dass BiZogen Research der Erbauer des Hauses ist. Er weiß es wiede-

174

rum, weil er als Treuhänder fungierte. Und vor kurzem hat Tom Hale BiZogen im Internet für mich nachgeschlagen.«

Wieder eine lange Pause. »Dixie, ich hätte es nett gefunden, wenn Sie mich über diese BiZogen-Geschichte vorab informiert und alles Weitere mir überlassen hätten.« Guidrys Stimme klang jetzt kühl und verärgert. »Ist da noch mehr, was Sie mir nicht gesagt haben?«

»Nein, das wär's.«

»Gott sei Dank.«

Ohne auch nur ein beiläufiges Tschüss ließ er mich mit einem stummen Telefon in der Hand dastehen.

Ins Blaue hinein sagte ich: »Aber was ist mit meiner Waffe und dem Ergebnis der ballistischen Untersuchung?«

Mein Kopf schmerzte. Meine Gedanken schossen, einem wild gewordenen Flipperautomaten gleich, kreuz und quer durcheinander. Ich musste ständig an das Kätzchen denken, dem Paloma die Krallen entfernen lassen wollte. Wenn ich mich doch nur stärker dagegen ausgesprochen hätte. Ich dachte sogar daran, zurückzugehen und noch einmal mit Paloma zu sprechen. Nicht wegen dem Mord an ihrem Mann, sondern wegen der Krallen ihres Kätzchens. So manch einer hätte gesagt, ich hätte kein Gespür für Prioritäten, aber so war es nun einmal. Vielen Menschen ist es nicht bewusst, dass eine Entfernung der Krallen bei einer Katze dasselbe ist, als würde man einem Menschen sämtliche Zehen amputieren, mit denselben Folgen für das körperliche und seelische Gleichgewicht. Selbst Katzen, denen man nichts anmerkt, Katzen, die sich auch ohne ihre Krallen scheinbar rundum wohlfühlen, würden mit ihren Krallen sehr viel sicherer dastehen. Menschen, die das wissen und ihre Katzen dennoch einer Krallenamputation unterziehen, weil ihnen ihre Möbel mehr wert sind als ihre Katzen, sollten sich schämen. Tierärzte kennen das Problem zwar, aber viele machen die Operation trotzdem, aus reiner Angst davor, die Klienten sonst zu verlieren. Sie sollten sich besonders schämen.

Das Einzige, was mich davon abhielt, auf der Stelle umzukehren und die Aktion Rettet-die-Katze durchzufechten, war das dringende Bedürfnis nach Hause zu fahren und mich aufs Ohr zu hauen. Ich würde ein andermal bei Paloma vorbeischauen und mit ihr über das Kätzchen reden. Aber nicht jetzt. Jetzt musste ich dringend nach Hause.

Unterwegs verlangsamte ich meine Fahrt auf Höhe des Kurtz-Anwesens, wo sich drei weitere, mit Schildern bewehrte Demonstranten dem Pseudomönch angeschlossen hatten. Auf zweien der Schilder standen Verweise auf Bibelstellen aus der Offenbarung in zerfließender roter Farbe. Auf dem anderen hieß es 666 – MALZEICHEN DES TIERES.

Leise sagte ich vor mich hin: »Ach, die armen Irren, jetzt kapier ich's. Die glauben, hier haust der Teufel höchstpersönlich.«

Ich hatte darüber noch gar nicht nachgedacht, aber die Hausnummer von Ken Kurtz' Anwesen lautete tatsächlich 666. Im Südwesten Floridas ist das eine Zahl, die garantiert alle Verrückten auf den Plan ruft, sind doch hier bekanntermaßen schon Leute schreiend aus dem Laden gelaufen, wenn sich die Summe ihrer Einkäufe auf 6,66 Dollar belief.

Hinter den Demonstranten war noch immer das Absperrband der Polizei zu sehen, aber keine Fahrzeuge mehr. Das bedeutete, Ken Kurtz war nun ganz allein, und außer Ziggy gab es niemanden, der ihm beistehen und Gesellschaft leisten konnte.

Pech gehabt. Kurtz war ein intelligenter erwachsener Mann und besaß genügend Geld, um bei Bedarf jederzeit einen Pflegedienst anzurufen. Die Polizei konnte er auch anrufen, oder Freunde oder Verwandte. Es war nicht meine Schuld, dass er Schmerzen hatte und von Kopf bis Fuß blau war. Es war auch nicht meine Schuld, dass er komisch drauf war oder dass sein Wachmann ermordet worden war und seine Pflegerin weggerannt war oder dass sein Haus Verrückte anzog.

Außerdem hatte Paco recht. Wenn die Person, die mich angerufen hatte, eine wichtige Nachricht für Ken Kurtz hatte, warum rief diese Person nicht einfach selbst bei ihm an und gab sie ihm durch. Diese ganze Geheimniskrämerei war dumm, und ich wäre es auch, würde ich mich da hineinziehen lassen. Ich hatte versprochen, einmal täglich bei Kurtz und Ziggy vorbeizuschauen, und genau das würde ich tun, nicht mehr und nicht weniger. Ich würde Kurtz später aufsuchen und ihm die ominöse Nachricht über Ziggy mitteilen.

Kopfschüttelnd warf ich noch einen letzten Blick auf die Mahnwache und fuhr weiter. Sie waren zu traurig, um witzig zu sein und zu witzig, als dass man sie ernst nehmen könnte.

An der Zufahrtsstraße zu unserem Haus machte ich kurz am Briefkasten Halt, um die tägliche bunte Mischung von Pizzareklamen und Angebote für preisreduzierte Friseurbesuche und Außenkäfige herauszunehmen. Als ich die Briefkastenklappe zuknallte, fasste mich eine kräftige Frauenhand am Handgelenk.

Eine raue Stimme sagte mit bestimmendem Tonfall: »Ich muss mit Ihnen sprechen.«

Ich wusste, wer das war, noch bevor mein Kopf herumschnellte und ein stechender Schmerz mein Rückgrat durchzuckte. Ohne meine Einladung abzuwarten, öffnete die mysteriöse Dame die hintere Tür und stieg ein.

Sie sagte: »Fahren Sie los.« Und wie sie es sagte, konnte ich schon den Lauf einer Schusswaffe auf mich gerichtet fühlen.

Ich sagte: »Ich fahre mit Ihnen an keinen einsamen Ort. Wenn Sie mich sprechen wollen, dann nur da, wo auch Menschen sind.«

»Glauben Sie, ich könnte Sie umbringen?«

»Verdammt richtig! Ich vermute mal, Sie haben schon einen Menschen auf dem Gewissen, vielleicht auch zwei.«

Im Außenspiegel sah ich einen Ausdruck resignierter

Trauer über ihr Gesicht huschen. »Es reicht, wenn Sie an einen Ort fahren, wo wir ungestört sind.«

Ich fühlte mich wie ein schlecht verkabelter Roboter, als ich wieder auf die Midnight Pass Road zurückbog und nordwärts in Richtung Crescent Beach fuhr. Wir sprachen während der ganzen Fahrt kein Wort. Ich parkte direkt an der Treppe, und wir stiegen vom Parkplatz aus in Richtung Pavillon hinauf, wo ahnungslose Touristen Sandwichs verspeisten und dem glitzernden Spiel der Sonne auf den Wellen zusahen. Ich wählte einen Tisch im überdachten Bereich und setzte mich. Meine Begleiterin nahm gegenüber Platz, während sie ihr dichtes, dunkles Haar zurückwarf, sodass es ihr hinter den Schultern über den Rücken fiel.

Ich sagte: »Haben Sie mir gestern Abend diesen Hieb versetzt?«

Sie schlug die Augen einen Moment nieder, als könnte sie mich nicht ansehen. »Nein, das war ich nicht.«

»Aber Sie waren da.«

»Ich habe den Brand hinter dem Haus gelegt. Er war berechnet und harmlos. Ich wollte damit Aufmerksamkeit erwecken und absichtlich die Feuerwehr und die Polizei anlocken.«

Mein Kopf pulsierte im Einklang mit den rhythmisch an den Strand plätschernden Wellen.

»Wer hat mich dann attackiert?«

»Dieselbe Person, die Ken Kurtz ermordet hätte, wenn ich seine Pläne nicht durchkreuzt hätte.«

»Was für ein Haufen an melodramatischem Schwachsinn! Wenn Sie wissen, wer mich attackiert hat, sind Sie verpflichtet, es mir zu sagen. Oder zumindest der Polizei.«

»Ich kann Ihnen keine weiteren Details mehr sagen. Ich habe Ihnen sowieso schon zu viel gesagt. Wenn sie je darauf kommen sollten, dass ich das Feuer gelegt habe ...«

Sie brach ab und sah auf ihre zusammengeballten Hände.

»Sie? Wer sie?«

»Das kann ich Ihnen nicht sagen. Ich kann Ihnen lediglich sagen, dass es sich nicht um die simple Angelegenheit zweier Parteien handelt, die einen Konflikt austragen.«

Ich sagte: »Ich habe ihm gesagt, dass ich Sie gesehen habe.«

Sie spannte das Kinn. »Und was hat er gesagt?«

»Er sagte, Sie seien tot, dass Sie vor zwei Jahren gestorben sind.«

Sie zuckte überrascht. »Er hat mich im Stich gelassen! Hat sich aus dem Staub gemacht und mich dem sicheren Tod überlassen.«

»Aber er hat Ihr Bild am Bett stehen.«

Aus ihrem Gesicht schwand jegliche Farbe, und ihre Augen trübten sich, so betroffen war sie. Fast hätte sie mir mehr leid getan als ich mir selbst.

Dann sagte sie leise: »Es gab eine Zeit, da liebte ich ihn mehr, als ich mir je vorstellen konnte, einen anderen Menschen zu lieben.«

Es klingt vielleicht verrückt, aber seit ich psychisch nicht mehr so ganz auf dem Damm war, kam es immer häufiger vor, dass die Leute mir Geschichten erzählten, die sie vielleicht besser für sich behalten hätten. Vielleicht spüren sie ja, wie nah an der Grenze zum Wahninn ich mich bewegte, und sie wissen deshalb, dass es mir in keiner Weise zusteht, zu urteilen, wenn ein anderer fast den Verstand verliert. Diese Frau hatte mich praktisch mit Waffengewalt hierher gebracht, aber nun redete sie so, als würden wir zusammen was trinken und uns über verflossene Liebschaften unterhalten.

»Wollten Sie sich darüber mit mir unterhalten? Dass Sie und Kurtz einmal ein Paar gewesen sind?«

Unsere Blicke trafen sich, und sie schmollte leicht verlegen. »Ich weiß, dass Sie jemand mit der Bitte angerufen hat, Ken eine Nachricht zu übergeben. Haben Sie diese weitergeleitet?«

Das Weib hatte Nerven. Sie konnte doch nur wissen, dass

mich der Ire angerufen hatte, wenn sie mit ihm unter einer Decke steckte.

»Warum überbringen Sie ihm denn nicht die Nachricht? Warum rufen Sie ihn nicht einfach selbst an?«

»Sie haben sein Telefon angezapft. Und wenn sie wüssten, dass ich versuche, ihm zu helfen, wäre ich in genauso großer Gefahr wie er. Vielleicht in einer noch größeren.«

Da war wieder dieses sie.

Ich sagte: »In welcher Beziehung steht Ken Kurtz zu BiZogen Research?«

Ihre Augen weiteten sich. »Ihren Ruf haben Sie nicht zu unrecht. Kluges Köpfchen.«

»Ich bin zudem die Hauptverdächtige im Fall des Mordes an Ken Kurtz' Wachmann, ich habe eine Gehirnerschütterung, weil ich vor seinem Haus eins über die Rübe bekommen habe, und ich habe die Schnauze voll bis oben von der Art, wie Sie mich benutzt haben.«

Ihre Augenlider flatterten einen Moment, und ich merkte, dass sie ermüdete. »Über BiZogen kann ich Ihnen nichts sagen, lediglich, dass Ken Kurtz sich in großer Gefahr befindet. Es ist dringend notwendig, dass Sie ihm die Nachricht überbringen.«

Die Frau musste entweder komplett gaga sein oder so etwas wie die Chefin des Armeegeheimdiensts. Vielleicht beides. Wie auch immer, ich fühlte mich wie ein glitschiger Avocadokern, der, von Holzstäbchen durchbohrt, in ein Glas Wasser gesetzt wurde.

Ich sagte: »Das mache ich heute Abend. Aber woher soll ich wissen, dass sie mir nicht dabei auflauern?«

»Sie wissen, dass Sie dorthin gehen, um den Leguan zu versorgen. Sie würden nie vermuten, dass Sie Informantin für Ken sind.«

Ich sagte: »Der Detective von der Mordkommission hat Ihre Nummernschilder überprüfen lassen. Haben Sie das Auto gestohlen?«

Plötzlich lächelte sie, was ihr einen weicheren Zug verlieh. »Ich bin keine Autodiebin«, sagte sie. »Ich habe nur genommen, was bereitgestellt wurde.«

»Von ihnen?«

Sie lächelte wieder und stand auf. »Danke, Dixie. Wir sehen uns wieder. Oh, noch was anderes. Mit Sicherheit erzählen Sie dem Detective von der Mordkommission von unserem Treffen. Das ist in Ordnung. Sollte jedoch sonst jemand fragen, verraten Sie mich bitte nicht.«

Großer Gott, die Frau glaubte wohl, wir wären Freundinnen und ich würde ihre Geheimnisse decken.

Sie entfernte sich mit raschen Schritten und begann sogar zu laufen, als sie sich der Treppe zum Parkplatz näherte. Bis ich am Bronco angelangt war, war sie bereits verschwunden und mein Kopf drohte zu bersten.

Ich rief Guidry an und hinterließ eine weitere Nachricht, dann fuhr ich endlich nach Hause und schleppte mich hoch zu meiner Wohnung. Ich fiel sofort ins Bett und in einen unnatürlich tiefen Schlaf.

Ich träumte, Kurtz und ich würden in seinem rotschummrigen Weinlager beim Tee zusammensitzen, wobei wir aus Coras Tassen tranken und dazu ihr Schokoladenbrot aßen. Die Weinflaschen schienen sich vorzubeugen, um uns zu belauschen, und es war so kalt in dem Raum, dass ich fror, was aber Kurtz nicht zu kümmern schien. Das Kätzchen lag in meinem Schoß und bohrte seine scharfen kleinen Krallen in mich, und ich fürchtete, Ken könnte es sehen und dem Kätzchen die Fingerspitzen ausreißen. Ich hatte Angst vor ihm.

Mein Herz raste so sehr, dass ich davon aufwachte, und es dauerte ein paar Sekunden, bis ich begriff, dass es nur ein Traum war. Hellwach fragte ich mich, warum ich diesen Traum überhaupt gehabt hatte. Ich glaube an Träume. Für mich sind sie Botschaften unseres Unbewussten, auf die wir hören sollten. Aber in diesem Traum konnte ich keinen Sinn erkennen, und ich drehte mich um und schlief wieder ein.

Ich schlief, bis meine innere Uhr mir sagte, dass es Zeit war, mich für die Nachmittagsbesuche fertig zu machen. Eine heiße Dusche half mir, mich zu orientieren und für den Rest des Tages fit zu machen, und ich bemühte mich mehr als sonst, mich in eine präsentable Form zu bringen. Mit ein wenig Rouge überdeckte ich meine Blässe, ich legte Mascara auf die Wimpern, ließ mein Haar offen auf die Schultern fallen und suchte bewusst die verwaschene Jeans aus, die meinen Hintern am besten zur Geltung brachte. Nachdem ich den Bronco aus der Garage manövriert hatte, steuerte ich das Geschäftsviertel der Insel an. Da ich nicht mit Billy Elliott rennen würde, hatte ich etwas Zeit übrig und konnte mich noch gut mit Ethan Crane treffen, ehe ich über und über mit Katzenhaaren bedeckt war.

17

Das Geschäftsviertel von Siesta Key nennen die Einheimischen schlicht »The Village«. An der Frontseite des Village drängeln sich Immobilienbüros, Eisdielen und Boutiquen, schicke Cafés teilen sich Parkplätze mit Touristenläden, die Plastikflamingos und T-Shirts mit der Aufschrift Siesta Key verkaufen. Ethans Kanzlei befindet sich in einem heruntergekommenen Stuckbau in einer unspektakulären Seitenstraße. Ich parkte am Bordstein und nickte einem Mann auf dem Gehsteig grüßend zu, der einen zerfledderten Militärseesack hütete wie seinen Augapfel. Er sah aus wie ein Obdachloser, aber durch die Löcher des Seesacks blitzten Weihnachtspäckchen, stumme Zeugen dafür, dass er doch irgendwo noch ein paar Bekannte oder Verwandte haben musste.

Die Stuckverzierungen des Gebäudes waren seit meinem letzten Besuch noch weiter abgebröckelt, und als ich die Eingangstür mit dem Glaseinsatz aufzog, sah ich, dass noch immer der Name seines Großvaters, ETHAN CRANE ESQ., eingraviert war. Offenbar sah Ethan weder einen Grund dafür, die Aufschrift ändern, noch das Haus neu herrichten zu lassen.

Ein kleines Vestibül hinter dem Eingang führte zu einer Treppe, deren Stufen in der Mitte von den vielen Füßen im Lauf der Jahrzehnte alle leicht ausgetreten waren. Am oberen Ende der Treppe erstreckte sich ein breiter Flur zu Ethans Büro; in einem weiteren Büro links daneben saß eine füllige Sekretärin mit weiß gesträhnten Haaren. An ihrem Schreibtisch baumelten Weihnachtskarten und auf ihrem Fensterbrett erstrahlte ein mit winzigen Lichtern versehener Miniweihnachtsbaum. Als sie mich sah, hob sie den Kopf und sah mich mit hochgezogenen Augenbrauen an, doch Ethans Tür war offen, und ich ging sofort durch, ohne mich aufhalten zu lassen.

Ethan stand vor einem Bücherregal mit einem Buch in der Hand, und als er sich umdrehte und mich sah, zeichneten sich in seinem Gesicht, Erstaunen, Verärgerung und Freude gleichzeitig ab.

Ich sagte: »Ich dachte, ich schau vorbei und entschuldige mich persönlich dafür, dass ich heute Morgen so zickig war.«

Sein Gesichtsausdruck wurde etwas freundlicher, aber er sagte nur: »Wär doch nicht nötig gewesen.«

Ich sagte: »Es liegt an der Gehirnerschütterung. Eine Gehirnerschütterung führt zu Stimmungsschwankungen.«

Meine Ohren wurden ganz rot, als sie diese weinerliche und selbstmitleidsvolle Äußerung aus meinem Mund hörten. Sie kam praktisch der Aufforderung gleich, er solle sich gefälligst schuldig fühlen für seine Verstimmtheit darüber, weil ich ihn so mies behandelt hatte.

Schnell fügte ich hinzu: »Das soll keine Entschuldigung sein, nur eine Erklärung.«

Er grinste. »Heißt das, wir können es noch mal versuchen?«

Okay, das war schon besser. Jetzt gab er sich nicht mehr so reserviert, und das Hundert-Megawatt-Lächeln war mir auch nicht entgangen. Ich kann überhaupt nicht damit umgehen, wenn meine Mitmenschen enttäuscht von mir sind. Ich kann damit leben, wenn mich jemand von Anfang an nicht mag, fühle mich aber stark herausgefordert, wenn sie mich zuerst mögen und dann etwas passiert, das sie schlechter von mir denken lässt.

Er setzte wieder eine ernste Miene auf und zeigte auf einen der durchgesessenen Ledersessel vor seinem Schreibtisch. »Dixie, erzähl doch noch mal, was genau mit dir passiert ist.«

»Viel zu erzählen gibt's eigentlich nicht. Gestern Abend auf dem Nachhauseweg machte ich Halt an Kurtz' Haus, und als ich aus dem Auto stieg, bekam ich einen Schlag auf den Hinterkopf und wurde ohnmächtig. Als ich wieder zu mir kam, qualmte es überall und ich rief die 911. Hinter dem Haus hatte jemand ein Feuer gelegt, und der Brandeinsatzleiter nimmt an, der Brandstifter hätte mich außer Gefecht gesetzt, damit ich ihn nicht sehen würde. Der Detective der Mordkommission brachte mich ins Krankenhaus und blieb dann noch bei mir, bis Paco nach Hause kam.«

Okay, das war nicht die ganze Wahrheit, aber dass Jessica Ballantyne das Feuer gelegt hatte, war etwas, das ich nur Guidry erzählen würde.

Ethan sagte: »Detective von der Mordkommission?«

»Gestern früh wurde jemand bei Kurtz' Haus ermordet. Das Feuer hat möglicherweise damit zu tun, und deshalb war auch der Detective bei dem Brand anwesend.«

In Ethans dunklen Augen blitzte etwas auf, das ich nicht ganz einzuordnen verstand. »Ist das dann nicht Lieutenant Guidry? Der auch die Ermittlungen in den anderen Mordfällen leitete, in die du verwickelt warst?«

Ich spürte wieder, wie ich feuerrot wurde. »Ich war in keinen Mord verwickelt, Ethan. Ich wurde nur zufällig von den Ermittlungen tangiert. Doch ja, es stimmt. Mit der Untersuchung wurde Detective Guidry beauftragt. In diesem Fall gibt es natürlich auch eine Ermittlung wegen Brandstiftung, aber die übernimmt der Brandeinsatzleiter.«

»Du hättest mich anrufen können. Ich wäre doch bei dir geblieben.«

»Um die Wahrheit zu sagen, war mir nicht danach zumute, irgendjemanden anzurufen. Ich war fast die ganze Nacht über wie betäubt.«

»Und jetzt? Wie geht's deinem Kopf jetzt?«

»Ich habe noch immer Schmerzen, aber es ist schon viel besser.«

»Meinst du, du schaffst es, am Samstagabend zu mir zum Abendessen zu kommen? Nur wir zwei?«

Als er seine Adresse auf einen Notizblock kritzelte, drehte sich die Zeit plötzlich zurück und eine schreckliche Sekunde lang erinnerte ich mich daran, dass die Samstagabende für Christy reserviert waren. Dieses Jahr wäre sie alt genug gewesen, um mit mir zusammen Weihnachtsschmuck aus Salzteig selbst zu machen. Wir könnten Glöckchen und Zuckerstangen und Kränze basteln, sie backen, bis sie hart waren wie Beton, und dann würde Todd uns helfen, sie anzumalen. Wir würden auch Popcorn und Preiselbeeren zu Ketten für unseren Weihnachtsbaum auffädeln, und am Sonntag würden wir zu dritt einen Baum aussuchen, den wir mit unseren Basteleien schmücken würden.

Diese Zeitsprünge erlebe ich so intensiv, dass ich mich danach immer völlig desorientiert fühle. Schweigend kam ich in die Gegenwart zurück, in eine Gegenwart ohne Weihnachtsschmuck, ohne Weihnachtsplätzchen, ohne Weihnachtsbaum, ohne Todd und Christy, eine Gegenwart, in der Weihnachten nur ein Tag sein würde, der mir das Herz ein weiteres Mal bricht, weil sie nicht mehr bei mir waren.

Ich stand auf und steckte Ethans Adresse in die Tasche. »Meine Katzen und Hunde erwarten mich.«

Ich schenkte ihm die Parodie eines Lächelns und eilte davon, während ich noch zum Teil die neugierigen Blicke der Sekretärin erhaschte, als ich ihr Büro passierte. Am liebsten wäre ich zurückgerannt, um Ethan zu sagen, dass ich mich geirrt hatte, dass ich den Samstagabend nicht mit ihm verbringen könnte. Doch ich wusste, ich würde in Tränen ausbrechen, sobald ich nur den Mund aufmachte, und so polterte ich stattdessen die Treppe hinunter und zur Tür hinaus.

Als ich zum Bronco lief, hob der auf dem Gehweg sitzende Mann mit seinem Sack voller Geschenke die Hand wie der Gewinner eines Schönheitswettbewerbs und rief: »Frohe Weihnachten, schöne Frau!«

Ich schaffte es, das Weinen zu unterdrücken, bis ich mich in den Verkehr eingefädelt hatte, und bis zur ersten Ampel hatte ich mich schon wieder beruhigt. Das betrachtete ich als Fortschritt, denn früher dauerte ein solcher Ansturm von Erinnerungen und Tränen meist mehrere Tage. Vielleicht bleiben sie ja eines Tages ganz aus, und ich spüre nur mehr einen leisen Stich im Herz.

Einer plötzlichen Eingebung folgend, schlug ich die Richtung zum Friedhof ein, auf dem meine Großeltern begraben sind. Ich halte nichts davon, Tote einzupflanzen, aber meine Großeltern waren nicht der Typ Mensch, der sich verbrennen lässt – zu groß die Wahrscheinlichkeit, dass die Fundamentalisten am Ende vielleicht doch recht hätten und sie am Jüngsten Tag ohne Körper erwachen würden.

Der Friedhof ist ein morbid schöner Ort mit akkurat getrimmten Rasenflächen, die man auch für einen Golfplatz halten könnte, gäbe es da nicht die flachen Gedenksteine. Mehrere Menschen schmückten gerade die Gräber ihrer Lieben mit falschen Weihnachtssternen und Stechpalmenkränzen aus Plastik. Mein bescheidener Beitrag bestand darin, mich hinzuknien und einen Klacks getrockneter Vogelscheiße von dem Gedenkstein meiner Großmutter abzukratzen.

»Omi, ich wünschte, du wärst hier. Deinen weisen Rat könnte ich gut gebrauchen. Jemand wurde ermordet, und sie glauben, ich könnte es getan haben. Und dann ist da noch dieses Kätzchen, dessentwegen ich mir Sorgen mache. Sie wollen ihm die Krallen ziehen lassen, und du weißt doch, wie furchtbar das ist. Und dann hat mich ein Mann für Samstagabend zu sich nach Hause zum Essen eingeladen, und es wird garantiert ein romantischer Abend. Sexy romantisch. Ich weiß, es wird Zeit für mich, allmählich wieder zu leben wie eine normale Frau, aber das Sexuelle macht mir Angst. Wenn ich mit einem Mann Sex habe, befürchte ich, ich könnte die Erinncrungen an Todd auslöschen. Und wenn das passiert, bin ich ein anderer Mensch.«

Ein Silberreiher zog über mich hinweg und gab tiefe gurgelnde Laute von sich, aber ich dachte nicht, dass meine Großmutter mir über ihn etwas mitteilen wollte. Sie lag stumm in ihrem Grab und schwieg wie mein Großvater, der neben ihr die zweite Hälfte ihres gemeinsamen Doppelgrabs einnahm.

Ich ließ meinen Blick über all die Gräber mit ihren Plastikblumen schweifen und fragte mich, ob das die von meinen Großeltern beabsichtigte letzte Aussage war. Ich bezweifelte es. Sie waren zu vital gewesen, hatten zu sehr am Leben und an der Liebe gehangen, als dass sie ein ausgedehntes, synthetisches Schweigen als Symbol ihrer Weisheit akzeptiert hätten.

Eine kleine Stimme in meinem Kopf sagte: Da hast du deine Antwort, Dixie. Sei kein Feigling. Wirf dich ins Leben, und es wird dir auf halbem Weg entgegenkommen.

Vielleicht hatte ich wirklich nur zu mir selbst gesprochen, trotzdem fühlte ich mich beim Verlassen des Friedhofs erleichtert.

Dafür, dass mein Kopf immer noch an die zehn Tonnen wog und bei jedem Schritt ein dumpfer Paukenschlag ertönte, verliefen die Nachmittagsbesuche bei meinen Tieren erstaunlich glatt. Ich ging mit meinen behäbigen Hunden gemächlich spazieren und spielte in Ruhe mit meinen Katzen, während ich die ganze Zeit über an das Kätzchen dachte und immer nur hoffte, es wäre als erwachsene Katze einmal so sicher und anmutig auf ihren vier Beinen wie die Katzen, mit denen ich spielte, und nicht wie eine verstümmelte Ballerina, die nur wie auf Eiern gehen kann.

Ich bewegte mich so langsam, dass es schon eine Stunde nach Sonnenuntergang war, als ich mit der letzten Katze fertig war. Ich verstaute meine Utensilien hinten in meinem Bronco und fuhr zu einer Seitenstraße der Avenida del Norte, in der Joe und Maria Molina in einem organisierten Chaos zusammen mit ihren Kindern, Joes Eltern und welchen Verwandten auch immer zusammenleben, die vorübergehend gerade ein Obdach benötigen.

Das Haus der Molinas ist ein mit türkisfarbenem Stuck übersätes Ungetüm, das Joes Vater, Antonio Molina, vor fünfzig Jahren für 30 000 Dollar gekauft hatte. Er war mit nichts als einem Bündel Kleider auf seinem Rücken, einem wachen Verstand und einem kräftigen Körper aus Mexiko gekommen. Heute betreibt er eines der erfolgreichsten Rasenpflegeunternehmen weit und breit, und sein Haus ist mehrere Millionen Dollar wert. Joe hat als Kind seinen Vater jeden Abend von der Sonne verbrannt nach Hause kommen sehen und irgendwann beschlossen, sein Geld auf andere Art und Weise zu verdienen. Zusammen mit seiner bienenfleißigen Frau, Maria, betreibt er heute ein Unternehmen, das gut die Hälfte aller Inselhaushalte sauber hält, und sie gehen ihrer Arbeit in kühlen, klimatisierten Räumen nach.

In Tony Molinas Augen ist Gras nur was für Idioten, weshalb das ganze zum Haus gehörige Areal mit Muschelschalen und küstentauglichen Pflanzen gestaltet ist. Ich parkte auf der breiten, gepflasterten Zufahrt, die in einem weiten Bogen um eine mit Mulch bedeckte Fläche mit einem Königspalmenhain in der Mitte herumführte. Leuchtschnüre markierten die Stämme der Palmen, und in der Nähe der Eingangstür tummelte sich eine Herde von Zwergrentieren in unterschiedlichen Posen. Auch ihre Umrisse waren mit Leuchtschnüren markiert, und sie drehten ihre Köpfe regelmäßig von einer Seite zur anderen. Hinter ihnen winkte ein von Flutlicht angestrahlter, aufblasbarer Plastikweihnachtsmann mit seinen hohlen Armen, während geflügelte Engel vom Dach herunterschauten. Kein Zweifel, die Molinas waren für Weihnachten gerüstet.

Lila, die elfjährige Tochter von Joe und Maria, öffnete auf mein Klingeln hin die wie ein Geschenk verpackte Tür. Sie hatte einen neuen rotbraunen Hund mit wuscheligem Fell im

Schlepptau, der aussah wie ein Chow-Mischling. Der Hund kläffte scharf, und Lila beugte sich zu ihm hinunter.

Feierlich sagte sie: »Das ist unsere Freundin, Dixie. Die darfst du niemals anbellen.«

Der Hund wuffte ein weiteres Mal, um das Gesicht zu wahren, und grinste mich dann an.

Lila sagte: »Er soll lernen, wer ein Freund ist, und wen er erschrecken darf.«

Ich sagte: »Das ist wichtig zu wissen. Ich erschrecke manchmal Menschen, die gerne meine Freunde wären.«

Lila lächelte und winkte mich in Richtung Küche, aus der es verführerisch duftete.

»Wir haben ihn aus dem Tierheim. In der ersten Zeit war er so ängstlich. Er hat geglaubt, wir würden ihn vielleicht nicht behalten.«

Nachdem ich an einem Tisch mit einer großen Weihnachtskrippe mit flauschigen Schafen und einer in Samt gekleideten Heiligen Familie vorbeigekommen war, blieb ich in der Küchentür stehen und wurde plötzlich ganz neidisch auf den Hund. Papa Tony saß an einem runden Eichentisch in der Mitte des Raums bei einem Bier und der *Herald Tribune*. Maria stand an der Spüle und schnitt auf einem Holzbrett eine Zwiebel auf, und Joes Mutter, die sofort nach der Geburt ihres ersten Enkelkinds von allen nur noch Abuela Rosa genannt wurde, rührte am Herd in einer wunderbar duftenden Suppe. Eine junge Frau, die ich nicht kannte, lehnte an einem Schränkchen und balancierte ein pausbäckiges Baby auf der Hüfte, und Joe kniete in einer Ecke und führte ein Vieraugengespräch mit seinem zweijährigen Sohn.

Als sie mich sahen, reckten alle die Köpfe und lächelten mir so einladend entgegen, dass ich fürchtete, ich könnte wieder meinen Moralischen kriegen und losheulen. Wahrscheinlich immer noch Folgeerscheinungen meiner Gehirnerschütterung.

190

Joe stellte mir die junge Frau als eine von Marias Schwestern vor und nahm seinen kleinen Jungen auf den Arm.

»Sag schön guten Tag zu Ms Dixie«, sagte er zu dem Kind, das mir darauf lächelnd Grübchen zeigte und sein Gesicht schnell an Papis Hals verbarg.

Joe lachte und reichte den Jungen an Marias Schwester weiter, die darauf den Raum mit einem Kind an jeder Hüfte verließ, während ihre pummeligen Beinchen wie die kleiner Äffchen ihren Po umklammerten. Die Erfindungen der Natur sind doch unendlich praktisch – die runden Hüften einer Frau ziehen die Männer an, bringen die Kinder hervor und man kann Letztere auch noch darauf absetzen.

Maria sagte: »Was hast du denn angestellt, Dixie?«

Ich zeigte mit dem Finger auf die Beule an meinem Kopf. »Jemand hat mir einen Hieb gegen den Kopf versetzt, und ich habe eine Gehirnerschütterung. Danke, dass ihr heute Morgen ausgeholfen habt. Wie viel schulde ich euch?«

Wie auf Kommando schüttelten Joe und Maria beide den Kopf. Maria sagte: »Du hast uns schon so oft geholfen. Da wollen über Geld nicht mal reden.«

Am Herd sprach Abuela Rosa, den Blick zur Decke gewandt: »Siehst du? Gott hat heute Morgen zu mir gesprochen und gesagt: *Mach Menudo, Rosa.* Ich dachte: *Warum muss ich Menudo machen?* Aber ich streite nicht mit Gott, also habe ich Menudo gemacht. Jetzt weiß ich, warum. Weil du eine Gehirnerschütterung hast. Deshalb. Menudo ist für dich. Gott hat für alles immer einen Grund.«

Mit demselben Ausdruck, den die heilige Johanna gehabt haben musste, als sie sich aufs Pferd schwang, um Gottes Geheiß zu erfüllen, strebte Abuela Rosa emsig auf einen Schrank zu und nahm eine weite Suppenschale heraus.

Joe sagte: »Es stimmt, Menudo hilft gegen alles.«

Papa Tony faltete seine Zeitung zusammen und sagte: »Setz dich doch, setz dich doch.« Zweimal brauchte er mich gar nicht einzuladen. Ich nahm sofort Platz.

Menudo ist ein wundervolles mexikanisches Eintopfgericht aus Kutteln, Maismehl und Chilis in einer nahrhaften, roten, knofeligen Brühe. Nach stundenlangem Köcheln wird es direkt vom Feuer dampfend heiß gegessen, und angeblich beruhigt es den Magen, macht einen klaren Kopf und vertreibt jeden Kater. Das Zeug wirkt tatsächlich. Schon allein die Dämpfe aus dem großen Pott, den Abuela vor mich hinstellte, bahnten sich über die Stirnhöhle ihren Weg in meinen angeschlagenen Kopf und machten mich sofort wieder munter.

Maria sagte: »Was heißt das, jemand hat dir auf den Kopf geschlagen?«

»Es ist so, wie es sage. Mir hat jemand eins übergebraten. Gestern am späten Abend blieb ich an einem Haus kurz stehen, wo ich einen Leguan zu versorgen habe, und als ich aus dem Auto stieg, hat mir jemand einen Schlag verpasst.« Ich schaufelte mehr Menudo auf meinen Löffel und sagte: »Vielleicht sollte ich euch sagen, dass es dasselbe Haus ist, an dem gestern früh der Wachmann erschossen wurde.«

Darauf strafften alle sofort den Rücken, und alle Gesichter machten eine Miene vorsichtiger Zurückhaltung.

Papa Tony sagte: »Also das Haus von diesem Kurtz.«

»Sie kennen ihn?«

»Ich habe ihn nie gesehen, aber ich habe eine Zeit lang sein Grundstück betreut.«

Ich sagte: »Das hab ich mich schon gefragt. Wie sind Sie überhaupt reingekommen in den Innenhof?«

»Die Pflegerin hat mir immer das hintere Garagentor aufgemacht, und da sind wir reingegangen. Hinter dieser Garage befindet sich ein Lagerraum mit einer Tür zum Innenhof.«

»Also kennen Sie Gilda? Die Pflegerin?«

Er schüttelte den Kopf und machte den Eindruck, als hätte er lieber gar nichts gesagt. »Ich war nur wenige Male dort, dann hat sie mich gefeuert. Angeblich haben wir zu viel Krach gemacht und ihren Boss damit gestört.«

»Kannten Sie den Wachmann?«

»Ramón Gutierrez. Ja, den hab ich gekannt.« Joe sagte: »Sie gehen in unsere Kirche, er und seine Frau.«

Maria sagte: »Sie rennt außerdem einem Haufen religiöser Spinner hinterher.« Mit einem vorsichtigen Blick in Richtung ihrer Schwiegermutter sagte sie. »Den Leuten, bei denen sich alles immer nur um den Teufel dreht. Sie hat einfach zu viel freie Zeit. Hält sich für zu gut zum Arbeiten und will sich von ihrem Mann nur versorgen lassen.«

Ich sagte: »Nun ja, jetzt kann er sich nicht mehr um sie kümmern.«

Abuela Rosa bekreuzigte sich und schüttelte traurig den Kopf. »*Probrecita.*«

Joe sagte: »Weißt du, ob die Cops den Mörder geschnappt haben?«

Ich nahm noch ein paar Löffel Menudo, ehe ich antwortete. Für den Fall, dass sie mir den Teller wegrissen, wenn ich es sagte.

»Nein, aber ich gehöre zu den Tatverdächtigen.«

Abuela Rosa bekreuzigte sich abermals.

Ich sagte: »Ich habe Ramón im Wachhäuschen liegen sehen, kurz bevor der *Herald-Tribune*-Mann kam und ihn gefunden hat. Ich wusste, er würde den Vorfall melden, und hab es deshalb nicht selbst gemacht.«

Sie nickten alle sehr heftig. Dunkelhäutige Menschen – auch gesetzestreue Bürger – haben jedes Verständnis dafür, wenn man der Polizei im Fall eines Verbrechens im eigenen Umfeld tunlichst aus dem Weg geht.

»Der *Herald-Tribune*-Mann sagte der Polizei, er hätte mich beim Verlassen des Tatorts gesehen. Deshalb gelte ich jetzt als verdächtig.«

Abuela Rosa presste beide Hände gegen ihren Busen und seufzte.

Joe sagte: »Wie können die glauben, dass du das gewesen bist?«

Papa Tony stand vom Tisch auf, das Gesicht ernsthaft und

tief zerfurcht. Er stakste mit zornig gestrafften Schultern zur Tür. Von dort aus wandte er sich an mich.

»Sie kennen doch diese Cops, nicht wahr? Sagen Sie ihnen, sie sollen mehr in der häuslichen Umgebung suchen. Viel mehr.«

Er verließ den Raum, bevor ich ihn fragen konnte, was er eigentlich meinte, aber nicht bevor ich die Blicke mitbekam, die Joe und Maria austauschten.

Ich verließ das Haus der Molinas mit einem Glas Menudo von Abuela Rosa sowie der sicheren Gewissheit, dass die mexikanische Gemeinde etwas über Ramóns Ermordung wusste, das sie jedoch verschwieg.

18

Dank des Menudos ertönte in meinem Kopf anstatt der Bass-schläge von vorhin nur ein gedämpfter Trommelwirbel, als ich zu Kurtz' Haus kam. Was auch gut war, denn mittlerweile stand eine ganze Menge von Demonstranten mit Schildern auf dem Gehsteig. Einige Frauen knieten auf dem Boden, ihr Blick war himmelwärts gerichtet und sie hatten ihre gefalteten Hände zum Kinn erhoben. Andere blockierten die Zufahrt. Ich hielt an und ließ das Fenster herunter, damit ich sie bitten konnte, Platz zu machen, aber sie waren alle auf einen Mann in einem braunen Kapuzenüberwurf konzentriert, der eine Predigt zu halten schien.

Mit donnernder Stimme rief er: »Es steht geschrieben, dass eine Schale über die Erde ausgegossen wurde, und der Mensch, der das Malzeichen des Tieres trug, wurde von schlimmen Geschwüren befallen. Aus der Bibel wissen wir, dass der Mensch mit dem Malzeichen des Tieres ein Zeichen trägt. Und dieses Zeichen ist eine Zahl, die Zahl 666, Brüder und Schwestern! Die Nummer dieses Hauses! Und vernehmt dies, Brüder, es steht auch geschrieben, dass das Tier Wunder gewirkt hat und damit die getäuscht hat, die sein Bild anbeteten, und sie wurden alle in einen Feuersee geworfen.«

Die Menge murmelte zustimmend, und einige machten wirklich den Eindruck, als hätten sie nicht übel Lust, auf der Stelle jemanden in einen Feuersee zu werfen.

Ich lehnte mich aus dem Fenster. »Entschuldigung, aber ich muss hier durch.«

Eine Frau in einem glänzenden schwarzen Kleid sah mich finster an und schwang bedrohlich ihr Schild, von der Seite her jedoch rief ein Mann: »Lasst das Auto durch!«

Die Menschen gingen auseinander, um mich passieren zu lassen, aber nicht ohne mir dabei Blicke wie Höllenfeuer zuzuwerfen.

Ich parkte vor den Garagen und ging über den von Palmen abgeschirmten Weg zur Eingangstür. Als ich an dem Bereich mit den Wohnzimmerfenstern vorbeikam, stutzte ich, irgendetwas stimmte nicht und es dauerte eine Sekunde, bis mir klar war, dass es die Strecke vom Garagentor bis hierher war. Da ich nun wusste, dass sich das Weinlager hinter der ersten Garage befand, hatte ich unbewusst die Länge einer durchschnittlichen Garage abgeschritten und ungefähr die drei Meter dazugezählt, die für die Tiefe des Weinlagers zu veranschlagen waren. Somit müsste ich dort sein, wo die Glaswand anfing. Stattdessen waren es noch viereinhalb Meter bis dorthin. Offenbar besaß Kurtz eine zwölf Meter tiefe Garage. Vielleicht hatte er ja eine Yacht oder eine Stretchlimousine darin stehen.

Ein Hubschrauber flog mit satt dröhnendem Geknatter über mich hinweg, und ich fragte mich, ob ich jetzt von Überwachungskameras aufgenommen wurde. Fast wollte ich schon hinaufwinken, aber der Gedanke diente mir lediglich zur Unterhaltung. Eine Portion schräger Humor, um mich bei Laune zu halten.

Im Wohnzimmer brannte kein Licht, aber durch die Glaswand sah ich Feuer im Kamin. Draußen hatte es fast 27 Grad Celsius, und er hatte den Kamin an. Irgendwie erstaunte es mich gar nicht weiter. Ken Kurtz schien fast so kaltblütig wie Ziggy. Während ich wartete, bis er an die Tür kam, erinnerte ich mich, dass neben dem Kamin ein Korb mit Feuerholz gestanden hatte. Feuer war wohl sehr wichtig für Kurtz.

Sein schattenhafter Umriss bewegte sich schneller am Fenster in Richtung Tür vorbei als sonst. Vielleicht hatte die ganze Aufregung um die Ermordung des Wachmanns und Gildas Verschwinden einen Energieschub in ihm bewirkt. Oder vielleicht war es auch das Essen, das ich ihm von Annas Deli mitgebracht hatte. Möglicherweise hatte richtiges Essen den Mann kuriert, so wie Menudo meine Gehirnerschütterung geheilt hatte.

Er öffnete die Tür in demselben schmuddeligen Bademantel, den er schon beim letzten Mal getragen hatte, und machte schweigend Platz, um mich hereinzulassen. Im Haus herrschte eine Hitze wie in einem Backofen.

Ich sagte: »Hallo, Mr Kurtz.«

Ich sah keinen Grund, ihm zu sagen, dass sein Haus von religiösen Fanatikern belagert wurde. Der Mann hatte ohnehin genug Probleme und musste das nicht auch noch wissen.

Ziggy war aus der Trockensauna herausgekommen und lief nun auf den Korridoren hin und her. Leguane verrichten nur einmal alle drei bis vier Tage ihr großes Geschäft, und da er so nervös herumwuselte, nahm ich an, es wäre wieder mal so weit.

Ich sagte: »Wir haben 27 Grad draußen. Soll ich Ziggy rauslassen?«

Kurtz klatschte in seine blauen Hände. »Bringen Sie ihn raus. Er braucht die Sonne.«

Ich öffnete eine der Schiebetüren zum Innenhof und stellte mich neben Ziggy. Kurtz schien das Interesse zu verlieren und schlurfte über den Korridor in Richtung Wohnzimmer. Ich wollte Ziggy unter den Bauch fassen und ihn heraustragen, allerdings ließ ich seinen Schwanz nicht aus den Augen. Doch er streckte die Zunge heraus, schmeckte die frische Luft von der offenen Tür und huschte hinaus, wo er schnurstracks eine Gruppe von Hibiskussträuchern ansteuerte.

Mir fiel ein, dass der Leguan meines Großvaters sein Geschäft ebenfalls vorzugsweise auf den Wurzeln von Hibiskussträuchern verrichtet hatte, worauf ich lächelnd in die klinikweiße Küche ging, um Ziggys tägliche Obst- und Gemüseration anzurichten. Ein Großteil der Sachen von Annas Deli war noch im Kühlschrank, und somit bestand keine Gefahr, dass Kurtz verhungerte. Für Ziggy schnitt ich Zucchini und gelben Kürbis auf, Bananen und Ananas; dazu gab ich noch Romanasalat und Mangold und trug alles in einer großen Holzschale nach draußen.

Ich sagte: »Hey, Zig, ich hab hier was Leckeres für dich.«

Mit einem extra zufriedenen Lächeln im Gesicht bewegte er den Kopf ruckartig auf und ab und schnüffelte mit seiner Zunge. Er fing an, mich mit Essen in Verbindung zu bringen, und somit roch ich gut für ihn.

Ich kniete mich hin, um die Schale auf den Boden zu stellen, und Ziggy richtete sich auf den Vorderbeinen auf und züngelte abermals, um den Geruch aufzunehmen. In dem Moment entdeckte ich etwas an der unteren Brustwand, was mir verdammt nach den Anzeichen eines subkutanen Dauerkatheters aussah – kein normaler Venenkatheter am Arm, wie Kurtz ihn trug und wie ihn jede gute Krankenschwester legen kann, sondern einer, wie ihn mein Großvater in den Monaten vor seinem Tod gehabt hatte – von der Art, die operativ direkt in die große, zum Herz führende Vene implantiert wird.

Jemand hatte Ziggy Transfusionen verabreicht oder ihm Blut abgenommen, und zwar regelmäßig. Aber warum? Und gab es einen Zusammenhang mit Kurtz' Armkatheter? Wenn ja, welchen?

Bei den möglichen Schlussfolgerungen wurde mir regelrecht schwindlig, aber es ließ einen doch alles in diesem merkwürdigen Haus schwindeln.

Ich ließ Ziggy mit seinem Abendessen allein und machte mich auf die Suche nach Kurtz. Er war im Weinlager und schritt an den Unmengen aufgereihter Flaschen auf und ab, als würde er Inventur machen. Das unheimliche rote Licht ließ seine blaue Haut leicht bräunlich erscheinen.

Er sagte: »Haben Sie den Leguan gefüttert?«

Ich stand wieder einmal vor einer Entscheidung. Ich könnte einfach den Mund halten, das Haus verlassen und nach Hause fahren. Oder ich könnte meine große Klappe aufreißen und dann das Haus verlassen und nach Hause fahren.

Ich sagte: »Ich habe Jessica Ballantyne versprochen, Ihnen folgende Nachricht auszurichten – Ziggy stellt keine Option mehr dar. Du musst jetzt handeln.«

Ich drehte mich um und war schon fast aus dem Wohnzimmer, da rief mir Kurtz hinterher: »Dixie! In Gottes Namen, bitte!«

Dumm wie ich bin, drehte ich mich um. Er stand in der rot erleuchteten Tür zum Weinlager und presste beide Hände gegen den Türrahmen. Die Ärmel seines Bademantels waren von den ausgestreckten, sehnigen Armen nach unten gerutscht, sodass das Gazekissen in einer seiner Armbeugen zum Vorschein kam.

»Jessie lebt?«

»Sie hat gesagt, Sie hätten sie verlassen.«

Er nahm die Arme herunter und lehnte sich gegen den Türrahmen. »Wie sieht sie aus?«

»Im Vergleich zu was? In meinen Augen sah sie okay aus, aber ich kenne sie ja so gut wie überhaupt nicht. Von daher kann ich nicht sagen, ob sie ungewöhnlich gut aussah oder nicht. Ich weiß lediglich, dass jemand, den sie immer nur als sie bezeichnet, Ihr Telefon abhört, und dass Sie in Gefahr sind. Sie war es, die das Feuer gestern Abend gelegt hat, jenem selben Abend übrigens, an dem mir jemand einen Hieb auf den Kopf und eine Gehirnerschütterung verpasst hat. Also vielen Dank, dass Sie mich in Ihr Leben verwickelt haben, Mr Kurtz. Bis jetzt war es wirklich ein Vergnügen.«

»Jessie war gestern Abend hier?«

»Sie sagte, Sie hätten sie im Stich gelassen und dem sicheren Tod überlassen. Allem Anschein nach liebt sie Sie trotzdem, weil sie Sie vor ihnen warnen möchte, wer auch immer sie sind.«

»Ich hätte sie dort nie zurückgelassen! Ich dachte, sie wäre tot. Sie sagten, sie wäre tot.«

»Sind diese sie dieselben sie, die Sie nun auf dem Kieker haben?«

Er fuhr sich mit der Hand übers Gesicht. »Jesus. Ich muss sie sehen.«

»Das wird nicht gehen. So, wie sie sagt, könnte sie eine Menge Ärger bekommen, wenn sie herausfinden, dass sie Ihnen helfen will.«

»Natürlich. Guter Gott.«

Ich sagte: »Okay, ich habe die Nachricht weitergegeben und ich habe Ihnen alles gesagt, was sie mir gesagt hat. Ihr habt mich jetzt seit Donnerstag benutzt, ohne Ende, und ich werde jetzt nach Hause fahren, und ihr könnt euer Ding ohne mich machen. Eins nur noch – ich habe den Katheter bei Ziggy gesehen. Sollte ihm auch nur das Geringste zustoßen, ist bei mir Schluss mit lustig. Haben Sie mich verstanden?«

Er wies mit der Hand auf die Sessel vor dem Kamin. »Bitte, lassen Sie es mich erklären.«

Okay, warum nicht gleich so. Ich ließ mich in einen Sessel plumpsen, und wartete, bis Kurtz zu dem Sessel gegenüber geschlurft war. Vor dem Kamin war es unangenehm heiß, aber in der flackernden bernsteinfarbenen Beleuchtung wirkte Kurtz weniger krank.

Er sagte: »Nicht dass mein Bericht dadurch leichter verdaulich wäre, aber ich bin veterinärmedizinischer Mikrobiologie und Pathologe mit zahlreichen Abschlüssen und Ernennungen.«

Ich zog eine Augenbraue hoch, was bedeuten sollte: Was zum Teufel hat das mit mir zu tun?

»Ich will Ihnen damit nur sagen, dass ich kein verrückter Naturforscher bin und niemals war.«

»Okay, Sie sind also Profi.«

»Jessica und ich haben beide bei BiZogen für die Armee geforscht.«

»Unsere Armee?«

Er lächelte. »Ich bin kein ausländischer Terrorist, Dixie.«

Vielleicht nicht, aber ich hatte das Gefühl, er könnte ein einheimischer Terrorist sein, was in gewisser Hinsicht noch schlimmer ist.

»Anfänglich arbeiteten wir an der Entwicklung von Impfstoffen gegen eine Reihe von Tierkrankheiten, von denen wir annehmen, dass sie in Zukunft auch den Menschen befallen werden. Einige davon sind hie und da schon aufgeflackert, wie etwa der Ausbruch von SARS, dessen Erreger ursprünglich von einem obskuren Wildtier in China ausging, oder das West-Nil-Virus, das von Pferden stammt. Krankheiten, die bei Tieren völlig harmlos verlaufen, können für Menschen tödlich sein, und wenn eine Krankheit von Tieren auf Menschen überspringt, kann sie hoch ansteckend werden. Sehen Sie nur, was mit der Beulenpest passiert ist. Sie wurde über Flöhe von Ratten auf Menschen übertragen, und in nur fünf Jahren fiel ihr ein Drittel der europäischen Bevölkerung zum Opfer. Die nächste Seuche nimmt ihren Ausgang möglicherweise bei Geflügel in Südostasien.«

Seine Augen hatten jenes begeisterte Leuchten angenommen, das bei Menschen auftritt, die über ein Thema sprechen, das sie im Innersten betrifft. Sogar seine Stimme klang kräftiger und sicherer.

Ich wollte ihm die Freude wirklich nicht vermiesen, sagte jedoch: »Und dann? Wie ging es dann weiter?«

»Entschuldigung?«

»Sie sagten, zu Beginn hätten Sie Impfstoffe entwickelt? Was geschah danach?«

Er holte tief Luft, und das Leuchten verschwand aus seinen Augen.

»Dann kam auf der Etage der Mächtigen jemand auf die Idee, dass eine von Tieren stammende, für Menschen aber tödliche Krankheit gut als Waffe eingesetzt werden könnte. Wenn wir eine Möglichkeit finden würden, eine speziesübergreifende Krankheit zu erzeugen und kontrolliert zu verbreiten, könnten wir damit Terroristennester oder ganze

Bevölkerungen auslöschen, von denen wir glauben, sie bedrohen den Weltfrieden.«

Wenn ich höre, wie jemand im Dienst des Weltfriedens mit hohen Opferzahlen spekuliert, bekomme ich auf der Stelle Brechreiz, aber ich hielt mich zurück.

Er sagte: »Die Armee verpflichtete ein Zivilunternehmen, die Arbeit voranzutreiben, im Grunde jedoch führten dieselben Forscher das fort, was wir schon immer getan haben. Nur der Arbeitgeber war ein anderer. Wir hatten den Auftrag, eine tödliche Krankheit zu entwickeln, deren Wirkung wir auf einer entlegenen Insel in Südostasien testen könnten.« Er sah mich kurz an, um dann fortzufahren: »Weniger als tausend Bewohner, so gut wie keinerlei Außenkontakt. Es war ein idealer Forschungsstandort, vor allem für den Fall, dass es zu einer unbeabsichtigten Freisetzung von Erregern kommen sollte. Früher oder später passiert das in jedem Labor zur Erforschung von Tierkrankheiten, aber in unserem Fall hätten sich die Erreger über dem Ozean verflüchtigt.«

Mit einer bitteren Grimasse sagte er: »Wir hätten nie erwartet, dass sich der Ozean gegen uns wendet.«

»Sie haben auf dieser Insel gelebt?«

»So ist es. Wir haben unter den Menschen gelebt, die wir planten zu töten.«

»Und ist es dazu gekommen? Haben Sie sie getötet?«

Ein schmerzvolles Zucken glitt über sein Gesicht. »Wir haben nur unseren Job erledigt, Dixie. Aber nein, wir haben niemanden getötet. Dafür haben wir unsere Kollegen getötet. Natürlich nicht absichtlich – es war der reine Zufall. Vielleicht sehen Sie darin eine Art ausgleichender Gerechtigkeit.«

Ich zuckte mit den Schultern: »Wie geht doch der Spruch noch mal: Wer zum Schwert greift, wird durch das Schwert umkommen. Vermutlich gilt das auch für diejenigen, die eine diabolische Forschung betreiben.«

»Sie mögen es diabolisch nennen. Wir wollten damit die Grenzen der Genforschung erproben.«

»Okay. Was genau ist also passiert?«

Mit matter Stimme sagte er: »Unser Hochsicherheitslabor befand sich in geheimen unterirdischen Räumen unter einem Betonkomplex mit legalen biotechnologischen Forschungseinrichtungen. Unser unterirdisches Labor war in verschiedene Bereiche mit schweren Schleusentüren dazwischen aufgeteilt. Diese waren mittels eines Computercodes passierbar, der nur den leitenden Forschern bekannt war. Der Luftdruck nahm immer mehr ab, je weiter man sich auf die Kernzone zubewegte, in der unsere Virenstämme tiefgekühlt lagerten. Auf diese Weise würden eventuell frei gekommene Erreger nach hinten abgesaugt und durch einen großen Spezialfilter automatisch entsorgt werden.«

Er schwieg einen Moment lang, als müsste er sich wappnen für das, was er noch zu sagen hatte. Ich setzte ihn nicht unter Druck. Ich weiß nur zu gut, dass manche Erinnerungen zu schrecklich sind, als dass man sie in einem Zug erzählen könnte.

Er sagte: »Von Anfang an waren wir, die für das Projekt Verantwortlichen, besorgt darüber, dass die Schleusentüren nicht manuell geöffnet werden konnten. Wir wollten eine manuelle Option für den Fall eines Stromausfalls, aber immer wenn wir uns beschwerten, wurden wir hingehalten. Mal hieß es, die Kosten seien zu hoch, dann wieder fürchtete man um unseren Geheimstatus oder was sonst für ein bürokratischer Unsinn.«

Während er sprach, fasste er sich mit seinen Armen immer mehr um die Brust, bis er sich selbst umarmte, wie um sich vor einer grausigen Erinnerung zu schützen.

»Derselbe Tsunami, der in Südostasien hunderttausende Opfer forderte, suchte auch die Insel heim. Das Ding war plötzlich da, wie aus dem Nichts, eine Wand aus Wasser, die alles niederwalzte, was ihr im Weg war, auch das Betongebäude über dem Laboratorium. Das Wasser strömte in alle unterirdischen Bereiche und legte die Notstromaggregate lahm. Ohne eine Möglichkeit, die Schleusentüren manuell zu öffnen, ertranken alle in der Kernzone befindlichen Personen, einschließlich der infizierten Tiere in ihren Behausungen.«

Er fasste sich mit zittriger Hand ans Gesicht und behielt sie eine Weile dort, entweder um die Zuckungen unter seiner Haut zu beruhigen, vielleicht aber auch seine nicht zu übersehende Wut auf eine Firma, deren Schlendrian anderen das Leben gekostet hatte.

»Wenn dieser gottverdammte Laden auf uns gehört und normale Türklinken eingebaut hätte, hätten sie womöglich überlebt. Aber so mussten Bergungskräfte sich durch kontaminiertes Wasser zu den Toten vorarbeiten; einige der Männer erkrankten daraufhin und mussten ebenfalls sterben. Meiner eigenen Theorie zufolge hatten sie offene Wunden, oder sie haben unfreiwillig Wasser geschluckt. Jedenfalls starben sie allesamt innerhalb von vierundzwanzig Stunden.«

Er richtete seinen gequälten Blick auf mich.

»Jessie hätte eigentlich Dienst im Hochsicherheitslabor haben sollen, als der Tsunami kam, und ihr Name stand auch auf der Opferliste. Ich habe immer geglaubt, sie sei dort ums Leben gekommen.«

Ich fühlte mich wie Alice, als sie nach dem Verspeisen des Kuchens meterlang gewachsen war. Der überheizte Raum schien zu schrumpfen, und Kurtz sah immer mehr wie jemand aus, den man durch das falsche Ende eines Teleskops hindurch betrachtet.

»Warum nicht Sie? Warum nicht Ziggy?«

Sein Gesicht nahm einen durchtrieben hinterlistigen Ausdruck an. »Speziell dieses Exemplar habe ich für besondere Forschungen benutzt. Ich hatte ihn mit zu mir nach Hause in meine Wohnung genommen, die weiter im Hinterland lag.«

»Und als der Tsunami kam?« – »Direkt in Küstennähe brach das totale Chaos los. Aber weiter oben, wo ich mich aufhielt, hatten manche überhaupt nichts mitbekommen von dem Unglück. Ich hörte davon im Fernsehen und wusste sofort, dass unser Labor zerstört sein würde, samt unserer gesamten Arbeit. Ich wusste, sollte jemand von den Forschern überlebt haben, dann würden sie alles tun, um unsere Arbeit geheimzuhalten. Ich tat das Einzige, was ich tun konnte: Ich packte den Leguan in den von der Armee zur Verfügung gestellten Hubschrauber und suchte so schnell wie möglich das Weite.«

So vorsichtig, wie es mir unter den gegebenen Umständen nur möglich war, sagte ich: »Das erklärt aber nicht, warum Sie …«

Er stieß wieder dieses falsche Lachen aus. »Das kommt davon, wenn man für den Geheimdienst Krankheiten kreiert. Wir können Zellen so manipulieren, dass unser Blut zu kochen beginnt, Knochen zerbröseln oder das Gehirn implodiert. Aber die Langzeitfolgen für die Schöpfer dieser Krankheiten lassen wir außer Acht. Ein unachtsamer Moment genügt, und du siehst für den Rest deines Lebens eine Totenmaske im Spiegel.«

»Ich rate an der Stelle nur mal, aber bedeutet das, dass Sie unachtsam gewesen sind?«

»Man wird nach einer gewissen Zeit mit den Tieren so vertraut, verstehen Sie? Irgendwie vergisst man, warum sie da sind, und warum man selbst da ist. Manchmal ist man auch zu müde, um alles genau so zu tun, wie es nötig wäre. Entweder zieht man keine Handschuhe an oder sticht sich mit einer kontaminierten Nadel oder man atmet Partikel aus der Luft ein, nachdem ein Tier gehustet oder geniest hat. In den Anfangstagen haben wir Silbernitrat verwendet, um die Viren abzuschwächen, mit denen wir arbeiten, und ich war dem Zeug in so hohem Maße ausgesetzt, dass meine Haut sogar noch vor dem Tsunami anfing, sich bläulich zu ver-

205

färben. Es ist im Lauf der letzten paar Monate viel stärker geworden. Die neuronalen Spasmen und die lähmenden Schmerzattacken kamen erst nach dem Inselaufenthalt dazu. Deshalb brauche ich es auch sehr warm. Die Temperatursteuerung meines Körpers wurde zerstört.«

»Wenn Ihr Zustand damit aber praktisch selbst verschuldet ist, können Sie dann nicht auch ein Gegenmittel herstellen?«

Er stutzte einen Moment, dann schien ein Licht in seinen Augen anzugehen.

»Kluges Mädchen, Dixie. Genau das sind auch meine Gedanken. Und darum sind auch die Ampullen, die Gilda mitgenommen hat, so wichtig.«

Ich war längst über die totale Erschöpfung hinaus, aber dennoch wusste ich, dass mir Kurtz da gerade eine gewaltige Lüge aufgetischt hatte.

Schleppend sagte ich: »Diese Päckchen im Kühlschrank waren also Ampullen, die ein Gegenmittel enthalten?«

»Genau! Etwas, das nach dem Prinzip der Homöopathie funktioniert, wonach man eine Krankheit mit winzigen Gaben desselben Gifts behandelt, die sie verursacht hat. Gilda gibt mir die Injektionen. Ihr ist daran gelegen, dass ich wieder gesund werde.«

»Warum ist sie dann mitsamt den Ampullen davongelaufen?«

Er zuckte mit den Schultern, drehte die Augen nach oben und erfand die nächste Lüge.

»Ich glaube, sie hatte Angst, Dixie. Sie verstand nicht, was mit Ramón geschehen war, und sie fürchtete sich. Aber sie kommt sicher zurück, wenn sie darüber nachdenkt. Sie würde mich nie im Stich lassen.«

Ich dachte an Jessicas Worte, als sie gesagt hatte: *Er hat mich im Stich gelassen.*

Plötzlich wusste ich, dass Ken Kurtz etwas verbarg, das ich wahrscheinlich besser nie herausfinden sollte.

Ehe ich wegging, fragte ich ihn, ob ich Ziggy über Nacht ins Haus bringen sollte.

Er schüttelte den Kopf. »Lassen Sie ihn draußen. Dort ist er glücklicher.«

Seine Stimme klang ungewohnt warmherzig. Vielleicht war Kurtz gar nicht so kalt, wie er schien. Was auch immer er war, ich ließ ihn alleine in seinem Haus mit der Nummer, die die Demonstranten draußen in Unruhe und Angst versetzte.

Als ich an ihnen vorbeifuhr, wirkten sie nicht mehr ganz so verrückt wie vorher.

19

Zu Hause ging ich auf direktem Weg in Michaels Küche, wo er und Paco das Abendessen vorbereiteten.

Michael schaute grimmig drein. »Geht's dir gut?«

»Es geht. Kopfschmerzen, aber nicht mehr so schlimm.«

»Erzähl mir, was passiert ist.«

Ich stöhnte innerlich auf. Wenn ich die Geschichte noch mal erzählen müsste, würde ich bald anfangen, was dazuzuerfinden, um sie interessanter zu machen.

»Als ich gestern Abend auf dem Nachhauseweg bei Kurtz vorbeifuhr, sah ich das Auto dieser Frau, von der ich dir erzählt hatte, die mit dem Hund namens Ziggy. Es stand in der Einfahrt neben dem Wächterhäuschen, also parkte ich daneben.«

Michael sah mich kritisch an, wie ein großer Bruder eben, und ich begann sofort mich zu rechtfertigen.

»Ich wollte die beiden zusammen überraschen, weil er mich angelogen hatte. Er hatte nämlich gesagt, sie sei vor zwei Jahren gestorben, weshalb ich sie unmöglich getroffen haben könnte. Aber ich wollte Guidry anrufen, damit er sich die Sache ansieht, ich schwör's dir. Ich fuhr also vor und stieg aus meinem Auto, und in dem Moment bekam ich eins über die Birne. Als ich wieder aufwachte, roch es überall nach Rauch und ich rief die 911.«

»Der Brandeinsatzleiter sagte, du bist dort ohnmächtig geworden.«

Ich rieb mir über die Stirn, ähnlich wie Kurtz sein Gesicht berührt hatte, bevor er log. Diese Fragerei strapazierte mein armes Hirn.

Ich sagte: »Ich wurde ohnmächtig, als ich gerade unterwegs zu deinen Leuten war, um ihnen zu sagen, dass da diese Frau war. Guidry hat mich gefunden und in die Notaufnahme des Sarasota Memorial gebracht.«

Michael rieb sich mit den Zeigefingern die Schläfen, wobei er die Spitzen kreisen ließ, als würde er sich eine Shiatzu-Massage geben. Ich hatte das Gefühl, sein Kopf tat fast genauso weh wie meiner.

Er sagte: »Das Feuer wurde von jemandem gelegt, der sich mit Chemikalien auskennt und auch Zugang dazu hat. Das verwendete Material explodiert nicht, brennt aber sehr lange und entwickelt jede Menge schwarzen Qualm, der aussieht wie von einem Großbrand. Eins ist klar, wer auch immer das Feuer gelegt hat, wollte damit Aufmerksamkeit erregen.«

Ich wollte ihm nicht sagen, dass ich die Brandstifterin kannte. Diese Information war zunächst allein für Guidry bestimmt. Außerdem stellte ich zwischen Jessica und mir, so zuwider sie mir auch war, eine gewisse weibliche Verbundenheit fest.

Ich sagte: »Von der Gehirnerschütterung abgesehen, hatte ich einen großartigen Abend. Ich meine die Verabredung mit Ethan.«

Er hob den Kopf und ließ eine Augenbraue hochschnellen. »Ja?«

»Es war echt großartig. Wir haben getanzt.«

Michaels Mund verzog sich beinahe zu einem Lächeln.

Paco sagte: »Du hast getanzt? Richtig?«

»So wahr ich hier stehe. Und ich habe ihn nicht getreten, ins Stolpern gebracht oder sonst was Peinliches getan.«

Wie aus einem Mund sagten sie: »Gutes Mädchen!«

Dann strahlten sie mich an wie Mütter, deren fünfjähriger Sprössling vom ersten Tag im Kindergarten berichtet.

Michael freute sich so sehr, dass er die Sorgenfalten auf seiner Stirn ganz vergaß. »Ich habe Spareribs zum Abendessen, Süßkartoffeln und Maisbrot. Richtiges Soul Food.«

Noch vor zwei Sekunden wollte ich mich ohne Abendessen

ins Bett verziehen, aber jetzt leckte ich mir die Lippen wie eine verwilderte Katze, der man eine warme Maus hinhält.

Als Kind glaubte ich immer, Soul Food sei etwas, das von Gott verteilt wird, so wie ein Südstaaten-Karnevalskönig billigen Flitterkram unter das jubelnde Volk wirft. Ich stellte es mir als irgendwie flauschig und substanzlos vor, vielleicht rosa wie Zuckerwatte. Erst Michael klärte mich auf, dass damit einfaches, bodenständiges Essen gemeint war, wie etwa Blattkohl, Haxe und Maisbrot. Nun, da die leckeren Düfte eines auf Michaels exklusivem Smokergrill brutzelnden Rippenstücks in meine Nase wehten, war ich froh, dass Soul Food etwas sehr Reelles und keine abgehobene Himmelsspeise war.

Er sagte: »Erzähl mal mehr von deinem Anwalt.«

»Er ist nicht mein Anwalt, und wir sind nur zum Abendessen ausgegangen. Es ist überhaupt nichts Festes.«

Michael sah so schockiert auf, dass ich lachen musste. Über die letzten zwei Jahre hinweg waren Michael und Paco mir unentwegt in den Ohren gelegen, doch wieder auf die Männer zuzugehen, während ich mich mit der keuschen Prüderie einer Nonne hartnäckig geweigert hatte. Jetzt plötzlich klang ich so, als wollte ich es erst einmal richtig krachen lassen.

Paco zwirbelte einen imaginären Schnurrbart. »Verstehe, meine Süße.«

Ich nahm einen Stapel Papierservietten und verteilte sie schwungvoll auf dem Küchenblock, in meinem Kopf jedoch lief eine Szene ab, in der mein Großvater der Oma herzhaft auf den Hintern klapste und dabei sagte: »Meine kleine Süße«, während sie Michael und mir einen warnenden Blick zuwarf.

Er grinste unterdessen und sagte: »Kinder, warum geht ihr nicht raus und versucht die Sterne zu zählen. Wer das richtige Ergebnis hat, bekommt einen Sundae-Eisbecher bei Dairy Queen.«

Dann pflegten Michael und ich hinauszuschlüpfen, möglichst ohne zu kichern, und zu warten, bis der Opa herauskam, um nachzusehen, ob wir die Sterne richtig gezählt hatten. Wir wussten, dass es keine Rolle spielte, mit welcher Zahl wir herausplatzten, es war immer richtig. Dann quetschten wir uns alle in seinen Chevrolet Impala mit der Pelikan-Abbildung auf der Kühlerhaube und dem Sonder-Kennzeichen SIESTA-1 und fuhren zu Dairy Queen, um uns den Magen mit zu viel Eiskrem zu verderben. Zu Hause dann war Großmutter in der Zwischenzeit in ihr glänzendes Satinkleid geschlüpft, das sie nur zu besonderen Anlässen trug, und sie hatte ein sanftes Lächeln im Gesicht.

Paco sagte: »Wann siehst du denn diesen Stork das nächste Mal?«

»Sein Name ist Crane, nicht Stork, und ich bin für Samstag bei ihm zum Abendessen eingeladen.«

»Aaaah jaaa!!«

Beim Essen versuchten sie immer wieder, mich davon abzulenken, dass ich als Verdächtige in einem bizarren Mordfall galt, wofür ich sie am liebsten gedrückt und abgeküsst hätte.

Das konnte ich aber nicht tun, denn damit hätten wir ja anerkannt, dass ich schwer in der Patsche saß und dass ihre Anstrengungen, mich abzulenken, vergeblich waren.

Ich brach früh auf, blieb nicht einmal, um ihnen beim Abwasch zu helfen.

Das war mit Sicherheit in Ordnung, denn sie wussten, dass mir der Kopf noch von der Gehirnerschütterung wehtat, ein weiterer Punkt, den anzusprechen es sich verbat, weil wir damit bei dem ganz großen Thema gelandet wären, das keiner von uns ansprechen wollte.

Der Umgang mit Menschen, die man liebt, ist kompliziert.

Als ich über die Zypressenveranda zu meiner Treppe ging, sah ich zu einem veilchenblauen Himmel hinauf, an dem, Myriaden von Meilen entfernt, überall eisige Lichtpunkte flackerten. Einige von ihnen waren vielleicht von Männern und Frauen bewohnt, Menschen, die ihrem normalen Alltag nachgingen ohne die geringste Ahnung davon, dass ich existierte.

Der Gedanke hatte etwas seltsam Tröstliches.

Guidry hatte noch immer nicht zurückgerufen.

Gott sei Dank.

Ich brauchte eine Pause von dem Thema.

Noch dazu war ich mir gar nicht sicher, wie viel von dem, was ich erfahren hatte, ich ihm überhaupt sagen würde, und das beunruhigte mich.

Normalerweise sollte das keine Frage sein.

Ich war eine verantwortungsbewusste Staatsbürgerin und sollte ihm jedes Fitzelchen an Information zukommen lassen, wie mulmig mir auch immer dabei zumute war.

Ich duschte ausgiebig, und als ich mich abtrocknete, entdeckte ich eine große Blase an meiner rechten Ferse. In den entlegensten Winkeln der Welt brachen Kriege aus, die Abholzung der Amazonasregion gefährdete die Sauerstoffversorgung der Erde, kleine Kinder starben in Afrika an AIDS, und ich hatte eine Blase an der Ferse.

Die Blase war das Einzige von all diesen Dingen, wogegen ich etwas tun konnte.

Den Zustand der Welt konnte ich nicht genug betrauern, als dass sich dadurch etwas geändert hätte, aber auf meine Ferse konnte ich ein Pflaster kleben.

Ich saß auf dem Wannenrand und starrte auf die quadratischen Fliesen am Boden. Lustigerweise war mir nie aufgefallen, dass sie verbunden und durch die Fugen getrennt, doch auch vereinzelt waren.

Ich dachte darüber nach, wie ich mich beim Tanzen mit Ethan gefühlt hatte.

War der Spaß, den ich an jenem Abend dabei gehabt hatte, die Blase wert?

Verdammt, es hatte sich allemal gelohnt, und für eine Wie-

212

derholung würde ich jederzeit Blasen an beiden Fersen in Kauf nehmen.

Ich stellte mir vor, mit Guidry alleine in einem Raum zu sein, warm und entspannt und bereit, ihm hinterherzulaufen wie ein vereinsamter Welpe.

Ich barg mein Gesicht in den Händen und jammerte.

Wie konnte es passieren, dass ich, nachdem ich eigentlich für den Rest meines Lebens alleine bleiben wollte, nun zwei Männer gleichzeitig liebte?

Ich fragte mich, ob ich, passend zu meinen Füßen, auch in meinem Kopf Blasen hatte.

20

Jessica erwartete mich am folgenden Morgen vor dem Haus des Beagles. Die Sonne war noch nicht richtig aufgegangen, und sie erschreckte mich, als sie hinter einer Eiche neben der Einfahrt hervortrat. Dieses Mal hatte sie auf den Trick verzichtet, sie würde einen Hund ausführen.

Sie sagte: »Haben Sie Ken die Nachricht überbracht?«

»Ja.«

»Und?«

»Er hat mir erzählt, was auf der Insel passiert ist, dass der Tsunami alles überflutet hat. Man hat ihm gesagt, Sie seien mit allen anderen ums Leben gekommnen. Er ist ziemlich sauer auf die Firma, weil sie keinen Ausweg ermöglicht hat.«

»Ich dachte schon, dass es so was ist. Bitterkeit über den Tod unserer Freunde, meine ich.«

»Er will Sie sehen.«

»Ich hoffe, Sie haben ihm gesagt, dass das unmöglich ist.«

»Ich habe ihm gesagt, dass sein Telefon abgehört wird und dass diese mysteriösen *sie* ihn beobachten.«

»Danke, Dixie.«

»Er ist schwer krank, müssen Sie wissen. Ich glaube, er hat ständig Schmerzen. Große Schmerzen. Und er ist blau.«

Als würde sie mich trösten, sagte sie: »Das tut mir leid.«

»Ich dachte nur, Sie wissen das nicht.«

»Ich hab' davon gehört. Was meinen Sie damit, er ist blau?«

»Dass er von Kopf bis Fuß blau ist. Seine Haut ist graublau.«

Sie runzelte die Stirn. »Aber so viel kann er doch gar nicht abgekriegt haben ... das ergibt keinen Sinn.«

Ich zuckte mit den Schultern. »Er sagt, es sei in den letzten paar Monaten schlimmer geworden. Seine Haut ist auch immer in Bewegung und zuckt, und er sagt, das begann nach dem Verlassen der Insel.«

Sie holte tief Luft, wie Menschen es tun, die viel Kraft brauchen. »Ich wusste nicht, dass es so schlimm ist.«

»Er sieht schrecklich aus, außerirdisch geradezu.«

Ihre Hand ging zum Mund, als fürchtete sie die Worte, die vielleicht herauskommen könnten, und sie wandte sich ab. Ich dachte, sie ertrüge es nicht länger, und ich bedauerte, dass ich ihr Kurtz' wahren Zustand geschildert hatte. Kein Wort wollte ich mehr sagen, aber mein dummer Mund öffnete sich gegen meinen Willen.

»Der Leguan hat einen Dauerkatheter in der Brustwand, Ken Kurtz in der Armbeuge. Können Sie sich erklären, warum?«

Sie richtete sich ruckartig auf. »Dixie, seien Sie nicht dumm. Stellen Sie nicht solche Fragen. Mir nicht und auch sonst niemandem.«

Ich sagte: »Ich weiß, wer Sie sind. Ihr Name ist Jessica Ballantyne. Und gegen mein besseres Wissen mag ich Sie irgendwie, aber es gibt doch so manches, was mich an Ihrer Person zweifeln lässt. Ihre Eltern glauben, Sie wären tot, um nur eine Sache zu nennen. Was Ken Kurtz ja auch geglaubt hat. Sie haben sogar Ihre Asche bestattet, was ziemlich fies gegenüber den eigenen Eltern ist, wenn Sie mich fragen. Werden Sie vielleicht wegen eines Verbrechens gesucht?«

Sie lachte kurz auf. »Tatsächlich verhält es sich anders herum.«

»Was, zum Teufel, soll das heißen?«

Leicht verzweifelt sagte sie: »Ich versuche ... Sie können sich nicht vorstellen, was es heißt ... Sie verstehen nicht, wie Unternehmen im Bereich der Biomedizin arbeiten, Sie haben keine Ahnung, in welch mörderischem Konkurrenzkampf sie sich befinden.«

215

»Hören Sie doch auf und erzählen Sie mir nicht, hier würde es nur um Wettbewerb unter Firmen gehen.«

»Sie wollten wissen, in welcher Beziehung Ken zu BiZogen steht. Okay, versuchen Sie Folgendes zu verstehen: Ken und ich haben für BiZogen in jenem Labor gearbeitet, das der Tsunami ausgelöscht hat. Beim Verlassen der Insel hat Ken seine Forschungen mitgenommen und sofort eine Konkurrenzfirma kontaktiert – das Zoological Interspecies-Genetic Institute –, um ihnen ein Angebot zu machen. Eine Firma, die diese Forschungen patentiert, kann damit Milliarden verdienen, also hat ZIGI zugesagt. Aber dann geriet ZIGI wegen anderer unrechtmäßig erschlichener Patente ins Fadenkreuz von Ermittlern des FBI und ZIGI hielt es für ratsam, Kens Offerte publik zu machen. Genau an dem Punkt wurde ich rekrutiert.«

Ich zwinkerte mit den Augen, wie um mir einen besseren Durchblick zu verschaffen, aber ich war an dem Wort Ziggy hängen geblieben.

Total belämmert sagte ich: »Ziggy?«

Sie lächelte mich mitleidig an. »Z-I-G-I steht für Zoological Interspecies-Genetic Institute.«

Ich fühlte mich wie eine Vollidiotin und sagte: »Vermutlich wusste Kurtz deswegen nicht, wovon ich gesprochen habe, als ich sagte, ich sei gekommen, um mich um Ziggy zu kümmern. Er heißt gar nicht so, stimmt's?«

Sie lachte kurz auf. »Wissenschaftler sind sehr darauf bedacht, die Distanz zu den Tieren zu wahren, die sie für ihre Forschungen benutzen. Von daher bezeichnen sie sie lieber mit Nummern als mit Namen. Das macht es erträglicher für sie, wenn ein Tier verletzt wird oder zu Tode kommt.«

Ich presste die Zähne zusammen, um nicht zu sagen, es scheine sich wohl niemand darum zu kümmern, wenn es für das Tier unerträglich wird, worauf ich mich wieder dem Wettbewerb zwischen BiZogen und ZIGI zuwandte.

»Stellen wir klar. Ken Kurtz hat BiZogen hintergangen, indem er zu Zoological-Was auch immer gegangen ist, um dort seine Forschungsergebnisse anzupreisen. Sie willigten ein, und nun hintergehen sie ihn.«

»Ungefähr so.«

»Und Sie wurden angeheuert, ihn zu schnappen oder in die Falle zu locken, und Sie hintergehen Ihren Auftraggeber, wer auch immer das ist.«

Sie runzelte die Stirn. »Nein, so ist es nicht. Ganz und gar nicht.« Sie ging ein paar Schritte nach hinten, drehte sich dann um und rannte weg. Über die Schulter rief sie mir noch zu: »Ich will nur, dass Ken fair behandelt wird.« Dann verschwand sie in den Schatten unter den Bäumen.

Den ganzen restlichen Vormittag grübelte ich darüber nach, wer sie nach Ken Kurtz' Kontaktaufnahme mit dieser Firma rekrutiert haben könnte. Das FBI? Ein anderes Biomedizinunternehmen? Wer auch immer es war, sie war in ihrer Loyalität eindeutig gespalten, und wenn jemand so hin und her gerissen ist, verheißt das nichts Gutes.

Die Situation war insgesamt viel zu kompliziert, als dass ich auch nur ansatzweise noch durchblickte. Viel leichter war es, über die Glückskatze und meine Befürchtung nachzudenken, dass Paloma ihr die Krallen amputieren lassen könnte. Wenigstens diese Situation war sonnenklar und ich konnte sogar etwas dagegen unternehmen.

Paloma war mir wie eine sanfte Seele vorgekommen, und sie dachte vielleicht, eine Krallenamputation wäre nichts anderes als eine Art Maniküre. Sicher jedoch würde sie, wenn sie die Fakten kannte, einer wehrlosen Katze niemals wehtun wollen. Ebenso sicher wusste ich, dass eine frisch trauernde Witwe keine Lust haben würde, über die Krallen ihrer Katze zu sprechen, und dass mein Drang, sie trotzdem aufzusuchen, ein schlechtes Zeichen war, was meine psychische Gesundung betraf.

Aber Paloma könnte den Eingriff unter Umständen vielleicht schon fest geplant haben. Auch wenn sie selbst nicht in der Lage dazu sein sollte, könnte vielleicht eine ihrer Freundinnen das Kätzchen zum Tierarzt bringen. In dem Fall würde ich mir nie verzeihen, nicht wenigstens den Versuch unternommen zu haben, die Aktion zu stoppen.

Nachdem ich die letzte Katze fertig gebürstet hatte, überquerte ich die Brücke in Richtung Sarasota und machte vor Nate Tillmans Haus Halt. Nate ist Pensionär und lebt in einer der wenigen Gemeinden ohne Eigentümer-Zentralrat, der bestimmt, wie die Hausbesitzer mit ihrem Eigentum umzugehen haben, weshalb diese Wohngegend noch Charakter hat. Nate selbst zum Beispiel hat als ganzjährig funkelnden Baumschmuck alte CDs in das ausladende Geäst einer Eiche in seinem Vorgarten gehängt. Sieht nicht mal schlecht aus, wenn man nicht zu angestrengt guckt.

Ich parkte in der Einfahrt, wo ich bereits das Kreischen von Nates Bandsäge aus der Hinterhofwerkstatt hörte. Ich bahnte mir meinen Weg durch das Geflatter gelber Schmetterlinge, die es auf den wild wachsenden Oregano an den Gartenpfaden abgesehen hatten, und steuerte den Schuppen an, in dem Nate alles Mögliche zusammenbastelte, von kitschigen Gartenkarussells für Kinder bis zu schönen Massivholzmöbeln für die Veranda.

Nate sah mich schon durch die offene Tür und stellte die Säge ab.

»Nun, Dixie, was führt dich denn in unsere bescheidene Gegend?«

»Ich brauche unbedingt einen Kratzbaum. Ich hoffe, du hast einen auf Lager. Ich muss eine Katze vor der Krallenamputation zu retten.«

Er zuckte zusammen. »Verdammter Unsinn, hanebüchen, einer Katze die Krallen herauszureißen. Welche Größe willst du denn?«

»Ist für eine junge Katze, aber sie wächst natürlich noch. Sehr groß wird sie wahrscheinlich nicht.«

Er ging an ein Regal und nahm ein ungefähr sechzig Zentimeter hohes Gestell heraus. Im Grunde handelte es sich dabei lediglich um einen senkrecht stehenden Baumstamm mit
circa fünfzehn Zentimetern Durchmesser, der sicher auf
einem stabilen quadratischen Sockel befestigt war und sich
durch seine dicke Rinde ideal dazu eignete, dass eine Katze
ihre Krallen daran wetzte oder darin vergrub und sich dabei
so richtig dehnte und streckte.

Er sagte: »Du kannst ihn zurückbringen, und ich tausche
ihn gegen einen größeren ein, wenn die Katze wächst.«

»Wunderbar. Was schulde ich dir?«

»Och, fünf Dollar dürften reichen. Ist doch bloß ein Stück
Holz. Bei dir alles okay soweit, Dixie?«

Seine braunen Augen blitzten so freundlich, dass ich drauf
und dran war, ihm alles über den Leguan, den Mord, die Tatsache, dass ich verdächtigt wurde, und die anderen schmut-
zigen Details in meinem derzeitigen Leben zu erzählen. Doch
ich ließ es bleiben.

Dann gab ich ihm einen Zwanzigdollarschein und sagte:
»Mir geht's gut, Nate. Grüß deine bessere Hälfte von mir.
Ich würd' ja gerne selbst kurz reinschauen, aber ich bin in
Eile.«

»Sie ist sowieso nicht zu Hause. Ist mit 'ner Nachbarin
beim Einkaufen. Ihr liebstes Hobby neuerdings, Geld ausgeben.«

Er machte einen auf alten Nörgler, aber sein Lächeln zer-
störte alles. Nate und seine Frau kleben so eng zusammen,
dass es schon eine seiner Sägen gebraucht hätte, um sie zu
trennen. Es tat gut, zu sehen, dass es Menschen gibt, die noch
nach Jahrzehnten einander in blinder Liebe zugetan sind.
Beim Wegfahren hatte ich, was die Welt insgesamt betrifft,
ein wesentlich besseres Gefühl.

Vor Palomas Zufahrt parkten inzwischen noch mehr
Autos. Ich stellte meins ein paar Häuser weiter entfernt ab
und holte den Kratzbaum, mein Nagelpflegeset und ein Tüt-

chen Katzenminzesamen aus dem Kofferraum meines Broncos.

Die Haustür stand offen, als ich die Treppe hinaufging, und ich hörte, wie sich mehrere Leute miteinander unterhielten. Plötzlich erschien Paloma in der Tür, als wäre sie mir entgegengekommen. Sie wirkte müde und erschöpft.

Ich sagte: »Entschuldige, bitte, Paloma, ich weiß, die Zeit ist schlimm genug für Sie, und ich weiß auch, dass Sie mich sowieso nicht sehen wollen, aber ich mache mir solche Sorgen um die Katze, dass ich ...«

»Die Katze?«

»Ich könnte ihre Krallen kürzen, damit sie niemanden mehr kratzen kann. Ich habe ihr auch einen Kratzbaum mitgebracht für Gymnastikübungen. Katzen müssen ihre Beinmuskeln dehnen, und das können sie nur, indem sie sich irgendwo festkrallen und kräftig ziehen. Aber wenn ich mich nur fünf Minuten um sie kümmern dürfte, wären ihre Krallen sowieso kein Problem mehr.«

Paloma starrte mich mit runden, erstaunten Augen an. Im Hintergrund rief jemand nach ihr, aber sie hörte nicht darauf. Da tauchte plötzlich ihr Bruder neben ihr auf; als er mich sah, runzelte er kritisch die Stirn.

»Schon gut«, sagte Paloma. »Sie ist nur gekommen, um dem Kätzchen die Krallen zu kürzen.«

Unglaublich, Paloma schien es nicht nur zu akzeptieren, dass ich einfach so bei ihr aufkreuzte, um ihre Katze zu behandeln, sie schien sich auch noch darüber zu freuen. Fast hatte ich das Gefühl, sie freute sich mehr über eine willkommene Abwechslung von den Gesprächen in ihrem Haus als über die Katzenmaniküre, aber das spielte keine Rolle. Nach einigen Rufen in den rückwärtigen Teil des Hauses kam die Kleine mit dem Kätzchen auf dem Arm zur Tür. Sie lächelte mir schüchtern zu und trat auf die Veranda hinaus. Paloma zögerte eine Sekunde, als wollte sie auch hinauskommen, ging aber dann zurück ins Haus zu ihren Gästen.

Nach einem Moment verschwand auch ihr Bruder und ließ mich mit dem Mädchen und der Katze alleine.

Als wäre es unser Stammplatz, suchten das Kind und ich dieselbe Ecke auf, wo ich sie tags zuvor zum ersten Mal gesehen hatte. Wir hockten uns hin und stellten den Kratzbaum vor uns auf den Boden.

Ich sagte: »Katzen brauchen was zum Kratzen, aber wir müssen ihnen beibringen, wo sie kratzen dürfen und wo nicht.«

Ich nahm das Kätzchen und führte seine Pfoten ein paar Mal an dem Stamm entlang, um es ihm zu zeigen. Innerhalb kürzester Zeit verhakte es sich mit seinen scharfen kleinen Krallen so tief in der Rinde, dass es festhing und ich seine Pfötchen befreien musste.

Ich sagte: »Ich habe meine Nagelschere dabei. Damit werde ich ihre Krallen kürzen, dass sie weiter am Kratzbaum spielen, aber dir nicht mehr wehtun kann.«

Sie nickte feierlich, sah aber sehr besorgt aus.

Ich sagte: »Ich verspreche, dass ich ihr sicher nicht wehtun werde.«

Als die Katze offenbar genug gekratzt und sich am Kratzbaum gestreckt hatte und wunderschön entspannt war, nahm ich sie auf den Schoß und streichelte sie, mit dem Finger rhythmisch an der Kehle auf und ab, dort, wo Katzen am liebsten gestreichelt werden wollen, dann über die Brust zu den Vorderbeinen und bis hinunter zu den Pfoten. Als sie, halb eingeschlafen, zu schnurren anfing, hielt ich die Schere griffbereit und drückte sanft auf eine Pfote, bis sie die Krallen herausstreckte. Rasch und vorsichtig, damit es nicht blutete, knipste ich das gekrümmte Ende der Krallen ab, streichelte sie dann wieder ein wenig und wiederholte den Vorgang an der anderen Pfote.

Die ganze Prozedur ging so schnell vonstatten, dass alles schon vorbei war, ehe sie überhaupt merkte, was geschah. Damit sie die Krallenpflege aber in angenehmer Erinnerung behielt, öffnete ich den Beutel mit der Katzenminze, nahm ihn zwischen die Finger und verstreute den Inhalt vor meinen gekreuzten Beinen auf dem Boden. Das war der ungewisse Teil meines Plans, denn nicht alle Katzen sprechen auf Katzenminze an, und sie sollten mindestens drei Monate alt sein; früher reagieren sie darauf meistens sowieso nicht. Aber Katzen, die darauf so richtig abfahren, genießen ihren Trip voll und ganz, und zum Dank für die aufregende Erfahrung schließen sie dich garantiert in ihre Katzengebete mit ein.

Dieses Kätzchen war eindeutig empfänglich für die berauschende Wirkung und auch alt genug. Sie wirbelte herum und hüpfte und wand sich in einem einzigen ekstatischen Tanz.

Das kleine Mädchen fing darauf an so zu kichern, dass Paloma wieder im Türrahmen erschien. Das Kätzchen wurde schier verrückt und immer euphorischer, während das Mädchen sich vor Lachen schüttelte. Für einige Sekunden konnte sie vergessen, dass in ihrem Zuhause gerade um ihren Vater getrauert wurde. Paloma stand einen Moment da und beobachtete das Treiben, schaute mich dann lange fragend an und verschwand wieder im Haus.

Ich packte meine Schere ein und stand auf.

»Dein Kätzchen wird bald genug haben von der Katzenminze, aber wenn du die Samen auf dem Boden liegen lässt, geht es später noch mal dran zurück und hat wieder viel Spaß.«

Das kleine Mädchen wirkte enttäuscht. »Gehst du weg?«

»Ich komme irgendwann wieder, um deiner Katze die Krallen zu stutzen. Versuch aber nicht, es selbst zu machen. Und das Tütchen mit Katzenminze lass ich dir da. Gib ihr nur immer ganz wenig davon und nicht zu oft. Einmal in der Woche ist genug. Auf diese Weise freut sie sich immer wieder von Neuem.«

Sie sah mit mich zwinkernd an, worauf mir einfiel, dass ja

Kinder nicht in Zeiträumen von Wochen oder Monaten denken.

Ich sagte: »Wie wär's denn mit jeden Sonntag nach der Kirche?«

Sie lächelte und nickte heftig, sah sich dabei wohl schon selbst von der Kirche nach Hause kommen und die Katze sich in der Katzenminze wälzen.

Paloma erschien schon wieder in der Tür, und ich dachte schon fast, ob sie nicht die ganze Zeit über gelauscht hatte.

Ich sagte: »So, die Krallen hab ich geschnitten. Ich komme später noch einmal wieder, wenn sie älter ist.«

Sie antwortete nicht, stand nur schweigend in der Tür und beobachtete mich.

Überzeugt, dass ich nun wirklich nicht mehr willkommen war, sagte ich: »Gut, tschüss dann. Rufen Sie mich, falls Sie mich brauchen.«

Sie sah so traurig und verloren aus, dass ich mich schnellstmöglich fortmachte. In ihrer Trauer konnte ich ihr überhaupt nicht helfen. Meine Erfahrung beschränkte sich darauf, kleinen Katzen die Krallen zu schneiden. Gegenüber der stummen Verzweiflung einer Frau, deren Mann ermordet worden war, war ich machtlos.

21

Die Trauerfeier für Ramón Gutierrez fand am Freitagmittag in der katholischen Kirche St. Martha, Fruitville Avenue, Ecke Orange, auf dem Festland statt. Die Kirche grenzt unmittelbar an den Bürgersteig der Orange Road, und es wälzte sich eine beachtliche Menge die Stufen zum Eingangsportal hinauf, als ich dort ankam. Viele waren vielleicht gekommen, weil sie Mitglieder der Kirchengemeinde oder Hispanos waren und Paloma ihre Anteilnahme ausdrücken wollten, andere fühlten sich vielleicht von den mysteriösen und gewaltsamen Umständen dieses Todesfalls angezogen.

Ich nahm hinten Platz und sah, wie sich die Trauergäste mit jener mitleidsvoll ängstlichen Miene an Paloma und Jochim wandten, die die Menschen zeigen, wenn jemand von einem schweren Schicksalsschlag getroffen wurde. Vor Beginn des Gottesdiensts stand Paloma auf und ließ ihren Blick über die Gesichter der Anwesenden schweifen, als wollte sie sich uns alle ins Gedächtnis brennen. Als sie mich sah, schien sie zunächst überrascht, schickte mir aber dann ein zittriges Lächeln und hob die Hand zu einem kleinen Winken.

Gnädigerweise sprach der Priester in seiner Predigt über Ramóns Leben und nicht seinen Tod. Nach dem Gottesdienst bildete die eine Hälfte der Besucher eine Schlange, um dem Toten die letzte Ehre zu erweisen, während die andere Hälfte, darunter ich, dem Ausgang zustrebte. Zwei oder drei Köpfe vor mir erregte eine Frau in einem langen schwarzen Kleid und schwarzen, offen getragenen Haaren meine Aufmerksamkeit. Die eckige Schulterlinie und ihre aufrechte Haltung erinnerten mich so stark an Jessica Ballantyne, dass ich sie im Auge behielt. Als ob sie meine Blicke gespürt hätte, drehte sie sich um und sah mich direkt an. Es war Jessica, und als sie mich sah, riss sie erstaunt die Augen auf. Sie schien nicht gerade angenehm überrascht. Sie wandte sich abrupt ab, hastete eilig hinaus und die Treppen hinunter.

Ich drängte mich gerade noch schnell genug nach vorne, dass ich sah, wie sie schnell den Gehsteig entlanglief und an der Ecke Fruitville verschwand. Am Bordstein stand ein dünner junger Mann in einem dunklen Anzug, der sie ebenfalls beobachtete. Als ich die Treppe herunterkam, blickte er über die Schulter in meine Richtung. Trotz seiner dunklen Brille sah ich, dass er ebenso überrascht war wie Jessica. Blitzschnell tauchte er in der Menge unter und verschwand ebenfalls; ich blieb wie angewurzelt stehen und mit der vagen Vorstellung zurück, dass ich ihn kannte.

Da ich mich im Zentrum von Sarasota befand, fuhr ich einen Block weiter zur Lemon Avenue – wir benennen unsere Straßen gern nach möglichst vielen einheimischen Früchten –, wo wir neuerdings einen eigenen Biosupermarkt haben. Wenn ich in diesem Naturkostparadies bin, komme ich mir immer wie ein frisch angekommener Einwanderer vor, und mir wird fast schwindlig bei all dem Überfluss. Der Anblick von glänzenden Fischen, die nur wenige Stunden vorher in Alaska gefangen wurden, von Radieschen mit noch taufrischem Blattgrün, von sahnigen Käsen und edelster Schokolade aus Frankreich, per Flugzeug eingeflogen, erfüllt mich immer aufs Neue mit Dank, dass ich in einem Land lebe, in dem so etwas möglich ist. Zu guter Letzt kaufte ich einen Riesenstrauß gelber Freesien, einen Feta-Dip à la méditerranée, sonnengereifte Tomaten, griechische Oliven und eine Packung Mini-Pita-Brote für den Dip.

Beim Verlassen des Supermarkts ertappte ich mich dabei, wie ich schon wieder nach Jessica Ballantyne Ausschau hielt. Was hatte sie auf Ramóns Beerdigung verloren? Und überhaupt, wer war dieser dünne Mann, der sie beobachtet hatte, und warum kam er mir so bekannt vor?

Diese Gedanken gingen mir auf dem ganzen Weg nach Hause nicht aus dem Kopf, und ich grübelte noch darüber nach, als ich die Freesien in eine große blaue Vase steckte und in die Mitte meines Küchentresens platzierte, wo ich sie von fast allen Stellen meiner Wohnung aus sehen konnte. Ich wusch eine Trommel Wäsche, brachte die Küche auf Vordermann und unterzog das Bad einer Komplettreinigung, bis ich fast ein bisschen high von den Chlordämpfen war. Dann schnappte ich mir meinen mediterranen Dip und das Pitabrot und zog mich in mein Bürokabuff zurück, um mein Business auf den neuesten Stand zu bringen.

Ich bin ziemlich pedantisch, was meine Arbeit als Tiersitterin betrifft. Ich führe über jedes Tier einzeln Buch, notiere mir jede verabreichte Pille, jedes Bad, jede Floh- oder Zeckenbehandlung sowie jede auffällige Verhaltensweise, die vielleicht Zeichen einer Infektion oder sonstiger gesundheitlicher Probleme sein könnte. Wenn die Eigentümer zurückkommen, gebe ich ihnen zusammen mit der Rechnung eine Auflistung. Dadurch wird keine Behandlung unnötig wiederholt, und sie können, falls sich ein Problem abzeichnet, mögliche Symptome weiter im Auge behalten.

Ehe ich auch nur eine Chance hatte, von dem mediterranen Dip zu kosten, klingelte das Telefon. Ein abgebrochenes Stück Pitabrot griffbereit in der Hand, wartete ich darauf, dass mir der Anrufbeantworter den Anrufer nannte.

Es war die Stimme einer Frau, fiepsig und unsicher. »Mein Name ist Paloma Gutierrez. Ich würde Sie gerne sprechen ...«

Ich ließ das Brot fallen und griff zum Telefon. »Hier ist Dixie, Paloma.«

»Oh.« Sie lachte nervös, in der Art wie jemand lacht, der eben noch mit einer elektronischen Stimme gesprochen hat, die dann plötzlich durch das menschliche Original ersetzt wird. »Ich ... hm ... ich habe darüber nachgedacht, was Sie gesagt haben.«

»Über das Kätzchen?«

Sie hielt inne, als wäre sie geschockt, und ich ohrfeigte mich im Geiste.

Dann sagte sie: »Nein, aber die Katze war der Grund, warum ich beschlossen habe, Sie anzurufen. Ich meine, ich habe gesehen, wie rührend Sie sich um sie gekümmert haben, und dabei musste ich daran denken, wie Sie gesagt haben, ich sollte nicht vergessen, dass Ramón mich geliebt hat. Und er hat mich wirklich geliebt, wissen Sie? Von ganzem Herzen, obwohl …«

Ihre Stimme versagte, und der Kloß aus Angst in meinem Hals löste sich. Ich war froh, dass sich ihre bittere Eifersucht etwas gelegt hatte, aber hatte sie nur aus dem Grund angerufen, um mir zu sagen, sie wusste, dass ihr Mann sie geliebt hatte?

»Paloma, können wir uns nicht kurz irgendwo treffen?«

»Jochim will nicht, dass ich Ihnen irgendetwas sage.«

»Jochim ist ein Mann und fürchtet sich vor der Wahrheit. Wir Frauen dagegen wissen, sie ist unsere einzige Rettung.«

Ich hörte deutlich ein kurzes Aufatmen. »Ja. Das stimmt.«

Ich wartete, während ich die Zähne zusammenpresste, um nicht loszubellen: Bitte rück endlich heraus, was du weißt!

Sie sagte: »Kennen Sie das Café Sweet Pea? Ich erwarte Sie dort in einer halben Stunde, kann aber nicht lange bleiben.«

Ich sagte: »Der Herr segne Sie, Paloma«, und meinte das auch so.

Sarasota hat eine große Amischen-Gemeinde. Die Männer tragen lange Bärte und Arbeitsanzüge aus Baumwolldrillich, die Frauen schlichte Baumwollkleider und Bordürenhäubchen auf ihren Dutts. Die Jugendlichen kurven auf Fahrrädern durch die Gegend, während ihre Eltern und Großeltern behäbige Dreiräder bevorzugen, von denen manche so breite Sitze haben, dass das Ehepaar nebeneinander sitzen kann. Viele Amische betreiben – entweder aus angeborenem Unternehmergeist oder weil sie ihrer Vorliebe für üppige Desserts nur dann frönen dürfen, wenn sie sie selbst herstellen – Restaurants, in denen sie genau jene deftige Hausmannskost servieren, die sie noch auf ihrer Farm genossen haben, ehe sie dem harten Landleben nach Sarasota entflohen.

Das Sweet Pea ist ein hübsches kleines amisches Café mit gelben Raffgardinen an den Fenstern und geistlicher Musik im Hintergrund. Zum Abendessen war es noch zu früh und zum Mittagessen bereits zu spät, somit waren zu dieser Stunde nur ein paar Tische und Nischen besetzt, die meisten von älteren amischen Paaren, die ihre Dreiräder auf dem Gehsteig draußen vor der Tür geparkt hatten.

Als ich dort ankam, tönte »The First Noel« viel zu laut über die Anlage, und Paloma saß bereits in einer Nische hinten im Lokal, ein zierliches, blasses Wesen, das aussah wie ein erschöpfter Teenager, der ausgiebig Schlaf brauchte.

22

Ich nahm Paloma gegenüber Platz, und schon brachte mir eine freundlich dreinblickende Kellnerin in einem offensichtlich selbst geschneiderten Kleid ungefragt einen Becher heißen Kaffee.

Mit lauter Stimme, um die Musik zu übertönen, sagte sie: »Unser heutiges Tagesgericht ist Hackbraten mit Püree. Wären Sie damit einverstanden oder möchten Sie die Karte?«

Mit Rücksicht auf Palomas großen Kummer zögerte ich. Ich konnte mich noch gut daran erinnern, als ich selbst außer Tränen überhaupt nichts mehr schlucken konnte, und ich wollte ihr nicht zu nahe treten. Andererseits war mein Frühstück schon ein Weilchen her, und ich liebe die kompromisslose Üppigkeit der amischen Küche mit ihrem Zuviel an Butter, ihrem Zuviel an Sahne und Zucker, überhaupt ihrer ganzen tiefkühlseligen Pappigkeit, obwohl die meisten amischen Cafés grüne Bohnen aus der Dose als Gemüse betrachten.

Ich sagte: »Den Hackbraten, bitte. Und dazu eine Portion Tiefkühl-Okra.«

Dann schauten die Kellnerin und ich Paloma fragend an.

Ich sagte: »Wenn Sie was essen, haben Sie mehr Kraft, um alles besser zu verarbeiten.« Ich klang wie meine eigene Großmutter, aber sie sah so mitgenommen und fertig aus, dass ich nicht anders konnte.

Sie brachte ein fahles Lächeln zustande und nickte. »Okay. Ich nehme dasselbe wie Sie.«

Die Kellnerin wieselte davon, ihr Dutt züchtig unter der Haube verborgen und ihre Pobacken vom vielen Radfahren so stramm, dass sie damit Walnüsse hätte knacken können.

Ich sagte: »Ich bin Ihnen dankbar, Paloma, dass Sie angerufen haben.«

»Ich kann nicht lange bleiben. Jochim würde mich umbringen, wenn er wüsste, dass ich hier bin. ... Wir haben Leute im Haus, wissen Sie, sie haben Essen mitgebracht und sind gekommen, um ihre Ehre zu bezeugen.«

Natürlich. Die Menschen bringen Trauernden immer was zu essen, aus Unsicherheit, aber auch, weil sie wissen, dass Trauernde in ihrem Schmerz vergessen zu essen.

Ich sagte: »Es ist sehr tapfer von Ihnen, sich mit mir zu treffen.«

»Ich hab immer gewusst, dass es falsch war ... Aber ich hätte nie geglaubt, es würde meinen Mann das Leben kosten.«

Ihre Blicke schweiften durch den Raum, als wollte sie sicher sein, dass niemand sie erkennt, und ich war froh über die laute Musik. Paloma bekam dadurch vielleicht den Eindruck, es könnte sie niemand hören.

Sie beugte sich über den Tisch zu mir herüber. »Die Leute in dem Haus sind Teufelsanbeter. Diese Frau, diese Pflegerin, macht schreckliche Sachen mit dem Blut von diesem Tier, dem ...«

»Leguan?«

»Ja, genau, dem Leguan. Sie benutzen ihn für satanistische Zeremonien.«

Ich fühlte mich wie ein Heißluftballon, der durchlöchert wurde, während er über einem tiefen Abgrund schwebte. Paloma hatte mir im Grunde überhaupt nichts zu sagen, hatte nur abergläubischen Unsinn im Kopf, jahrhundertealte Ängste und Ignoranz.

Sie musste bemerkt haben, wie mein Gesicht in sich zusammenfiel, denn sie redete sofort umso eindringlicher weiter. »Sie ließ Ramón das Tier für ihre Teufelsrituale ins Haus tragen. Er hat es mir gesagt, aber er wollte nicht genau sagen, was sie da gemacht haben, die Pflegerin und der

Mann und natürlich auch Ramón, denn sie ließen ihn teilhaben an ihrem Treiben. Böse, widerliche Sachen! Wenn er nach Hause kam, hatte er Peitschenstriemen und Kratzer auf dem Körper. Er hat sich geschämt, das weiß ich ... sie hatten eine übernatürliche Macht über ihn. Jochim hat gesagt, es gibt Leute, die Folterspiele spielen ...«

Ihre Stimme brach und sie nahm eine Serviette, um ihr Gesicht zu bedecken, versteckte sich dahinter wie ein Kind, das glaubt, es sei unsichtbar, wenn es selbst nichts sieht.

Die Kellnerin kam mit einem vollen Teller in jeder Hand und einem Korb mit heißen Semmeln und Maisbrot unter einen Arm geklemmt. Als sie den Tisch wieder verließ, um uns frischen Kaffee zu holen, nahm Paloma die Serviette aus dem Gesicht und warf einen skeptischen Blick auf ihr Essen.

Im Hintergrund lief jetzt »O Come, All Ye Faithful«, aber niemand in unserer Nische fühlte sich froh und siegestrunken. Minutenlang war ich so enttäuscht, dass ich eine Gabel nach der anderen voll Hackbraten und Püree in mich hineinschaufelte. Ein paar Bissen von dem knackigen Tiefkühl-Okra machten mich munter genug, um eine Bemerkung zu wagen.

»Die Peitschen- und Kratzspuren auf Ramón stammten vielleicht von dem Leguan. Wenn man einen Leguan falsch trägt, schlägt er mit dem Schwanz aus und kratzt dich mit seinen Krallen. Wenn Ramón keine Erfahrung mit Leguanen hatte, dann wusste er vielleicht auch nicht, wie man sie richtig trägt.«

»Er hat schon mal in einem Zoo gearbeitet. Im Reptilienhaus.«

»Hatte der Zoo auch Leguane?«

»Nein, nur Schlangen.«

»Bitte, da haben Sie's schon. Das ist was völlig anderes.«

Sie wirkte ein bisschen erleichtert und nahm ein paar Bissen von ihrem Püree. »Glauben Sie wirklich, dass dieses Tier Ramón so zugerichtet hat?«

»Ich bin mir sicher.« Ich dachte an die Striemen, die ich in Ramóns Gesicht gesehen hatte, als er im Wachhäuschen lag, aber zu wissen, dass ich ihren Mann tot gesehen hatte, würde Paloma vielleicht nicht so gut verkraften.

»Das spielt keine Rolle. Sie haben trotzdem Teufelsrituale mit dem Blut des Tiers veranstaltet.«

Ich butterte eine Scheibe heißes Maisbrot und schaute Paloma resigniert an. Vermutlich wird es noch ein paar Tausend Jahre dauern, bis manche Menschen aufhören, sich von Geschichten über Teufelsgestalten einschüchtern zu lassen oder daran zu glauben, andere Menschen würden regelmäßig mit ihnen verkehren.

Mit matter Stimme sagte ich: »Wie kommen Sie denn auf den Gedanken, sie hätten mit dem Blut des Leguans was gemacht?«

»Ramón hat es mir selbst gesagt. Er hat gesehen, wie sie dem Tier Blut abgezapft haben. Direkt vom Herzen, nicht wie wenn sie einen in den Finger stechen, sondern ganz direkt vom Herzen. Sie hat es getan, nicht der Mann, aber der Mann war die ganze Zeit anwesend und hat auf das Blut gewartet. Es war für ihn. Ramón sagt, er hat so viel von dem Blut des Tiers getrunken, dass er davon überall blau geworden ist. Stimmt das? Ist der Mann wirklich blau?«

Nun, da hatte sie mich kalt erwischt, denn daran bestand kein Zweifel. Der Mann war eindeutig blau.

Ich sagte: »Mr Kurtz' Haut schimmert leicht bläulich, aber ich glaube nicht, dass er Leguanblut getrunken hat. Davon würde er nicht blau werden, es würde ihn töten.«

Paloma fuchtelte mit ihrer Gabel vor mir herum. »Er ist sehr krank, oder nicht?«

»Nicht weil er Leguanblut getrunken hat.«

»Warum dann?«

Sie hatte mich wieder festgenagelt.

»Ich weiß nicht warum, aber ich weiß, dass die menschliche Chemie nicht mit der von Tieren gemischt werden kann.«

Noch während ich das sagte, dachte ich an den legendären Bill Haast, den berühmten Schlangenmann aus Florida, der sich regelmäßig einmal pro Woche das Gift von zweiunddreißig verschiedenen Giftschlangen spritzt.

Mittlerweile ist er längst immun gegen Schlangengift, und einmal konnte mit seinem Blut sogar das Leben eines Menschen gerettet werden, der von einer Schlange gebissen wurde.

Vielleicht sagte Paloma ja doch die Wahrheit.

Leguane sind zwar nicht giftig, und eigentlich konnte auch kein Nutzen dabei herausspringen, aber vielleicht versuchte ja Ken Kurtz tatsächlich, es Bill Haast auf irgendeine abgedrehte Art und Weise gleichzutun.

Ich sagte: »Hat denn Ramón mal so ein Teufelsritual gesehen?«

Sie sah nach unten und zog die Zinken ihrer Gabel durchs Püree, sodass lauter kleine Eisenbahnspuren entstanden.

»Als ich ihn gefragt habe, was sie machen, schrie er mich an, ich soll still sein. Er wollte mir nicht sagen, was er gesehen hat.«

»Woher wollen Sie denn wissen, dass er überhaupt irgendetwas gesehen hat?«

»Es ging gar nicht anders. Er war doch da. Er hat alles gesehen und hat sich dafür geschämt, aber er ist trotzdem geblieben.«

Ich reagierte zunehmend gereizt auf die hübsche junge Frau, die so zornig auf ihren Mann war.

»Paloma, hat Ihr Mann denn gut verdient in diesem Job?«

»Sicher, sie haben ihm eine Menge dafür bezahlt, dass er schwieg.«

»Vielleicht ist er ja deshalb geblieben. Das Geld war für seine Familie.«

»Das stimmt. Seinen Lohn hat er immer bei mir abgeliefert.«

»Und wie geht's jetzt weiter bei Ihnen?«

Sie sah wieder nach unten. »Wir gehen zurück nach Hause. Alle, auch Jochim und seine Familie. Vielleicht gründen wir zusammen ein Geschäft.«

Ihre durchtrieben geheimniskrämerische Art ließ mich aufhorchen. »Ein Geschäft?«

Sie nickte knapp. »Jochim kennt sich aus. Es würde gehen.«

Die Augen auf meinen Hackbraten gerichtet, sagte ich: »Kostet aber sehr viel Geld, so eine Geschäftsgründung.«

Stolz platzte sie heraus: »Das ist jetzt kein Problem mehr.«

»War Ramón versichert?«

»Eigentlich sollte ich es Ihnen nicht sagen – Jochim bringt mich um, wenn er das weiß –, aber es ist so, wie Sie gesagt haben. Ramón hat mich geliebt. Muss so sein, denn anders hätte er nicht so gut für uns gesorgt. Mit dem Geld von der Versicherung können wir nach Hause zurückgehen und ein gutes Leben führen.«

Ihre Augen strahlten voller glücklicher Vorfreude, während sie einen Moment lang den Grund für ihren plötzlichen Reichtum vergaß.

Ich sagte: »Ich gehe davon aus, Sie haben die Versicherungsgesellschaft schon informiert?«

»Nein, ich habe von der Versicherung überhaupt nichts gewusst, bis dieser Mann gekommen ist.«

»Welcher Mann?«

»Der Mann, der das Geld gebracht hat. Er kam gestern spät abends.«

»Lassen Sie mich das klarstellen. Gestern Abend kam ein Mann mit einem Scheck von der Versicherungsgesellschaft.«

»Kein Scheck, er hatte echtes Geld dabei. Jochim kümmert sich gerade darum – er bringt es in einen Safe auf der Bank.«

»Hat der Mann Ihnen gesagt, wie er heißt?«

Sie zuckte mit den Schultern. »Nicht dass ich wüsste. Er war ein dünner Angloamerikaner in einem Anzug. Hat mir einfach einen Umschlag mit dem Geld in die Hand gedrückt und gesagt, dass ich jetzt meine Kinder nehmen und nach Hause gehen kann. Er hat noch gesagt, es war Ramóns Wunsch, hat er ihm selbst gesagt, dass wir nach Hause zurückgehen.«

Aus der Soundanlage kam jetzt »O Holy Night«, und ich blickte auf meine Arme, um zu sehen, ob meine Gänsehaut erkennbar war. »Könnten Sie mir vielleicht auch sagen, wie viel Geld Sie von ihm bekommen haben?«

Sie beugte sich nach vorne und flüsterte mädchenhaft stolz: »Einhunderttausend Dollar.«

Die Wahrscheinlichkeit, dass eine Versicherung so einen Betrag bar ins Haus lieferte, war so gering, dass es mich stutzig machte, wie Paloma daran glauben konnte. Andererseits glaubte sie ja auch, Gilda würde Teufelsrituale mit Ziggy veranstalten. Da war der Unterschied nicht so groß.

Ich schluckte den letzten Bissen meines Hackbratens und sagte: »Ich nehme an, Ihr Bruder freut sich für Sie?«

»Auch für sich selbst. Um ehrlich zu sein, war Jochim hier nicht er selbst. Der Einfluss von schlechten Freunden, vermute ich. Jetzt hat er die Möglichkeit, ganz von vorne anzufangen.«

Ich fragte mich, ob Jochim genauso naiv war wie Paloma oder ob er lediglich die Chance beim Schopf ergriff, seine Familie einzupacken und nach Hause zurückzukehren. Wie auch immer, wahrscheinlich würden er und Paloma in ihrer Heimat sehr viel sicherer sein.

Da ich nun schon einen Einblick hinter die Türen Nummer eins und Nummer zwei bekommen hatte, sagte ich: »Paloma, der Mann, der Ihnen das Geld gebracht hat – hatte der vielleicht einen irischen Akzent?«

Sie machte einen verwirrten Eindruck. »Für mich klang er wie ein normaler Angloamerikaner.«

Ich dachte daran, dass Paco gesagt hatte, an einen Akzent würden sich die Menschen immer zuallererst erinnern. Aber vielleicht warf ja Paloma alle nicht-spanischen Akzente in einen Topf und hörte nur amerikanisches Englisch.

»Danke, dass Sie sich mit mir getroffen haben, Paloma. Es war mir eine große Hilfe.«

Sie lächelte schüchtern und irgendwie berauscht von dem Gefühl der eigenen Wichtigkeit, das ihre Trauer fast überdeckte.

Ich konnte nicht anders und sagte: »Was passiert dann mit dem Kätzchen?«

Als würde sie ein Kind zurechtweisen, erwiderte sie: »Wir können keine Katze so weit mitnehmen. Wir werden sie weggeben.«

Ich sagte: »Sie sollten so schnell wie möglich gehen. Wer auch immer Ramón umgebracht hat, könnte denken, Sie wissen auch, was er gewusst hat. Deshalb könnten Sie auch in Gefahr sein.«

Sie drehte den Kopf langsam hin und her, als fürchtete sie, ihre Zellen könnten sich selbstständig machen, wenn sie ihn zu schnell schüttelte.

»Wir sind anständige Leute! Ramón war ein guter Mann! Wie konnte uns das nur passieren?«

Darauf konnte ich ihr auch keine Antwort geben. Die Frage würde sie ein Leben lang begleiten. Sie ist das wahre Vermächtnis der Überlebenden – die ewige Frage nach dem Warum.

Im Bronco blieb ich zuerst ein Weilchen sitzen, ehe ich losfuhr. Die Begegnung mit Paloma war mitnichten eine große Hilfe für mich gewesen. Ich hatte lediglich ein paar Informationen über den seltsamen Anrufer bekommen, der mich beauftragt hatte, mich um Ziggy zu kümmern. Er war entweder reich genug, dass er es sich leisten konnte, hunderttausend Dollar auf die Schnelle unters Volk zu werfen, oder aber sein Auftraggeber war es.

Während der Fahrt spielten meine Gedanken Verstecken. Allem Anschein nach hatte Paloma wenigstens den Plan aufgegeben, der Katze die Krallen entfernen zu lassen, also brauchte ich mir zumindest darüber keine Sorgen mehr zu machen. Sie war sich so sicher darüber gewesen, dass Gilda Ziggy Blut abnehmen würde, dass ich ihr beinahe geglaubt hatte. Zumindest war ich davon überzeugt, dass sie es glaubte und dass Ramón ihr davon berichtet hatte. Aber bei der Vorstellung, dass Ken Kurtz Ziggys Blut getrunken hätte, machte ich nicht mehr mit. Da wird kein Schuh draus, Schätzchen. Kurtz mochte vielleicht ein schräger Vogel sein, aber er war nicht so schräg, dass er Leguanblut getrunken hätte.

Eine kleine Stimme in meinem Kopf sagte: Vielleicht wusste er gar nicht, dass er Leguanblut getrunken hat. Vielleicht mischte es ihm Gilda einfach in einen seiner Gesundheitsdrinks.

»Mh-hm«, sagte ich, denn wenn die kleine Stimme in meinem Kopf eine treffende Bemerkung macht, gebe ich ihr immer recht.

Ken Kurtz hatte mich extra darauf hingewiesen, er würde von Gilda streng nach Diät ernährt, mit eigens von ihr zusammengebrauten Drinks. Es schien alles so bizarr, aber vielleicht hatte Ramón ja wirklich gesehen, wie Gilda die Drinks angemixt hatte. Vielleicht hatten sich die beiden ja gelegentlich auch richtig einen abgelacht darüber, wie Gilda den alten Ken mit ihren Blutcocktails blau färbte.

Ich dachte an die aus dem Kühlschrank verschwundenen Päckchen und sagte abermals »Mh-hm«. Könnten in diesen Päckchen Ampullen mit Blut gewesen sein? Ziggys Blut? Hatte Gilda sie deshalb eingepackt und das Weite gesucht? Hatte sie befürchtet, Guidry könnte alles finden und darauf kommen, dass sie Dr. Jekyll spielte?

Laut vor mich hin sagte ich: »Jetzt aber, Dixie, reiß dich zusammen. Das ist so abgedreht wie Palomas Teufelsrituale.«

Als ich meine tierischen Klienten abklapperte, stellte ich fest, dass Muddys Besitzer frühzeitig in ihr streng nach Katzenurin stinkendes Haus zurückgekommen waren und Muddy wohl mitten auf ihrem edlen Piano vorgefunden hatten. Jedenfalls hatte er den Deckel systematisch zerkratzt.

Ich wusste nicht, wer mir mehr leid tun sollte, die Besitzer oder Muddy. Er war einerseits viel zu alt, um ihm das Kratzen noch abzugewöhnen, andererseits gerät angesichts zerkratzter Möbel selbst die unerschütterlichste Tierliebe ins Wanken.

Ich sagte: »Sie müssen verstehen, Muddy hat so lange draußen gelebt, dass er sich vielleicht nie mehr ans Haus gewöhnt.«

Marc Cramer sagte: »Draußen ist es zu gefährlich.«

»Hier in der Stadt, ja. Aber vielleicht könnten Sie ja einen Platz auf dem Land für ihn finden, wo er in einer Scheune oder auf einer Veranda schlafen kann.«

Die Nase gerümpft wegen des beißenden Uringeruchs, nahm Mrs Cramer die tiefen Kratzer auf ihrem Piano in Augenschein. »Auf dem Land wäre er sicher vor dem Verkehr, nicht wahr?«

Ich sagte: »Und er könnte Maulwürfe und Kaninchen jagen.«

Mark sagte: »Kennen Sie irgendwelche Farmer, die gerne eine Katze aufnähmen?«

Ich kannte keine, sagte aber, ich würde mich bei den mir bekannten Tierärzten erkundigen, ob sie nicht einen kostenlosen Mäusejäger an einen guten Platz auf dem Land vermitteln könnten. Dann ließ ich sie mit meinen besten Wünschen und einer Dose Uringeruch-Entferner zurück und ging aus dem Haus.

Vielleicht hatte ich es mir nur eingebildet, aber Muddys gelbe Augen leuchteten voller Dankbarkeit, als ich mich von ihm verabschiedete.

Ich befand mich noch in der Einfahrt der Cramers, als mein Handy klingelte. Da nur wenige Leute meine Handynummer haben, dachte ich, es sei vielleicht Guidry. Aber es war nicht Guidry, und die Stimme klang laut und abgerissen, so wie jemand redet, der normalerweise den direkten Gesprächskontakt vorzieht.

»Dixie? Antonio Molina – Tony.«

Ich hatte ihn immer Papa Tony genannt, aber seine abgehackte Sprechweise verschlug auch mir die Sprache.

»Ja?«

»Ich hab mir von Joe Ihre Nummer geben lassen. Alle sagen, Ramón Gutierrez wurde von seinem Schwager erschossen. Es macht hier die Runde, und Sie sollen es auch wissen.«

»Jochim?«

»*Sí*, Jochim. Ich habe mit ihm gesprochen und ich will, dass Sie hören, was er zu sagen hat. Unter vier Augen, verstehen Sie?«

»Wir sind heute um fünf Uhr in der Flores Cantina auf dem Highway Drei-Null-Eins.«

»Okay, ich bin da.«

Er legte auf, ohne sich zu verabschieden, und ließ mich zurück in dem Wissen, dass ich soeben zugestimmt hatte, für mich zu behalten, was ich auch immer von Tony oder Jochim erfahren würde.

23

Der U.S. Highway 301 zweigt vom Tamiami Trail ab, verläuft quer durch Sarasota City und dann weiter als Washington Boulevard durch ein wildes Durcheinander schäbiger Einkaufszentren und kleiner Gewerbebetriebe. Die Cantina befand sich auf der Westseite, eingekeilt zwischen einer heruntergekommenen Druckerei und einer Mitnahme-Pizzeria. Der mit Schlaglöchern gespickte Asphaltparkplatz stand voller Pick-ups mit vergitterten Anhängern, auf denen sich gärtnerisches Gerät türmte. Drinnen überdröhnten Mariachiklänge vom Band die lauten Stimmen hispanischer Männer, die die Reste von Rollsplitt und Grasstoppeln mit kalten Cervezas hinunterspülten.

Tony und Jochim saßen in einer Nische ganz hinten, wobei Jochim gedemütigt und angespannt grollte. Tony machte das ernste und strenge Gesicht eines stolzen Mannes, der sich für jemand seinesgleichen schämte.

Tony sagte: »Ziehen Sie sich einen Stuhl heran, Dixie«, was bedeutete, beide Männer waren zu sehr Macho, als dass sie einfach durchgerutscht wären, um Platz für mich zu machen.

Ich nahm einen Stuhl von dem Tisch hinter mir und setzte mich zwischen die beiden ans vordere Ende der Nische. Jochim hatte mich noch keines Blickes gewürdigt, starrte stattdessen auf ein Zuckertütchen in seinen kantigen Händen, das er feinsäuberlich zerriss.

Tony warf Jochim einen verächtlichen Blick zu. »Erzähl der Lady, was du mir gesagt hast.«

Jochim schwieg weiter und sah mich feindselig wie ein störrisches Kind an.

Tony seufzte. »Hijo, du hast zwei Möglichkeiten. Entweder erzählst du Dixie die Wahrheit oder du gehst mit mir zu den Cops und beichtest denen alles.«

»Aber ich hab überhaupt nichts getan!«

Jochims Stimme war so voller Panik, dass mehrere Männer trotz der Musik aufhorchten und zu uns herüberstarrten.

Tony sagte: »Ich glaub dir, Jochim. Wenn nicht, würde ich dir nicht die Chance geben, zu beweisen, dass du ein Mann bist.«

Das Zuckertütchen war hinüber und Jochim griff in seine Hemdtasche und holte ein Streichholzbriefchen heraus. Er klappte es auf und begann die Streichhölzer nacheinander einzeln herauszureißen, als wären sie eine Art Abakus für Raucher.

Er sagte: »Die Frau in dem Haus, die Pflegerin, hat Ramón gefragt, ob er jemanden finden könnte, der ihren Boss aus dem Weg räumt.«

Ich sagte: »Sie meinen Mr Kurtz?«

Er verdrehte die Augen zu einem blutunterlaufenen Seitenblick. »Ramón hat ihn immer nur den ›Boss‹ genannt.«

Ich atmete bedächtig durch. »Gilda hat also Ramón gebeten, einen Killer für Kurtz zu finden.«

Jochim zuckte zusammen, als könnte er eine so offene und direkte Formulierung nicht ertragen, aber Tony nickte ernst.

Jochim sagte: »Sie hat ihm gesagt, sie würde hunderttausend Dollar für den Job bezahlen. Das ist eine hübsche Stange Geld, verstehen Sie?«

Ich versuchte, meine Stimme gelassen und neutral zu halten und sagte: »Eine Versuchung ist es allemal.«

Er nickte eifrig. »Mit so viel Geld könnten wir zurück nach Hause gehen, ein Geschäft aufmachen und mit Menschen zusammen sein, die wir kennen.«

Tony schnitt mit der Hand durch die Luft. »Sag ihr, was passiert ist.«

Jochim sah verdrossen auf die Streichhölzer und riss ein weiteres heraus. »Ramón und ich haben beschlossen, dass ich ins Haus gehe, während der Mann schläft. Er war krank und schwach, und ich könnte ihn in seinem Bett ersticken. Dann sollte ich Ramón mit einem Hieb auf den Kopf bewusstlos schlagen.«

Er hielt inne und runzelte die Stirn. »Ich wollte meinen Schwager nicht ernsthaft verletzen, aber es war die einzige Möglichkeit, ihn als unschuldig dastehen zu lassen. Nach dem Aufwachen sollte er ins Haus laufen und die Pflegerin alarmieren, die dann ihren Boss im Schlafzimmer tot auffinden würde.«

»Aber würde sie nicht schon längst wissen, dass Sie ihn ermordet haben?«

»Nein, sie wollte, dass wir es tun, ohne ihr zu sagen wann. Dadurch wäre sie auch unschuldig.«

Diese Menschen stellten sich beim Morden nicht nur ziemlich dämlich an, sie hatten auch eine merkwürdige Auffassung von unschuldig.

»Was ist nun genau passiert? Wie wurde Ramón ermordet?«

»Ich ging zu der verabredeten Zeit hin, kurz nach Mitternacht. Ramón sollte mich zur Tür bringen und hineinlassen, aber er war nicht im Wachhäuschen. Ich ging um die Büsche herum zur Vorderseite des Hauses, von wo aus ich hineinsehen konnte. Ramón war drinnen und schleppte den Leguan herum. Die Frau war da, und der Mann auch. Die Frau fuchtelte mit der Hand, als wollte sie sagen: ›Beeil dich.‹ Der Mann beobachtete Ramón.«

Er verstummte und riss noch mehr Streichhölzer ab und warf sie nervös auf den Tisch.

»Wie ging es dann weiter?«

Er wirkte beschämt. »Ich bin weggerannt. Ich konnte keinen Mann töten, den ich gesehen habe, verstehen Sie? Und geschlafen hat er auch nicht. Wäre er im Dunkeln schlafend dagelegen, hätte ich ein Kissen über seinen Kopf ziehen und so lange zudrücken können, bis er sich nicht mehr bewegte.«

Tony und ich sahen uns an, wir waren uns einig in der sicheren Überzeugung, dass hier jemand nicht fantasierte, wie man einen schlafenden Mann erstickt, sondern sich daran erinnerte.

Jochim sagte: »Und ich habe sein Gesicht gesehen. Ich würde keinen Mann mit so einem Gesicht anfassen. Trotzdem sah er nicht so krank und schwach aus, wie Ramón immer gesagt hatte.«

Ich war zutiefst enttäuscht, als hätte ich erwartet, Jochim würde den Mord an Ramón gestehen und dann in einem Anfall von Schuldbewusstsein mit mir zur nächsten Sheriff-Station rennen.

Ich sagte: »Das erklärt nicht, wie Ramón ums Leben kam.«

»Sie hat ihn getötet! Es kann nur sie gewesen sein. Ich weiß nicht, wie es passiert ist, aber sie hatte Mordabsichten, verstehen Sie? Ich bin mir sicher, dass sie es war.«

Vorsichtig, um nicht zu verraten, dass Paloma mir von dem Geld erzählt hatte, sagte ich: »Waren Sie nicht enttäuscht, dass Ihnen die Hunderttausend durch die Lappen gegangen sind?«

»Sehr enttäuscht, aber wir gehen sowieso nach Hause zurück, meine Schwester, meine Frau und ich.«

Soweit also die Hoffnung, er könnte den Mann erwähnen, der das Geld bei ihm abgeliefert hatte.

Ich wusste nicht, was dieses Treffen letztlich gebracht hatte, sagte aber beim Aufstehen: »Danke, dass Sie mir das alles gesagt haben, Jochim.«

Dann sah ich in Tonys Augen und nickte nur knapp, ohne ihn mit überschwänglicheren Dankesbekundungen zu beschämen.

Ernsthaft sagte Tony: »Ich unterhalte mich später mit

Ihnen, Dixie«, woraus ich schloss, dass er davon ausging, ich würde mein Versprechen halten, und dass er mein guter Freund war.

Vor dem Kurtz-Anwesen kam ich langsam vor einer Reihe von Menschen zu stehen, die die Zufahrt blockierten. Sie hielten noch immer dieselben Schilder mit Zitaten aus der Johannes-Offenbarung hoch. Ich hatte die Nase gründlich voll von ihnen und ihren irrationalen Ängsten, ließ aber, ohne die Absicht, unhöflich zu werden, das Fenster herunter und streckte den Kopf hinaus.

Ein groß gewachsener Mann in einer groben, braunen Kutte löste sich aus der Menge und stützte sich mit den Händen an meinem Fenster ab. Seine langen Finger waren hell, was darauf hinwies, dass er zu diesen Protesten extra angereist war. Seine Augen waren intelligent und aufmerksam und hatten, wie die fast aller Fanatiker, nichts Weißes im Umfeld der Pupillen.

Ich lächelte höflich. Ehrenwort, wirklich.

Mit aller Kraft brüllte er los: »Hure des Satans! Bist du gekommen, um bei dem Tier zu liegen? Um dem Mann mit dem Teufelsmal zu huldigen?«

Meine höflichen Absichten waren wie weggeblasen.

Ich brüllte zurück: »Nein, ihr Idioten! Ich will hier nur einem Tier was zu fressen geben! Ist das für euch ein Problem?«

Seine blauen Augen flackerten wild, und seine Hände klammerten sich an der Scheibe fest.

»Der Tod ist der Sünde Lohn, Tochter. Weh denen, die dem Tier beiwohnen oder die das Malzeichen des Tieres tragen.«

»Ach was! Weh denen, die den Verkehr blockieren und Besucher privater Grundstücke schikanieren. Räumen Sie mit Ihren Leuten die Straße oder ich lasse das von den Cops erledigen.«

Er ließ eine Sekunde verstreichen, hob dann beschwichtigend die Hände und trat vom Auto zurück. »Geh hin in Frieden, Tochter.«

Er winkte der Menschenkette zu.

»Lasst sie passieren.«

Er sagte das mit so viel Nachdruck und Autorität, dass sie sich murrend zur Seite bewegten und mich, als ich durchfuhr, traurig anschauten. Aber ich beachtete sie kaum. Mich beschäftigte zu sehr, was ich am Handgelenk dieses Mannes gesehen hatte. Welcher religiöse Fanatiker, so fragte ich mich, trägt eine ultraflache sündteure Movado-Armbanduhr? Nun, da ich darüber nachdachte, erinnerte ich mich auch an seine manikürten Fingernägel und ich wurde den Verdacht nicht mehr los, dass ich gerade mit einem von Jessica Ballantynes getarnten FBI-Agenten gesprochen hatte.

Als Kurtz die Tür öffnete, verhielt er sich mir gegenüber fast so unfreundlich wie der getürkte Mönch.

Er blaffte mich an und wedelte mit der Hand in Richtung Küche. »Kümmern Sie sich bitte nur schnell um das Futter für den Leguan. Ich bin beschäftigt.«

Ich presste die Lippen zusammen, ehe mir eine unfreundliche Bemerkung über sein Benehmen herausrutschte, und sah, wie er sich durch das abgedunkelte Wohnzimmer auf die offene Tür des Weinlagers zubewegte. Das gedämpfte rote Licht in dem Raum erinnerte mich an meinen Traum und daran, wie sehr ich mich darin vor Kurtz gefürchtet hatte. Nun erlebte ich ihn nicht als beängstigend, nur als unhöflich.

Es dauerte höchstens drei Minuten, bis ich Zucchini, gelben Kürbis und Bananen aufgeschnitten und mit etwas Romanasalat und ein paar Mangoldblättern für Ziggy gemischt hatte, zwei weitere, um das Ganze hinauszutragen. Ich schaute nicht nach, ob Kurtz noch was zu essen hatte. Ich sagte ihm auch nicht Auf Wiedersehen, sondern verschwand so schnell wie möglich in meinem Bronco und fuhr los. Unter den Demonstranten konnte ich den Mann, mit dem ich gesprochen hatte, nicht mehr ausfindig machen. Vielleicht hatte er genug von der Angelegenheit und war nach Hause gegangen. Oder vielleicht erstattete er gerade Jessica Ballantyne Bericht.

Es war schon nach Sonnenuntergang, als ich nach Hause kam. Am Strand hatte sich eine Schar Schmuckreiher und Kanadareiher versammelt, um nach Leckereien zu picken, die von kleinen, träge hereinrollenden Wellen angespült wurden. Am Himmel kreisten Seemöwen und bekundeten mit wüstem Geschrei ihre älteren Rechte auf das angetriebene Strandgut. Im letzten, bernsteinfarbenen Glimmen der untergegangenen Sonne zogen am Horizont Segelboote in Richtung Hafen. Meine trübe Stimmung hatte sich unterwegs aufgehellt, und nun fühlte ich mich seltsam hoffnungsvoll gestimmt, als erwartete ich irgendein Zeichen. Sogar das Meer suchte ich ab, so, wie vielleicht Walfängerfrauen früherer Tage nach Hinweisen suchten, dass die lange, quälende Zeit des Wartens vorüber war und ihre Männer sicher und wohlbehalten nach Hause zurückkamen.

Guidrys Auto neben Michaels Terrasse entdeckte ich erst, als ich aus dem Carport kam und gerade die Treppe zu meiner Wohnung hinaufging. Er war auf meiner Veranda, saß an dem runden Tisch mit Blick über den Golf. Wie immer sah er aus wie ein italienischer Playboy.

Ich sagte: »Warum haben Sie mich nicht zurückgerufen?«

»Ich hab Sie auf der Trauerfeier für Gutierrez gesehen und war erstaunt, dass Sie dort waren.«

Ich warf meine Schultertasche auf den Tisch und hörte ein metallisches Klicken, das mich daran erinnerte, dass ich Kurtz' Schlüssel nicht zurückgegeben hatte. Mist.

Ich setzte mich Guidry gegenüber. »Ich wollte Paloma Beistand leisten.«

»Paloma?«

»Mrs Gutierrez.«

»Sie kennen die Frau des Wachmanns?«

»Ich habe sie besucht und mit ihr und ihrem Bruder gesprochen. Sein Name ist Jochim. Ihrer Katze habe ich noch die Krallen geschnitten. Sie wollte sie amputieren lassen, aber davon ist sie jetzt wohl abgekommen. Es ist eine Glückskatze. Wirklich süß.«

Guidry presste die Fingerspitzen auf die geschlossenen Lider. »Ich vermute mal, ich kann Sie durch nichts davon abhalten, mit Gott und der Welt zu quatschen, oder?«

»Vermutlich.«

»Was für eine Rasse, zum Teufel, ist denn eine Glückskatze?«

»Überhaupt keine Rasse, sondern eine Farbgebung. Dazu kommt es immer wieder mal bei allen Rassen. Echte Glückskatzen sind reinweiß, tiefschwarz und hellorange gefleckt. Bei einer nicht ganz reinrassigen Glückskatze sind die Farben eher blass und cremestichig. Palomas Katze ist eine echte Glückskatze. Und echt nett.«

Ich hörte den hingerissenen Ton in meiner Stimme und brach ab.

»Haben Sie mich deshalb angerufen? Um mir von einem netten Kätzchen zu berichten?«

Ich fasste den süffisanten Bastard kritisch ins Auge und überlegte genau, wie viel ich ihm sagen sollte. Ich hatte Tony versprochen, nichts von der Begegnung mit Jochim weiterzusagen, fühlte mich aber, was die Begegnung mit Paloma betraf, an nichts gebunden.

Also sagte ich: »Paloma sagt, ein Mann habe ihr hunderttausend Dollar bar nach Hause gebracht. Angeblich Versicherungsgeld. Er hat noch hinzugefügt, dass Ramón es gern gesehen hätte, wenn sie damit nach Mexiko zurückgehen würde. Ich denke mal, sie werden demnächst abreisen.«

»Mir hat sie davon kein Wort gesagt.«

Ich zuckte mit den Schultern. Wir wussten beide, dass die Menschen mir eine Menge mehr erzählten als ihm.

Dann sagte er: »Hat sie den Namen des Mannes erfahren?«

»Nein, und ich glaube nicht, dass er eine Visitenkarte hinterlassen hat. Ihr zufolge war es magerer Angloamerikaner, aber sonst konnte sie sich an nichts erinnern. Heute bei der Trauerfeier habe ich draußen auf dem Gehsteig einen mageren Mann in einem Anzug gesehen. Er sah irgendwie bekannt aus, aber ich konnte ihn nicht einordnen. Vielleicht war das ja der Angloamerikaner, der Paloma das Geld überbracht hat.«

»Sie hat das Geld noch zu Hause?«

»Jochim brachte es zur Bank in ein Schließfach.«

Guidry griff in seine feine Lederjacke und zog einen Notizblock heraus. Er schlug ein paar Seiten zurück und sagte: »Das wäre dann Jochim Manuel Torres?«

Ich zuckte mit den Schultern. »Den vollen Namen kenne ich nicht.«

»Er ist ein Kleinkrimineller und gehört einem Autoschieberring an. Die Käufer sind überwiegend illegale Einwanderer.«

Da hatte ich die Antwort auf meine Frage, ob Jochim ebenso naiv wie seine Schwester war. Seine besonders hinterhältigen Machenschaften bestanden darin, Autos an nicht kreditwürdige Personen zu verkaufen. Der Käufer erklärt sich mit exorbitant hohen Zinsen einverstanden, weil er anders nicht zu einem fahrbaren Untersatz kommt, und die Papiere für das Auto erhält er erst nach Zahlung der letzten Rate. Natürlich sind die Papiere gefälscht, wenn er also das Ding überhaupt jemals abbezahlt, fährt er ein gestohlenes Auto mit gefälschten Papieren.

»Paloma hat gesagt, Jochim sei in schlechte Kreise geraten. Sie meint, mit dem Geld von der Versicherung könnte er neu anfangen. Sie denkt dabei an die Gründung eines gemeinsamen Geschäfts in Mexiko.«

Guidry zog eine Augenbraue hoch, steckte jedoch seinen Notizblock in die Jacke zurück, ohne etwas dazu zu sagen.

Ich zögerte, dann rückte ich doch damit heraus. »Bei der Trauerfeier habe ich auch Jessica Ballantyne gesehen. Sie rannte weg, als sie mich sah, und ich habe sie aus den Augen verloren.«

»Haben Sie die Nachricht an Kurtz weitergeleitet?«

»Hab ich. Er sagt, sie hätten beide zusammen an einem geheimen Projekt für die Regierung gearbeitet. Sie sollten ein Virus erschaffen, das von Tieren auf Menschen überspringt. Für Spionagezwecke, sagte er. Aber sie gerieten in einen Tsunami, und alle Forscher ertranken. Er dachte immer, Jessica Ballantyne, sei auch ertrunken. Er schien wahrhaft betroffen, als er hörte, dass sie am Leben ist.«

»Was hat er sonst noch gesagt?«

»Er sagt, die Päckchen, die Gilda aus dem Kühlschrank entwendet hat, enthielten Ampullen mit einem Gegenmittel für seine mysteriöse Erkrankung. Aber er hat gelogen.«

»Woher wissen Sie denn das?«

»Ich weiß es nicht, Guidry, ich sehe es einfach nur, wenn jemand lügt. Vielleicht weil ich als Kind wissen musste, wann meine Mutter log. So eine Art Selbstschutz, den ich mit der Zeit entwickelt habe.«

Ich bezweifelte, ob Guidrys Mutter ihren Sohn jemals angelogen hatte. Wahrscheinlich hatte er eine Mutter, die immer für ihn da war, eine hübsche Mutter, die die ganze schwere Arbeit von Dienern verrichten ließ, damit sie angenehmer- und netterweise immer ihrem Sohn zur Verfügung stand.

»Guidry, was ist mit der ballistischen Untersuchung?«

»Ergebnislos. Sie haben weder eine Kugel noch eine Patrone. Sie können bestenfalls die kluge Schätzung abgeben, dass es sich bei dem Geschoss um das Kaliber .38 gehandelt hat.«

Ich erbebte. Die Tatsache, dass es keine Patronenhülse gab, könnte bedeuten, dass der Killer einen Revolver oder ein Einschussgewehr verwendet hat. Kaliber .38 deutete aber mehr auf einen Halbautomaten mit Hülsenfangsack – wie ihn ein bezahlter Killer verwenden würde. Oder jemand hatte die Patrone aufgesammelt und eingesteckt.

»Bin ich immer noch Ihre Hauptverdächtige?« – »Dixie, ich weiß, dass Sie Gutierrez nicht ermordet haben. Jeder, außer unserer neuen Star-Bezirksanwältin, weiß, dass Sie Gutierrez nicht auf dem Gewissen haben. Sollte der Fall vor Gericht gehen, wäre es ein reines Indizienverfahren. Machen Sie sich darüber keine Sorgen.«

Es entsprach genau meiner Erfahrung, dass, wenn jemand sagt: »Mach dir darüber keine Sorgen«, man sich gerade umso mehr Sorgen machen soll.

Jeden Tag werden Menschen aufgrund von Indizienbeweisen des Mordes schuldig gesprochen. Die Hälfte aller Todeskandidaten in den Gefängnissen wurde nur auf der Basis von Indizien verurteilt, und viele von ihnen sind unschuldig. Das wusste ich. Guidry wusste es auch. Und Gott wusste es auch, und wenn die neue Bezirksstaatsanwältin kein kompletter Schwachkopf war, dann wusste sie es auch.

Ich sagte: »Mir geht's nicht besonders gut, Guidry. Ich geh hinein.«

Er stand auf, während ich die Rollläden per Fernbedienung öffnete. Dann machte ich die Verandatür auf und drehte mich um, um ihm gute Nacht zu sagen. Dann wusste ich nur mehr, dass er mich fest in seinen Armen hielt und ich mich an ihn schmiegte wie ein Hundebaby auf der Suche nach einer warmen Zitze.

Ich spürte seine Lippen auf meinem Haar und er flüsterte: »Tut mir leid, Dixie. Du verdienst Besseres.«

Ich sagte kein Wort darauf, stand einfach nur eine Weile da und klammerte mich mit tränenüberströmtem Gesicht an ihn. Dann holte Guidry tief Luft, hob mein Kinn an und küsste mich. Ein sanfter, zärtlicher Kuss, bei dem ich vor Verlangen zitterte und die Lippen begierig öffnete. Er glitt mit seinen Händen über meinen Rücken zum Po und küsste mich weiter, vertiefte den Kuss gerade so lange, dass ich nach Atem rang, als er ihn beendete.

»Gute Nacht, Dixie.«

Er ließ mich stehen und stürmte die Treppe, zwei Stufen auf einmal, hinunter. Dann stieg er in sein Auto und fuhr weg, ohne sich nach mir umzusehen.

Auf wackeligen Beinen wankte ich in mein Wohnzimmer und ließ mich auf das Sofa sinken. Das Nachbeben des Kusses war noch nicht verklungen. Meine Lippen fühlten sich an wie elektrisiert, und die Geschmacksknospen meiner Zunge brannten. Guidry war über seinen Geschmack noch anwesend, rein, gesund und flüssig, leicht salzig und ein wenig herb. Ich bedeckte mein Gesicht mit beiden Händen und seufzte tief, verwirrt und befriedigt zugleich.

Ich hatte mich in einen Bereich vorgewagt, von dem es kein Zurück mehr gab, und ich war mir überhaupt nicht sicher, ob ich wusste, was, zum Teufel, nun daraus werden sollte.

24

Als der Wecker um vier Uhr morgens klingelte, erwachte ich mit der verschwommenen Erinnerung, dass ich für den kommenden Abend mit Ethan zum Essen verabredet war, dass ich an dem Abend Sex haben könnte und ich noch immer als Verdächtige im Mordfall Ramón Gutierrez galt. Ich wog an die dreihundert Tonnen, als ich über den Flur ins Bad ging. Nachdem ich mir die Zähne geputzt und ein bisschen Wasser ins Gesicht gespritzt hatte, war ich fast erstaunt darüber, dass sich mein Spiegelbild seit gestern nicht verändert hatte. Ich band mir die Haare mit einem Gummiband zusammen und latschte in mein Büro-Schrank-Kabuff, um eine Unterhose, Shorts und T-Shirt anzuziehen. Fehlten nur noch saubere Keds, meine Schultertasche und diverse Tierutensilien, und schon straffte ich die Schultern. Auf ein Neues, meine Damen und Herren! Dixie Hemingway zieht hinaus in die Welt, bereit für ihre Rolle als Tiersitterin der Extraklasse. Sie mag sich beschissen fühlen und hat vielleicht ein paar Schrauben locker, aber niemand kann, bei Gott, behaupten, sie würde sich ihrem Job verweigern!

Unten im Carport sah mich ein Pelikan von der Kühlerhaube des Bronco aus mürrisch mit seinen gelben Augen an, ehe er aufflog und einen angenehmeren Ruheplatz ansteuerte. Die Sittiche in den Bäumen beschlossen, sollten sie überhaupt etwas von mir mitbekommen haben, dass es noch zu früh war für gespielte Theatralik, und machten die Augen wieder zu.

Mein Kopf tat mir noch weh, und ich verzichtete auf einen Lauf mit Billy Elliott; trotzdem warf ich, als ich am Sea Breeze vorbeifuhr, einen schnellen Blick auf den Parkplatz, um zu sehen, ob der Hund vielleicht Toms neue Freundin ausführte. Doch außer abgestellten Fahrzeugen sah ich nichts auf dem dunklen Areal. Ich musste mich zwingen, nicht doch kurz Halt zu machen. Vielleicht wartete ja Billy Elliott nervös oben auf mich und scharrte mit den Hufen, aber der jungenhafte Arzt von der Notaufnahme hatte mich letztlich doch überzeugt, dass mit einer Gehirnerschütterung nicht zu spaßen war. Bis Montag würde ich meinem Kopf noch Zeit geben, und Billy Elliott dann mit einem extralangen Lauf entschädigen.

Mit meiner morgendlichen Hunderoutine war ich bald fertig und ich fuhr südwärts, um mich den Katzen zu widmen. Der Tag kam gerade so in die Gänge, und man sah nur Leute, die ihre Hunde ausführten, Lieferanten und ein paar kühne, auf einen kleinen Vorsprung bedachte Frühaufsteher. Bei Starbucks sorgte die Versorgung koffeinbedürftiger Autofahrer bereits für regen Betrieb, und ich steuerte die Einfahrt an, um meinen Anteil abzubekommen. Nebenan fuhr Dr. Phyllis Layton auf ihren leeren Parkplatz und ging in ihre Praxis. Dr. Layton ist Schwarzamerikanerin und als Tierärztin ungewöhnlich gutherzig im Umgang mit ihren Patienten. Sie würde einer Katze nie die Krallen amputieren.

Sobald ich mir meinen Koffein-Kick geholt hatte, fuhr ich auf Dr. Laytons Parkplatz und stellte mich direkt neben ihren Wagen. Sie stand hinter dem stechpalmenumkränzten Fenster der Rezeption, als ich hereinkam, und einen Moment lang wirkte ihr Gesicht eine Spur erstaunt darüber, so früh schon Besuch zu haben. Dann sah sie, dass ich es war, und lächelte.

Wir begrüßten einander, und ich sagte: »Eine meiner Katzen, eigentlich eine Wildkatze, hasst es, im Haus eingesperrt zu sein. Er bespritzt und zerkratzt einfach alles. Kennen Sie vielleicht jemanden auf dem Land, der einen guten Mäusefänger gebrauchen könnte? Eine nette Familie mit einer geschlossenen Veranda, in der er schlafen könnte?«

»Und wo er jede Menge Zuneigung, Schutz vor Hunden und seine jährlichen Impfungen bekommt?«

»Genau, das natürlich auch.«

Sie lachte. »Sie dürfen ihn gerne mit dazuhängen.«

Sie gab mir eine Karteikarte und zeigte auf ein Schwarzes Brett an der Wand im Wartezimmer, auf dem Karten in säuberlichen Reihen prangten.

Ich sagte: »Ich denke mal, Sie bekommen viele solche Anfragen.«

»Schon, aber das Erstaunliche daran ist, dass die Leute diese Karten auch lesen und Tiere, die ein neues Heim brauchen, zu sich nehmen. Viele Tierliebhaber haben einfach ein großes Herz.«

Ich füllte die Karte aus, wobei ich ausdrücklich darauf hinwies, dass Muddy wirklich nett, aber als Wohnungskatze nicht geeignet war. Dann gab ich meine Telefonnummer an.

Ich sagte: »Muddy kann wirklich unangenehm werden. Was passiert, wenn ihn jemand nimmt und es nicht funktioniert?«

»Dann bringen sie ihn zurück. Erst vor ein paar Tagen hat eine Frau eine Zwergbulldogge, zu sich genommen, deren Besitzer gestorben war. Er war so ein niedlicher kleiner Bursche, dass ich einen Anschlag draußen machte: KOSTENLOS IN GUTE HÄNDE ABZUGEBEN. Sie meldete sich am späten Nachmittag bei mir, tat so, als würde sie ihn mögen, und nahm ihn mit zu sich nach Hause. Aber schon am nächsten Morgen brachte sie ihn wieder zurück. Nicht einmal vierundzwanzig Stunden hat sie ihn behalten! Als Irin konnte sie angeblich mit einem so winzigen Hund nichts anfangen. Ich glaube, es lag nicht daran, dass sie Irin war, sondern sie hatte es sich einfach anders überlegt.«

Mein Kopf fühlte sich an, als würde er gleich platzen. Ich glaube wirklich, dass Wut diese Wirkung auf das Gehirn hat – es wird heiß und schwillt an. Schon bevor ich die Frage überhaupt stellte, kannte ich die Antwort.

»War die Frau groß gewachsen und dunkelhaarig?« – »Kennen Sie sie etwa?«

»Am Dienstagmorgen habe ich eine Frau, die so aussah, mit einer Zwergbulldogge gesehen.«

»Nun, ich habe ein anderes Zuhause für den winzigen Hund gefunden. Damit wäre ja noch alles gut gegangen.«

Ich pinnte Muddys Karte an Dr. Laytons Anschlagbrett und ließ sie, ihre Patientenkartei durchgehend, zurück.

Mein Handy klingelte, und ich bellte »Hallo!«, ohne einen Blick auf das Display zu werfen.

Mit schmelzendem Ton sagte Guidry: »Sind wir heute morgen mit dem falschen Bein aufgestanden?«

»Ich habe nur eben im Moment erfahren, welcher Ire mich neulich angerufen hat. Es war Jessica Ballantyne, die einen irischen Akzent nachgeahmt hat.«

»Ach, sag bloß. Wer hätte bloß gedacht, dass die es nicht ehrlich meint.«

Ich schnitt dem Telefon Grimassen. »Rufst du mich an, weil du mich auf den Arm nehmen willst, oder gibt es einen anderen Grund?«

»Einer von Kurtz' Nachbarn hat gestern Nacht bei uns angerufen. Er hat Schüsse gehört, die, wie er meinte, aus Kurtz' Haus kamen. Er wollte, dass wir der Sache nachgehen. Die Beamten fanden Kurtz in der Einfahrt liegen. Er hatte einen Eindringling verfolgt und war dort zusammengebrochen.«

»Ken Kurtz hat jemanden verfolgt?«

»Wahrscheinlich hat er im Schneckentempo versucht, jemanden zu verfolgen, aber er hat auf jemanden geschossen. Zumindest behauptet er das. Angeblich hat er nachts ein polterndes Geräusch gehört und geglaubt, es käme von einem seiner Garagentore. Er stand auf, um nachzusehen, und da sah er einen Mann im Hof, der gerade seinen Leguan wegschleppte. Der Leguan schlug wie wild um sich, ich vermute, weil der Typ ihn nicht richtig bändigen konnte. Kurtz schoss einmal in die Luft, und der Typ ließ den Leguan fallen und rannte durch eine Garage zur Einfahrt. Kurtz wollte hinterherlaufen und brach zusammen. Der Beamte vor Ort half ihm ins Bett zurück und suchte die Garage ab. Er sah sich um, konnte aber keinen Eindringling oder entsprechende Spuren entdecken. Meinst du, Kurtz könnte Halluzinationen haben?«

Mein Herz raste und ich spürte die aufsteigende Hitze in meinem Gesicht.

Ich sagte: »Die Gärtner kommen über die hinterste Garage in den Innenhof. Dort gibt es einen Lagerraum mit Zugang zum Innenhof.«

»Glaubst du, es war einer von den Gärtnern?«

Ich schüttelte den Kopf. »Ich weiß nicht, wer es war.«

Das stimmte nicht ganz. Ich konnte mir sehr wohl denken, wer es war. In meinem Kopf hörte ich meine eigene Stimme, wie sie dem verrückten Fanatiker mit den manikürten Nägeln und der Movado-Armbanduhr sagte, ich würde einem Haustier Futter nach draußen bringen. Ich erinnerte mich an das plötzliche Leuchten in den Augen des Mannes, als er das gehört hatte.

Von daher wusste er, wo er Ziggy finden konnte. Ich hatte es ihm selbst gesagt.

Ich schämte mich, Guidry von meiner Dummheit zu erzählen. Stattdessen schimpfte ich auf die Ansammlung religiöser Eiferer vor Kurtz' Haus.

»Kannst du nicht dafür sorgen, dass sie verschwinden?«

»Nur wenn sie den Verkehr behindern oder Passanten belästigen.«

»Sie haben die Einfahrt blockiert und mich haben sie belästigt.«

»Ich schicke einen Kollegen vorbei, der mal mit ihnen redet.«

Ich beendete das Gespräch, wobei ich mich fragte, warum jemand, der angeblich nur vor der Zahl 666 Angst hat, Ziggy stehlen wollte.

Den ganzen Vormittag über kochte ich vor Wut auf Jessica und vor Ärger, einem falschen Mönch auf den Leim gegangen zu sein; außerdem brummte mir der Kopf und ich hatte schlechte Laune. Die Katzen spürten das und gingen mir tunlichst aus dem Weg, was mir gar nicht gefiel, aber ich konnte nichts dagegen machen. Ich konnte den Moment kaum erwarten, in dem Jessica Ballantyne oder der Mann in der Kutte wieder auftauchen würden, damit ich ihnen gehörig die Meinung sagen konnte.

Als ich die letzte Katze versorgt hatte, schleppte ich meine Wut und meinen Hunger in den Village Diner und fletzte mich in meine Stammnische. Sofort war Judy mit ihrer Kaffeekanne und einem Becher für mich zur Stelle.

Sie sagte: »Was schaust du denn so grimmig? Ist dir dieser Wahnsinnstyp von neulich entwischt, der vom letzten Mittwoch?«

»Er ist mir nicht entwischt. Er ist ein enger Freund von mir.«

»Wenn ich so einen Freund hätte, also, ich würde ganz genau wissen, was ich mit dem machen würde.«

Sie wandte sich ab, um einer Frau auf der anderen Seite Kaffee nachzuschenken, und ließ mich mit meinem Becher in Ruhe. Die Frau auf der anderen Seite las die *Herald Tribune*, ihr Gesicht hielt sie hinter der Titelseite verborgen, sodass nur ihre kurzen blonden Haare zu sehen waren. Mein Großvater pflegte die Zeitung auch so zu lesen, irgendwie eine Methode, sich mit Gedrucktem vor der Welt abzuschotten. Ich hingegen falte meine Zeitung und schaue auf sie hinunter. Vielleicht habe ich so das Gefühl, ich hätte mehr Kontrolle darüber, was in der Welt vor sich geht.

Judy kam mit meinen obligatorischen zwei Eiern, beidseitig gebraten, sowie mit extra knusprigen Farmerkartoffeln und einem Brötchen zurück. Als ob sie wüsste, dass meine Nerven aufs Äußerste angespannt waren, stellte sie den Teller ab und goss meinen Becher auf, ohne ein Wort zu sagen.

Ich bedankte mich bei ihr und machte mich über das Essen her wie ein ausgehungerter Wolf. Während ich Eigelb auftunkte, fiel mir plötzlich meine Verabredung mit Ethan wieder ein, die mittlerweile um einige Stunden näher herangerückt war. Mein Kaffee war auch schon wieder leer, stellte ich fest und sah mich nach Judy um, die aber schon auf dem Weg zu mir war und ihre Kaffeekanne wie eine Rettungslampe vor sich hertrug.

Sie sagte: »Um Himmels willen, Mädchen, wann hast du denn das letzte Mal was gegessen?«

»Ich weiß, es ist schrecklich, nicht wahr?«

»Nicht unbedingt schrecklich. Eher ein Ersatz für Sex. Wenn du welchen hättest, würdest du nicht so schlingen, als würde es kein Morgen geben. Genau das denke ich mir immer, wenn ich diese fetten Riesenweiber ihre Extraportion Püree verdrücken sehe. Die Armen haben vielleicht seit Jahren schon keinen guten Sex mehr gehabt. Oder noch nie. Und diese Diätbücher, die die Leute lesen, alles nur ein Haufen Mumpitz, sag ich dir. Eine Frau, die guten Sex hat, nimmt nicht zu, und die Bücher kannst du in der Pfeife rauchen.«

Mit einem nachdrücklichen Kopfnicken drehte sie sich um und knallte die Rechnung auf den Tisch auf der anderen Seite des Gangs. Ich hielt meinen Becher mit beiden Händen umfasst und fragte mich, was sie wohl sagen würde, wenn ich ihr sagte, dass ich vielleicht noch an diesem Abend Sex haben würde. Egal ob guten, schlechten oder mittelmäßigen, es würde möglicherweise dazu kommen. Ich versuchte tunlichst nicht laut zu seufzen bei dem Gedanken, aus Angst, ich könnte mich komplett blamieren oder mich nicht mehr erinnern, was man so macht im Bett.

Die Blonde von gegenüber stand auf und nahm ihre zusammengefaltete Zeitung. Dann drehte sie sich in einer einzigen geschmeidigen Bewegung herum und nahm mir gegenüber Platz. Ich blinzelte ein paar Mal mit den Augen und knallte dann meinen Becher auf den Tisch.

»Sie sind die Person, die mich angerufen hat.« – »Ich wusste mir keinen anderen Rat. Ich musste die Aufmerksamkeit auf dieses Haus lenken. Außerdem würde er doch wissen, dass er in Gefahr war, wenn Sie auftauchen und von einem Leguan namens ZIGI sprechen.«

»Kann ich vielleicht sonst noch was für Sie tun? Vielleicht die Schuhe putzen? Ihre blonde Perücke auftoupieren?«

»Ich versteh ja Ihren Zorn.«

»Oh, großartig! Macht man jetzt einen auf Seelenklempner?«

Sie faltete eine Ecke der Zeitung zu einem Dreieck nach innen. »Eins würde ich gern wissen. Diese Frau, die mit ihm gelebt hat. Waren sie ein Paar?«

»Spielt das eine Rolle?«

Sie seufzte. »Ich nehme an, Sie haben gemerkt, dass ich das nicht jeden Tag mache, und ich glaube nicht, dass ich noch einmal in die Verlegenheit komme.«

»Was zu tun? Sich als männlichen Iren auszugeben?«

»Als verdeckte Ermittlerin zu arbeiten.«

»Für BiZogen?«

»Nein, für das FBI. Sie wussten, dass Ken und ich zusammengearbeitet haben. Sie dachten, ich könnte ihn ausfindig machen, ehe die Leute von ZIGI ihm auf die Spur kamen.«

»Ich will Ihnen nicht zu nahe treten, Jessica, aber das heißt doch, sie hielten den Fall nicht für wichtig genug, um einen ihrer richtigen Ermittler darauf anzusetzen.«

Sie nickte kleinlaut. »Es ist der Krieg gegen den Terror. Alle Agenten, die ihr Handwerk verstehen, suchen nach Männern, denen Drähte aus den Schuhen hängen.«

»Als verdeckte Ermittlerin sind Sie eine absolute Null. Da würden sich einige meiner Tiere besser anstellen.«

»Ken hat recht mit seiner Behauptung, dass BiZogen den Tod unserer Freunde zu verantworten hat. Sie sind durch die Nachlässigkeit von BiZogen ertrunken. Ich bin mir sicher, dass er nur deshalb ZIGI kontaktiert hat. Ich finde das irgendwie rührend, Sie nicht?«

Ich beugte mich näher zu ihr heran und sagte mit Bedacht: »Ich finde nichts an dieser Geschichte rührend. Was wissen Sie über den Mord an dem Wachmann?«

»Ich weiß nicht, wer das getan hat, Dixie, und es gehört auch nicht zu meiner Aufgabe, mich dafür zu interessieren. Darum müssen sich die örtlichen Strafverfolgungsbehörden kümmern.«

»Was ist mit Gilda?«

»Das würde ich selbst gerne wissen. Was ist mit Gilda? Wer ist sie? Was ist sie für Ken? Sie sagen, Ken hatte mein Foto am Bett stehen, aber er hat anscheinend eine andere Frau mit hineingenommen.«

»Wir wollen ihm aber doch zugute halten, dass er geglaubt hat, Sie seien tot.«

»Ich hätte mir nicht so schnell wieder was Neues gesucht, wenn ich geglaubt hätte, er wäre tot.«

Das konnte ich nur allzu gut verstehen.

Ich sagte: »Wie haben Sie ihn denn nun gefunden?«

Sie setzte eine selbstgefällige Miene auf. »Es war überhaupt nicht schwer. Ken ist ein passionierter Weinsammler, und er hat immer bei derselben Firma bestellt. Ich bin dort einfach aufgekreuzt und habe denen gesagt, ich sollte in seinem Auftrag Wein für ihn bestellen. Dann ließ ich mir seine Adresse von ihnen bestätigen.«

Ich war nicht weiter erstaunt. Von Kriminalermittlern hört man immer wieder, dass die Hälfte aller Verhaftungen durch die eigene Dummheit der Täter zustande kommt. Da gibt es Bankräuber, die ihre Beute just bei der kurz zuvor überfallenen Filiale auf ihr Konto einzahlen wollen. Leute auf der Flucht vor der Polizei zahlen in Hotels und Restaurants mit Kreditkarten. Abgebrühte Killer überleben bei ihrer Flucht aus Hochsicherheitsgefängnissen Gewehrschüsse, Stacheldraht und Hunde, nur um sich anschließend auf direktem

260

Weg in Muttis Wohnküche zu begeben. Es scheint, als hätten wir alle eine schicksalhafte Macke, an der wir selbst dann festhalten, wenn wir uns in Grauzonen begeben.

Ken Kurtz war ein wissenschaftliches Genie, aber weil er eine allseits bekannte Gewohnheit beibehielt, konnte Jessica ihn auf Siesta Key aufspüren, und das war schlichtweg dumm. Außerdem lebte er ja angeblich nur von Gildas Gesundheitsdrinks und konnte den Wein mit Sicherheit nicht einmal trinken, was die Sache noch dümmer machte.

Just als ich mir schon dazu gratulieren wollte, klüger als Kurtz zu sein, überkamen mich Zweifel. Der Wein war vielleicht ein Vorwand. Vielleicht beabsichtigte Kurtz, mit dem Wein von etwas Wichtigerem abzulenken.

Die Klugscheißer-Stimme in meinem Kopf sagte: Und das wäre?

Mir fiel keine Antwort ein, war mir aber nicht mehr sicher, ob ich wirklich so klug war.

Ich sagte: »Und das gestohlene Auto?«

»Das Auto hat mir mein Auftraggeber gestellt. Ich weiß nicht, ob sie wussten, dass es gestohlen war.«

»Ihr Herzblut hängt nicht unbedingt an diesem Job, kann das sein?«

»Das Problem ist, dass ich darüber, was auf der Insel passiert ist, genauso denke wie Ken.«

»Aber Sie haben sich vom FBI anheuern lassen.«

»Die Sache ist kompliziert.«

»Mir erscheint sie recht einfach. Sie haben eine Scheißwut auf Ken Kurtz, weil er Sie dem sicheren Tod überlassen hat, und nun unterstützen Sie tatkräftig das FBI, ihn wegen Industriespionage zu verhaften. Um der alten Zeiten willen jedoch warnen Sie ihn im Voraus, damit er fliehen oder die Forschungsunterlagen verstecken oder sich sonst wie retten kann, ehe die Bundespolizei mit den großen Kanonen anrückt. Stimmt das so ungefähr?«

»Er verhält sich falsch, aber ich habe Verständnis dafür.«

Ich lehnte mich zurück und ließ einen Moment verstreichen. »Jessica, es geht hier nicht nur um Ken Kurtz und seine Forschungen. Es ist ein Mord geschehen. Wer auch immer den Wachmann getötet hat, war vielleicht gekommen, um Kurtz zu töten. Sie haben selbst gesagt, dass der Konkurrenzkampf zwischen BiZogen und ZIGI mörderisch war. Ob mit oder ohne Verstrickung des FBI, BiZogen hat möglicherweise Mordabsichten.«

»Wenn sie seine Forschungen zurückbekommen, lassen sie ihn laufen.«

»Weil sie so großzügig oder gutmütig sind?«

»Nein, weil Ken so ein brillanter Forscher ist. Lieber würden sie ihn wieder anheuern, als ihn abzuknallen.«

Ich sagte: »Kurtz rechnet offenbar sicher mit Gildas Rückkehr, aber er sagt nicht, warum. Die von ihr mitgenommenen Päckchen aus dem Kühlschrank enthielten angeblich Ampullen mit einem Gegenmittel gegen was auch immer es war, das seine Blaufärbung und seinen Nervenschaden verursacht hat. Aber niemand, dem es so schlecht geht wie ihm, reagiert so gelassen auf den Verlust seiner Medizin, weshalb ich ihm nicht glaube. Haben Sie eine Idee, was diese Ampullen enthielten, oder warum er so sicher ist, dass sie zurückkommt?«

»Wenn die beiden ein Paar sind ...«

Ich schlug mit der Faust auf den Tisch. »Vergessen Sie diesen Liebesquatsch! Kommen Sie schon, Sie sind doch auch vom Fach. Was würde man in Päckchen eingewickelt im Kühlschrank lagern? Es muss etwas sein, das ersetzt werden muss. Denn sonst könnte er nicht so sicher sein, dass Gilda zurückkommt.«

Sie schüttelte den Kopf. »Ich habe keine Ahnung.«

»Was haben Sie nun eigentlich vor, Jessica? Wie mir scheint, haben Sie sich weitgehend enttarnt und sind für das FBI nicht mehr nützlich. Warum machen Sie nicht einfach Nägel mit Köpfen und schmeißen alles hin. Gehen Sie zu

Kurtz. Sie lieben ihn und er liebt Sie. Sie sind beide brillante Wissenschaftler – vielleicht finden Sie einen Weg, die Forschungsergebnisse an BiZogen zurückzugeben und damit Ken vor dem Gefängnis zu retten.«

»Ich könnte selbst im Gefängnis landen, wenn ich ihn warne, dass man ihm auf den Fersen ist.«

»Wenn Sie ihn warnen? Verdammt, es hätte doch sowieso nur noch gefehlt, dass Sie einen blinkenden Goodyear-Zeppelin über seinem Haus kreisen lassen. Es ist zu spät. Stellen Sie sich nicht so an. Sie haben doch den entscheidenden Schritt längst getan.«

Ich stand auf und warf Geld auf den Tisch.

»Eins garantiere ich Ihnen. Sollte man mich wegen Mordes an Ramón Gutierrez verhaften, singe ich wie ein preisgekrönter Kanarienvogel von einer gewissen FBI-Agentin, die meinte, zweigleisig fahren zu können. Überlegen Sie es sich also gut, wie Sie jetzt weiter vorgehen wollen, Sie Möchtegern-Irin.«

25

Nach dem Gespräch mit Jessica fuhr ich sofort nach Hause. Zu etwas anderem war ich nicht in der Lage. Ich meine, was kannst du im Anschluss an so eine Sache schon machen? Der Bronco brauste wie von alleine über die Midnight Pass Road und, etwas langsamer, die gewundene Zufahrt entlang zum Carport. Ich stieg aus und ging die Treppe zu meiner Veranda hinauf. Dort stand auf meinem Glastischchen ein Katzen-Transportkarton aus Pappe, aus dem ein schwaches Wimmern drang.

Noch bevor ich durch eines der Luftlöcher blickte, wusste ich Bescheid. Die junge Glückskatze saß darin, zusammengekrümmt wie ein Häschen und mit angedrückten Ohren, die Augen vor Angst weit aufgerissen. An der Box klebte ein Hinweiszettel, von einem Schulblock abgerissen und mit Buchstaben in rundlicher Kleinmädchenschrift.

Dixie,
ich wusste, Sie wollten das Kätzchen haben.
Also gehört es Ihnen.
Ihre Freundin
  Paloma

Ich stöhnte entsetzt. Was sollte ich mit einem Kätzchen anfangen! Ich war lediglich besorgt gewesen, niemals hatte ich es darauf angelegt, es zu mir zu nehmen. Dann öffnete ich die Tragebox und nahm das Kätzchen heraus. Es war wirklich allerliebst.

»Schon gut, Miezchen, hab keine Angst.«

Nach ein paar Streicheleinheiten und gutem Zureden zog

die Kleine ihre Krallen ein, und nach einem Schälchen Wasser und noch mehr zärtlichen Worten entspannten sich auch die hochgezogenen Schultern. Dann fiel mir ein, dass ich dringend Pipi machen müsste, wenn man mich in eine Schachtel eingesperrt an einen fremden Ort bringen würde, also trug ich sie zu dem großen Sandkasten direkt am Meer. Anscheinend glaubte sie mir sogar, als ich ihr sagte, die Wellen und die Seemöwen seien völlig harmlos. Nachdem sie eine Pfütze von der Größe eines Silberdollars gemacht hatte, trug ich sie wieder zurück, wobei ich ihr erklärte, dass sie zwar das süßeste und netteste Kätzchen sei, das ich je gesehen habe, dass ich sie aber trotzdem nicht würde behalten können.

Ich sagte: »Ein Tier kommt in meiner derzeitigen Lebensplanung einfach nicht vor.«

Sie leckte mit ihrer sandpapierartigen Zunge über meinen Daumen und schnurrte.

Dann legte ich mich mit der Katze auf dem Bauch in meine Hängematte. Sie saß aufrecht mit gestreckten Vorderbeinen da und sah sich um. Eine Seemöwe zog unter lautem Kreischen vorüber, und sie hob eine ihrer lang behaarten Augenbrauen und gab einen fiependen Ton von sich, bei dem ich lachen musste.

Ich sagte: »Weißt du eigentlich, dass ich nicht einmal deinen Namen kenne?«

Sie fiepte abermals.

Ich sagte: »Du klingst wie Ella Fitzgerald, wenn sie frei improvisiert. Also, ich würde dich glatt Ella Fitzgerald nennen.«

Darauf gähnte sie, rollte sich zufrieden zusammen und schlief ein. Ich schaukelte in meiner Hängematte, hielt die Glückskatze in meinen Händen und sagte mir, dass ich aufstehen und Guidry anrufen müsste, um ihm zu sagen, was passiert war. Aber die Katze schlief so friedlich, dass ich sie nicht stören wollte.

Außerdem saß Jessica Ballantyne derart dumm und doch so menschlich nachvollziehbar in der Zwickmühle, dass ich ihr etwas Zeit geben wollte. Ich hatte meine Finger im warmen Fell der Katze vergraben und sinnierte über die großen Ereignisse der Weltgeschichte, die durch Liebe entstanden, vereitelt oder vermasselt worden waren. Napoleon und Joséphine. Abelard und Héloïse. König Edward und Wallis Simpson. Prinzessin Diana und Prinz Charles und Camilla. Komisch eigentlich, dass gerade die angeblich so steifen Europäer für die Liebe alles aufzugeben bereit sind, während die angeblich weniger verklemmten Amerikaner – man denke an Bill Clinton und seine Monica, Gary Hart und Donna Rice, Wilbur Mills und Fanne Foxe – für Sex alles aufgeben. Nicht einmal für erwachsenen Sex, sondern unreifen, banalen, trivialen Sex.

Ken Kurtz war zwar kein Staatsmann, verfügte aber doch über eine gewisse internationale Reputation, einen Rang, der das Interesse des FBI an ihm rechtfertigte und die Ermordung eines Menschen zur Folge hatte. Jessica Ballantyne war eine anerkannte Wissenschaftlerin, eine Frau, die von der Regierung der Vereinigten Staaten einen Auftrag zuerst als Forscherin, dann als Geheimermittlerin bekommen hatte. Beides waren Menschen von überragendem Intellekt, und doch verhielten sie sich wie Oberschüler, die ihre Hochschulzulassung verpatzen, weil die Liebe ihr Hirn zu Brei werden ließ. Vielleicht lag es an der langen Zeit, die sie in Europa und Südostasien verbracht hatten. Wären sie in den Vereinigten Staaten geblieben, dann wäre ihnen möglicherweise Sex wichtiger als Liebe.

Und was war mit mir? Was war mir wichtig?

Ich war 32 Jahre alt, eine gesunde, ganz normale Frau mit einem gesunden Körper und gesundem Verlangen, und diese Katze zu liebkosen, war die engste Form intimen Zusammenseins mit einem anderen Lebewesen, die ich in den letzten drei Jahren erlebt hatte. Ethan Crane war die Antwort auf die sexuellen Fantasien jeder Frau, aber war das der Weg, den ich gehen wollte? Als ich beschloss, wieder zu leben und zu lieben, steckte da die Vorstellung dahinter, einen Mann zu Hause zu besuchen und Sex mit ihm zu haben?

Während ich mir den Kopf über diese Frage zermarterte, rollte ich mich aus der Hängematte, wodurch Ella aufwachte und sich unter meinen Händen wand.

Ich sagte: »Alles in Ordnung. Wir gehen jetzt rein. Es gibt einiges zu tun für mich. Ich habe doch diese Verabredung heute Abend.« Sie hob abermals eine Augenbraue, und ich sagte: »Menschen verabreden sich, wenn sie rollig sind. Ihr Katzen kommt einfach zur Sache und macht es – wham, bam, danke, Ma'am –, aber wir Menschen müssen davor erst zusammen zu Abend essen und uns unterhalten. So etwas nennen wir Verabredung. Blöd, oder?«

Drinnen ließ ich Ella die Wohnung inspizieren, während ich eine Dusche nahm. Ich rasierte mir die Beine, gönnte meinen Haaren eine Spülung mit Tiefenwirkung und meinem Gesicht ein Peeling für eine extra zarte Haut. Und ich beschloss, Ethan anzurufen und die Verabredung abzusagen. Ich dachte, ich würde die Katze als Ausrede benutzen – jemand hat die Katze einfach bei mir abgestellt, und ich muss sie ins Tierheim bringen. Ich war eine Astronautin auf der Startrampe, die eine tiefe Gewissenskrise befallen hatte – oder eine schwere Form des Bammels vor dem ersten Mal.

Ich kroch in mein Bett. Ella kam miauend auf mich zu, und ich nahm sie in mein Bett. Sie fühlte sich weich und warm neben mir an, und wir schliefen mehrere Stunden. Beim Aufwachen waren meine Kopfschmerzen verschwunden. War das ein Wink mit dem Zaunpfahl von oben? Oder nur ein Zeichen, dass die Folgen meiner Gehirnerschütterung abgeklungen waren? Oder beides?

Bis zum Abend mit Ethan waren es nur noch sieben Stunden.

Nackt trug ich Ella in mein Büro-Schrank-Kabuff und schlüpfte in einen Frotteebademantel. Dann legte ich eine

Patsy-Cline-CD ein und setzte mich an den Schreibtisch, um Einträge in meine Tierkartei zu machen. Ella kam heran und versuchte auf meinen Schoß zu springen. Ich nahm sie hoch und ließ sie ein paar Minuten sitzen, während ich weiterarbeitete, aber dann setzte ich sie auf den Boden, stapfte zum CD-Spieler und stellte Patsy ab. Manchmal sind naive Liebeslieder unerträglich.

Jemand pochte gegen meine Terrassentür, ich schloss den Bademantel und tapste ins Wohnzimmer. Guidry stand mit einer Hand gegen die Tür gelehnt und starrte gelassen durch die Scheibe in mein Leben. Als hätte er das Recht, mitten am Nachmittag einfach hier aufzukreuzen, ohne vorher anzurufen. Als spielte es keine Rolle, dass manche Menschen es vielleicht gerne kurz vorher wüssten, damit sie sich anziehen konnten, ehe sie Besuch bekamen.

Ich riss die Tür auf und sah ihn grimmig an. Er ignorierte mich und schlenderte herein, ließ mich einfach mit der Türklinke in der Hand stehen. Er ging schnurstracks auf meinen Kühlschrank zu und nahm eine Flasche Wasser heraus. Während er die Flasche zur Hälfte austrank, schloss ich die Tür und ging an meinen Küchentresen. Ich hatte weiche Knie. Ich wünschte mir, er würde mich wieder küssen.

Dann sagte ich so ironisch wie ich es eben konnte: »Schön, Sie zu sehen, Lieutenant. Darf ich Ihnen was zu trinken anbieten? Vielleicht ein Glas Wasser?«

»Danke, ich hab mich schon bedient.«

Er trug die Flasche ins Wohnzimmer und stellte sie auf den Kaffeetisch, um sich dann auf meine grüne Couch plumpsen zu lassen. Nach einem Moment des Zögerns nahm ich auf dem Sessel Platz. Zu spät bemerkte ich, dass ich die Knie zusammenpresste wie ein Mädchen bei ihrem ersten Knutschdate. Nur dass wir nicht knutschten und es auch nicht in Zukunft vorhatten, etwas, das ich Guidry noch kristallklar machen musste, ehe er vielleicht auf falsche Gedanken kam. Wenn er sie nicht schon hatte.

Das Kätzchen kam ins Wohnzimmer getapst und miaute Guidry an.

Er sagte: »Du hast jetzt eine Katze?«

Ich schüttelte den Kopf. »Nur vorübergehend. Jemand hat sie hier hinterlassen. Ich habe sie Ella genannt. Oder ich würde sie zumindest so nennen, wenn ich vorhätte, sie zu behalten.«

»Ella Fitzgerald?«

»Klar.«

»Seltsam. Wie bin ich nur auf Ella Fitzgerald gekommen?«

Er nahm einen Schluck Wasser, ohne mich dabei aus den Augen zu lassen.

Dann sagte er: »Wir haben heute Jochim Torres verhaftet. Übrigens keine Minute zu früh. Sein Auto war vollgepackt bis zum Dach, und er war im Begriff die Stadt zu verlassen.«

Als mir die Mundwinkel herunterfielen, zuckte er mit den Schultern. »Die Hunderttausend waren offenbar eine Art Abfindung.«

»Aber für Paloma bestimmt.«

»Das hat Jochim auch gesagt. Aber als ich ihn in aller Ruhe darauf verwies, dass er vorbestraft ist und dass wir mit gutem Grund annehmen können, dass er für Geld auch jemanden umlegen würde, kapierte er, worauf ich hinauswollte.«

»Du hast ihm doch nicht erzählt, dass du die Information über das Geld von mir hast, oder?«

»Ich sagte ihm, jemand von der Bank habe uns informiert.«

»Du belügst die Leute, die du verhaftest?«

»Ständig. Dafür bin ich Mordermittler.«

Ich fragte mich, ob er mich auch belogen hatte.

Als wüsste er, was ich dachte, kräuselte sich Guidrys Mundwinkel zu einem Beinahe-Lächeln.

»Seiner eigenen Aussage zufolge war Jochim an dem Abend, als Ramón umgebracht wurde, zusammen mit seiner

269

Frau und seinen Kindern sowie einigen erwachsenen Cousins zu Hause, und angeblich weiß er auch nicht, warum ein Versicherungsbote seiner Schwester hunderttausend Dollar in bar ins Haus geliefert hat. Wahrscheinlich überrascht es dich nicht, wenn ich dir sage, dass seine Frau und die drei Männer, die seine Cousins sein wollen, seine Geschichte bestätigen.«

»Glaubst du ihm denn?«

»Ich glaube, die ganze Bande lügt nach Strich und Faden, aber ich halte Jochim Torres nicht für einen Killer. Er betrügt seinen Schwager vielleicht um sein letztes Zehncentstück, aber ich glaube nicht, dass er ihn umbringen würde.«

»Paloma glaubt, Gilda habe Ramón umgebracht.«

»Damit könnte sie durchaus recht haben.«

»Gibt es Hinweise, wohin Gilda verschwunden sein könnte?«

Er schüttelte den Kopf. »Sie scheint sich in Luft aufgelöst zu haben.«

Ich sah das Kätzchen an und verspürte unmerklich einen kleinen Stich. Wenn Paloma die Stadt doch nicht verließ, würde sie das Kätzchen vielleicht zurückhaben wollen. Na ja, und wenn schon. Ich wollte es sowieso nicht behalten.

»Hast du jetzt vor, Paloma das Geld wegzunehmen?«

»Das Geld bleibt da, wo es ist, bis wir wissen, wer Ramón Gutierrez umgebracht hat. Dasselbe gilt für Paloma und Jochim. Sollte Jochim unschuldig sein, gehört das Geld Paloma.«

Ella kuschelte sich auf meine nackten Füße und strahlte eine wohlige Wärme aus.

Ich sagte: »Weiß man, wer der Überbringer des Geldes gewesen sein könnte?«

Er stand auf. »Keine Ahnung. Weißt du was?«

»Auch nicht, es sei denn, es handelt sich um denselben Mann, den ich auf Ramóns Beerdigung gesehen habe. Jung, schmächtig gebaut, kurze dunkle Haare, dunkle Brille. Sein

Anzug war ihm zu groß, als hätte er kürzlich abgenommen. Ich dachte schon, ich würde ihn kennen, aber sollte ich ihn je zuvor gesehen haben, dann muss er schwerer gewesen sein.«

Er schaute mich eine Weile von oben bis unten an, als wollte er das Thema wechseln, besann sich aber dann anders.

»Lass es mich wissen, wenn du ihn wiedersiehst. Inzwischen konzentrieren wir uns auf die Suche nach der Pflegerin. Wir hatten schon einige vielversprechende Hinweise, und sie kann doch nicht für immer verschwunden bleiben.«

Ohne meine Antwort abzuwarten, öffnete er die Verandatür und ließ mich mit nichts als dem Klack-Klack seiner schicken italienischen Schuhe auf meiner Treppe allein zurück.

Um halb vier zog ich mich an und brachte Ella noch einmal zum Pinkeln an den Strand. Ehe ich zu meiner Nachmittagsrunde aufbrach, holte ich einen Katzenkarton zum Einmalgebrauch aus meinem Bronco und bedeckte den Boden mit einer dünnen Schicht Katzenstreu. Dann stellte ich ihn in mein Bad und zeigte Ella genau, wo er sich befand. Mein Kopf war zwar nun schmerzfrei, aber den zusätzlichen Stress, sie sofort ins Tierheim zu bringen, wollte ich mir nicht aufbürden.

Es war auch noch zu früh für einen Lauf mit Billy Elliott, und so rauschte ich gemütlich am Sea Breeze vorbei. An Kurtz' Zufahrt fuhr ich ebenfalls vorbei, ich drehte nur einmal kurz den Kopf in die Richtung seines Hauses.

Von den Demonstranten war nichts zu sehen. Entweder hatte Guidry ihnen befohlen, Kurtz in Ruhe zu lassen, oder sie waren fluchtartig aufgebrochen, um sich irgendwo zum Gebet zu versammeln.

Da das Haus fast gänzlich hinter der Wand aus Arecapalmen verborgen war, sah ich auf die Schnelle nur die Reihe der Garagentüren. Ich musste daran denken, wie ich zum ersten Mal den Weg an der vorderen Garage entlanggegangen war und den riesigen Kamin durch die Glaswand hindurch gesehen hatte. Der Weg war ziemlich lang. Von außen gesehen, schien die lange Wand an der vorderen Garage entlang ein Teil des Westflügels des Hauses zu sein, und ich bezweifelte, ob außer mir jemand bemerkt hatte, dass sie eigentlich zu lang schien.

Plötzlich fiel es mir wie Schuppen von den Augen, und ich fragte mich erstaunt, wieso ich darauf nicht früher gekommen war. Dass niemand etwas ahnte, und dabei lag es doch auf der Hand!

Ethan hatte gesagt, die Erbauer des Hauses waren gezwungen, dreißig Prozent der ursprünglichen Bebauung zu erhalten, um eine behördliche Überprüfung der Pläne zu vermeiden. Plötzlich wusste ich, wo sich diese ursprüngliche Bebauung befand und warum die vier Garagen so eine enorme Tiefe hatten. Der Eindruck täuschte. Aller Wahrscheinlichkeit nach hatten alle Garagen die übliche Standardgröße, aber zwischen ihrer Rückwand und der Rückwand des südlichen Korridors, in dem das Weinlager war, lagen rund viereinhalb Meter, und ich wusste jetzt warum.

Obwohl ich mich nicht sonderlich beeilte, war ich mit der nachmittäglichen Besuchsrunde bei meinen Tieren so früh fertig, dass mir noch genügend Zeit blieb, mich auf den Abend mit Ethan vorzubereiten. Ella wollte ich erst am nächsten Tag ins Tierheim bringen. Das war praktischer, und ich hatte keinen Grund zur Eile. Auf dem Nachhauseweg warf ich wieder einen kurzen Blick auf Kurtz' Haus, aber es gab nichts zu sehen, außer einer dünnen Rauchsäule über dem Kamin. Ich fragte mich, wie oft Jessica hier wohl vorbeigefahren war und auf die Hecke geblickt hatte. Wenn sie die Wahrheit gesagt hatte, lief ihre Zeit ab, noch bevor sie sich zwischen dem Mann, den sie liebte, und dem Gesetz entscheiden musste.

Meine Zeit war auch abgelaufen. Ich musste meine Verabredung mit Ethan einhalten. Ich war eine erwachsene Frau, und es war Zeit, sich wie eine solche zu benehmen.

Zu Hause nahm ich eine von den Notfallrationen Katzenfutter, die ich immer dabeihabe, für Ella mit nach oben. Sie erwartete mich bereits an der Tür, als hätte sie gewusst, dass ich exakt zu der Zeit nach Hause kam. Sie war wirklich ein außergewöhnlich kluges Kätzchen.

Ich ließ sie beim Fressen in der Küche allein und nahm noch schnell eine Dusche, um die Tierhaare abzuspülen. Die Badezimmertür hatte ich offen gelassen, und Ella kam herein und sah zu, wie ich mir die Haare föhnte.

Ich sagte: »Ich glaube, ich trage meine Haare einfach offen. Was meinst du denn?«

Sie zwinkerte mir, sozusagen von Frau zu Frau, ihr Einverständnis zu.

Ich sprühte Parfüm auf meine Kniekehlen und den Nabel. Ich sagte: »Komm bloß nicht auf irgendwelche Gedanken. Es hat überhaupt nichts zu bedeuten. Eine Verabredung, nicht mehr und nicht weniger. Du weißt, ich habe dir doch erklärt, was eine Verabredung ist.«

Ihre Ohren zuckten. Sie wusste, was das Parfum bedeutete. Peinlich, so durchschaut zu werden.

Dann folgte sie mir ins Büro-Schrank-Kabuff, wo ich mir einen Tangaslip und einen schwarzen Spitzen-BH anzog. Wahrscheinlich wusste sie auch, was das bedeutete, aber ich war eine erwachsene Frau und sie nur ein kleines Kätzchen, wer also kümmerte sich schon darum, was sie dachte.

Ich zog einen kurzen schwarzen Rock und einen weißen Baumwollrolli an. Ich zog den weißen Baumwollrolli aus und stattdessen einen schwarzen Baumwollrolli an. Ich zog den Rock und den Baumwollrolli aus und schlüpfte in ein altes Kleid mit Rückenreißverschluss. Nachdem ich mir beinahe den Arm ausgerenkt hatte, erinnerte ich mich vor dem Spiegel daran, dass ich es zusammen mit Todd getragen hatte, und wieder renkte ich mir beinahe den Arm aus. Zur Inspiration zwängte ich meine Füße in ein Paar hochhackiger Sandaletten und inspirierte in Unterwäsche meine mickrige Garderobe. Ich hasste alles, was ich hatte, und was ich nicht hasste, war entweder aus der Mode oder abgetragen.

Ich sagte: »Lauter Mist, was ich da zum Anziehen habe.«

Ella drehte den Kopf und knabberte an ihrem Hinterlauf, ein sicheres Zeichen für ihre Überzeugung, Menschen seien unglaublich dumm.

Ich verzog die Unterlippe zu einer kleinmädchenhaften Schnute bei all dem Getue, mich wie ein Geschenk zu verpacken, nur weil ich mit einem Mann zu Abend essen wollte. Die Katze hatte recht. Es war albern, sich so ins Zeug zu werfen, gerade weil ich nicht einmal sicher war, ob ich den Mann oder das Essen überhaupt wollte. Ich schleuderte die Sandaletten von mir und zog eine saubere Jeans und den schwarzen Rollkragenpullover an, stieg aber doch wieder in die Heels, weil es ja immerhin eine Verabredung war. Nun, da ich mich wieder einigermaßen normal fühlte, trug ich rosafarbenes Lipgloss auf und schnappte mir meine Handtasche. Ich würde mit Ethan essen, aber ohne gleich den Verstand zu verlieren, nur weil er umwerfend war und ich seit vier Jahren keinen Sex mehr gehabt hatte.

Ich nahm Ella hoch und presste meine Nase gegen ihre. Ich sagte: »Mach mir nirgendwo hin. Ich weiß nicht, wie lange ich weg bin.«

Auf der Fahrt zu Ethans Wohnung kam ich wieder an Kurtz' Haus vorbei. Alles war ruhig, nach wie vor keine Demonstranten, und aus dem Kamin stieg immer noch Rauch. Vielleicht saß Ken Kurtz gerade in seinem Wohnzimmer vor einem prasselnden Feuer. Vielleicht war ja auch Jessica bei ihm, und die beiden planten, wie sie dem FBI und BiZogen und ZIGI ein Schnippchen schlagen und nach Argentinien fliehen könnten, wo sie Tangostunden nehmen und glücklich bis ans Ende ihrer Tage leben würden. Oder Gilda war vielleicht zurückgekommen und verabreichte Kurtz das Mittel gegen seine Krankheit, und die beiden schmiedeten Pläne, gemeinsam durchzubrennen.

Ich persönlich hatte nicht vor, mit wem auch immer irgendwohin durchzubrennen. Ich würde nur mit einem Mann in aller Ruhe zu Abend essen und dann nach Hause fahren. Vielleicht würden wir ein bisschen rummachen, hier ein Kuss, dort eine kleine Fummelei, aber das war's dann schon. Ich verdrängte meine Erinnerung, dass ich nämlich früher nie aufhören wollte, wenn die Küsse und Fummeleien gut waren. Mittlerweile war ich älter und weiser. Zumindest älter.

Ethans Haus entpuppte sich als ein ultramoderner Bau aus Zypressenholz, versteckt hinter einem Wald aus Eichen, Meertraubenbäumen und Palmen in Fiddler's Bayou, wo Jack Macdonald gelebt hat. Als ich den Bronco gemächlich über die Muschelschalenzufahrt steuerte, erwartete er mich bereits draußen mit einem Bluthund an der Leine. Der Bluthund hatte mit seiner grauen Schnauze Witterung aufgenommen und trug den Kopf so tief unten, dass seine Augen unter einer herabgesunkenen Hautfalte verborgen waren und seine Ohren am Boden schleiften. Ethan winkte mir zu und wurde im nächsten Moment nach vorne gerissen.

Ich glitt aus dem Bronco und rief: »Was verfolgt er denn?«

Ethan grinste. »Geister, denk ich mal. Kam schon vor, dass er wie verrückt eine Spur verfolgt hat, die an einem nackten Felsen endete.«

Ich ging hinüber zu den beiden, und sah zu, wie der Hund am Boden schnüffelte. Mit seiner braun-roten Färbung gefiel er mir. Der Hund, nicht Ethan. Von meinen Heels abgesehen, war Ethan ungefähr genauso angezogen wie ich.

Ich sagte: »Ich wusste gar nicht, dass du einen Hund hast.«

»Noch so ein Erbstück von meinem Großvater. Er hatte immer Bluthunde, was andres wäre nie in Frage gekommen. Sam ist der letzte. In jungen Jahren hat er sogar mal für die Polizei geschnüffelt, aber jetzt ist er zehn.«

Dass ein zehn Jahre alter Bluthund nicht mehr lange leben würde, brauchte er nicht hinzuzufügen.

Ich sagte: »Sieht aber gesund und glücklich aus.«

»Ja. Trotzdem glaube ich, dass er meinen Großvater vermisst.«

Just hier beschloss ich, dass ich vielleicht doch nicht gleich nach dem Essen gehen würde.

Nachdem Sam seine Beute gefunden hatte, einen im Laub vergrabenen, fauligen Eichenast, gingen wir hinein. Ethan lobte ihn ausführlich und ließ ihm ausgiebig Zeit, die geschwungene Treppe zur Veranda hinaufzusteigen; dann hielt er für Sam und mich die Tür auf. Wir betraten einen großen Raum mit dunklem Holzboden und hohen Glaswänden. Abgesehen von einigen geschwungenen Wänden, hinter denen ich das Bad und vielleicht ein paar Kammern vermutete, war das ganze Haus ein einziger großer Raum. Die Deckenfluter, die das grüne Blattwerk hinter dem Glas anstrahlten, schufen eine gemütliche Baumhausatmosphäre.

Ich sagte: »Wow. Fabelhaft.«

»Danke, danke. Mein Bruder hat es gebaut. Er ist ein Genie.«

Die Küche fiel mit ihren geschwungenen Linien und schwarzen polierten Arbeitsplatten auf, und ein Bett mit vier hohen Pfosten und einem reinweißen Baldachin aus Leinen verwies auf den Schlafbereich. Mehrere, mit weißem Leinen bezogene Sessel und Sofas gruppierten sich um einen weißen Hochflorteppich. In der Mitte des Tisches stand eine Vase aus klarem Glas mit Paperwhite-Narzissen – kein Weihnachtsstern, wie sie bei Otto Normalverbraucher landauf landab herumstanden, sondern Paperwhite-Narzissen. Also bitte, wenn das nicht cool war!

Hier und da diskret ein Tröpfchen Sabber verlierend, trottete Sam zu einem leicht erhöhten Hundebett und ließ sich zufrieden seufzend darauf niedersinken.

Ethan warf ein Küchentuch auf den Boden und skatete über Sams Sabberspur.

»Wie wär's mit einem Glas Wein?«

Natürlich wollte ich Wein. Ich wollte mich auf dem weißen Sofa niederlassen und bis in alle Ewigkeit Wein in diesem zauberhaften Ambiente trinken. Ethan stellte leise Musik an und goss zwei Gläser Rotwein ein, ohne überhaupt zu fragen, ob ich nicht lieber weißen wollte, was irgendwie sehr befriedigend war. Wir saßen auf den weißen Polstermöbeln und unterhielten uns über Bluthunde und Zypressenhäuser und geniale Brüder, und ich vergaß, dass ich gerade eine Verabredung hatte.

Nach einer Weile ging Ethan in die Küche, wo er eine Weile herumklapperte, bis ich ihm mit meinem leeren Glas an die geschwungene Anrichte folgte und ihm zusah, wie er dampfend heiße Lasagne auf zwei Tellern anrichtete. Eine Salatschüssel mit bereits angemachtem Grünzeug stand neben den Salattellern, also zeigte ich mich von meiner besten häuslichen Seite, indem ich Salat auf die Teller gab und diese zum Tisch trug.

Als wir uns setzten, sagte ich: »Hast du selbst gekocht?«

»Mach keine Witze. Die Sachen sind von Morton's und selbst aufgewärmt.«

»Gott sei Dank. Ich fürchtete schon, du hättest selbst gekocht. Versteh mich nicht falsch, nicht dass es nicht schmecken würde, wenn du gekocht hättest. Es ist einfach alles andere so perfekt, dass ich es nicht ertragen hätte, wenn du obendrein auch noch ein guter Koch wärst.«

Er musste lachen, auch recht. Verabredungen waren toll. Ich war begeistert.

Die Lasagne war überwältigend, der Salat göttlich, und zum Nachtisch gab es Erdbeeren mit Schokoladenspitze, in meinen Augen sowieso ein durch nichts zu überbietender Traum.

Ich half ihm beim Tischabräumen und die Reste wegzustellen, und dann goss er Kaffee für uns ein, sehr starken Kaffee in winzig kleinen Tassen, die wir zur weißleinenen Sitzgruppe mitnahmen. Der Kaffee war mit Zimt aromatisiert und ebenfalls hervorragend, aber er war nicht unbedingt romantisch. Würde man eher weintrinkenden Gästen anbieten, ehe sie nach Hause fahren. Die Musik war auch nicht romantisch. Eher die Art Musik, die man zum Arbeiten hört, damit man wach bleibt, und wie eine gar nicht so subtile Andeutung, dass ihm nicht nach Romantik zumute war.

Ich warf einen raschen Blick auf meine Uhr, auf der es kurz vor Mitternacht war. Ich stand auf und trug meine Tasse zum Küchentresen.

Dann sagte ich: »Ich muss um vier Uhr raus und sag' mal lieber gute Nacht.«

Er sagte: »Ich bring dich zum Auto.«

Sam hob den Kopf und klopfte zum Abschied ein paar Mal mit dem Schwanz aufs Kissen, und in dem Moment hätte ich mich am liebsten zu Boden geworfen und einen richtig schönen Wutanfall aufs Parkett gelegt. Da hatte ich mir nun die ganze Woche Gedanken gemacht, wie ich den Sex hinkriegen würde, und es gab gar keinen Sex. Ich war zum Abendessen eingeladen worden, und mehr hatte ich auch nicht gekriegt. Nicht einmal die Wahl hatte ich gehabt, so wie ich keinen Weißwein angeboten bekommen hatte.

Am Bronco wandte ich mich zu Ethan und sagte: »Danke für den schönen Abend.«

Er antwortete nicht. Fasste nur meine Arme und beugte sich herunter und küsste mich, lange und intensiv.

»Gute Nacht, Dixie. Fahr vorsichtig.«

Ich setzte mich ins Auto, startete den Motor und setzte zurück, während Ethan im Scheinwerferlicht stand und mir zusah. Ich atmete erst wieder, als ich die Straße erreicht hatte und es überraschte mich, dass mein Atem nicht loderte.

26

Die Welt schien mir auf dem Heimweg heller und klarer, als hätte der Abend mit Ethan meine Sinne geschärft. Die Straßen waren vom Mondschein und künstlichen Lichtern hell erleuchtet, Eichen und Palmen warfen dunkle Schatten und viele Bäume waren mit Lichterketten und tellergroßen Blüten der Königin der Nacht geschmückt. Ich ließ die Wagenfenster herunter und sog die salzige Nachtluft vom Meer her ein. Auf seltsame Weise fühlte ich mich ernüchtert und aufgedreht zugleich, als hätte ich etwas nicht bekommen, das ich mir sehnlichst gewünscht hatte, und als wäre ich darüber gleichzeitig erleichtert.

Ich dachte an das Kätzchen, das zu Hause auf mich wartete, und freute mich. Ich hatte nicht vor, es zu behalten, aber ein wartendes Kätzchen zu Hause ist ein Stückchen Liebe in deinem Leben, was schön ist. Wirklich sehr, sehr schön.

Als ich mich Kurtz' Haus näherte, drehte ich automatisch den Kopf zur Seite, um einen Blick auf die mondbeschienene Zufahrt zu werfen. Dabei fügte sich ein weiteres Puzzleteil ins Ganze. Ich wusste nicht nur, dass sich zwischen der Garage und dem Weinlager noch ein Raum befand, sondern auch, um welche Art Raum es sich handelte und wofür er genutzt wurde. Mir war jetzt sonnenklar, warum jemand Ziggy stehlen wollte, und was Ken Kurtz in diesem Haus betrieb. Diese neue Erkenntnis ließ meine Hände am Lenkrad zittern.

Eine der Folgen, wenn man ein bisschen neben sich steht, ist, dass man etwas, das eindeutig faul ist, nicht mehr rational begründen kann. »Normale« Leute liefern verschiedene politische Erklärungen, religiöse Rechtfertigungen und schöngefärbte soziale Verblendungen, wenn sie mit etwas konfrontiert werden, das einfach nicht sein soll. Leute mit einem kleinen Knacks in der Birne sind dazu nicht mehr in der Lage. Wie das Kind, das damit herausplatzen musste, dass der Kaiser ja splitterfasernackt war, können wir die Dinge nur so sehen, wie sie sind, und müssen es auch aussprechen.

So wie ich es sah, hatte ich keine andere Wahl und musste dieses Haus einfach betreten, um zu sehen, ob ich recht hatte. Weiter als bis hier dachte ich gar nicht, ich wusste nur, dass ich es tun musste.

Jede vernünftige Faser meines Körpers riet mir, Guidry anzurufen und ihn über meine neuen Erkenntnisse zu informieren. Ich wusste aber auch, dass ihm kein Richter einen Durchsuchungsbefehl ausstellen würde, nur weil es etwas geben sollte, von dessen Existenz außer mir niemand wusste. Obendrein konnte ich mich auf nichts berufen als auf meine Intuition und mein Wissen über Leguane.

Vor gar nicht so langer Zeit wäre ich zuerst nach Hause gegangen, um mich zu bewaffnen, aber diese Möglichkeit fiel nun weg. Nicht nur weil Guidry meine .38er noch nicht zurückgebracht hatte, sondern weil ich mit der Vorstellung, noch einen Menschen auf dem Gewissen zu haben, nicht leben konnte.

Ich lenkte den Bronco vorsichtig um die Kurve der Einfahrt und parkte vor den Garagen. Ich achtete darauf, die Tür möglichst leise zu schließen, dann lief ich so schnell es ging über das Pflaster zu dem Weg zwischen der langen Garagenwand und der Sichtschutzhecke vor dem Haus. Hätte ich doch bloß ein zweites Paar Keds im Auto gehabt. Damit meine Highheels nicht verräterisch klapperten, musste ich fast auf Zehenspitzen laufen.

Als ich an die Glaswand des Wohnzimmers kam, ging ich zügig voran, als hätte ich rechtmäßig hier zu tun. Durch das Glas konnte ich sehen, dass das Wohnzimmer im Dunkeln lag, aber in dem großen Kamin züngelten ein paar spärliche

Flammen, als hätte Kurtz ein kleines Feuer brennen lassen, ehe er zu Bett gegangen war. Okay, so weit, so gut. Ich schlich auf Zehenspitzen den Weg zurück, bog um die Ecke und flitzte dann schnell an der Reihe geschlossener Garagentüren entlang. Im hellen Licht des Mondes hatte ich das Gefühl, der Himmel hätte eigens einen Scheinwerfer auf mich gerichtet. Wenn jemand das Haus im Visier hatte, konnten sie mich mit Sicherheit sehen.

Schnell duckte ich mich in den engen Alkoven vor dem Seiteneingang, steckte einen von Kurtz' Schlüsseln ins Schloss und öffnete leise die Tür. Drinnen ließ ich die Tür leicht angelehnt, falls ich übereilt fliehen müsste. Ich ging davon aus, dass der zweite Schlüssel das Weinlager aufsperrte. Ich schaute den Südkorridor entlang in Richtung Kurtz' Schlafzimmer, aber dort war alles dunkel und still. Dann schlich ich mich am Weinlager vorbei und schaute kurz um die Ecke in das Wohnzimmer, um mich zu vergewissern, dass da wirklich keiner war.

Der Raum war absolut still, einzig das leise Knacken und Singen der weiß glühenden Scheite war zu hören. Ich nahm an, dass vielleicht noch vor einer Stunde ein mächtiges Feuer hier geprasselt hatte, das dann, sich selbst überlassen, zu einer glühenden Erinnerung geschrumpft war. Ich verharrte kurz auf der Stelle und ging meine Möglichkeiten durch. Am vernünftigsten wäre es gewesen, sofort kehrtzumachen, mich in meinen Bronco zu setzen und nach Hause zu fahren. Aber so sehr mein Kopf auch versuchte, mich davon zu überzeugen, meine Füße schlugen den Weg zum Weinlager ein.

Mit angehaltenem Atem steckte ich den zweiten Schlüssel in das Schloss und drehte den Türknauf. Ich machte die Tür hinter mir zu und knipste den Lichtschalter an. Ein geisterhaftes rotes Glimmen legte sich über den Raum und ich wäre beinahe über Ziggy gestolpert. Er lag direkt hinter der Tür am Boden ausgestreckt, und fing an mit dem Schwanz zu schlagen, als er mich spürte. Ich machte einen Satz zur Seite, und er ließ den Schwanz sinken. Nicht weil er mich nicht mehr erreicht hätte, sondern weil er zu schwach war, nach mir auszuschlagen. In der kühlen Umgebung des Weinlagers schaltete Ziggys Körper ab. Seine übliche Farbe, ein kräftiges Hellgrün, hatte den dunklen Ton reifer Avocados angenommen, was bedeutete, dass er sich noch nicht lange in dem Raum befunden hatte. Vermutlich hatte Kurtz ihn zur selben Zeit ins Weinlager geschafft, als er das Feuer sich selbst überlassen hatte.

Ich flüsterte: »Ich bring dich später hier raus, aber jetzt bin ich auf der Suche nach einer Geheimtür.«

Ich schlich bis zum hinteren Ende des Raums und fing an, nach einem verborgenen Mechanismus zu suchen, der den Zugang zu jenem Raum freigeben würde, der sich zwischen dem Weinlager und der Garage befinden musste. Ich tastete die Unterseite jedes Regalbretts und jede tragenden Säule von allen Seiten ab, konnte aber nichts finden. Ich suchte gerade die Rückwand hinter den Flaschen ab, als ich auf die Idee kam, an den Säulen zu ziehen. Eine der Säulen bewegte sich, und ein kompletter Block drehte sich auf unsichtbaren Angeln nach außen.

Mit angehaltenem Atem blickte ich in die dunkle Tiefe des Raums, von dessen Existenz ich die ganze Zeit gewusst hatte. Aus dem Raum drang ein eigenartiger Jodgeruch, derselbe Geruch, der mir an Gilda aufgefallen war. Ich trat ein und tastete nach einem Lichtschalter.

Im selben Moment wurde ich von einem blendenden Lichtstrahl erfasst. Ich stieß einen gellenden Schrei aus und hielt mir schützend eine Hand vor die Augen. Von allen hirnrissigen Ideen, die ich je gehabt hatte, entpuppte sich diese mehr und mehr als die allerblödeste.

Ich hielt die Hand vor den Augen schräg. »Mr Kurtz?«

Keine Antwort, nur dieses grausame Licht.

Ich wertete es als gutes Zeichen, dass niemand herumschrie und brüllte. Vielleicht fühlte sich ja Kurtz allein in dem

Haus so einsam, dass er über die Tatsache meines Einbruchs hinwegsehen würde.

»Können Sie die Lampe nicht wegnehmen? Wir könnten uns setzen und kurz miteinander reden.«

Der Lichtstrahl blieb einen Moment unverändert, schwenkte dann ab und über grelle weiße Wände und Stahltische mit Gerätschaften hinweg, die man in einem Forschungslabor erwarten würde. Darauf ging die Neonbeleuchtung an der Decke flackernd an und enthüllte einen schmächtigen jungen Mann, der eine .44er Magnum auf mich richtete. Resigniert erkannte ich ihn als denselben Mann, der bei Ramóns Beerdigung Jessica beobachtet hatte.

Ich trat einen halben Schritt zurück, die Hand mit der Waffe im Auge, und überlegte fieberhaft. Wenn ich fliehen würde, würde er mich wahrscheinlich von hinten erschießen. Wenn nicht, würde er mich im Labor festhalten und dort erschießen.

Mit leiser, zitternder Stimme sagte er: »Sie hätten nicht hierherkommen dürfen. Nun haben Sie alles ruiniert.«

An meinem Rückgrat kroch etwas Kaltes nach oben.

Sie hatte sich die Haare geschnitten und dunkel gefärbt, aber Stimme und Akzent waren unverändert. Gilda war zurückgekehrt.

Eine Kühltasche, wie sie die Leute normalerweise für Picknicks verwenden, stand offen auf einem der Edelstahltische, rundherum verstreut lag eine Ansammlung gazeumhüllter Ampullen.

Während mir allmählich aufging, dass sie Ampullen aus Kurtz' Labor entwenden wollte und ich sie dabei ertappt hatte, konnte ich förmlich zusehen, wie ihr Gehirn angestrengt nach einer Möglichkeit suchte, wie sie mich am besten loswerden könnte.

Ich sagte: »Da Sie hier ebenfalls nichts verloren haben, meine ich, es wäre besser, Sie unterlassen tunlichst alles, was Ken Kurtz wecken könnte.«

Ihre einzige Reaktion und Zeichen, dass sie mich verstanden hatte, bestand darin, die Nasenlöcher zu verengen, als ob sie einen unangenehmen Geruch eingeatmet hätte.

Ich sagte: »Sind Sie eine echte Krankenschwester?«

»Ich bin sogar eine sehr gute Krankenschwester.«

Daraus klang ein gewisser Stolz und die Bereitschaft zur Verteidigung, und ich schöpfte Hoffnung.

Menschen, die sich oder ihre Arbeit verteidigen, denken nicht klar, und Menschen, die nicht klar denken, lassen sich unter Umständen beeinflussen.

Andererseits können Menschen, die nicht klar denken, auch in Panik geraten und einem ein Loch in den Kopf ballern.

Ich sagte: »Dann können Sie ein Rätsel für mich lösen. Warum hat Kurtz einen Venenkatheter am Arm?«

»Für Chelat. Es baut Metalle im Körper ab und heilt Argyrie.«

Der Art nach zu urteilen, wie sie mit diesen Fachbegriffen um sich warf, musste sie eine echte Krankenschwester, vielleicht sogar eine gute, sein.

Da sie sah, dass ich kein Wort kapierte, sagte sie: »Es ist so etwas wie eine Silberkrankheit. Dadurch färbt sich die Haut blau.«

»Ich nehme an, das mit dem Chelat hat nicht funktioniert, denn er ist immer noch blau.«

Ihre Augen funkelten giftig. »Ich sagte ihm nur, es ist Chelat. In Wahrheit bekommt er Silbernitrat. Er ist ein Monster und soll gezeichnet sein.«

Einen Moment lang tat mir Kurtz sogar leid. Kein Wunder, dass er nicht verstanden hatte, warum sich sein Zustand in den letzten Monaten verschlechtert hatte.

Aber ich bekam Oberwasser.

Anscheinend hasste Gilda Kurtz, und wenn es mir gelingen würde, ihren Hass auf ihn aufrechtzuerhalten, würde sie mich vielleicht als Verbündete akzeptieren.

Ich sagte: »Mir wurde gesagt, Sie hätten einen Killer für Ken Kurtz bestellt. Keine Frau würde das je tun, es sei denn, extreme Umstände zwingen sie dazu.«

»Es war die einzige Möglichkeit. Wenn der Mann es getan hätte ...«

Ich zeigte auf die Ampullen auf dem Tisch. »Aber die Ampullen, die Sie aus dem Kühlschrank entwendet haben, waren Attrappen. Wäre Kurtz ermordet worden, wie Sie es geplant hatten, hätten Sie sonst nichts gehabt.«

Sie wirkte verärgert. »Das stimmt. Sie waren ein Test für mich. Ich weiß nicht, warum er mir misstraut.«

»Klar. Das ist wirklich seltsam.«

Einen Moment lang herrschte Schweigen. Gilda grübelte darüber nach, warum ihr ein Mann misstraute, den sie vergiftet hatte, und ich dachte darüber nach, wie ich ihr diese Riesenkanone entreißen könnte.

Dann sagte ich: »Warum haben Sie Ramóns Witwe das Geld gebracht?«

Ihre finsteren Züge hellten sich auf. »Es ist ein schlimmer Fehler passiert. Ein falscher Mann wurde getötet. Ich wollte nicht, dass Ramóns Familie leidet.«

»Wie nett von Ihnen.«

Ich war erstaunt, dass mir keine Säure von den Lippen auf die Highheels tropfte, aber ihr Kopf nickte heftig, und mir war klar, sie fasste die Bemerkung tatsächlich als Kompliment auf.

»Da Sie Krankenschwester sind und einen schwer kranken Mann behandelt haben, wäre es für Sie doch ein Leichtes gewesen, Ken Kurtz mit einer Überdosis von irgendeinem Medikament umzubringen. Warum haben Sie dann einen Killer bestellt?«

Ihre Augen weiteten sich.

»Ich bin kein Killer.«

»Mh-hmm. Gut, dass Sie reich genug sind, einen zu mieten und dafür hunderttausend Dollar hinzublättern.«

Sie ließ ein kurzes Lachen ertönen. »Das war nicht mein Geld.«

Plötzlich hörte ich ein schlurfendes Geräusch. Sofort wirbelte ich herum und spähte in die schattenhaft rote Tiefe des Weinlagers.

In der blutgetönten Dunkelheit stand Ken Kurtz, und ich sah seine gefletschten Zähne aus dem zu einem bösen Grinsen verzerrten Gesicht herausleuchten. Mit diesem Mann war eindeutig nicht zu spaßen.

Entsprechend unwohl fühlte ich mich in meiner Haut.

27

Kurtz trug dieses Mal nicht seinen alten, schmuddeligen Karobademantel, sondern war stattdessen wie für eine Reise gekleidet, in dunkler Hose, weiß-blau gestreiftem Hemd und Quasten-Slippern an den nackten Füßen. Das Blau an seinem Hemd glich auf unheimliche Art dem Blau seiner Haut. Über beide Handrücken zogen sich zornige rote Striemen.

Ohne auf Gildas Waffe zu achten, ging er auf den Edelstahltisch mit den Ampullen zu, nahm eine und hielt sie Gilda hin.

»Dumme Kuh! Hast du im Ernst geglaubt, ich würde dir alles überlassen, wofür ich mein Leben geopfert habe?«

Gilda verzog das Gesicht und tat so, als spuckte sie vor ihm aus. »Pah! Von wegen Opfer! Alles nur gegen Geld!«

»Apropos Geld, welche Pharmafirma finanziert dich eigentlich?«

Gilda tat wieder so, als spuckte sie. »Ich arbeite für meine Leute, für die Männer, Frauen und Kinder auf meiner Insel.«

Mit der Ampulle auf der Handfläche trat Kurtz näher an sie heran. »Dann bist du sogar noch dümmer, als ich gedacht hatte. Was hattest du vor? Wolltest du diese Ampullen mit nach Hause nehmen und sie auf der Straße verteilen?«

Sie sah von seinem Gesicht zur Ampulle.

Ich hoffte, sie würde wieder spucken, dieses Mal richtig, stattdessen aber wirkte sie erregt. Sie fuchtelte sogar mit ihrer Waffe herum, während sie sprach, wie eine Lehrerin mit dem Zeigestab.

»Ich bringe sie dem Gesundheitsministerium. Meine Regierung schafft sie in ein Labor, sie werden schon wissen, was sie damit anfangen.«

Mit viel mehr Kraft und Energie, als ich sie bisher bei ihm festgestellt hatte, trat Ken Kurtz noch einen Schritt näher an sie heran, und mir war klar, dass er ihr im nächsten Moment die Waffe entreißen würde. Ob mir die Vorstellung gefiel, was er damit machen könnte, wenn er sie erst einmal hätte, wusste ich nicht so recht. Gilda mochte eine Diebin sein und sie hatte vielleicht einen Killer auf Kurtz angesetzt, aber irgendwie war sie mir lieber als er.

Ich sagte: »Ich will ja keine Spielverderberin sein, aber das Haus wird vom FBI überwacht und Ihnen droht beiden die Verhaftung.«

Ken Kurtz legte die Ampulle gelassen in die Kühltasche und präsentierte ein süffisantes Grinsen. »Das ist so, als würde man Jonas Salk sagen, seine Parkuhr sei abgelaufen und damit sein Polio-Impfstoff für die Welt verloren. Sie haben keine Ahnung von der Bedeutung meiner Arbeit.«

»Klar hab ich die. Sie haben einen Impfstoff gegen die Vogelgrippe entwickelt.«

Beiden fiel das Kinn so gleichzeitig vor Schreck nach unten, dass es fast lustig war.

Ich zeigte auf eine Laborzentrifuge. »Ich bin keine Wissenschaftlerin und weiß nicht, wie man einen Impfstoff herstellt, aber ich weiß, dass spezielle Apparate ein Virus aus dem Blut herauslösen und konzentrieren können.«

Seine Augen verengten sich in paranoider Vorahnung. »Nur ein Wissenschaftler kommt auf die Idee eines Impfstoffs gegen Vogelgrippe.«

»Oh, bitte! Man muss kein Wissenschaftler sein, um zu wissen, dass Leguane und Hühner dasselbe Atem- und Verdauungssystem haben. Wenn ein Leguan erkrankt, gibt man ihm Vogelmedizin. Überträgt man ein Vogelvirus auf einen Leguan, wird das Virus geschwächt, weil Leguane Kaltblütler sind, aber der Leguan würde so notwendigerweise zu einem Impfstoffproduzenten.«

Kurtz starrte mich mit einer Mischung aus Erstaunen und

Respekt an, ein bisschen so wie ein Hund einen Menschen anschaut, wenn dieser ein Bellen von sich gibt.

Ich breitete die Hände auseinander, die Handflächen nach oben gekehrt. »Wenn man weiß, wie es geht, ist es gar nicht so schwer. Sie haben Ziggy mit Vogelgrippe infiziert, und Ziggy hat Antikörper produziert. Nun entnehmen Sie ihm Blut und separieren die Antikörper in Ihren Maschinen zur Impfstoffherstellung.«

Wie jemand, der sich einen ebenbürtigen Gesprächspartner schon immer gewünscht hatte, sagte Kurtz: »Am Anfang habe ich Silbernitrat benutzt, um das Virus abzuschwächen, aber es ging viel schneller, als ich auf die Idee kam, stattdessen Leguanblut zu verwenden.«

Ich sah auf die Kratzer auf Kurtz' Händen und wusste, dass er an diesem Abend versucht hatte, Ziggy Blut abzunehmen. Deshalb hatte er ihn auch ins Weinlager gebracht, um ihn ruhigzustellen, damit er ihm Blut abnehmen konnte, ohne geschlagen oder gekratzt zu werden. Ich wusste nun auch, dass Kurtz zwischen seinen Schwächephasen sehr viel stärker war, als man es für möglich halten würde – stark genug, um Ziggy hochzuheben und ins Weinlager zu schleppen, stark genug, um zum Wachhäuschen nach draußen zu gehen und Ramón im Schlaf mit einem Kopfschuss zu töten.

Ich sagte: »Ich kann mir nicht erklären, warum Sie Ramón getötet haben.« Über seine Wangen huschte ein erstauntes Zucken. »Woher haben Sie das gewusst?«

»Klar ist mir das erst seit einer Minute. Alles andere ergibt keinen Sinn. Ich verstehe nur nicht, warum Sie es getan haben.«

»Er hat das Labor gesehen und hätte geplaudert.«

Gilda sagte: »Du hast Ramón getötet?«

»Das ist deine Schuld. Du hast die Tür vom Weinlager zum Labor geöffnet, während er noch im Weinlager war. Er hat durch die Tür geguckt.«

»Scheusal!«

Ich wusste nicht, was mich mehr abstieß, Kurtz, weil er immer andere für seine Taten verantwortlich machte, oder Gilda, weil sie versuchte, sich seinem Niveau anzupassen. Die Wut und der Schmerz in ihren Augen ließen mich vermuten, dass Paloma mit ihrem Verdacht in Bezug auf ihren Mann und Gilda recht hatte.

Sie wich einen Schritt von Kurtz zurück, hielt die Waffe fester in der Hand und sah mich grimmig an, als hätte ich etwas mit dem Mord zu tun.

Ich sagte: »Manche Menschen sind eine lausige Enttäuschung.«

Sie wedelte mit der Waffe hin und her. »Ihr geht jetzt beide ins Wohnzimmer. Ich folge euch. Wenn ihr Unsinn macht, knall ich euch ab.«

Bis zu diesem Moment wäre sie vielleicht nie zu einem Mord fähig gewesen, trotzdem glaubte ich ihr jedes Wort. Gilda hatte ihre selbst gesetzte Grenze überschritten und war nun nicht mehr schlichtweg wütend und entschlossen, sondern so richtig schön voller rücksichtsloser Rache.

Auf meinen eleganten Highheels stakste ich durch das Weinlager. Vom Licht und der Wärme des Wohnzimmers angezogen, hatte sich Ziggy ein Stück näher zur Tür bewegt, die Kurtz offen gelassen hatte. Um seinen Krallen und dem Schwanz aus dem Weg zu gehen, machte ich vorsichtig einen Bogen um ihn herum, und ging durch die Tür. Kurtz und Gilda hatten es mir offenbar gleichgetan, denn sie blieben ebenfalls von Kratzern oder Schlägen verschont.

Als ich am Kamin angekommen war, rief Gilda »Stopp«.

Kurtz stand nun neben mir und beugte sich zu dem Korb vor dem Kamin hinunter. Zuerst dachte ich schon, er wollte ein Holzscheit auf Gilda werfen und ihr damit die Waffe aus der Hand schlagen, aber stattdessen legte er Späne und neue Scheite auf die Glut, um sie neu zu entfachen.

Wissenschaftliche Köpfe setzen oft seltsame Prioritäten.

Gilda umklammerte mit wildem Blick ihre Waffe, aber die

Art, wie sie sie hielt, verriet mir, dass sie so niemals treffen würde – nicht dass ein schlecht gezielter Schuss weniger fatale Folgen haben könnte, vor allem, wenn du selbst diejenige bist, die die Kugel letztlich trifft. Ich hatte den Eindruck, die Situation erforderte jemanden mit einem kühlen Kopf, und da musste ich mich wohl oder übel opfern.

Ich sagte: »Gilda, die Polizei sucht Sie, weil man annimmt, Sie könnten Ramón getötet haben. Sobald sie von Ihrer Unschuld überzeugt sind, haben sie kein Interesse mehr an Ihnen. Aber Sie sind in Florida, wo die Todesstrafe noch Konjunktur hat, geradezu Hochkonjunktur. Sollten Sie also Ken Kurtz oder mich töten, sind Sie selbst ein tote Frau.«

Ich hielt es nicht für notwendig, darauf hinzuweisen, dass Guidry sie aufgrund eines Mordkomplotts gegen Kurtz verhaften könnte.

Kurtz, scheinbar nach wie vor unbeeindruckt von der Waffe, sagte: »Gilda, glaubst du wirklich, du könntest den Impfstoff einfach einpacken und damit verschwinden? Dixie hat doch gesagt, dass das FBI vor der Tür steht. Sie werden den Impfstoff kassieren, sobald du das Haus verlässt.«

Er klang so sicher, dass ich ihm einen Moment lang fast geglaubt hätte. Vielleicht lauerte ja das FBI wirklich irgendwo da draußen im Dunkeln und beobachtete uns, vielleicht hörten sie unsere Unterhaltung per Fernlautsprecher mit. Wenn das so wäre, würde Ken Kurtz sicher wegen Industriespionage und Mordes verhaftet werden.

Falls Gilda ihm wirklich glauben sollte, dann wurde sie darüber nur noch zorniger. »Ja, sie nehmen den Impfstoff und lassen dich laufen. Sie werden sagen, ich habe Ramón getötet. Sie werden mich töten und dich zum Helden machen.«

In mir löste sich ein Knoten, und als ich diese tobende Frau mit der Riesenknarre und ihrer ungeheuren Fantasie ansah, wusste ich, dass sie womöglich die Wahrheit sagte. Ich wusste auch, dass ich in diesem Spiel nichts mehr verloren hatte, ich war das Haar in der Suppe, das niemand vermisst. Es wäre ein Leichtes, Gilda als Ramóns Mörderin hinzustellen. Und wenn sie mich umbringen würden, könnten sie leicht sagen, Kurtz habe mich erschossen, nachdem ich in sein Haus eingebrochen war.

Der springende Punkt dabei war, dass eine Menge Leute, darunter auch Guidry, jederzeit problemlos glauben würden, ich wäre in Kurtz' Haus eingebrochen. Und die Tatsache, dass ich ja wirklich eingebrochen war, machte diese Vorstellung nicht einfacher.

28

Kurtz und Gilda standen mir mit dem Rücken zum Weinlager gegenüber. Während mein Gehirn das von Gilda gerade beschriebene Szenario fortführte, sah ich, dass sich hinter ihnen etwas Grünes bewegte. Durch die offene Tür des Weinlagers hatte Ziggy genügend Wärme abbekommen, wodurch auch sein Gehirn wieder arbeitete. Er züngelte, um die Gerüche in der Luft wahrzunehmen, und tapste auf seinen Fußballen lautlos auf das flackernde Feuer zu, das Kurtz im Kamin entfacht hatte. Ich war gespannt. Wenn Ziggy sich so verhielt, wie ich es erwartete, könnte er meine Rettung sein.

Als er vielleicht einen halben Meter von Gilda und Kurtz entfernt war, roch Ziggys Zunge das Feuer.

Sein Reptiliengehirn meldete ihm »Wärme auf der rechten Seite«.

Er vollführte eine gewandte Drehung in Richtung Feuer, registrierte Gefahr neben sich und schlug mit dem Schwanz heftig gegen Gildas Beine.

Gilda schrie auf und riss die Hand mit der Waffe hoch. Blitzartig sprang ich darauf zu und packte sie. Sie widersetzte sich, aber Gilda war keine Amazone und hatte außerdem vor Schreck das Gleichgewicht verloren. Mit ihrer Waffe in der einen Hand, musste ich ihr mit der anderen nur einen schweren Stoß versetzen. Sie fiel um wie ein Baum, mit steifen Beinen und steifen Armen, ihr Rücken war über Ziggy gewölbt, dessen Schwanz noch immer wild um sich schlug. Sie landete so perfekt, dass der Schwanz sie in jedem Fall irgendwo getroffen hätte. Da sie den Kopf verlor und auf allen vieren herumkroch, hieß das so gut wie überall.

Ich versuchte gegen das üble Gefühl anzukämpfen, ich

könnte einen weiteren Menschen töten, ging in diesen verdammten Highheels breitbeinig in Stellung und hielt die Waffe mit beiden Händen auf Gilda gerichtet. Sie war zu sehr damit beschäftigt, Ziggy zu entkommen, und bekam es nicht mit.

Mit aufgestellter Kehlwamme und erhobener Brust baute sich Ziggy vor dem warmen Feuer auf und nickte mit dem Kopf. Seine Farbe war noch stumpf, aber er wirkte recht zufrieden mit sich.

Draußen vor der Glaswand huschte eine Gestalt so schnell vorbei, dass ich mir nicht sicher war, ob ich sie gesehen hatte, aber sie löste in meinem Kopf einen Wettbewerb aus zwischen euphorischer Hoffnung – dass ich tatsächlich die Wahrheit gesagt hatte und im nächsten Moment FBI-Agenten hereinstürzen und Kurtz verhaften würden – und paranoider Angst, dass sie Gilda verhaften, mich ermorden und Kurtz laufen lassen würden.

Die Angst war unerträglich, weshalb ich mich lieber der Hoffnung hingab.

Um Kurtz abzulenken, sagte ich: »Ich hätte wissen müssen, dass es nicht so schlecht um Sie steht. Jemand, der so krank ist, kann keinen Wein trinken.«

Wissenschaftler bis zuletzt, sagte er: »Da täuschen Sie sich. Rotwein wirkt antiviral.«

Hinter ihm öffnete sich die Eingangstür einen kleinen Spalt.

Ich sah mich nach Gilda um, um zu sehen, ob sie etwas bemerkt hatte, aber sie inspizierte die hässlichen Schlagspuren auf ihren Armen und Händen. Die unter ihrer Hose waren nicht zu sehen, aber ich wusste aus eigener Erfahrung, dass die Striemen von Leguanschlägen auf den Beinen wie die Hölle brannten.

Die Tür ging weiter auf, und ein großer Mann schlich sich lautlos herein. Er trug eine schwarze Jeans und ein schwarzes T-Shirt mit langen Ärmeln, sodass es einen Moment dauerte, bis ich den Fanatiker erkannte, der mich als Hure bezeichnet hatte. Er trug einen Colt .357 Magnum, eine noch größere Waffe als Gildas. In seiner großen Hand wirkte sie nicht einmal deplatziert.

Er blinzelte mir zu, und ich wäre vor Erleichterung fast gestorben. Hatte ich also doch recht gehabt, er war vom FBI.

Er sagte: »Ich übernehme jetzt.«

Geschockt wirbelte Kurtz herum und starrte ihn an.

Ich ließ Gildas Waffe sinken und reichte sie dem FBI-Mann.

Bei allem Stolz, den ich empfand, gab ich mich demonstrativ bescheiden und sagte: »Die hab ich Gilda abgenommen.«

Und um zu zeigen, dass man mich mit einer sackleinenen Kutte und einem gespielten fanatischen Auftritt nicht beeindrucken konnte, sagte ich: »War eine tolle Verkleidung neulich. Aber ich wusste gleich, dass Sie ein Agent sind.«

Ich fühlte mich wie ein Star und brannte darauf, Guidry zu erzählen, wie ich die ganze Zeit über gewusst hatte, wer die Guten und wer die Bösen sind. Ich, Dixie Hemigway, arbeitete Hand in Hand mit einem FBI-Agenten, der gekommen war, um Ken Kurtz wegen Wirtschaftsspionage zu verhaften.

Kurtz sagte: »Hallo, Walt.«

Etwas sirrte leise in meinem Hinterkopf, als wäre eine Mücke eingedrungen und nun darin gefangen.

Der Agent und vormalige Kuttenbruder wies mit dem Kinn auf Ziggy.

»Du weißt, Ken, wir hätten ihn uns teilen können. Aber nein, du musstest alle Lorbeeren für dich einheimsen wie eine publicitysüchtige Diva.«

Das Sirren in meinem Kopf wurde lauter. Ich schaute auf die Hände des FBI-Agenten und sah verschorfte Kratzer und Striemen.

Kurtz sagte: »Schade, dass ich dich gestern Nacht nicht umgelegt habe.«

Ich sagte: »Sie haben also versucht, Ziggy zu stehlen.« Der Mann sah mich verblüfft an, und Kurtz ließ ein Lachen ertönen. Für einen Mann, der in den Lauf einer Waffe blickte, war er erstaunlich gut gelaunt.

»Sie nennt den Leguan Ziggy«, sagte er. »Eine Art Insiderwitz.«

Zu mir sagte er: »Dixie, dieser Herr ist Walter Cahill, oberster Tierbiologe der Clarex Foundation. Wahrscheinlich hat er Sie bewusstlos geschlagen.«

Der Mönchsdarsteller grinste mich frecherweise an. »Tut mir leid, war nicht persönlich gemeint.«

Als hätte sie gerade festgestellt, dass wir zahlenmäßig mehr geworden waren, stand Gilda auf und winkte mit den Armen wie ein Verkehrspolizist.

»Monster! Ihr seid beide Monster!«

Sie wandten sich ihr mit jener unverschämten Gelassenheit zu, wie sie Männer an den Tag legen, die sich von keiner Kritik beeinflussen lassen. Cahill hielt cowboymäßig in jeder Hand eine Knarre, seine .357er hatte er auf Kurtz gerichtet und Gildas .44er Magnum hing locker an seiner Seite.

Hinter ihnen schlüpfte Jessica Ballantyne durch die offene Tür.

Wenn da nicht die .45er Glock in ihrer Hand gewesen wäre, hätte sie auch als später Gast einer spontanen Mitternachtsparty durchgehen können. Einmal mehr schwankte ich zwischen Erleichterung und Vorsicht hin und her. Sie war nun wirklich vom FBI, aber sie liebte darüber hinaus den Mann, den sie festnehmen sollte.

Gilda schrie: »Ihr sagt, dass ihr die Welt verbessern wollt, aber ihr lügt!«

In ihrer Wut hatte Gilda Jessica gar nicht bemerkt, und die beiden Männer grinsten in ihrer Selbstgefälligkeit süffisant, während sie Gildas Auftritt beobachteten.

Jessica hatte die Schießhaltung eingenommen, wie sie

296

jeder ausgebildete Strafverfolger anwendet. Beine gespreizt, Knie leicht gebeugt, Schultern zurück, Kinn parallel zum Boden, beide Arme ausgestreckt, die Waffe in beiden Händen, linker Daumen über rechtem, der Abzugsfinger zum Lauf gestreckt. Die Frau mochte vielleicht eine liebeskranke Chaotin sein, aber sie wusste, wie man mit einer Waffe umgeht.

Mit tiefer, drohender Stimme sagte sie: »Lass die Waffen fallen, Walt.«

Beide Männer erstarrten, und für einen Moment zeichneten sich gleichzeitig Erstaunen und Schrecken in ihren Mienen ab.

Atemlos keuchte Kurtz: »Jessie.«

In dem Wort schwang so viel Liebe und Sehnsucht, dass ich die Waffen vergaß und ihn ansah. Er zeigte das Lächeln eines glücklichen Menschen, und seine Augen leuchteten begeistert.

Cahill ließ die Waffen zu Boden fallen.

Kurtz sagte: »Oh mein Gott, Jessie, seit zwei Jahren träume ich davon, dass du zu mir zurückkommst. Ich hielt es für reines Wunschdenken. Als Dixie gesagt hat, du bist am Leben, hatte ich Angst, es zu glauben, weil ich fürchtete, es könnte ein Scherz sein.«

Jessicas Gesicht blieb ruhig, doch ihre Augen spiegelten ihren inneren Aufruhr wider.

Gilda war lange genug ignoriert worden und hielt es nun nicht länger aus. Ihre Arme bluteten immer noch von Ziggys Krallen und rotierten wie Windmühlenräder, während sie auf der Stelle sprang.

»Er hat Ramón umgebracht!«

Mit ihrer eingleisigen Weltsicht ging mir die Frau allmählich auf die Nerven, aber wenigstens sagte sie die Wahrheit.

Ich sagte: »Sie hat recht, Jessica. Ken Kurtz hat den Wachmann erschossen.«

Die Augen noch immer auf die von Kurtz fixiert, sagte Jessica: »Stimmt das, Ken?«

Kurtz machte eine abschätzige Handbewegung. »Lass dich nicht von derlei Belanglosigkeiten ablenken, Jessica. Wichtig ist, dass wir wieder zusammen sind. Du bist Wissenschaftlerin, eine brillante Wissenschaftlerin, und gemeinsam können wir alles tun, wovon wir immer geträumt haben.«

Jessica sagte: »Ich habe den Auftrag, dich zu verhaften.«

»Sie werden die Anklage fallen lassen, Jessie. Ich kenne genügend Richter, Kongressabgeordnete und Leute von der Arzneimittelzulassungsbehörde, die von Bizogen oder ZIGI gekauft wurden. Klar, die Medien werden ein Riesentamtam machen, aber das legt sich. Mach dir darüber keine Sorgen.«

Ihre Stimme klang noch rauer als sonst. »Deine Gefühle um unsere zu Tode gekommenen Kollegen habe ich verstanden, aber ich werde nie verstehen, wie du absichtlich einen Menschen töten konntest.«

Er wurde sehr still, als enthielten ihre Worte eine versteckte Bedeutung, die nur ein ehemaliger Liebespartner mit intimer Kenntnis des anderen entschlüsseln konnte. Dann hob er eine Hand zum Gesicht, unter dessen blauer Haut sich Krämpfe wie kleine quirlige Tiere tummelten. In diesem Moment war er so eine bemitleidenswerte Gestalt, dass sich alle anwesenden Augen auf sein zitterndes Gesicht richteten. Niemand achtete auf seine andere Hand, bis er damit aus der Hosentasche eine handliche Feuerwaffe zog, offenbar eine Smith & Wesson, Kaliber .38 Special, zwei Zoll Lauflänge. Da Revolver keine Patronenhülsen hinterlassen, nahm ich an, es war die Waffe, mit der er Ramón erschossen hatte und die er auch unter seinem Mantel getragen hatte, als ich ihn zum ersten Mal sah. Jetzt wusste ich, warum er sich die Mühe mit den Holzscheiten gemacht hatte. In dem Korb hatte er die Waffe versteckt.

Vom Korridor her rief jemand: »Keine Bewegung!«

Im nächsten Moment platzte scheinbar das halbe Sheriff's Department des Sarasota County von allen Richtungen in den Raum, die Waffen allesamt auf Kurtz gerichtet.

Wie bei einem Autobahnunfall, bei dem eine Sekunde sich endlos auszudehnen scheint, stand die Zeit beinahe still.

Kurtz machte einen Schwenk zum Südkorridor und zielte direkt auf die dort positionierten Deputys. In diesem Moment geriet Ziggy bei all den vielen neuen Gerüchen und Geräuschen in Panik und kroch durch den Raum, direkt auf die Deputys zu. Angesichts des kleinen Drachens, der da auf ihn zukam, riss der am nächsten Stehende seine Waffe herum und zielte auf ihn.

Ich schrie: »Tut dem Leguan nichts!«

Kurtz, der nach wie vor seine Waffe auf die Deputys richtete, wurde auf Ziggy und den erschrockenen Deputy aufmerksam. Instinktiv sprang er auf Ziggy zu und schwebte einen Moment lang mit gestreckten Armen und Beinen über ihm. Genau in dem Augenblick jagte ihm Jessica eine Kugel in den Nacken.

Kurtz fiel auf Ziggy drauf und rollte, das Gesicht Jessica zugewandt, auf die Seite. Seine Waffe fiel ihm aus der Hand, und kurz bevor ihn der Tod ereilte, sah es aus, als wären seine Augen in stillem Einvernehmen auf sie gerichtet.

Ziggy befreite sich und trippelte davon, wobei sein Schwanz durch Kurtz' Blut schleifte, sodass ein rotes Band den blauen Mann und das grüne Tier vereinte.

Eine unheimliche Stille legte sich über den Raum.

Mit gezogener Waffe kam Guidry vom Nordkorridor her um die Ecke.

Er sagte: »Jessica Ballantyne?«

Mit tränenüberströmtem Gesicht übergab sie ihm ihre Waffe. »Ich bin Agentin beim Federal Bureau of Investigation, Lieutenant.«

Guidrys Augen sahen sie eindringlich an. »Vielleicht sollten Sie sich besser setzen.«

»Es ist alles in Ordnung, Lieutenant.«

Schließlich stand Guidry mit dem Telefon am Ohr vor mir. Hinter ihm verhaftete ein Officer Gilda, ein weiterer Officer legte Cahill Handschellen an und informierte ihn über seine Rechte.

Guidry klappte sein Handy ein. »Danke, dass du den Hintereingang für uns offen gelassen hast.«

»Woher hast du gewusst, dass ich hier bin?«

»Ein Officer, der Gilda überwachte, hat dich reinkommen sehen. Während er auf Verstärkung wartete, schneiten die anderen beiden herein. Du hast wohl Einladungen verschickt.«

»Kurtz und nicht Gilda ist Ramóns Mörder. Der Mann da heißt Cahill. Er ist Kurtz' wissenschaftlicher Rivale. Er ist es auch, der mich überfallen hat, und der versucht hat, Ziggy zu stehlen.« Von plötzlicher Sorge aufgeschreckt sagte ich: »Ziggy darf nichts passieren! Sein Körper produziert einen Impfstoff gegen Vogelgrippe.«

»Keine Sorge, wir passen schon auf ihn auf.«

Guidrys gleichmäßige Stimme beruhigte mich. Alles war unter Kontrolle. Egal, was passiert, die Welt dreht sich weiter, die Sonne geht auf und unter, Ebbe und Flut kommen und gehen, die Menschen meistern das Leben.

Einer von Guidrys Männern nahm Jessicas Arm und führte sie zur Tür hinaus. Als sie an mir vorbeikam, trafen sich unsere Blicke und wir sandten uns eine lautlose Botschaft, wie sie nur Frauen austauschen können.

Jessica bat mich um Verständnis dafür, dass sie dem Mann, den sie liebte, öffentliche Demütigung und persönliche Qualen erspart hatte.

Ich versicherte ihr, ich würde vorgeben, sie habe Kurtz erschossen, um ihn von der Ermordung eines Officers der Strafverfolgung abzuhalten.

Jetzt musste ich nur noch Ziggy an einen sicheren Ort bringen, denn dafür bin ich da.

29

Noch vor dem Morgengrauen startete ich einen aufgeregten Anruf beim Direktor der veterinärmedizinischen Fakultät der Universität von Florida in Gainesville. Als ich ihm alles über Ziggy erzählte, tat er so, als würde er derlei bizarre Geschichten täglich zu hören kriegen. Vier Stunden später kam er mit vier von seinen Studenten im Grundstudium angefahren, und mit vereinten Kräften verluden sie Ziggy vorsichtig in ihrem Transporter.

Am Ende des Tages rief er mich an und berichtete mir, er habe Ziggys Katheter entfernt und es gehe Ziggy gut. Er sagte auch noch, dass er und seine Frau und die Kinder Ziggy bei sich zu Hause aufnehmen wollten. Da es niemanden gab, der es ihm hätte verbieten können, gab ich großzügigerweise meine Einwilligung.

Darüber, dass Ziggy in der Lage war, einen Impfstoff zu produzieren, unterhielten wir uns nicht. Das sollte er als Veterinär mit Biologen von der Forschung diskutieren, aber ich konnte gewiss sein, er würde darauf aufpassen, dass Ziggy nichts zustieß.

Am Weihnachtsabend ließ ich Ella in ihrem neuen Katzenbett alleine, während ich die spanische Mitternachtsmesse in der Kirche St. Martha besuchte. Ich bin nicht katholisch und spreche auch kein Spanisch, und so empfand ich es als besonders tröstlich, unter Fremden zu sein, die eine Geschichte verband, die die Gläubigen wörtlich nehmen und die Gebildeten metaphorisch – wie auch immer, sie überschreitet alle Dogmen und Fakten. Ich saß ganz hinten und ließ die Worte, die Musik und die Riten in meinem Kopf einen Raum für die Vorstellung allgegenwärtiger Liebe schaffen, wie sie in jedem Neugeborenen, in allen Eltern und in jedem Mann und jeder Frau vorhanden ist, die mutig genug sind, der Weisheit ihres Herzens zu vertrauen. Nach dem Gottesdienst wusste ich wieder ein bisschen besser, worum es im Leben und bei der Liebe ging.

Guidry erwartete mich draußen vor der Tür.

Ich wusste nicht, was das bedeutete.

Vielleicht hatte es überhaupt nichts zu bedeuten.

Er legte einen Arm um meine Schulter, und wir schritten gemeinsam in die dunkle Nacht.

Das Werk einschließlich aller seiner Teile ist urheberrechtlich geschützt. Jede Verwertung außerhalb des Urhebergesetzes ist ohne Zustimmung des Verlages unzulässig und strafbar. Dies gilt insbesondere für Vervielfältigungen, Übersetzungen, Mikroverfilmungen und die Einspeicherung und Verarbeitung in elektronischen Systemen.

Weltbild Buchverlag
–Originalausgaben–
Deutsche Erstausgabe 2008
Copyright © 2008 by Blaize Clement
Published by Arrangement with Blaize Clement
© der deutschsprachigen Ausgabe 2008
Verlagsgruppe Weltbild GmbH
Steinerne Furt, 86167 Augsburg
Sonderauflage 2009
Alle Rechte vorbehalten
Dieses Werk wurde im Auftrag der
Jane Rotrosen Agency LLC vermittelt durch die
Literarische Agentur Thomas Schlück GmbH, 30827 Garbsen.

Projektleitung: Gerald Fiebig
Übersetzung: Christian Kennerknecht
Redaktion: Ingola Lammers
Umschlag: Zeichenpool, München
Umschlagabbildung: mauritius-images/Brand X Pictures
Satz: Dirk Risch, Berlin
Druck und Bindung: GGP Media GmbH, Pößneck

Gedruckt auf chlorfrei gebleichtem Papier

Printed in the EU

ISBN 978-3-89897-959-7

Wir haben

... alle Bücher
... alle DVDs
... alle CDs

* Na ja ... fast alles, aber sehen Sie selbst unter

www.weltbild.de